子香

# 자향 2

펴낸날 | 2003년 12월 10일 초판 1쇄

지은이 | 백우영
펴낸이 | 이태권
펴낸곳 | 소담출판사
　　　　서울시 성북구 성북동 178-2 (우)136-020
　　　　전화 | 745-8566~7　팩스 | 747-3238
　　　　e-mail | sodam@dreamsodam.co.kr
　　　　홈페이지 | www.dreamsodam.co.kr
　　　　등록번호 | 제2-42호(1979년 11월 14일)

ⓒ 백우영, 2003
ISBN 89-7381-783-3  04810
ISBN 89-7381-787-6  04810 (전5권)
● 책 가격은 뒤표지에 있습니다.

<이 소설은 삼성언론재단의 저술지원을 받은 책입니다.>

백우영 장편역사 소설

제2권 향기포교 노린내

소담출판사

# 자향 2
## 향기포교 노린내

**별첨_토정 이지함_9**

16 | 경복궁_17
17 | 환관 이처현_38
18 | 항슬이_48
19 | 주초위왕의 여인_64
20 | 안방의 소망_75
21 | 또 하나의 도피_104
22 | 해동응시(海東鷹矢)_116
23 | 홍가주막_134
24 | 미행자_146
25 | 다기원_158
26 | 기습 그리고 격전_174
27 | 정염_191
28 | 계희(桂姬)_209
29 | 저들의 세상_226
30 | 유언비어_241
31 | 장비수염_249
32 | 물과 물고기_266

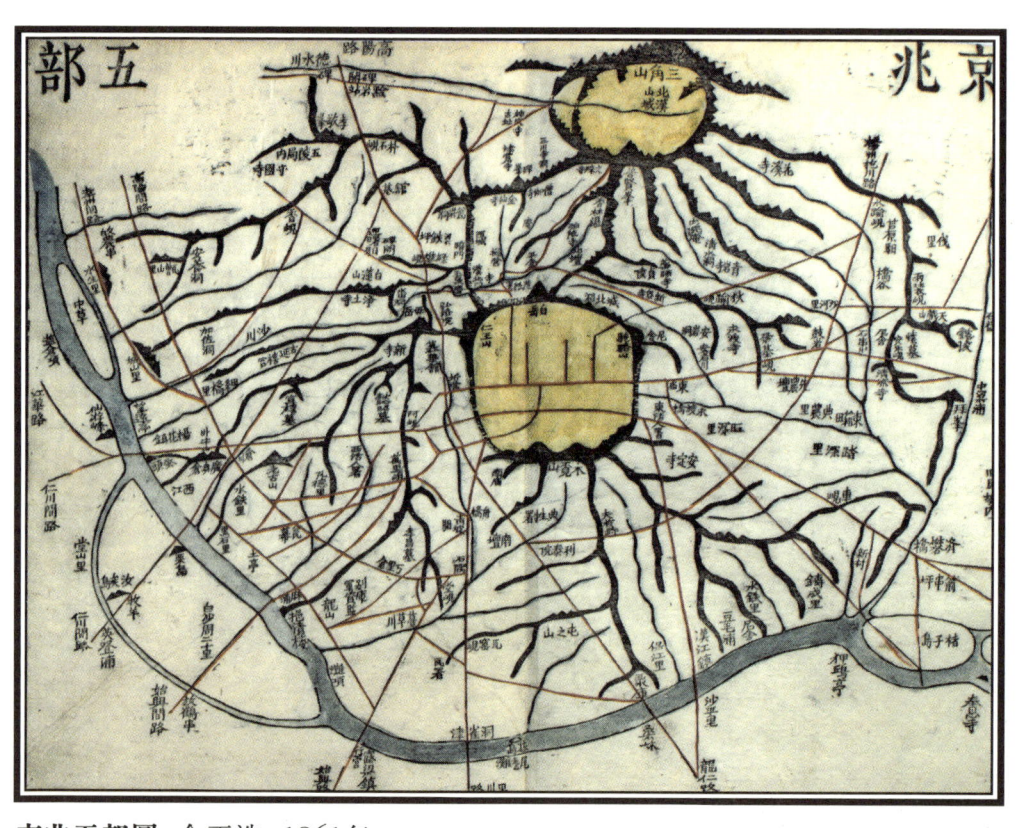

**京兆五部圖.** 金正浩, 1861年.
보물 제850호. 성신여자대학교박물관 소장

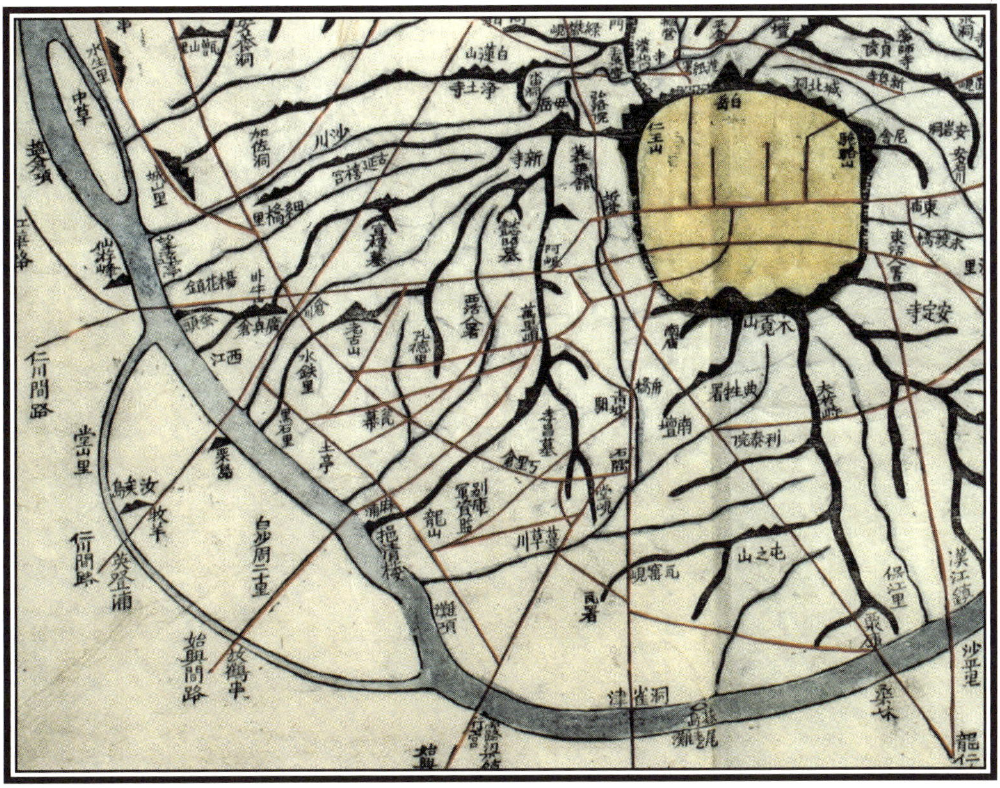

**京兆五部圖 部分**
소설의 주요 무대인 노고산~서강~토정~마포~서빙고~보강리 일대

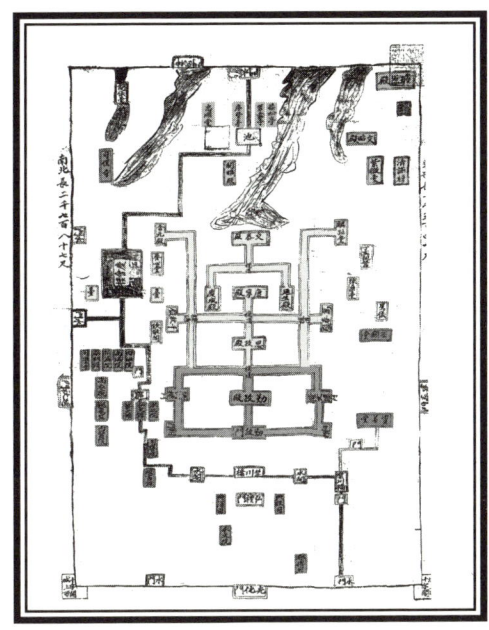

**경복궁도** (자료 협조_『우리 궁궐 이야기』 청년사)

## 별첨_토정 이지함

 토정 이지함이 포천현감 두 해만에 벼슬을 훌훌 던졌다가 다시 아산현감을 맡은 것은 선조 십일년(서기 천오백칠십팔년)이었다. 그러나 벼슬을 탐탁히 여기지 않은 그가 아산에 머문 것도 한 해에 불과하였으니 그를 아는 사람들은 과연 토정답다 하였다.
 한데 그가 아산 현감을 그만둔 것은 은밀한 내막이 있었다. 토정이 어린 벗 성혼*에게 보낸 편지 여성혼서(與成渾書)에 그 연유가 남아 있다.
 어느 가을, 비가 초초히 나리던 초저녁. 토정은 관사 사랑채에 홀로 앉아 비오는 뒷뜰을 혼상하고 있었다. 뒷문을 열어 놓고 빗방울이 오동잎을 치고 흐드러져 나리는 것을 보며 풍광을 즐기는데 비바람은 짓궂게 흩날려 나뭇잎새를 하염없이 두들기는 것이었다.
 내리는 비와 나르는 바람 속에 세월은 가는고나, 우리의 인생도 가는고나, 비와 바람과 나뭇잎과 그리고 내가 이 세상 살다가 가는 한 작은 흔적이고녀. 그렇게 시적으로 읊조리고 있는데 사르륵 여인의 옷자락 스치는 소리가 나고 기생 묘향(苗香)이 여주소반에 진달래술을 받쳐들고 현감 앞에 나타나는 것이었다.

---
**성혼** 成渾 1535~1598 중종 선조 시대의 학자. 이황의 주리론과 이이의 주기론을 종합해 절충파의 비조가 되었다.

"네가 웬일이냐?"

토정이 놀라 묻자,

"영감께서 왠지 쓸쓸하실 것 같아서 한잔 술 올리려고 왔사옵니다."

"허, 내가 적적한 걸 네 어이 알았다는 말인가."

"책방이 살짝 귀뜸해주더이다."

"흠, 고녀석. 안 하던 짓을 하는고나."

"소첩들이 무어라 하는지 아시옵니까. 우리 영감은 딱딱한 막대기 같고 차디찬 돌덩이 같고 꾸어다 놓은 보리자루 같다고 합니다요. 세상을 아무리 깨끗이 산다 한들 작은 정이 없을 수 없고 애틋한 사랑이 있을 수 있는데 우리 영감은 어이타 목석으로 나서 우리 같은 천녀를 더욱 슬프게 하나, 그렇게들 푸념하지요. 그런 뜻에서 제 술 한 잔 받으십시오."

"한데 이 술이 그 독한 두견주 아니냐?"

"그렇사옵니다. 작년 봄에 칠갑산에 흐드러지게 핀 진달래를 따서 꿀과 함께 푹 담아 삼백 일을 잘 익힌 우리 충청도 토속명주이옵니다. 조금 독한들 한잔 드시고 소첩 한번 품어 주시면 다음날 닭이 길게 울 제 꿈 같은 인생 다시 새고지고 살고지고 하지 않겠습니까."

"허허, 네가 오늘 비 오고 바람 불어 마음 을씨년스런 나를 제법 멋지게 꼬시는구나. 좋다, 한잔 하자구나."

묘향이 좋아서 입이 헤벌어지며 술을 가득 따르는데 마치 술잔에 정이 철철 넘치는 듯하였다.

밖은 비바람이 불어치고 안에서는 이쁜 기생이 술을 치니 한겨울 얼음처럼 차디차던 토정의 마음도 따사한 봄바람에 얼음 녹듯 흐물흐물해지는 것이었다.

"묘향아, 세상물계 훤한 네년들이 잘못 보아도 한참 잘못 보았다."

"영감님, 뭐를 잘못 보았나요."

"술 한잔 드니 생각난다만은 내 어렸을 적에 한 여인에 홀딱 반하여 심기를 흔들리우고 예측을 잘못하여 그 여인의 몸을 망치게 한 일이 있다. 그녀에게는 맺히고 맺힌 한을 심었고 나에게는 깊은 회한의 응어리를 남긴 적이 있지."

"오마, 아름다워라. 목석 같은 우리 영감님께 그런 아름다운 사랑이 있었나요."

"그게 아름답지 못한 게 내 나이는 아홉이고 그 여인은 열여섯이었느니라."

"오마나, 숙성도 하셨네."

"그 여인은 너의 이름처럼 향기 향자가 들어가는 아들의 향기, 자향이라는 요조숙녀로 사화를 맞아 비자로 떨어지는 몸을 빼쳐 도타하던 길이었지."

"에구머니나, 애절도 해라."

"그녀를 잡으려는 포교가 풍우처럼 뒤를 쫓아오고 우리는 종종걸음으로 사지를 벗어날 제 부엉이 우는 밤길에 당나라 시 당시 이야기가 나왔느니라."

"당시요?"

"그렇다!"

"당시라면 장구령의 망월회원에 정인의 원한 있고, 왕지환의 양주사에 일편고성의 피리소리 있고, 장계의 풍교야박에 한산사의 종소리 있고, 이백의 장간행에 망부대의 애환 있고, 왕창령의 출새에 비장의 웅지 있고, 맹호연의 춘효에 비온 밤의 낙화 있고, 최호의 황학루에 연파강상의 슬픔 있고, 이상은의 항아에 푸른 하늘의 서러움 있고, 온정균의 요슬원에 옥비파의 원망 있는데 그 중에 어떤 시를 읊으셨나요?"

"요것아, 아는 것도 많고도 많도다. 한데 천생의 기생인 네가 당시 중에 당시요 꽃 중에 꽃인 백거이의 경성녀와 청삼습을 빼놓는단 말이냐. 비파행을 빼고 어찌 청루*의 시를 논하겠느냐."

"에구머니나, 깜빡했네. 우리 옥화 큰언니의 절창을 빼놓다니. 심양강가에서 밤에 나그네를 전송할 때에, 단풍잎은 지고 갈대꽃은 피어서 가을바람은 쓸쓸하고, 주인은 말에서 내리고 손님은 배에 있고 술잔을 들어 이별주를 마시지만은 풍류는 없네. 이렇게 시작하는 것 아닙니까."

"아이구 못 들어주겠도다. 그 좋은 시를 어찌 그렇게 언해하느냐? 요조숙녀와 기생의 차이가 그렇게 크다던가."

현감이 고개를 저으며 입술까지 찡그리자 묘향은 대번 토라져서 샐쭉해졌다.

"그럼 그 요조숙녀는 어떻게 풀어 읊더이까?"

"내 들려 줄까. 그녀의 아름다운 언해를 상기도 잊지 못하고 있느니라."

"그러하시옵소서."

현감은 목청을 가다듬고 먼 옛날을 회상하는지 고개는 살짝 들고 눈은 지긋이 감고 비파행을 읊는다.

"심양강가 밤늦게 나그네 전송할 제, 단풍잎 갈대꽃 가을바람 소소하니, 주인은 말께 내리고 손님은 배 안에서, 술잔들어 이별주 드나 풍류는 간데없네, 취한 마음 감흥없이 이별만 처절하다. 요것아, 이 정도는 읊어야 맛이 나지 않겠느냐."

자향의 언해를 듣자 묘향은 부끄러운 마음에 시샘도 얹혀서 더욱 토라지는 것이었다. 눈은 흘기고 입술은 깨물고 볼은 부어오르는데, 그런 묘향을 본 현감은 질투 세우는 계집의 속 좁은 게 외려 귀여워서,

"그래 내가 너무 심하게 말하였는가. 묘향아, 너무 삐지지 말고 술이나 한잔 더 치거라."

따독이자, 묘향은 조금은 토라진 게 돌아와서 두견주를 권해 올리며 애교를 푼다.

"그 여인과 함께 길을 가면서 내동 백락천의 비파행을 읊으셨나요?"

---

**청루** 靑樓 기생집.

"그러하였다네. 내가 한시를 읊으면 그 언니가 언해를 하고 내가 다시 한시를 읊으면 또 언해를 하고, 서늘한 봄밤이 알알이 사무쳐오는데 그 언니는 마지막 양주사마청삼습을 읊더니만 줄줄 눈물을 흘리며 우는 게야."

"그야, 이 소첩도 그 명구 생각하면 눈물이 납니다요. 한때는 서울서 날리던 기생이 저 시골구석 우리 아산 같은 한미한 곳에 와서 산다 하면 어찌 슬프지 않겠으며 그 시 읊는 여인 또한 눈물을 아니 뿌리고 견딜 수 있겠습니까."

묘향은 찔찔 눈물을 짜며 경성녀의 신세가 마치 자기 신세인 것처럼 슬퍼하였다.

"요것아, 울지 마라. 니가 우니 그 옛날 자향 언니가 울던 모습이 새로워 이 영감도 눈시울이 적셔온다."

"울고 싶을 제는 소첩처럼 이렇게 실컷 울어버리시옵소서. 한데 자향이란 언니는 그 뒤 어떻게 되었습니까?"

그 질문에 토정 현감은 고개를 돌려 비 내리는 어둑한 허공을, 아니 저 흘러간 옛날을 돌아보며 청승맞게 대답하였다.

"자향은 나와 헤어진 그 날 포악한 포졸들에 붙잡혀 몸을 망치고 자진하였는데 그때는 죽지 못하고 삼개 지나, 나루목 지나, 서빙고 지나, 두모포 지나, 하염없이 헤매다가 결국엔 전생골 동네에서 포교들에게 죽임을 당하였다고 하더군."

"정말이어요. 아이구, 너무 슬퍼라!"

그래 놓고는 묘향은 엉엉 우는 것이었다. 기실 묘향이 이처럼 슬피 우는 것은 자신이 가을을 타는 맘 여린 계집이라 요즈음 자꾸만 인생이 비관되기 때문이었다. 거기에 슬픈 시와 애련한 사연을 듣고 보니 더욱 서러워져 눈물이 저절로 흘러내리었다.

우는 기생은 그대로 둔 채 현감은 비 내리는 어두운 밖을 내다본다. 바람이 더욱 세차지는 듯하다. 바람이 세어질수록 사람의 마음은 더욱 쓸쓸해지기 마련. 토정 현감이 내다보는 동헌 뒷뜰엔 비바람에 흔들리는 산천만 있는 게 아니고 흘러간 과거 아름다운 추억 한평생 서린 한이 서로 보듬고 밀치며 스쳐지나가고 있었다.

한동안 둘은 그렇게 앉아 있었다. 이윽고 현감은 묘향의 어깨를 토닥이며 분부하였다.

"청승은 이제 그만 하고 마지막으로 한 잔씩 더 하자구나."

목석 같은 현감이 어쩔라고 포근하게 말하여서 둘은 독한 진달래주를 한 잔씩 정이 들게 마셨다. 한데 토정 현감의 아량도 거기가 끝이어서,

"자, 묘향아. 이제 늦었으니 술상 들고 물러가거라."

기생의 마음을 도시 모르는 막대기 같고 돌멩이 같은 분부를 하고 만다. 밖에는 비가 추적추적 내리고 바람이 세찬데다 슬픈 비파행 이야기까지 벌였으니 술 먹는 흥은 죽지 아니하건만 옛적 안타까움이 새롭게 도진 토정 현감은 술상도 치우고 기생도 내보내고 만 것이다. 이것이 화근이었다.

기생의 삶이라는 게 늘 슬픈 것이오, 맘에 맞지도 않는 남자에 매이기 십상이고, 더러운 왈짜와 관리 끄나풀의 먹이에 불과한 것을, 세상이 모를 리 없고 기생 자신은 한탄스럽지만은, 그래도 사는 것은 어느 순간 포한 푸는 창기의 애환, 그 속에 깃든 위로 있음이거늘, 목석 같은 토정 현감은 그것을 몰랐던 것이다. 하룻밤 따뜻이 안아주었으면 그것으로 한 위안이 되어 버들개지보다 더 흔들리는 창기의 삶이라고 해도 그런가 하며 지나쳤을 것을 술상 들고 쫓겨나고 보니 슬픔은 가중하고 인생은 허무하였다.

묘향은 차갑게 내리는 비를 일부러 맞으며 홀로 사는 집으로 돌아왔다. 다 쓰러져 가는 초가, 차디찬 마루에 앉아 빗소리를 들으니 더욱 처량하다. 혼자 자작술을 들며 기생들이 슬플 때 외는 노래를 읊조려 본다.

쓸쓸하다 늦가을 내리는 비에
오동잎은 잎마다 슬프다하네

십년을 기방서 울은 이 신세
  그 무슨 희망이 나를 찾을까

 주기가 오를수록 가락은 처량해지고 시 한 수 읊을 때마다 슬픔은 더해 간다. 기생이 슬프면 그 깊이 헤아릴 수 없다는 말처럼 묘향도 심원한 비애속에 추락하고 만다.

  야속타 하소못할 이내 신세여
  밝은달 홀로새며 잠못이루고
  그뉘가 알을손가 서룬 이마음
  뒷산의 꾀꼬리 나를 부르네

 기생들이 말하는 뒷산은 무엇인가? 묘향은 혼자 시를 읊다가 무심코 비내리는 뒷산을 본다. 시골 어디거나 마을 뒷산엔, 한두 기의 주인 없는 무덤이 있기 마련. 타향서 온 기생이 죽으면 묻힐 땅이 어디 있을까. 그 고을 뒷산에 묻을 수밖에.
 더구나 묘향에 있어, 집 뒷산엔 연고 없는 기생의 무덤만 있는 게 아니라 왼손편 등성이 하나 넘으면 연전에 돌아가신 어머님 무덤도 있다.
 묘향은 비 오는 대기를 뚫고 어머님이 주무시는 산소를 본다. 아, 불쌍하신 우리 어머님. 어머님이 보고 싶구나! 하나밖에 없는 딸만 믿고 애틋하게 살다가신 우리 어머님. 어머님이 보고 싶어라!
 비와 술과 시와 슬픔과 어머님 속을 헤매던 묘향은 불현듯 죽어버리자는 생각을 한다.
 그렇지 않아도 서러운 삶, 미련도 없소이다. 자향이란 여인의 추억보다도 못한 이내 인생, 더 살아본들 무슨 소용 있으랴. 뒷산의 꾀꼬리 나를 부르니, 연전의 하얀 눈 내리던 겨울 밤, 쓸쓸히 돌아가신 우리 어머님이나 보고지라.

생각나는 대로 몇 자 유서처럼 적어 놓고 정말로 자진하여 버린 것이다.

유서를 읽은 토정 현감은 참으로 폭폭할 일이었다. 그 옛날에는 어린 나이에 언니의 아름다움에 동탕이 되어 심기를 잃고 엉뚱한 예측을 하였다가 자향의 정조를 잃게 하더니, 이번에는 가녀린 기생 하나 토닥이지 못한 끝에 죽게 만들었으니 한 고을을 다스리는 어버이 같은 수령은커녕 하나의 남자도 아닌 것이었다.

기인으로 소문난 토정이 얼마나 의기소침하였는지는 성혼에게 보낸 서한 마지막 구절의 한탄에서 살필 수 있다.

'사람은 사람을 알아야 하고 사람은 사람에 덕이 되어야 하거늘, 우리 골 백성은 물론 기생 하나 건져주지 못 하였으니 고을의 원이 될 자격이 있겠소이까. 허망한 환로 떠나 학이나 구름 벗하며 이 세상 잘못 나온 것이나 잊고저 하나이다.'

사직서를 관찰사에게 보내고 관찰사는 서울서 허락하는 관문이 오기 전에는 고을을 떠나지 말으시라 말리는 참에 토정은 마음의 병이 도졌는지 어느 날 드러눕더니 끝내 눈을 감아 잠시 다니러 왔던 이 세상을 하직하였다.

## 16. 경복궁

송설(宋雪)은 난초를 유심히 관찰하다 긴 한숨을 내놓았다. 하긴 며칠 전부터 기미가 이상하였다. 물기를 제대로 뽑아 올리지 못하는지 잎 끝이 초록빛의 아름다움을 잃고 시들하였던 것이다.

그는 일주일에 한 번씩 듬뿍 주는 물을 혹 거르지 않았나 해서 머슴놈을 한참 호통쳤다. 머슴은 펄쩍펄쩍 뛰면서 난초님에게 물을 제대로 주지 않을 턱이 있느냐고 설레발을 쳤다.

"진사님 눈에는 제가 저 난초보다 귀치 않은 것을 잘 아는데 어찌 난님에게 물을 주는 것을 소홀히 하겠습니까."

"이녀석아, 난초에 물을 주었으면 준 게지 난님이 무어냐!"

"난초가 저보다 더 귀한 존잰데 그럼 난초님이라 하지 난초놈이라 할까요."

"허, 요놈 봐라. 주인을 씌까스리고 있지 않은가."

"그렇다는 이야기지. 제가 어디 진사님을 놀리겠사옵니까. 너무 하옵니다. 난초하고 그렇게 친하시니 난님에게 물어보세요. 제가 물을 안 주었는지."

"허, 고놈. 못말릴 놈이네."

그렇게 어이없어 했지만 송설은 머슴을 더 다그치지는 않았다. 녀석이 상놈 주제에 머리는 쓸데없이 좋아서 오만 말에 비아냥 아닌 가시를 넣고 풍자보다 한길 위인 골계를 담지만은 거짓말을 하는 성미가 아님은 익히 알고 있기 때문이었다.

그렇다면 난은 뭔가 병기가 있는 게 틀림없었다. 사군자 중에 으뜸이라는 난은 아차 잘못 돌보면 병이 들고 한 번 병이 들면 마음 던진 선비처럼 되돌릴 수 없는 화초였다. 송설은 냇가의 하얀 모래를 퍼오라 해서 난초

주위에 엷게 덮고 물을 이슬처럼 뿌려 주었다.
 다음날 일어나자마자 난을 살펴보니 조금은 괜찮은 성싶었다. 한데 저녁이 되니 잎이 세 줄기나 허리가 툭 꺾여서 축 늘어져 있었다.
 송설의 얼굴이 핼쑥해졌다. 이 난은 그가 가꾸는 수많은 난 중에 으뜸이어서 향란(香蘭)이란 이름까지 지어주고 사랑에 고이 모셔서 애지중지하는 화초였다.
 송설은 고개를 갸우뚱했다. 이상하다. 이 난이 왜 이러지. 무얼 잘못하였관데 난이 기운을 잃었을까. 집안에 무슨 변고라고 있을라나. 이렇게 난으로 해서 허튼 생각을 하고 있는 차에 골계머슴이 사랑 문지방 앞에 와서 목청을 늘였다.
 "진사님, 저 건너편 서 대부께서 오시었습니다."
 "무엇이, 서 대부님? 인석아 서 진사님을 그렇게 불러서는 아니 된다고 누누이 말하지 않았느냐? 사가정 집안의 빼어난 분을 의원 취급을 해서는 아니 되느니라."
 "하지만 양반보다는 의원이신 게 우리한테는 얼마나 도움이 되는데요."
 "요놈아 또 골계는 엮지 말고 서 진사님을 얼른 안으로 모시어라."
 한데 송설의 말이 끝나기도 전에 서 진사의 인사말이 먼저 들어왔다.
 "송 진사, 서 대부 문안드리오."
 "아이쿠 어른께서 오셨군요. 저놈이 항용 그렇게 입을 나불댑니다. 죄송하옵니다. 일루 드시지요."
 "하기야 저놈 말이 옳소. 양반이 세상에 무슨 보탬이 되오. 돌파리 대부라도 돼서 활인하여 덕을 쌓는 게 우리네의 할 일인지 모르지요."
 "아이구 죄송합니다. 헌데 따님 댁에는 언제 오시었습니까?"
 "어제 저녁에 왔소. 사위가 사돈을 잃은 뒤 마음이 쓸쓸하여졌는지 나를 보고 자주 와서 집안을 진중하게 해달라고 하도 부탁하는지라 이렇게 수시로 옵니다. 아, 난을 감상하고 계시었군."

"감상이 아니라 난초가 병이 나서 그 원인을 찾고 있는 중이었지요."
"향란이 병이 났습니까?"
"그렇습니다. 며칠 전부터 이상하게 이파리의 때깔이 나빠지더니 오늘은 다 저녁이 돼서 잎이 툭툭 꺾이고 풀이 죽는 게 큰 탈이 났습니다."
그 말에 서 진사는 난을 살피며 잠시 생각하는 척하고는 고개를 끄덕끄덕했다. 그런 서 진사를 보고 송설은,
"진사 어른, 무슨 곡절이 있는 것 같습니까?"
"곡절까지는 아니고 향란이 역시 국란이다, 하는 생각이 납니다그려."
"국란이라니요?"
"송 진사, 내 말 들어보소. 저 난이 진사가 귀히 여길 만치 고귀한 화초임은 나도 잘 알고 있소. 화태(花態)가 유난히 고아할 뿐 아니라 경엽(莖葉)이 청초하고 형향(馨香)이 유원(幽遠)하여 선계의 영초처럼 군자의 덕을 느끼게 해주는 난이지요. 그래서 나는 저 향란을 국란이다, 우리나라를 대표하는 난초다 하고 생각했습니다."
"어찌 그 정도까지야 말씀할 수 있겠습니까."
송설은 입이 찢어졌지만 말은 겸손을 빌렸다.
"아니 아니요. 내 화초에 대해서는 잘 모르지만은 느낄 줄은 좀 아오. 저 향란은 국란, 우리나라의 으뜸가는 난초 아닙니까. 향란이 지금 병든 것은 작금의 우리나라가 누란의 위기에 빠진 것을 걱정한 때문 같소."
"그 무슨 말씀이십니까."
"송 진사는 요즈음 조정이 난리가 난 걸 모르시오?"
"전 그런 건 신경을 끄고 살기로 한 사람이라 알 리가 없습지요. 저의 어른이 일찍이 저를 보고, 너는 화초밖에 모르니 귀는 닫고 눈만 열어서 꽃만 보고 살라, 하셨기에 이렇게 세상 잊고 살 뿐이니 조정 일을 알 턱이 없지요."
"하기야 그런 삶이 세상 최고이지요. 누가 부러워하지 않겠소. 허지만

저 향란은 나라가 위태해진 것을 걱정하여 병난 게 틀림없소."

"그 정도로 지금 조정이 난리가 났습니까?"

"갑자년보다 더 심한 사화가 일고 있는 중이라오."

"큰일났군요. 그럼 우리 향란은 어찌하면 좋겠습니까?"

화초밖에 모르는 송설이 나라 걱정은 아니하고 난 걱정만 하는 게 서 진사로는 한심하였으나 오늘 그를 찾아온 목적은 그로하여 쉬워질 성싶어 빙그레 미소를 지었다. 그런 서 진사를 보고 송설은 제 스스로 마음이 당기는 듯,

"무슨 좋은 방략이 있습니까요?"

간곡히 묻는다.

"글쎄, 방략이랄 건 아니고 한 생각이 있소이다."

"무엇인지요. 하교하여 주시지요."

송설이 간절한 표정을 짓자 서 진사는 조금 뜸을 들이고는 의연한 표정을 지으며 입을 떼었다.

"공자 말씀에 이런 구절이 있지요. 가족을 위해서는 천한 일도 마다하지 아니하여야 하며 나라를 위해서는 사소한 일도 마다하지 않아야 한다."

"훌륭하신 말씀이옵죠."

"그런 뜻에서 한 가지 내 부탁을 하리다. 다름 아니고 이번 사화를 피해 몸을 숨기고자 하는 처자가 있소. 그 애는 지금 몸을 다치어 기동이 아니 되는데 어디 안돈할 곳이 없는 처지이오. 한 이틀만 댁에 머물게 해주시오. 왜냐하면 이 향란을 그 애가 머무는 곳에 넣어주면 그 애는 고귀한 난의 향기를 맡고 쾌차가 될 것이고 난은, 보시면 느끼시겠소만, 아름다운 처자를 돕는다는 보람으로 원기를 되찾고 싱싱해질 것이요."

"그렇습니까. 하지만……."

세상을 등지고 사는 송설은 뭔가 망설여졌다. 난에게 좋다니 건 좋다치더라도 왠지 미심쩍었다. 사위 집에 묵게 해도 될 것을 자기에게 부탁하는

것부터가 이상한데다 도망하는 처자라면 추적하는 포교가 있을 터이었다. 더구나 그의 조부는 은퇴해 조용히 사는 중에 갑자사화의 끄트머리에 걸려 고초를 겪다가 그 터울로 돌아가셨고 아버님은 그 연유로 출사를 하지 않았다. 자신마저도 불혹의 나이에 이처럼 꽃샌님으로 평생을 살아가는 처지 아닌가. 정치나 환로라면 학을 띤 집안이었다. 한데 사화로 쫓기는 처자를 숨겨주라 하니 선뜻 마음이 내킬 리 없었다.

"송 진사 저것 좀 보오."

얼굴이 굳어져 망설이는 송설엔 괘념치 않는 듯 서 진사는 향란을 턱으로 가리켰다.

"향란의 때깔이 금방 좋아졌소그려. 아마도 송 진사가 이쁜 처자를 도와주어야겠다고 마음먹는 걸 알고 대번 기분이 좋아졌는가 보오."

서 진사가 엉뚱하게 둘러붙이는 데도 송설은 향란을 운운하는 자체가 마음에 긴해 난을 바라보았다. 아까까지만 해도 축 늘어졌던 난초의 잎이 유연하게 곡선을 그리며 하늘거리고 있고 잎의 색깔도 진초록으로 반짝반짝 빛나고 있었다.

이게 웬일인가? 송설은 한참 향란을 응시하다 놀란 눈으로 서 진사를 본다. 서 진사는 오른손으로 무릎을 툭툭 치면서 꽉 다문 입을 더욱 다물며 고개를 끄덕끄덕 흔들고 있었다. 송설은 쳐다보지도 않은 채 향란만 지긋이 쳐다보고 있는 것이었다. 감탄하는 표정까지 짓고 있었다.

송설은 향란과 서 진사를 번갈아 바라보다가,

"향란이 정말로 우리들의 말을 알아들었을까요?"

화초에 미친 사람답게 미련하게 물었다. 그 물음에는 서진사도 후딱 대답하였다.

"향란은 국란이지 않소. 저 화초는 자신이 송 진사의 고임을 받고 있는 걸 잘 알고 있는 게요. 저것 보아요. 향란이 살살 움직이고 있지 않소. 기분이 좋다는 뜻을 주인에게 알려주는 것 아니겠소."

송설은 이번에도 깜짝 놀라 향란을 바라보았다. 아닌게 아니라 향란이 조금씩 움직이는 것 같았다. 잠깐만 생각하면 봄바람이 되창문으로 날라든 탓인 걸 쉬이 알련만 향란에 쏙 빠진 송설은 서 진사의 공동에 휩쓸리고 있었다. 정말로 향란이 하늘하늘 흔들리고 있다는 생각에 송설은 전율했다. 기쁨에 몸을 떨었다.

꽃도 나무도 정령이 있어서 이 세상을 살고 있다. 사람만이 이 세상을 보고 사는 게 아니다. 저 풀도 꽃도 우리들이 말하는 것을 알아듣는다. 보거라, 저들이 숨쉬고 자라는 게 보이지 않느냐!

주변 사람이 고개를 설레설레 저을 정도로 엉뚱한 주장을 해 온 송설이었다. 그런 생각에 몰두해 있는 그는 언젠가 자신이 그걸 확인할 수 있으려니 하며 살아왔다. 한데 지금 그것이 현실로 나타나고 있는 것이다.

송설은 너무 감격하여 향란과 서 진사를 번갈아 보며 입이 한없이 벌어졌다. 그런 송 진사를 더욱 아금받게 하기 위해선지 서 진사는 한마디 초를 더 치는 것이었다.

"송 진사, 중국 남북조시대에 진사 못지않게 화초를 사랑한 사람이 있었다오. 그 사람은 화초 수백 종을 집에서 정성껏 기르며 그들과 이야기하며 사는 게 천하의 낙이었다 합디다. 한데 이 양반이 화초만이 아니라 술도 좋아하였다지요. 그는 화초 곁에 앉아서 하얀 달을 보며 술을 들곤 하였는데 그때마다 옆에 있는 국화한테도 술을 부어주었다 하오. 그 국화는 황국이었는데 주인이 술을 부어주면 줄기가 구불구불해지면서 흔들흔들 춤을 추었다고 해요. 물론 술이 취하면 노란 꽃잎도 빨개져서 더욱 아름다웠더래요."

"서 진사님, 그게 정말입니까? 그 이야기의 원전은 무엇인지요. 소생도 한번 찾아봐야겠습니다. 너무 재밌군요."

"허어, 송 진사도. 내 재미로 하는 이야긴데 원전까지는. 나두 이제 나이가 쉰 하고도 둘이라 건망증이 심해서 예전에 알았던 걸 다 잊어버렸소.

원전은 기억이 나지 않고 줄거리만은 하두 재미가 있어서 잊지 않고 있다오. 한데 이 술 먹는 황국, 즉 주국 이야기의 끝은 안 들을라우?"

"왜 안 듣습니까. 나중 어떻게 되었습니까?"

"그게 좋은 결말인지 나쁜 결말인지 이렇게 끝났다오. 이 화초 좋아하는 양반이 어느 날 이웃한테서 아주 좋은 술을 선사받았더래요. 황국이 있고 하얀 달이 있는 판에 술이 생겼으니 아니 들고 배기겠소. 너 한잔 나 한잔 국화와 함께 흥청망청 술을 들었답니다. 아시다시피, 중국의 명주는 맛만 있는 게 아니라 독하지 않습니까. 그 독한 술을 너무 많이 마신 끝에 그 양반은 끝내 일어나질 못하고 세상을 하직하였대요. 헌데, 같이 술을 든 황국도 역시나 시들어 죽더라는 겁니다."

"호오, 주인과 꽃이 운명을 함께하였군요."

"그러게 말이요. 한데 그 시든 국화 뿌리에서 새순이 돋더니 두 송이 큼지막한 국화가 피었답니다. 죽은 사람의 누이가 그 손바닥만한 국화를 키웠는데 한 송이는 황국이고 또 한송이는 아예 빨간 적국이었더라나. 황국은 죽은 국화가 다시 피어난 게구 적국은 동생의 현신인 것을 알고 알뜰히 가꾸었는데, 재미있는 것은 그 국화들은 술을 줘야 생기가 돌고 싱싱하게 피어나더라 하는 이야기입니다."

"아하, 바로 주국이군요."

"그렇소. 사람들은 동생이 어쩌면 국화의 정령이었는가 보다 하였구요. 중국 항주에 가면 지금도 줄기가 꾸불꾸불한 국화가 있는데 주국의 후기다 하는 이야기들을 한답니다."

"그거 재미있군요."

화초에 미친 송설은 서 진사의 턱도 없는 이야기에 정신을 잃을 정도로 재미있어 하였다. 자신도 화초의 정령이 된 기분에 섭쓸려 있었다. 서 진사는 그런 그가 우스웠다. 그러나 해될 게 없는 농인지라 신이 더 나라고 한마디 덧붙였다.

"허지만 그 국화가 아무리 영특하다 해도 송 진사가 정성을 들인 이 향란만 하겠소. 이 향란은 극히 희귀한 진란(眞蘭)이요. 우리 조선에만 있는 참 난초이지요. 그리고 송 진사니까 믿고 말씀드리오만 내가 이번에 부탁하는 이유가 두 가지가 있소이다."

"무엇이오니까?"

"첫째는 며칠 유숙시켜 달라는 처자가 저 청렴결백하기로 유명한 박운 참의의 귀한 딸이라는 점이고, 둘째는 송 진사가 집 주변에 온갖 화초로 팔진도를 깐 것을 내 알기 때문이오. 솔직히 말하오만 지금 그 처자를 잡기 위해 날랜 포교가 뒤를 쫓고 있소. 여늬 집에 있다가는 포착당할 위험이 있어 송 진사께 부탁을 드리는 바요."

"박운 참의의 딸이라구요?"

"그렇소이다."

"그분이라면 죄를 지을 사람이 아니고 곧 신원이 돼 외려 충신대접을 받을 것 아니겠습니까. 그렇다문 필히 도와야 합지요. 더욱이나 향란도 좋아하니 기더욱 좋구요."

그렇게 말하는 송설은 자신이 서 진사에 휘둘린 생각은 하지도 않고 그저 기분이 좋아서 싱싱해 보이는 향란을 정신없이 바라보았다. 그러다가 뭔가 생각난 듯이,

"하지만 꽃으로 포진한 팔진도는 그리 큰 효험이 없을 게라, 그게 걱정입니다. 저 건너 이치 영감한테 어설피 배워 포진을 해보았습니다만 옆집의 김 생원이라는 자가 노상 그 진법 안으로 들어와서 시를 낭랑히 읊으며 저를 희롱하곤 한답니다."

"그 이야긴 들었소. 김 모란 자가 사실은 이치 영감의 제자로 진법을 좀 안답디다. 우리에겐 포교만 그 진법을 못 깨면 되는 게 아니겠소."

"하기야 그렇습니다. 그럼 그렇게 하지요. 언제 그 애를 보내시겠습니까?"

"아직 저녁도 들지 않았으니 밤이 깊어진 뒤 사람이 다니지 않을 때 사내아이 하나와 함께 은밀히 보내리다. 사내아이는 처자를 보호하기 위해 서강서 여기까지 같이 왔는데 원래 상놈이니 머슴방에 재워도 괜찮으리다."

"알겠습니다. 제가 알아서 처리합죠."

서 진사는 목적하고 왔던 일이 잘 결말나자 몇 마디 한담을 더 나누다 권하는 저녁은 떨치고 송설의 집을 나섰다.

짙은 봄의 서늘한 저녁이 집 안팎으로 가득한 화초 위에 다감(多感)하게 내려앉고 있었다.


경복궁 서문 위병장 김 위장은 노린내를 궁궐 정중앙의 큼지막한 전각으로 데려갔다. 영추문에서 그 전각까지 가는 길 곳곳에는 화려한 전각이 즐비하여 노린내로서는 어느 곳이 어느 곳인지 가늠할 수가 없었다.

아침의 인왕산이 밝게 내려다보는 오월의 경복궁은 화려하기 그지없는 궁궐이었다. 처음 궁궐에 들어온 노린내는 이곳 저곳이 모두 웅장하여 당도한 곳이 유명한 왕비 처소이자 시어소인 교태전인 것은 나중에나 알 일이었다.

전 안에 들기 전에 김 위장이 걱정되는 듯 일러주었다.

"저곳에 들어가면 무릎을 꿇고 정중히 절을 하시오. 높은 분을 볼 것 같은데 그럴 경우는 부복하고 국궁하는 거 알지요?"

"알겠습니다."

김 위장은 교태전 입구에 서자,

"연추문 위장, 노 포교를 대령하였사옵니다."

진중한 목소리로 아뢰었다. 조금 있자 문이 삐그덕 열리고 노란 저고리에 파란 치마를 입은 궁인 하나이 밖으로 나왔다. 뽀오얀 얼굴에 새촘한 입 언저리를 지닌 궁인이었다.

"이분이 노 포교이신가요?"

"그렇습니다. 상궁님."

위장의 대답에 상궁*은 고개를 끄덕이었다. 상궁의 그 신호가 물러가라는 뜻이었던지 김 위장은 꾸벅 허리를 굽혀 인사를 하고는 대번 뒤를 돌아가버렸다. 단 둘이 남자 상궁은 노린내를 잠시 위아래로 훑어보더니 입을 연다.

"노 포교께서는 전 안으로 들어가시면 왕비마마를 뵙습니다. 문에서 세 발짝 들어간 자리에서 절을 하여 뫼시어야 하구요, 앉으라는 어명이 내리시기 전에는 국궁하고 계시어야 합니다. 앉으라는 분부가 나리시면 무릎을 꿇고 고개를 숙여 부복해야 합니다. 아시었습니까?"

확인하여 묻는 어조가 조용하면서 차가웁다. 노린내는 대답 대신 고개를 크게 끄덕이었다.

상궁은 문으로 노린내를 들이기 전에 왼쪽 허리에 찬 목봉을 쳐다보았다. 노린내는 후딱 목봉을 풀어 상궁에게 올렸다. 그녀는 목봉을 받으며,

"이따 가실 때 드리리다."

간단히 말하고는 복도를 앞장서 갔다. 노린내를 영추문에 들인 김 위장은,

'궁중에서는 수문장 외에는 진검을 패용할 수 없으오이다. 허나 그대는 위의 특명으로 목봉을 들게 하라 했으니 이걸 차시오' 하며 칼은 압수하고 목봉을 주었었다.

상궁을 따라 복도를 열 발짝쯤 가자 대전 문 입구가 보였다. 노란 실로 수놓은 하얀 저고리에 파란 치마를 입은 나인 둘이 문 좌우에 시립해 있었다. 상궁은 목봉을 나인에게 맡기고 안을 향해,

---

**상궁** 尙宮 궁관 가운데 제일 높은 정오품직 궁녀. 내명부는 크게 내관과 궁관으로 나뉘는데 내관은 정일품 빈(嬪)에서 종사품 숙원(淑媛)에 이르는 여관으로 왕의 측실이고 궁관은 정오품 상궁에서 종구품 주변궁(奏變宮)에 이르는 여관으로 궁의 일꾼들이다. 그러나 일꾼들도 임금과 잠자리를 같이 하면 벼슬이 올라 측실이 될 수 있다. 상궁은 직책에 따라 제조상궁 부제조상궁 대령상궁 보모상궁 시녀상궁 감찰상궁으로 나뉜다. 여기 나오는 상궁은 대령상궁에 속한다.

"왕비마마, 노 포교 대령이옵나이다."

말을 길게 늘이었다.

"들라 해라."

낮으면서도 위엄 있는 여인의 목소리가 안쪽에서 들려왔다. 상궁은 문을 열고 노린내를 안내하였다. 노린내는 상궁을 따라 조심스럽게 발을 떼었다. 다섯 칸도 넘는 큰 전각에는 앞쪽에 화려한 민화병풍이 쳐 있고 좌우에 홍심박이 황촉이 두 개씩 휘황하게 켜 있었다. 병풍 앞에는 서안과 큼지막한 보료가 놓여 있었는데 그 위에 화려한 왕비복의 왕비마마가 앉아 있었다. 황촉 좌우와 뒤쪽에는 화각장과 파아란 자기가 단정하게 포설돼 있었다.

노린내는 상궁이 일러준 대로 세 발짝을 나아가서 넙죽 절을 하고 조용히 일어나 고개를 깊숙이 숙이고 섰다.

그 높은 왕비 모습을 언뜻 본 것만으로도 노린내는 긴장되어 가슴이 쿵쿵 뛰었다. 구중궁궐에 들어온 것도 감개무량한데 왕비까지 뵙고 보니 지금 자기가 어떤 처지로 어떻게 돌아가고 있는 건지 정신이 아드막하였다.

"포교는 앉으라 하라."

왕비의 처분이 나리자,

"왕비마마께서 포교는 앉으랍시오."

상궁은 왕비의 말씀을 내려 전했다.

"황감하옵니다."

노린내는 짧게 대답하고 여전히 고개를 숙인 채 조심스럽게 무릎을 꿇고 부복했다. 그런 짧은 사이에도 노린내의 뇌리는 여러 생각에 골돌하였다. 무슨 일이 있어서 나를 불러 왔을까. 왕비마마가 직접 지시할 중대한 일이 있다는 말인가. 궁금증과 함께 두려움이 가슴을 졸였다.

노린내가 부복하자 왕비의 목소리가 다시 울렸다.

"내 직접 묻겠노라. 포교는 이름이 무엇이라 하는가?"

"신(臣), 노하 노자 동녘 동자 여덟 팔자 노동팔이라고 하옵니다."
"포교가 된 지 오래 되었는가?"
"올해로 여섯 해가 되었으며 직책은 포졸이옵니다."
"6년이 지났는데 여직 포졸이란 말인가."
왕비는 노린내에게 묻는 어투로 말을 내고는 눈은 옆에 시립한 상궁을 바라보았다. 상궁이 대변 응대해 설명조로 말하였다.
"심 대감께서는 왕비마마의 특천이시면 오늘 부로 포교 승진을 시킬 수 있다 하였습니다."
"그리하여야 할 것 아닌가. 6년의 경력에 재조가 비상하다 하는데 어찌 포졸로 능력을 버릴손가. 더구나, 이 엄한 궁중에서 중차대한 임무를 수행하는 사람이 일개 포졸이어서야 쓰겠는가."
"그 승진 건은 김 위장에게 말씀을 나리시면 즉각 처리하올 것입니다."
"그렇게 하도록 하라."
왕비의 목소리는 새되면서 딱딱 끊는 절도가 있었다. 간결하고 엄중하였다. 사가 없고 공적인 어투였다. 그 엄중한 말투는 몇 마디 왔다갔다하는 사이 노린내를 포교로 승진시키고 있었다. 노린내는 갑작스런 승진에 아연 긴장하였다.
이건 그냥 주어지는 게 아닐 것이다. 무언가를 하여야 한다. 그것이 무엇일까.
포교로의 승진은 노린내 자신이 얼마나 고대하고 갈망하였던가. 하지만 지금의 갑작스런 승진은 기쁘기만 한 게 아니고, 위험이 도사리고 있을 터이었다. 노린내는 자기도 모르게 머리를 깊숙이 조아렸다.
"왕비마마의 하해 같은 처분 황송무지로소이다."
노린내의 떨리는 목소리에 짐짓 눈웃음을 주던 왕비는 이제 다정한 목소리로 말하였다.
"들자하니 노 포교는 냄새를 잘 맡아서 모든 걸 알아낼 수 있다 하더이다."

바로 이것이로구나. 노린내는 조금은 안도하였다. 내 냄새 재주로 무언가 해결해야 할 일이 있는 것이다. 그럴 줄 짐작은 하였으되 정작 그것이 확인되자 자신 있는 중에도 뭔가 꼬집어내 말할 수 없는 불안이 어른거렸다.

자향이란 처자를 쫓으며 두 차례 실패한 나의 냄새학. 그것이 세 번째 시련을 받는가? 세 번째! 겸손해야 한다. 치밀해야 한다. 현자천려일실(賢者千慮一失)이란 말은 통하지 않는다. 그것이 아무리 천의라 한들. 그런 생각들이 순식간 뇌리를 스치며 그를 불안하게 하였다.

노린내는 목소리를 가라앉히고 겸손하게 대답하였다.

"조충소기로소이다. 남보다 조금 후각이 예민할 뿐, 대단한 재주는 아니옵나이다."

"아니야, 그것도 큰 재조이지. 그대의 재조에 대해서는 잘 들었노라. 내 노 포교에게 부탁할 일이 하나 있다."

"황감하옵네다. 명령만 나리옵시면 소신 진충갈력하겠나이다."

"고마웁네. 한데 이 일은 시간이 촉박하니 오늘 중으로 처결하여야 하는 게 관건이로다."

천하의 왕비마마가 친히 불러주고 만나주는 것도 황감한데 고마웁다는 말씀까지 내리니 노린내는 몸둘 바를 몰랐다.

"옥선 상궁은 그것을 보여 주어라."

왕비의 말씀에 옥선이라 불리운 상궁은 보자기에 싼 것을 노린내 앞에 가져다 놓았다. 노린내는 감히 펼쳐보지 못하고 바라보기만 하였다.

"우리 궁궐이 구중심처인 것은 노 포교도 알겠노라."

"알고 있사옵니다."

"궁궐에 정신이 엇나간 무수리가 하나 있어 그 애가 어디로 갔는지 행방이 묘연하도다. 궁궐 밖으로는 나가지를 않은 것이 분명하고 이 안에 있을 것이 자명한데 궁궐 안이 구중심처라 찾을 수가 없으니 한탄할 일이 아니겠느냐. 그 애를 한시 바삐 찾고저 하노라. 거기 보자기 속의 옷은 그 나인이 입던 옷이니라. 그 냄새를 채취하여 그 애를 찾아낼 수 있으리라. 하루 내에 궁궐 안에서 찾아내야 한다. 옥선 상궁은 그 표신을 주어라."

옥선 상궁이 까만 나무에 흰 글자로 '비부'라고 씌여진 표신을 노린내 무릎 오른쪽에 갖다 놓았다.

"그 비부는 대왕전 대비전 왕비전을 뺀 어느 곳이든 들어가 탐문할 수 있는 표신이니라. 그것을 갖고 그 애를 찾아내도록 하라. 무슨 말인지 알아들었겠노라."

"왕비마마의 어명, 소신 똑똑히 받잡았나이다."

노린내는 고개를 푹 숙이며 떨리듯 대답하였다.

잠깐 동안 전안은 침묵이 흘렀다. 여염집의 고요는 평안이지만 궁궐의 고요는 긴장이었다. 노린내는 조용함이 두렵다는 것을 처음 느꼈다. 소리 없는 각일각. 왕비마마의 범상치 않은 차분한 목소리가 들리었다.

"이것은 사소한 듯 중차대한 나라의 일이니 착오가 없도록 하여야 할 것이야. 게다가 어느 누구도 알아서는 아니 되며 어느 누구도 이런 일이 있는 줄 모를 것이다. 이 일이 끝난 이후로는 그대도 모르고 나도 모르고 하늘도 모르는 일이로다."

"알았사옵나이다."

대답은 번개같이 하였으되 이 말씀은 무슨 뜻일까? 아무도 알아서는 아니 될 일. 그것을 내가 처리해야 한다. 그게 무슨 일이관데 이렇게 비밀스런 말씀을 하실까.

그리고 또 잠깐 침묵. 이번엔 왕비마마의 목소리가 조금 밝게 튀었다.

"노 포교는 고개를 들라!"

노린내는 고개를 천천히 들어 처음으로 왕비를 제대로 바라보았다. 목소리는 차가웁지만 갸름한 얼굴은 아름답고 귀티가 절로 났다. 다만 눈빛이 너무 선연해 가슴을 섬칫케 한다. 왕비는 은근한 웃음을 띠며 얄미울 정도로 붉은 입술을 열었다.

"그대는 오늘부터 친군위 소속으로 나의 지휘를 받으며 포교로 승진이 되었느니라. 일이 잘 끝나면 후한 상급이 나릴 것이요 앞날이 창창하리라. 옥선 상궁은 그것을 주어라."

이번에도 상궁은 노린내 무릎 오른쪽에 쟁반 하나를 가져다 놓았다. 쟁반에는 돈꿰미가 들어 있었다. 무려 쉰 냥쯤 되어 보였다. 너무나 많은 돈을 보자 노린내는 쟁반에 쏠리었던 눈길을 왕비한테 주지 못하고 고개를 숙이며 읊조렸다.

"황공하옵나이다."

"사양할 건 없다. 옥선 상궁은 이처현 상선에게 노 포교를 안내해주어라. 이 상선이 궁궐 수색에 필요한 모든 조치를 하여 줄 것이다. 처음에는 그 애가 거처하던 방부터 시작하면 될 것이다."

"알겠습니다."

"그리고 노 포교는 긴한 일이 있을 경우는 서슴없이 옥선 상궁을 만나도록 하라. 알았는가?"

"잘 알았사옵나이다."

"좋다. 일은 오늘 중으로 마무리짓도록 하라. 노 포교는 그럼 이만 물러가도 좋다."

"네이!"

노린내는 대답에 힘을 주고는 일어나 큰절을 하고 뒷걸음으로 물러나왔다. 교태전을 나오자 옥선 상궁은 그에게 손짓하고는 앞장을 선다. 노린내는 그녀가 챙겨준 연지의 옷은 들고 돈 보따리와 표신은 가슴에 갈무리하고 상궁의 뒤를 따랐다.

사랑채와 마루를 격한 안채방이요, 안방에서는 다른 마루를 격한 건넛방이 자향이 머무는 방이었다. 자향은 안방마님의 수발을 받고 있었으나 바로 옆 사랑채에 거하고 있는 송 진사의 보호관찰도 함께 받고 있었다.
그녀를 이 방에 안배한 것은 앞문을 열면 송설이 정성껏 가꾼 화단이 환히 내다보이기 때문이었다. 꽃을 보면 마음이 정갈해지고 그 향긋한 내음은 병자에게 좋으리라, 송설이 특별히 신경쓴 것이었다.
자향이 머문 지 이틀째, 봉합자국은 빨리 아물고 있었다. 서 진사의 처방이 효험이 있어 통증은 가시고 몸은 가뿐하여졌다.
오후의 햇살이 집 안팎 꽃들 위에 비스듬히 비칠 때, 자향은 앞문을 열고 꽃들을 감상하고 있었다. 한낮이 기울었어도 나비와 벌의 화려한 비상은 여전히 분주하다. 꽃들의 향기는 그들 손님을 여전히 반기고 있었다.
민들레 국화 작약 매화 난초 목부용 산다화 석류화 해당화, 온갖 꽃이 화단을 이루었는가 하면 울타리가 되고, 울타리 넘어로도 자연스레 퍼져나가서 집 주위가 온통 꽃천지였다. 자향은 그 많은 꽃들 중에서 어머니가 그렇게도 좋아하던 연꽃을 유심히 보고 있었다.
자향아, 중국사람들은 국화를 무척이나 좋아한단다. 도연명의 유명한 시구 있지. '동쪽 울타리 아래서 국화를 캐고, 유연히 남산을 본다〔採菊東籬下 悠然見南山〕'는 아름다운 시구 말이야. 그 멋진 시 땜에 중국사람들은 특히나 국화를 좋아한데요. 하지만 어머니는 그 국화보다 연꽃이 더 좋단다. 딸아, 지난번에 이야기해준 무숙(茂叔) 선생의 애련설(愛蓮說)을 읽어보았니? 어때, 너무 멋있지. 그 중에 이런 글귀가 어떻던.
꽃엔 사랑스러운 게 많다. 그럼에도 진나라 도연명은 국화만을 사랑하였다. 당나라 이후에는 거개가 모란만 사랑한다. 모란은 부귀를 상징하는 꽃이나 나는 연꽃을 사랑한다. 그것은 연꽃이 더러운 진흙 속에서 나서 아름다운 꽃을 피우기 때문이다. 더러운 속에서도 물들지 않고 의지를 고치지 않는 것을 사랑하는 것이다. 연꽃은 중심이 비었어도 외모는 꼿꼿하며 덩굴도 없고 가지도 없다. 게다가 향기는 멀리 있을수록 더욱 맑으며 그의 높은 자태는 누구도 업신여기지 못하는 바다.

어떻니? 무숙 선생의 연꽃 좋아하심이. 너도 그 선생처럼 연꽃을 좋아해 보렴. 고귀한 모란보다 청초한 연꽃이 더욱 좋은 게다. 자항은 연꽃 같은 사람이 되었으면 한다.

어머니는 중국 이학(理學)의 토대를 마련한 주자학의 대가 주돈이 선생을 꼭 무숙 선생이라 불렀다. 성인 같은 유학자를 가까운 선생처럼 친근하게 여기셨다. 그럴 때마다 자항은 우리가 어찌 그런 분과 같을 수가 있을까, 두려움이 앞섰다. 한데 어머니는 그런 분의 삶과 사고를 우리의 표상처럼 떠받들고 좋아하고 가까이하였다. 하나도 스스럼없이.

그런 어머니의 사랑이 담뿍 담긴 말씀이 지금도 귀에 아련하였다. 밝은 미소, 깨끗한 마음, 아름다운 생각을 하시는 분. 고상하신 우리 어머니는 지금 무얼 하고 계실까. 그 넓으신 마음으로도 주체 못할 슬픔에 잠겨 계실까. 함께있어 위로라도 못 드리는 이 불초소생. 자항은 사약을 받으실 아버지보다도 어머니 생각이 더욱 간절하였다. 그때,

"어떤 꽃이 그렇게 좋아서 정신없이 쳐다보고 있는가?"

송 진사의 말에 자항은 퍼뜩 현실로 돌아왔다. 그녀는 툇마루에 앉았던 몸을 일으키며 고개를 숙이고,

"꽃들이 죄 아름답습니다. 다만 저의 어머님께서 연꽃을 좋아하셨기에 저 연꽃을 유심히 보고 있었나이다."

작은 연못에 두둥실 떠 있는 연을 가리켰다.

"흐음, 어머님께서 연꽃을 좋아하셨다. 그래요, 연은 불심을 상징하듯 여인의 마음을 청정하게 이끌어주지. 어머님은 어쩌면 주돈이의 애련설도 열독하셨겠구먼."

"그렇습니다. 노상 애련설을 외우시곤 하셨습니다."

"근엄한 유학자가 그런 아름다운 글을 엮어낸 걸 보면 꽃은 정말로 아름다운 것이야. 저 연꽃을 기르려고 작은 연못을 일부러 만들었지. 처자는 연꽃을 어떻게 재배하는지 아는가?"

"꽃은 좋아하지만 그런 건 잘 모르옵니다."
"편안하게 앉으시게. 나도 이 평상에 앉아 볼까."
송설은 툇마루 앞에 놓여 있는 평상에 앉아 꽃들을 둘러보며 입을 열었다.
"연꽃은 어느 꽃보다 기르기가 힘이 들어요. 연은 팔구 월에 단단하고 검게 익은 연실을 맺는데 이를 거두어 머리부분을 갈아 껍질을 얇게 만든 다음 도랑 언저리의 흙을 파서 잘 이겨 두 치쯤 되게 연실을 싸지. 진흙은 햇빛을 비추면 아니 되니까 음지에서 말려야 해. 말리되 물기는 속에 남아 있어야 하구. 진흙이 다 마르면 못 속에 던져 넣는 게야. 뭉툭한 부분이 먼저 가라앉으므로 껍질을 얇게 간 부분은 위로 향하게 된단 말씀이야. 자연히 자리를 잘 잡게 되는 게지. 연꽃은 그렇게 심은 그 해에 바로 꽃을 피우지."
"화초 하나에 그처럼 손을 많이 써야 하는군요."
"그럼. 사람 키우는 것 못지않네. 사람보다 나은 것은, 사람은 그렇게 애를 써도 기대에 부응하지 않는 예가 많지만 연은 애를 쓰는 만큼 아름답게 피어나는 거지. 꼭 보답을 해!"
자향은 마음이 따뜻해졌다. 화초를 사랑하고 믿는 마음이 아름답게 느껴졌기 때문이다. 그녀가 대답하기 전에, 따뜻한 마음을 주는 송 진사가 말하였다.
"어머니는 그렇고, 처자는 어떤 꽃을 좋아하는가?"
"저는 정향을 아주 좋아합니다."
"정향, 좋지. 저 정향은 중국이 원산일세. 원산은 중국이래도 정향은 우리 나라로 건너와 조선식으로 달라지고 더욱 아름다운 꽃이 되었다는 게야. 우선 크기가 아담하고 꽃잎의 자주색도 더욱 은은하여져서 중국 것보다 월등 청초하다는 평을 받지. 정향은 향기만 좋은 게 아니라 자태가 우아한 꽃이야. 그대와 잘 어울리는 꽃일세. 지금이 저 꽃 향기가 절정일 때이지."

"진사님도 좋아하시나요?"

"물론이지. 난 여기 있는 꽃은 모두 좋아한다네. 어느 하나만 좋아하면 다른 꽃들이 시샘할 터이니 그럴 수 있나. 저 작약 옆에 있는 꽃이 무슨 꽃인지 아시는가?"

"패랭이꽃 말씀하시는가요."

"호오, 잘 아는군. 처자라 역시 다른가. 우리나라의 패랭이꽃은 붉은 것 한 가지뿐이지만 저건 당석죽이야. 중국서 온 석죽화지. 당석죽은 빛깔이 파랑 노랑 빨강 하양 검정의 다섯 색의 꽃을 피워요. 색깔이 그야말로 영롱하지. 저 꽃은 묘하게도 돌틈의 건조한 곳을 좋아해서 섬돌 틈이나 담 밑에서도 잘 자라. 저쪽 담장 밑을 보아요. 거기도 패랭이꽃이 있지."

"그러네요. 정말 처연하리만치 애잔하네요. 꽃망울이 마치 갓난아이 눈망울 같구요."

"처연하리 만큼 애잔하다. 그 표현 좋군. 꽃이란 나름대로 다 아름다워요. 장미 모란 난초 국화 같은 유명한 꽃만 아름다운 게 아니야. 깊은 산골에 핀 이름 모를 꽃도 자세히 들여다보아. 아름답지 않은 꽃이 어디 있나. 사람들은 그걸 모른다구."

자향은 퍼뜩 금낭화 생각이 났다. 도망길 첫날 서강으로 갈 때 노고산속에서 보았던 금낭화. 야생화가 그토록 아름다운 걸 자향은 그때 처음 느꼈다. 그 자살굿은 가을나무는 시집가고픈 노처녀의 염원에 그 꽃을 머리에 꽂고 갔었지.

금낭화와 가을나무를 생각하니 가슴이 뭉클해졌다. 그녀는 지금 어디 있을까. 내 소식을 몰라 애를 태우고 있을 거야. 어쩌면 마포의 조씨국밥집에 필히 들렀을 터인데, 거기서 헤매고 있지는 않을까. 데설궂은 가을나무의 모습이 눈에 선하였다.

"방안에 있는 향란은 어떻던가. 향기가 괜찮지 않던가?"

송설은 기대 어린 투로 물었다.

"네, 향기가 그렇게 좋을 수가 없어요. 하지만 자태도 그토록 고아한 건 처음 보았습니다. 언뜻 보면 수수한 듯하지만 볼수록 은은하고 묘미가 넘쳐서 보는 이의 마음까지 깨끗이 해주어요. 오늘 아침에는 그런 향란을 보다가 한없이 우아한 꽃이구나 하고 생각했습니다."

"호오, 한없는 우아함이라. 그렇지, 난의 실체는 결코 뽐내지 않는 우아함일세. 하지만 그 우아함 속에는 우리가 범접 못할 힘과 기가 응어리져 있지. 처자는 그것까지 느끼었는가?"

"거기까지는 느끼지 못하였나이다."

"아니야. 보고 느꼈을 게야. 겸손한 거겠지."

송설은 자향을 지긋이 바라보았다. 행복이 넘치는 얼굴이었다. 여린 처자가 기특하게도 향란을 알아보는 게 그렇게 맘에 들었는가 보았다.

"난초는 꽃 중의 꽃이지. 처자가 표현한 한없는 우아함, 그 속에는 난초만이 가지는 엄정의 미가 숨어 있어요. 잘 보아요. 곡선을 그으며 흘러내린 잎새, 그 잎새가 뭐같이 느껴지던가? 그 잎새는 한 자루 칼날이지. 시퍼런 칼날, 서늘함이 넘치는 칼날, 낭창낭창하면서 칼처럼 예리한 잎새."

송설은 이제 자향을 바라보지 않고 있었다. 화원에 가득한 꽃들, 그 중에서 가장 아름답고 가장 예리한 난초들을 보고 있는 걸까. 아니면 마음의 향란을 보고 있는 걸까. 여하튼 그는 난초를 보고 있음에 틀림없었다.

"난의 잎새는 차가운 칼날이요, 힘이요, 생명이야. 난이 바람에 날리는 걸 본 적이 있는가? 장관이지. 바람에 날리는 난, 그것은 무사의 검무야. 바람을 빌려서 난은 춤을 추는 게야. 자신의 잎새로 검무를 추는 거지. 잎새는 사방에 충만한 공기를 획획 가르면서 춤을 춘다구. 이 세상을 쓱쓱 두 쪽으로 자르고 합치고 또 자르고 그리고 합치고. 그러면서 난은 자신 몸 속의 충일한 힘을 천지에 내뿜는 거지. 그러면 저 넓은 화원은 난초의 기가 충만해지고 그 기를 맘껏 흡수한 꽃들은 힘차게 피어나는 게라. 꽃들의 기는 이 세상 어두운 빛깔을 뚫고 천지에 광명을 뿌리지. 투명한 그 빛깔은 온 세상을 밝혀주고!"

거기까지 말한 송설은 지긋이 자향을 바라본다. 이 처자가 내 말을 이해하는지 확인하는 것 같았다. 자향은 조용히 송 진사의 다음 말을 기다렸다.

"처자는 내 말 이해가 되는가? 이상하게 들릴 게야. 허지만 꽃들도 잘 보면 우리 인생처럼 화생이라는 게 있어. 숨쉬고 먹고 대화하고 그리고 때로는 좋아하고 쓸쓸해하기도 하고. 저들 화생(花生) 속엔 그들 나름의 세상이 있는 거라구. 우리들 사람이 모를 뿐이지. 인간은 그저 눈앞에 보이는 작은 아름다움만 알 뿐 저 건너 보이지 않는 세상은 결단코 모르지. 인간은 가여운 존재야."

송설은 신들린 듯이 주워대고 있었다. 자향은 넋이 나간 표정으로 그런 송설을 바라보았다. 그 순간, 송설은 신들린 사람이었다. 신들린 그 순간, 그의 전후좌우에는 아무것도 없었다. 있을 필요가 없었다. 오로지 꽃만 있으면 되었다. 그 중에서도 난초는 한가운데서 예리한 잎새로 공기를, 아니 천하를 획획 자르고 합치고 또 자르고 있을 것이고.

자향은 유심현 지사, 이치 영감, 서경덕 처사 그리고 기이한돌의 얼굴을 떠올렸다. 그분들도 어딘가 신들린 대목이 있었다. 그러나 이 송설 정도는 아니었다. 송설은 화초라는 세계에 푹 빠진 외골수요, 그 자체였다.

그렇게 한참 주워섬기던 송설은 그런 자신이 조금은 멋쩍었던지 싱긋 웃으며 자향을 바라보았다. 그리고는 은근한 찬사를 자향에게 준다.

"처자는 꽃을 보는 눈이 있군그래."

"그렇지 않사옵니다. 그저 좋아할 뿐입니다. 아름다운 꽃을 보며 느끼는 대로 좋아할 뿐인 걸요."

"느낀다는 게 중요하지. 중요하구말구. 느낌 뒤에 앎이 있고, 앎 뒤에 인생의 보람이 있는 게니까."

"조선의 난은 천하무비라 하더니 정말 아름다운 것 같아요. 향란이란 이름은 진사님께서 지어주셨다면서요."

"그러하네. 빼어난 꽃은 이름을 가질 자격이 있지. 사람만 이름을 가질 자격이 있는 건 아니거든."

송설은 꽃을 알아보는 자향과의 꽃 이야기가 너무나 좋았다. 기분이 상쾌했다. 시골에 은거해 꽃을 벗하며 사는 인생이 더할 나위 없지만 꽃을 알아보는 사람을 만나기란 드문 일이었다. 보아한즉 자향이 꽃을 좋아하는 것 같아 말을 붙여보니 과연 꽃에 대한 조예가 상당하였다. 아름다운 처녀가 꽃까지 제대로 알고 좋아하니 흥이 절로 났다. 그래, 저렇게 훌륭한 처자는 도와 줄 만하지.

## 17. 환관 이처헌

노린내가 옥선 상궁을 따라간 내반원은 환관이 일을 보는 내시부가 있는 건물이었다. 이곳은 조선사에 기록이 거의 전해오지 않는 유일한 마을이다. 임금을 모시는 마을이어서 은밀한 요소가 있는 곳이지만, 그토록 사료가 남아 있지 않은 것은 기이할 정도이다.

조선 역사는 임금의 일거수 일투족뿐만 아니라 동궁의 일지까지 자상히 남길 정도로 엄격, 치밀하다. 그럼에도 환관의 기록을 중시하지 않은 것은 아마도 나라는 반듯한 조신(朝臣)이 다스리는 것이지 한낱 환관이 관여할 바 아니라는 의식의 발로인 듯하다.

중국의 역사는 수시로 환관이 발호한 역사이다. 그러나 우리나라는 고려 초기부터 유학 과거 환관제도를 거의 동시에 받아들였음에도 환관의 역할은 크지 않았다. 특히 조선에 들어와서 환관은 임금의 몸종 이상도 이

하도 아니었다. 이는 고려시절 몇 차례 환관이 정치를 농단한 뼈아픈 역사를 되풀이하지 않기 위해서일 터이었다.

그러나 인척과 간신의 발호가 수시로 넘나든 조선사에 환관의 텃세가 없을 리 없다. 조선 중기로 들어오며 몰락한 양반의 집안에서 똑똑한 아들을 환관으로 넣고 그 연줄로 무너진 가문을 일으킨 예가 종종 있었다.

인물 좋고 총기 있고 집안 좋은 자가 내시로 궁에 들어오면 그를 양아들 삼기 위해, 권세 있는 별감들의 눈치싸움은 불꽃이 튀었다. 자식을 못 갖는 환관이기에 양아들은 여염집의 대를 잇는 외아들보다 월등 가치가 컸다. 나아가 똑똑한 후배를 양아들로 두어야 권력도 그만큼 세어지는 법. 그로 인한 환관 족보가 있었으니 양반집 어느 족보보다 힘이 있었다. 족보에 이름을 올린 환관들의 권세는 대를 이어 면면히 이어졌고 그들의 친가도 누대 출신할 수가 있었다.

이처현은 성종대왕 초기에 궁에 들어온 가난한 양반집 장남이었다. 족보에는 번듯한 전주 이씨 양반이었으나 집에는 조석 끓일 보리쌀 한 톨이 없었다. 어려서부터 명석하고 야심이 컸던 그도 끝도 없이 파고드는 가난 앞에는 속수무책이었다. 일찍 돌아가신 부모를 대신해 집안을 이끌고 일으켜야 할 의무가 있었다.

고뇌 끝에 이처현은 환관이 되기로 작심하였다. 바로 밑의 동생은 그런 그를 극구 말렸으나 여덟이나 되는 형제를 먹여 살리기 위해 그는 특단의 결심을 하였다. 그리고 그것은 야심을 숨긴 큰 한걸음이기도 하였다.

내시부가 지정한 중부 견평방의 전의감에 가서 남성의 상징을 잘랐을 때, 그는 고통과 수치, 회한과 절망을 주체할 수 없었다.

그를 면대한 전의감의 판관(종오품)은 이처현이 조금 뒤에 느낄 감상을 이미 예측하고 있었다. 눈빛이 단아한 판관은 쌀쌀한 말씨로 물었다.

"그대의 거세는 자발적인 것이다. 결코 후회하지 않겠는가."

"후회하지 않습니다."

"여인과 사랑할 수 없는 사람이 되네."
"알고 있습니다."
"부모에게는 불효가 될 수 있소."
"각오한 바입니다."
"고통도 크리로다. 참을 수 있겠소?"
"참을 수 있습니다."
"여기에 수결을 넣으시오."
수결을 지켜보던 판관은 이처현과 수결을 번갈아 보다가,
"명필이구려."
한마디 던지고는 묘한 표정을 지었다. 그 판관의 묘한 미소, 놀라움인지 동정인지 비웃음인지 모를 그 웃음은 평생 이처현의 뇌리에서 떠나지 않았다.

거세를 하고 전의감을 나왔을 때, 이처현은 갑작스레 밀려오는 수치 회한 절망에 휩싸였다. 한 발짝 옮길 때마다 엄습하는 육체적 고통, 그것은 버틸 수 있었다. 이를 악물고라도 걸을 수 있었다.

그러나 새삼스레 덮쳐오는 회한과 절망. 나는 이제 남자가 아니다, 남정네가 아니다, 나에겐 여자가 필요치 않다, 여인을 사랑할 자격이 없다. 아, 이 선택은 잘된 것인가. 잘된 것일까.

그는 잘라낸 자기 물건을 넣은 작은 함과 거세증명서를 바라보았다. 환관으로의 통행증인 이 물증과 문서, 이것을 얻기 위해 사나이의 전부인 남성을 버린 나. 행여 조상의 질책을 받지는 않을까.

사내 대장부의 포부를 함께 갈파하던 동무, 그들을 대할 수 없는 부끄러움은 괘념치 않겠다. 미리 다짐했던 대로 그 수치는 달게 받자. 하지만 부모님 조상님, 오로지 그분들의 이해와 면목이 문제였다.

그리고 또 하나. 아무 기쁨 없는 아무 의미 없는 인생. 내시로서의 인생이 살 가치가 있는 것일까.

이처현은 고인 눈물이 흐르지 않도록 고개를 들었다. 하늘이 보였다. 하늘은 그가 남성을 잃었음에도 여전히 파아랄 뿐이었다. 아까 전의감을 들어가기 전 무심코 보았던 하늘 그대로였다.

푸른 하늘을 보자 청사에 길이 빛날 역사서, 사기를 쓴 사마천 생각이 났다. 임금을 간하다가 궁형을 당하고서도 사기를 완성하기 위해 그 큰 수치를 참은 사마천! 그렇다. 천하의 문장 사마천*도 사기를 쓰기 위해 궁형의 수치를 감수하지 않았던가. 그분의 각오를 내 본받으리라. 나의 작은 욕심만이 아니라 나라에도 보탬이 되는 사람이 되어야 한다. 이 고통 이 서러움 달래줄 보람 있는 일을 하고야 말리라.

그렇게 맹서는 하였지만 스스로 생각하기에도 그것은 어쩌면 자기 합리를 위한 변명일 뿐. 쓸쓸함을 넘어 한없이 슬펐다. 그러나 이 보잘 것 없는 나도 의지를 갖고 살면 되지 않겠는가. 그는 눈물을 참고 이를 악물고 물증과 문서를 들고 힘든 발걸음을 내디뎠다.

그가 내시 임명을 받고 내시부의 상선에 인사를 드리자 옆에 보좌하고 있던 별감 하나가 그에게 물었다.

"왜 내시가 되었는고?"

"명목으로는 임금을 옳게 보좌하고 싶은 충정이옵고 안으로는 집안을 일으키고 싶은 애틋한 갈망 때문이옵니다."

"응답이 너무 과감하구나."

"물음이 너무 크셔서 솔직함으로 말씀 올렸나이다."

"아무리 각오하였다 하여도 남성을 버린 것은 후회스러울 수가 있으렸다."

"남성을 버린 것은 작은 일이고, 나라를 위해 일하는 것은 큰일이옵니다."

---

**사마천** 司馬遷 BC 145년경~BC 85년 중국의 천문관 역관 최초의 위대한 역사가. 아버지의 유업을 받들어 태사령이 되었고 동서고금에 유래없는 역사서 사기를 펴냈다. BC 99년 이릉 장군이 오천의 군사를 거느리고 흉노와 싸우다가 세 불리하여 항복함에 무제가 그의 일족을 몰살시키려하자 사마천은 이를 강력 간하였다. 이에 화가 난 무제는 사마천을 궁형에 처하였다.

"흠, 우리 환관은 존재는 하지만 드러나서는 아니 되는 신하인 걸 아는가?"

"세상은 보이지 않는 공헌이 보이는 공로보다 더 중요할 때도 있는 줄 아옵니다."

"궁에서의 하루는 여염의 한 달보다 길 수가 있느니."

"충성하는 데는 하루와 한 달이 여일하니 길고 짧은 게 없을 줄 아옵니다."

"우리가 어떻게 살아가고 있는지 상상이나 하여 보았는가?"

"음지에서 일하고 양지를 지향하는 것으로 알고 있습니다."

"궁중의 삶에는 낭만과 희망이 없을 것이야."

"희망을 간구하지 않는 곳에 맑음이 있고 낭만을 추구하지 않는 마음에 성실이 깃들 줄 아옵니다."

"글은 어디까지 읽었는가."

"사서삼경까지 읽었사오나 총기가 따르지 못하여 아직도 한이 없나이다."

이 짧은 대화는 곧 모든 환관에게 전해졌고 고참 환관들의 눈빛이 달라졌다. 오랜만에 인물이 경복궁 내시로 들어온 것이다. 누가 그를 양아들로 점찍을 것인가. 서로들 군침을 삼키며 동태를 살폈다.

성종이 아무리 어진 임금이라 해도 궁중 안에 사소한 권력다툼이 없을 수 없고 그 작은 세상은 그 나름대로 치열한 경쟁이 있었던 것이다.

이처현은 임금을 좌우에서 모시는 시종 상선의 차지가 되었다. 번연히 그의 차지가 될 줄은 알았지만 막상 그가,

"저 애는 너무 똑똑한 것 같아. 조심시키지 않으면 아니 될세. 내 아래 거느리며 임금을 제대로 받드는 환관으로 키우겠네."

이 한마디로 모든 눈치는 해결됐으나 다른 환관들의 섭섭함은 오래 응어리졌다. 더구나 시종 상선은 양아들이 이미 하나 있었으므로 이처현은 상식대로 하면 양아들의 양아들, 즉 손자로 올려야 했는데 너무 마음에 들었던지 둘째 양아들을 삼았다. 항렬 때문에 출발부터 서열이 높아졌다. 그가 맡는 일도 한 해가 다르게 승급하였다.

그러나 세상은 호사다마라 이처현은 연산조 때 위기를 맞았다. 어머니의 원수를 갚는 데 눈이 어두워진 연산군은 무고한 선비만 도륙한 게 아니고 궁내의 질서도 무너뜨렸다. 능력 있는 환관은 밀리고 욕심 많고 이쁜 말을 할 줄 아는 환관만이 빛을 보았다. 이처현도 요직에서 밀려 한직으로 쫓겨났다.

더구나 유명한 김처선 사안이 벌어졌다. 김처선은 내시로는 드물게 정이품에 오른 명환관이었다. 그는 사대에 걸쳐 임금을 모신 환관으로서 연산군이 정사를 어지럽히는 것을 가슴 아파했고 수시로 극력 간하곤 하였다. 포악한 연산군도 김처선은 어려워하여 입을 다물고 참곤 하였다. 가슴 속에는 노여움을 품고 있었다.

그러던 어느 날, 연산군이 궁중에서 처용희(處容戱)를 베풀고 음란한 행위를 극하자 참다 못한 김처선은 연산군에 극간하였다.

"이 늙은 신은 네 왕조를 섬겨 대략 역사에 통하는 바 고금의 군왕으로 이같이 문란한 왕은 없었소이다."

한참 흥이 나던 연산군은 드디어 참던 노여움이 폭발하였다. 활을 들어 간하는 노환관을 쏘았다. 화살은 김처선의 옆구리를 맞혔다. 김처선은 피가 흐르는 화살을 움켜쥐고,

"대신들도 죽음을 서슴치 않는데 이 늙은 환관 같은 거야 죽음이 아깝겠소만은 임금께서 오래 국왕으로 있지 못할 것이 원통할 뿐이오이다."

환관의 동정을 받는 게 더욱 화가 난 연산군은 다시 화살을 쏘았다. 가슴에 화살을 맞고 쓰러진 김처선을 연산군은 직접 칼을 들어 다리를 잘랐다.

"이놈 네가 그렇게 훌륭하다 하면 일어나 걸어보아라!"

"전하, 그 무슨 말씀이십니까. 임금께서도 다리를 자르면 걸을 수 있겠소이까?"

김처선이 다리를 잘리고서도 당당히 응수하자 화가 꼭두까지 오른 연산

군은 김처선의 혀를 끊고 창자를 헤쳤다. 그의 시체는 호랑이에게 먹였으며 부모의 무덤까지 헐어버렸다.

그후 김처선의 이름만 생각해도 지긋지긋한 연산군은 처(處)자를 쓰지 못하게 하고 처용무가 마음에 걸리자 명칭을 풍두무(豊頭舞)로 바꾸었다. 사건이 난 일 년 뒤 일천오백육년 중종반정이 나고 김처선은 사후 복권이 됐으며 고향에 충신정문까지 세워졌다.

그러나 김처선이 처형된 바로 직후가 문제였다. 오랫동안 이처현의 출세를 질시하던 동료들은 기회를 잡은 듯 이처현이 김처선으로부터 조카라는 칭호를 들으며 이쁨을 받았고 이름자에 처자가 들어 있다고 임금을 충동하였다. 김처선의 동류라는 말에 연산군은 이처현을 단번에 처죽일 듯이 덤볐으나 무슨 연유인지 궁중에서 쫓겨나는 것으로 결말이 났다. 세상 이치는 목숨만 살려 놓고 보면 언젠가 권토중래할 수 있는 법. 중종반정과 동시에 이처현은 복직되었다.

그리고 십여 년의 세월. 그는 내시부의 수장인 상선이 되었다. 이 자리에 오를 때까지 얼마나 많은 애환이 있었던가. 과거에 급제한 조신이 겪어야 하는 우여곡절보다 더 험난한 과정이었다. 궁중의 생활은 칼날 위에서의 하루하루, 아차 한번 잘못하면 십년적공이 하루아침에 무너지고 만다. 하루 열두 시진, 일초 일각에 온 신경과 정성을 쏟아야 했다. 과거에 급제하여 글 잘 짓고 말 잘 타면 되는 문무관하고는 배냇속부터 달랐다.

내시부의 정원은 일백사십 명, 그들은 종구품에서 종이품까지 층층시하의 관직에 포진돼 있다. 처음 시험을 치뤄 궁궐에 들어오는 자체도 어렵지만 한 단계 두 단계 올라가면서 어려움은 가중된다. 임금과 왕비를 모시는 일, 그분들을 하늘같이 숭상하는 일은 무엇으로도 측량키 어려운 일이다. 그래서 환관 벼슬엔 숭상할 상(尙)자가 필히 들어가 있다.

환관의 으뜸인 상선(尙膳, 종이품)은 임금의 식사를 맡아보는 직책이란 뜻으로 내시부의 관원을 총괄하는 임무도 수행한다. 차석인 정삼품 상온

(尙醞)은 어엿한 당상관으로 대전의 술에 관한 일을 맡으며 역시 정삼품인 상다(尙茶)는 차를 맡는 일이 주임무이고 임금 왕비 비빈 왕세자의 시중도 도맡는다. 종삼품 상약(尙藥)은 궁중의 약을 관할하고, 정사품 상전(尙傳)은 궁중의 명령 임무 등을 전달하는 책임자이며 종사품 상책(尙冊)은 궁중에서 필요한 모든 책 관리가 소관 업무이다. 이들 밑으로 상호(尙弧, 정오품) 상탕(尙帑, 종오품) 상세(尙洗, 정육품) 상촉(尙燭, 종육품) 상훤(尙煊, 정칠품) 상설(尙設, 종칠품) 상제(尙除, 정팔품) 상문(尙門, 종팔품) 상경(尙更, 정구품) 상원(尙苑, 종구품)이 있다. 환관 벼슬 중에 사품이 하는 근무 일수에 따라 승진하나 삼품 이상은 임금의 특지로 품계가 올라간다. 재상이 되는 것보다 어렵다는 환관 삼품이 되려면 총기 성실 충성이 고루 갖춰져야 할 뿐더러 운 또한 따르지 않으면 안 되었다.

환관의 벼슬명을 보면 궁중에서 무엇이 중하고 무엇을 귀히 여겼는지 짐작할 수 있다. 임금의 수라를 관장하고, 술을 관리하고, 차 마시는 일과, 약을 제때에 공급하는 일이 가장 중요하고 그 다음이 명령을 전달하고, 책을 보고, 활을 쏘는 순서이다. 언뜻 가장 중요할 듯한 돈 관리 즉 내탕금 담당인 상탕이 겨우 종오품으로 대전의 그릇 관리와 청소 담당인 상세보다 겨우 한 계단 위일 뿐이다.

이처현이 맡고 있는 상선은 품계가 종이품이지만 재상(정일품)보다 더 오르기 힘든 자리이다. 상선의 정원은 두 명. 한 사람은 하루 종일 임금을 모시는 시종 상선이고 한 사람은 내시부를 총괄하는 운영 상선, 바로 내시감이다. 얼마 전까지 시종 상선을 맡다 작년부터 내시부 상선, 즉 내시감을 맡는 이처현이니, 막강한 영향력은 그 누구도 가벼이 보지 못할 것이었다. 그러나 그는 언제나 겸손하였다. 누구에게든 고개와 허리를 숙였다. 아랫사람에게도 하오로 응대했고 하게를 쓰지 않았다.

시 잘 짓고 책략 잘 쓰고 필력 좋고 술수 많은 이조판서 남곤도 이처현만은 높이 평가하였다. 이처현은 무서운 사람이다. 조심하여야 할 존재야.

가까이 할 때는 그자의 인심을 얻어야 해. 남곤은 강녕전에서 이처현을 만날 때마다 먼저 겸손을 보이었다. 젊은 조신들이 행여 그런 자기를 보고 조소할 것은 두려웠지만 자신을 탓할 마음은 추호도 없었다. 저 흑단 같은 눈동자를 보라구. 지혜가 깊숙이 숨어 있지 않은가. 그는 이처현의 먼 그림자만 보아도 은근한 두려움을 느꼈다.

궁궐 안에서 판서와 재상이 상선과 만나면 인사는 직급 낮은 상선 쪽에서 올리지만 두려움과 어려워함은 조신들 쪽의 것이었다. 물론 이들이 다니는 길 자체가 달라 만날 경우는 극히 드물었다. 다만 일이 있어 만날 경우에 사려깊은 조신들은 먼저 몸을 낮추곤 하였다.

사실 두 자리밖에 없는 상선은 임금의 고임을 받는 심복이어서 마음먹기에 따라 나라의 정책은 물론이요, 대신의 등용에도 영향을 미칠 수가 있었다. 남곤은 그 점을 중히 여기었고 두려워하였다.

이처현의 지난 십여 년은 행복하였다. 조정도 태평무사한 세월이었다. 하지만 지금 조정은 갑작스런 사화바람이 일고 있는 것이다. 그가 곤욕을 치룬 연산군 때와 흐름은 다르지만 선비들이 당하는 고초는 차이가 없다. 더욱이 환로와 백성만 요동하고 있는 게 아니라 궁궐 안도 보이지 않게 흔들리고 있었다.

이처현은 옥선 상궁이 노린내를 데리고 왔을 때 별방에서 그날의 일과를 시작하고 있었다. 상궁이 전각 안으로 들어가자 해사하게 생긴 내시가 옥선 상궁에게 공순히 허리를 숙였다.

"상궁께서 이 아침 웬일이시옵니까?"

"나는 여기 오면 아니 되오? 이 상선 대감을 뵈오러 왔소."

그 말에 내시는 대번 고개를 끄덕이고는,

"상선께서는 왼쪽 별방에 혼자 계십니다. 뫼시오리다."

내시는 쌀쌀한 옥선과는 달리 상냥하게 응수했다. 옥선 상궁은 여전히 냉랭한 표정을 지으며 내시가 열어주는 왼쪽 방문으로 거드름을 피우며 들어갔다. 노린내는 옥선의 뒤를 따랐다.
　별방에는 나이 든 이 상선이 서안 앞에 단정히 앉아 있었다. 이 상선은 두 사람을 보자 예견하고 있었던 듯 몸을 일으키면서,
　"오시었는가. 그 앞자리에 앉으시지요."
　허리를 살짝 굽혔다. 왕비의 몸을 받은 상궁 대접을 하는 것이었다. 그러나 상궁은 앉지 않고 선 채로,
　"대감님, 어제 말씀드렸던 노 포교이옵니다. 왕비마마께서는 지금 당장 일에 착수하여 오늘 중에 사안이 끝나기를 원하고 계십니다."
　"알겠소이다."
　"그럼 전 물러가겠습니다."
　"조심해서 가시오."
　옥선 상궁은 말이 끝나자마자 노린내에게 힐끗 목례를 하고는 뒤돌아 나갔다. 그녀는 문지방 앞에서 잠시 발길을 돌리더니 노린내를 향해 무언가 암시하듯 말하였다.
　"아, 노 포교께서 긴급히 저에게 통기할 일이 있으시면 이 대감께 말씀 올리십시오. 그 즉시 저한테 연통이 될 것입니다."
　"알겠습니다."
　노린내의 대답이 끝나기도 전에 옥선 상궁은 벌써 방을 나가고 있었다. 성깔이 왜 저토록 급할까, 아니면 궁궐에서는 저렇게 사무적인 말이 끝나면 번개같이 사라져 버리는 건가. 노린내는 연추문의 김 위장 생각이 났다. 연추문서 교태전까지 자기를 데려다 준 김 위장도 상궁이 고개 한번 끄덕이자 바람처럼 사라졌다.
　"그 앞 보료 위에 편히 앉으시게."
　이 상선의 목소리는 아까 상궁과 나누던 경건한 말씨에서 싹싹한 말씨로 바뀌어 있었다. 노린내가 조심스럽게 무릎을 꿇자 이 상선은 그를 관찰하듯 지긋이 바라보았다. 그가 보기에 노린내는 거무티티하고 굳센 얼굴

의, 그러나 세상을 깊이는 알지 못하고 궁중의 무서움도 알 턱 없는, 순수한 포교였다. 반대로 노린내가 보기에 이 상선은 심려 깊고 진중한 환관, 일반적으로 품고 있던 경박하고 간사한 내시라는 생각과는 판이하게 다른 사람이었다.

## 18. 항슬이

송설과 자향의 꽃 이야기는 오후에도 이어졌다. 송 진사에게 있어 아름다운 자향과 함께 꽃 이야기를 나누는 건 하늘이 내린 혜택이었다.
송설은 이 이야기 저 이야기 꽃 이야기 끝에,
"아 참. 처자는 꽃들의 별칭을 아시는가?"
하고 물었다.
"별칭이라니요?"
"그 있잖은가. 모란은 귀한 손[貴客]이고 난초는 그윽한 손[幽客]이고 매화는 맑은 손[淸客]이라고 하는 별칭 말이네."
"네. 한두 개는 들었습니다만 모든 꽃이 그런 식의 별칭이 붙어 있나요?"
"물론이지."
"그럼 알려주셔요."
자향이 모른다며 삽삽하게 알려달라 하자 송설은 신이 났다.
"그래. 그럼 심심풀이로 한번 들어보게. 나름대로 꽃의 특성을 잘 살려서 붙인 칭호들이니까. 우선 배꽃은 담담한 손[淡客]이고 복사꽃은 요염한 손[夭客]이고 살구꽃은 풍류로운 손[風客]이고 연꽃은 정갈한 손[淨

客]이고 계수나무는 신선 손[仙客]이지. 그리고 해당화는 외로운 손[獨客]이요 철쭉은 산의 손[山客]이요 창포는 은사 손[隱客]이요 오얏은 속된 손[俗客]이요 마름은 조는 손[睡客]일세. 또 서향은 한가한 손[閒客]이며 목련은 취한 손[醉客]이며 국화는 오래 사는 손[壽客]이며 납매는 찬 손[寒客]이며 석류는 시골 손[村客]이라네. 마지막으로 작약은 아양떠는 손[嬌客] 옥잠화는 건장한 손[健客] 장미는 높은 가지 손[高條客] 진달래는 먼저 손[先客] 영춘화는 가만한 손[潛客] 봉숭아는 패한 손[敗客] 무궁화는 때의 손[時客]이라고 하지. 어떤가 들을 만한가?"

"진사님, 너무 재미있습니다. 어쩌면 그렇게 별칭을 꼭 맞게들 지었는지요?"

"다 옛 사람들의 깊은 지혜이지. 우리가 살다 보면 옛 사람들의 혜안에 깜짝깜짝 놀랄 때가 있지 않던가. 한데, 처자는 이들 별칭 가운데 어떤 게 제일 맘에 드는가?"

자향은 고개를 갸우뚱하며 잠시 생각하고는 미소지으며 말하였다.

"석류의 촌객이라는 표현이 겸손해서 좋구요, 봉숭아의 패객은 그만 가슴이 아프옵니다."

"그러한가. 처자의 깊은 정이 우러나는 감상이로고. 석류는 안남국(安南國)에서 온 꽃으로 이국적이긴 해도 아름답기가 그지없는데 왠지 촌객이라고 이름을 붙였어. 그건 그렇다 쳐도 봉숭아를 패국이라고 부른 것은 좀 그렇지. 봉숭아가 우리나라서 처음 기록에 오른 것은 동국이상국집(서기 천이백사십일년 출간)인데 아마도 고려 중기 이전에 들어왔지 않나 생각되어. 부녀자들이 손톱에 봉선화를 물들인 것은 고려 후기라고 하고."

"진사님은 어떤 이름이 좋으신지요?"

"나아? 글쎄. 나야 한가하게 사는 사람이니 서향의 한객이 좋다고 할까. 하기야 매화의 맑은 손도 좋고 창포의 은사 손도 괜찮지. 물론 철쭉의 산객도 풍기는 맛이 그윽하고 말야."

송설이 이렇게 평상에 앉아 자향과 꽃 이름으로 한참 흥이 나 있을 때, 갑자기 담장 저켠에서 크게 중얼거리는 소리가 들려왔다.

"동동강지미어우 제가회진문원한산……."

시구를 읊는 것도 아니고 사서삼경을 외우는 것도 아니었다. 그 소리를 듣자 송설과 자향은 동시에 서로를 바라보았다. 송설은 얼굴을 찡그렸고 자향은 살짝 웃었다. 담 밖에서 다시 외는 소리가 들렸다.

"선소효호가마양 경청증우침담염함……."

후렴을 듣자 송설이 자향에게 말하였다.

"저 양반은 옆집 사는 김 생원인데, 처자는 저 소리가 뭔지 아는가?"

"네. 한자의 평성자*를 외우는 것이지요."

"잘 아누만. 고리타분한 시인 나부랭이가 하는 짓이지."

그러자 담 너머에서 큰 소리로 트집잡이 투정이 넘어왔다.

"흥, 고리타분한 시인 나부랭이? 어디다 대고 그 따위 언사를 쓰는고! 기껏했자 화초쟁이밖에 아니 되는 양반이 시인 나부랭이라니! 시를 모르는 사람이 어찌 선비이며 세상의 이치와 아름다움을 알꼬!"

완전히 시비조요 멸시였다. 자향은 깜짝 놀라 동그란 눈이 되어 송 진사를 쳐다보았다. 송 진사는 얼굴이 울긋불긋해졌다. 뭔가 한마디 눈물이 찔끔 나게 되받아줘야 할 판이었다. 그러나 송 진사는 꽃밖에 모르는 착한 분이어선지, 순발력이 부족하였다. 뭐라 대꾸를 하여야겠는데 적당한 말을 못 찾아 끙끙대고 있었다.

참다 못한 자향이 한마디 담 너머로 던졌다.

"중국의 유협 선생은 문심조룡*에서 이렇게 말씀하시었습니다. 시란 흥

---

**평성자** 平聲字, 東冬江支微魚虞 齊佳灰眞文元寒刪 先蕭肴豪歌麻陽 庚靑蒸尤侵覃鹽咸 한시는 평성과 측성을 번갈아 써서 고저장단을 맞추어 짓게 되어 있음. 옥편에 보면 한자 밑에 사성의 표시글자가 한 자씩 붙어 있는데 여기 나오는 열다섯 자씩 삼십 자는 평성자를 뜻함. 이 밖의 다른 한자는 모두 측성이므로 이 삼십 자만 외우면 평측을 구분할 수 있음. 옛날 시를 즐기는 선비는 이 삼십 개의 평성자를 외우는 게 하나의 큰일이었다고 함. 하지만 시란 저절로 운이 맞게 지어지는 것이어야 함으로 평측을 일일이 따지며 규격에 얽매이는 시인은 평가를 받지 못하였음.

에 의해 고저장단이 저절로 이뤄지는 것, 평성과 측성을 억지로 틀에 맞춰 지켜야 하는 건 아니노라. 그런 자는 시인도 아니요, 그런 시는 시가 아니다, 라고 하셨나이다. 그 말씀 어떻게 생각하시는지요?"

담 너머는 순간 조용하였다. 나이든 송 진사, 화초밖에 모르는 외골수를 애먹이려는 장난이었는데 앳된 처자가 비수처럼 공격해오자 잠깐 넋을 잃은 모양이었다. 그러나 그것도 잠시, 정신을 차린 담 너머는 목청을 돋우어 응수해왔다.

"유협 선생의 시 이론은 동서고금 천하무비요, 시작(詩作)의 정수를 갈파한 것. 우리 같은 범부가 어찌 감히 그분을 비평하리. 분수 알고 몸을 낮춰 늘 퇴고하고 노력하고 퇴고할진저."

응대는 늦었지만 언변은 멋들어졌다. 자향은 상대가 만만치 않음에 긴장하였다. 학문이 고수임에 틀림없었다. 시를 잘 아는 묵객일 터이었다. 그렇다면 정공법보다는 편법으로 놀려줄 수밖에 없다.

"그렇게 맨날 퇴고하신다면 가도만한 작품을 지으셨겠네요. 그렇담, 한 마디 여쭤보겠나이다. 가도가 방황한 퇴고에서 어느 쪽이 낫다고 보시나이까?"

퇴고는 당나라 때 시인 가도(賈島)가 나귀를 타고 가면서 지은 시에서 연유한다. 그는 선비가 심심산골에 은거하는 것을 기려 시를 지었는데 마지막 구절에서 헤매게 되었다.

가도는 처음 '중이 달 아래 문을 민다〔僧推月下門〕'고 지었다. 한데 생각해보니 민다는 '퇴'보다는 두드린다는 '고(敲)'가 나을 성싶었다. 중이 달 아래 문을 두드린다. 외려 낫지 않은가. 그래서 퇴자, 고자, 민다, 두드린다를 정신없이 되뇌면서 가던 중, 고관의 행차와 부딪쳤다. 비켜라, 섯거라! 고관행차의 벽제를 무시하였으니 혼이 날 법한데 마침 그 고관이 유명한 시인 한유였다. 한유(韓愈)는 가도의 연유를 듣자 나무라기는커녕

**문심조룡** 文心雕龍 저자 유협 劉勰 465-522 은 위진남북조 시대의 저명한 문학이론가. 문심조룡은 그의 대표적 시 평론서.

자향 51

대번에 '민다보다 두드린다가 낫지' 하고 훈수하여 주었다. 가도는 한유의 판단에 설복하였고 그 뒤부터 퇴고는 고치고 또 고친다는 연찬을 일컫는 고사성어가 되었다.

따라서 지금 자향이 담 너머에 물은 것은 이미 결판이 나 있는 질문이었다. 그렇다면 이 질문에는 복선이 있을 게 뻔한 이치. 담 너머도 낌새를 채고 잠시 대답이 느려졌다. 그러나 결국엔,

"그거야 천하의 한유가 두드린다가 낫다고 결정지어주지 않았는가."
하고 대답하는 수밖에 없었다.

"그럼 한유와 같은 생각을 하신다는 뜻입니까?"

"그러하네."

"정말이옵니까?"

"그렇다 하지 않았는가."

"그렇다 하면 참으로 갑갑도 하십니다. 한유가 세상을 뜬 지 어언 칠백 년. 그 사이 퇴고한 게 겨우 똑같은 두드린다에 머물러 계십니까. 스님이 달 아래 문을 지나가는데 두드릴 게 무에 있고 밀 게 무에 있습니까. 세상을 구제하는 스님의 가는 길엔 문은 있을 수 있으되 그것은 마음의 문처럼 항상 훤히 열려 있을 터, 두드릴 것도 밀 것도 없을 것이옵니다. 그저 지나가면 되는 것 아니겠습니까? 선생께서는 역시 동동강지미어우 제가회진문원한산 평성자나 열심히 외우셔야겠습니다."

담 너머는 조용하였다. 얼떨떨한 모양이었다. 우선 자향의 말은 칼날같이 폐부를 찔러왔다. 하지만 찬찬히 생각해보면 궤변에 불과한 말장난이었다. 그렇다면 한방 되쳐야겠는데 막상 번개 같은 대꾸가 떠오르지 않는다. 얼굴만 붉어지고 있는 참에 송설이 손뼉을 치며 큰소리로 웃어젖혔다.

"우하하하, 통쾌하도다. 사십 평생을 시작하였다는 자가 열여섯 꽃다운 처자보다 식견이 좁으니 그 시는 지어서 어디다 쓸꼬. 가엾도다, 인생이여. 새벽 이슬 빛나는 한 떨기 꽃보다도 못할진저!"

그러자 담 너머에서 분기 넘친 목소리가 건너왔다.

"홍, 처자가 궤변은 탁월하도다. 그렇게 궤변이 근사할진데 시에 대해서도 조예가 있을 터. 내가 선창한 시구의 짝을 응대할 자신이 있는가?"

대저 명시는 짝을 맞춰 짓기 마련이고 시인 묵객은 항시 대구를 응수하며 시를 즐기곤 하였다. 담 너머의 김 생원은 자향에게 이런 대구 맞춤을 하자고 도전한 것이다.

자향은 순간 멈칫하였다. 자신이 없는 바는 아니지만 생면부지의 인사와 대구를 나눈다는 게 멋적었기 때문이다.

그러나 송 진사는 자향이 그런 도전을 멋지게 받아넘기기를 은연중 바라고 있었다. 불안한 구석도 있지만 시 잘 짓는다고 평소 거드름을 피우는 김 생원을 박살내줬으면 하는 바람이 얼굴에 현연히 드러나 있었다.

자향은 그런 순박한 꽃샌님의 알쓸한 모습이 가여웠다. 송 진사를 신이 나게 해주고 싶었다. 자향은 목소리도 낭랑하게 담 너머에 말을 보냈다.

"그럼 생원 어른께서 먼저 읊어 보시지요. 소녀, 재주는 없사오나 아는 데까지 응수를 해 올리겠습니다."

김 생원은 자향이 자기의 요구에 응해 오자 기분이 좋았다.

"처자가 그렇게 흔쾌히 답하니 고마웁군. 그럼 읊어보겠네. 먼저 한문으로 읽고 다음에 언문 해석을 붙이겠네. 나가네. 군불견 황하지수천상래, 그대는 보지 못했는가. 황하의 물이 하늘에서 내려옴을(君不見黃河之水天上來)."

처음이어서인지 쉬운 이백의 시를 읊는다. 자향은 즉시 뒤를 이었다.

"군불견 고당명경비백발, 그대는 보지 못했는가. 고대광실 밝은 거울에 비친 슬픈 백발도(君不見高堂明鏡悲白髮)."

"흠, 제대로 읊긴 하누만. 허나 그 속에 숨어 있는 뜻을 알아야 하는 법. 한번 흘러간 물은 하늘에서 내려왔다 한들 다시 돌아갈 수 없고 한번 가버린 세월도 되돌릴 수 없는 세상의 이치. 어린 처자도 어느 날 정신을 차리면 그렇게 허연 머리에 슬픈 노인이 되어 있을 것이네. 지금은 세상이 다 내 것 같아도 정신을 차리고 보면 쓸쓸한 자기 혼자인 걸 알아야 하는 것!"

김 생원이 시를 읊다가 인생론을 펴자 옆에서 듣던 송 진사가 끝내는 참지 못하고 한마디 거들었다.

"아니 시를 읊으면 시를 읊을 게지 무슨 헛소리를 하는고!"

그러나 김 생원은 송 진사의 타박을 슬쩍 비킬 뿐 크게 탓하지는 않았다.

"시를 모르는 사람은 시 속에 담긴 깊은 뜻을 모를 게라. 허허, 그럼 처자는 듣게. 두 번째 시구가 나가네. 낙양성동도리화 비래비거낙수가, 낙양성 동쪽 복사꽃 오얏꽃 이리저리 흩날려 어느 집에 떨어지는가(洛陽城東桃李花 飛來飛去落誰家)."

"낙양여아석안색 행봉낙화장탄식, 낙양 처녀들 고운 얼굴 아끼더니 지는 꽃잎 보며 눈물지으네(洛陽女兒惜顏色 行逢落花長嘆息)."

자향이 재껵 받아넘기자 담 너머 김 생원도 잽싸게 초를 친다.

"유희이의 이 대비백두옹(代悲白頭翁)은 여자들도 좋아하는 시라. 그대도 잘 알 것이네만, 어찌 우리들 늙어가는 남자들의 한탄만큼이나 가슴에 와 닿겠는가. 한데 이 시에는 우리가 읊은 대구보다 더 유명한 명구가 있지."

"그렇습니다. 연년세세화상사 세세년년인부동을 말씀하시는 거죠."

"그러하네. 해마다 해마다 꽃은 이슷하여도 해마다 해마다 사람은 같지 않네(年年歲歲花相似 歲歲年年人不同). 저들 꽃이야 매해 같이 피어나도 우리들 인생은 매년 같지 아니하니 아니 슬플 수 있는가. 그런 것도 모르는 화초쟁이는 매년 이 꽃도 이쁘다 저 꽃도 아름답다 하지만, 우리네같이 꽃보다는 사람을 좋아하고 사람을 아끼며 사는 마음은 세월 가면 갈수록 기쁨보다는 슬픔이 더 하지. 어제의 동무 다시 만날 수 없이 되었을 제 그 슬픔 어디에 기탁할까. 아름다운 꽃 여전히 피는 것 볼 때면 그 슬픔 더욱 애잔하구. 젊은 처자는 아직은 내 말 실감이 나지 않을 걸세."

그 말에 자향은 웃었다. 지금 김 생원은 자기에게 말은 하지만 사실은 꽃이라면 사족을 못쓰는 송 진사한테 이야기하고 있었다. 아니 이야기하는 게 아니라 비수보다 더 예리한 시구와 말로 송 진사의 가슴을 무참히 찌르고 있는 것이었다.

그것까지도 모를 송 진사는 아니어서 얼굴이 빨개졌다. 울 너머 김 생원의 비아냥이 몹시 분하였지만 뭐라 대꾸할 계제도 체면도 아니었다.

"자, 또 시 한 구절을 읊겠네. 난릉미주울금향, 난릉의 맛난 술 울금향 풍기고(蘭陵美酒鬱金香)"

"옥완성래호박광, 옥잔에 채우니 호박빛이러라(玉碗盛來琥珀光)."

"좋지, 좋다. 잘 읊는도다! 단사주인능취객, 주인이 나그네 취하게 할 수만 있다면(但使主人能醉客)."

"부지하처시타향, 어느 곳이 타향인지 알지 못게라(不知何處是他鄉)."

"오호, 처자의 시 읊는 수법이 고수일세. 이태백의 이 시가 어떠한가? 청량하지!"

"저는 술은 알지 못하지만 이 시는 정말 좋사옵니다. 그렇게 뭔가 마음에 흡족한 일이 있으면 고향을 떠나도 슬프지 않겠지요."

"그렇고말고. 처자가 어쩌면 집을 떠나온 모양인데 좋아하는 시를 읊으니 그래도 위로가 되지 아니한가. 술을 못하면 시라도 읊고, 서로가 마음이 흔창하면 그 또한 한 낙이라."

송 진사가 보기에 김 생원은 시구 대련을 하는 게 아니라 자향과 함께 시를 즐기고 있는 것이었다. 자기 생각과는 영판 다르게 돌아가고 있었다. 못마땅하였다. 아까 꽃 이야기를 나누며 자향과 즐거웠던 것은 내 일이니까 좋지만 평소 얄미운 옆집의 김 생원이 자향으로 하여 기분이 좋은 건 마뜩치가 않다. 그건 질투만도 아니고 비윗장 안 맞는 시인 나부랑이 때문에 생기는 화증이었다.

그러나 저러나 김 생원은 이쁜 시구 하나를 자향에게 건네고 있었다.

"자모수중선 유자신상의, 인자한 어머니 손바느질은 집 떠나는 자식의 옷이러라(慈母手中線 遊子身上衣)!"

맹교의 이 애절한 시는 김 생원이 집을 떠나온 자향을 위로한답시고 읊은 것이다. 그러나,

"임행밀밀봉 의공지지귀, 어머니 바느질 뜸 단단히 하옴은 자식 늦게 늦게 돌아올 걸 걱정함이라(臨行密密縫 意恐遲遲歸)!"

하고 읊는 자향의 눈에는 어느새 눈물이 핑그르르 돈다. 자식이 언제 돌아올 줄 몰라 바느질을 촘촘히 하신다는 이 애틋한 마음을 읊을 제 자향이 어찌 떠나온 어머니 생각을 아니하였겠는가.

자향은 시구 짝을 맞춰 담 너머에 보내고는 이내 고개를 숙였다.

인자한 어머니 사랑하는 어머니 마음이 넓은 어머니, 그러나 지금은 자기 생각에 애틋한 가슴을 안고 울고 있을 것만 같은 어머니. 어머니의 근심 가득한 얼굴이 눈앞에 어리어 온다. 자향의 큰 눈에서 눈물이 뚝뚝 떨어졌다. 송 진사는 그런 정경에 놀라 망연히 자향을 쳐다보았다.

그러나 이런 사연을 알 길 없는 김 생원은,

"어떠한가. 맹교의 깊은 통찰이. 어머니와 자식의 따뜻한 사랑을 잘 묘사하였지?"

딴에 의기양양하게 말을 건넸다. 하지만 한동안 응답이 없다. 그때서야 아차, 여린 처자의 마음을 손상했나 하는 생각이 났다. 가슴이 덜컹한 김 생원이 그럼 더 위로할 좋은 시구는 뭐지, 하고 생각하는데 화초쟁이 송 진사의 분기탱천한 목소리가 건너왔다.

"아무리 시인 나부랭이밖에 안 되지만 어린 처자를 그렇게 가슴 아프게 할 수 있는가!"

그 말에는 김 생원도 화가 났다. 그렇지 않아도 울 건너 처자한테 미안한 판에 옆에서 헛소리를 하는 송 진사는 실수한 자신보다 더 미워지는 것이었다.

"시를 모르는 사람은 가만히 있으시게. 시란 시어 속에 뜻이 있고 그 뜻 속에 또 깊은 뜻이 있는 것. 저 영리한 처자는 맹교의 깊은 뜻을 알고, 어머니의 은혜도 알고, 따사로운 봄날의 햇볕 같은 그 보살핌에 보답할 생각을 하고 있을 것이네."

김 생원의 이 변명은 맹교의 시 후렴에 붙어 있는 뜻을 풀어서 옮긴 것이었다. 그 말을 듣자 고개 숙여 눈물짓던 자향이 머리를 들고 답하였다.

"선비님 말씀 옳습니다. 속이 깊지 못한 제가 어머님 떠나온 슬픔만 생각하였지 그 은혜에 보답할 생각은 못하였습니다."

그 말을 하면서 자향은 자결을 하려 했던 자신의 불효가 생각났다. 어머님이 알았으면 얼마나 애통해하였을까. 어머니 생각을 안 한 속 좁았던 자신이 부끄러웠다.

그런 저런 사연도 모르는 김 생원은 자향의 삽삽한 응대가 그나마 고마웠다.

"역시 처자는 나의 기대에 부응해주는구만! 그럼 이 시구 하나 뒤를 대보시게. 슬픔을 잊을 수 있는 장부의 큰 포부를 읊은 시일세. 소년십오이십시, 열다섯 스무살 젊을 적에는(少年十五二十時)."

"보행탈득호마기, 오랑캐 말 뺏어 타고서(步行奪得胡馬騎)."

이번엔 자향도 시구답게 쾌활하게 응수하였다. 자향의 목소리가 다시 낭랑해지자 김 생원도 신이 났다.

"사살산중백액호, 산속의 하얀 호랑이 활로 쏘아 죽였지(射殺山中百額虎)."
"긍수업하황수아, 어찌 업하의 황수아를 기억못할까(肯數鄴下黃鬚兒)."
"일신전전삼천리, 이 한몸 삼천리를 돌고돌며 싸웠고(一身轉轉三千里)."
"일검증당백만사, 한칼에 백만 군사 무찔렀었네(一劍曾當百萬師)."
"한병분신여벽력, 한나라 군사 벽력같이 기운떨치고(漢兵奮迅如霹靂)."
"로기붕등여질려, 오랑캐 군사 남가새 흩날리듯 무너졌지(虜騎崩騰如蒺藜)."

"위청불패유천행, 위청이 패하지 않음은 천행이요(衛靑不敗由天幸)."
"이광무공연수기, 이광의 공 없음은 기박한 운수 때문이라(李廣無功緣數奇)."

여기까지 멋지게 시구를 푼 김 생원이 흥이 어린 목소리로 다정하게 말하였다.

"처자는 이런 무인에 관한 시도 잘 알고 있군. 왕유의 이 시는 여자로서 어떻게 느꼈는가?"

자향은 김 생원의 말씨가 다감한 것을 느껴 정이 갔다. 시를 언문으로 풀어내는 실력도 대단하였다. 이분은 송 진사가 미워할 필요가 없는 좋은 사람이다. 왜 이런 분네와 사이가 나쁠까. 김 생원의 시에 대한 높은 실력과 자신의 애련한 마음 때문에 자향의 말투도 다소곳하였다.

"소녀가 보기에 시는 호방하지만 은일의 거두이신 왕유 선생이 지은 시로는 좀 특이하옵니다. 왕유 선생의 심성에도 그런 세속의 욕심이 있었다니 놀라웁지요."

자향의 지적은 아주 날카로운 것이었다. 늙은 장군의 노래〔老將行〕라는 제목이 붙은 이 시는 왕유가 누런 수염을 기른 황수아로 자처하면서 천하를 횡행하며 공명을 뿌리고 싶은 심정을 토로하고 있다. 모함을 받아 희생당한 한나라의 이광 장군을 동정하고 상관으로서 공을 세운 부하를 질투, 모함한 위청을 비판하면서 기회가 닿으면 애국충정을 펴겠다는 출세지향 시인 것이다. 그런 점에서 시어는 웅장 활달하여도 평자들은 은일시인인 왕유의 대표작으로는 쳐주지 않는 시였다.

한데 송 진사는 옆에서 볼수록 기분이 나빠지고 있었다. 맹교의 시로해서 자향이 눈물을 뿌릴 때는 김 생원을 통박할 수 있어 좋았는데 갑자기 자향이 죄송을 빌더니 왕유의 시는 번죽이 잘 맞게 둘이서 오가며 멋지게 읊어대는 게 아닌가.

게다가 시인 지망생밖에 안 되는 김 생원이 저가 무슨 왕유가 된듯이 회포를 풀어제키는 게 영 마음에 들지 않았다.

참다 참다 드디어 한마디 괄괄하게 던지고 만다.

"흥, 김 생원. 자네가 누군가. 한낱 안골의 시인 나부랭이밖에 아니 되는 자가 뭐, 어째. 황수아에 왕유가 된 기분으로 위청은 폄하고 이광은 긍휼히 여기고 삼천리를 전전하며 한칼에 백만 군사를 베겠다고! 분수를 알게 분수를 알어! 시인은 원래 환상 속에 사는 쫌생원인 줄 내 알지만 착한 처자 앞에서 헛품새는 잡지 말게."

송설의 이 말에는 그동안 잘 참아주던 김 생원도 화가 났다.

"흥, 역시 화초쟁이는 어쩔 수 없군. 우리에게 시가 주는 아름다움을 모르니 무슨 이야기를 한들 통하겠는가. 시를 모르는 화초쟁이는 꽃이나 돌보시게."

"꽃이나 돌보라구! 좋다 좋아. 그렇지 않아도 나는 분수를 알고 꽃이나 돌보고 살고 있네. 그대같이 허황한 꿈이나 꾸는 몽환자는 아닐세!"

김 생원과 자향의 시구 대결이 시객의 회포풀이가 되었다가 급기야는 두 선비 사이의 언쟁으로 바뀌어버렸다. 자향은 처음 웃다가 이젠 민망한 입장이 되었다.

그때, 골계머슴이 급한 걸음으로 다가왔다.

"진사님, 손님이 오셨습니다."

"이 저녁에 웬 손님이신가?"

"급히 진사님을 뵈어야 할 일이 있답니다."

머슴의 말이 끝나기도 전에 안방과 사내 하나가 꽃밭으로 들어오고 있었다. 안방이 더 빨리 들어와서는 송 진사에게 까딱 인사를 하고는 자향에게 가까이 와서 속삭였다.

"항슬이란 사람이래요. 아세요?"

자향의 가슴이 쿵 하고 놀랐다. 석 주사가 말하던 조씨국밥집의 항슬이 자기를 찾아온 것이다. 이게 어찌 된 일일까. 그가 어떻게 여기까지 나를 찾아왔을까. 그러나 이것은 반가운 일일 것이었다.

자향은 송 진사에게 인사하고 있는 항슬을 정신없이 바라보다가 퍼뜩 생각이 나서 담 너머의 김 생원에게 말하였다.

"선비님, 제게 일이 생겨서 이제 시 가르침은 더 이상 못 받겠나이다. 오늘 너무 배운 바가 많았습니다. 소녀 처음 당돌하였던 점 용서해주십시오."

"무슨 말을. 나야말로 정말 즐거웠네. 언젠가 얼굴도 보고 더 가까이 이야기를 나누고 싶네."

"언제 그럴 날이 있겠지요. 안녕히 계십시오."

"처자도 몸 조심하시게."

김 생원의 마지막 인사말 속에는 애틋한 정과 아쉬운 마음이 그득하였다.

항슬과 몇 마디 말을 나누던 송 진사가 몸을 돌려 자향에게 고개를 끄덕였다.

"처자의 손님일세. 그대를 잘 아는 사람이라는데 만나보겠는가?"

"그러문이요."

"그럼, 그 평상에 앉아 이야기를 나누게. 곧 저녁식사를 준비해줌세."

"고맙습니다."

항슬은 키가 크고 얼굴은 뽀얗고 이마는 시원하고 눈은 서글서글하고 코는 오뚝하고 입술은 붉고 귀는 두툼하였다. 스무 살쯤으로 나이에 비해 덕성이 있어 보였다. 자향은 쿵쿵 뛰는 가슴을 누르며 그런 항슬을 관찰하였다. 술청의 중노미로는 너무 번듯하게 생긴 사내였다.

항슬이 다가왔다. 자향도 평상에서 일어났다. 다친 가슴이 몸을 움직이자 너무 아프다. 얼굴을 맑게 하며 아픔을 참았다. 항슬은 허리를 깊게 굽혀 자향에게 예를 갖추었다.

"항슬이라고 합니다. 삼개 조씨국밥집에서 중노미로 일하고 있지요."
"항슬이군요, 정말로. 저는 자향이라고 합니다."
"자향 아씨 맞지요?"
"네, 항슬이도 맞구요?"
"네."
"항슬이 이야긴 석 주사한테서 들었습니다."
"그렇습니까. 저는 그 석 주사님의 전언을 받고 아씨를 찾아왔습니다."
 아, 자향은 놀랐다. 지금은 틀림없이 포청에 잡힌 몸이 되었을 터인데 어떻게 항슬이한테 전언을 보냈을까. 놀라는 자향의 얼굴을 보며 항슬이 말을 계속했다.
"석 주사께서는 지금 금부에 감금돼 있습니다. 어떻게 손을 쓰셨는지 저한테 전언을 보내왔더군요. 아씨를 보호해달라구요."
"아, 그렇습니까."
"석 주사께서는 아씨와 아현마루서 헤어졌다고 하였습니다. 삼개로 오다가 급하게 서강으로 가라고 말씀하셨으며 그 말로 확인하면 제가 항슬이이고 석 주사님의 부탁을 받은 걸 믿을 것이라 하였습니다."
 항슬은 자신의 신분과 석 주사한테 직접 부탁받은 사실을 확실히 자향에게 알려주고 있었다.
 틀림없는 항슬이었다. 석 주사가 믿는 항슬이었다. 자향은 너무나 기뻤다. 삼개에 가더라도 어떻게 조씨국밥집을 찾아갈까, 어떻게 항슬을 만나나, 생면부지의 사내에게 어떻게 부탁할까, 걱정하고 있던 참이었다. 그런 모든 것 다 버리고 어딘가 아무도 모르는 곳으로 혼자 갈까나, 그런 생각까지 하였었다. 한데 항슬이가 직접 자기 앞에 나타난 것이다.
"석 주사님은 어떠신지요? 금부에까지 붙들려 가셨다면 고초가 심했겠습니다."
"아무리 무서운 금부라도 공연히 죽이기까지 하겠습니까. 다 사람이 들고 나는 곳인 걸요. 멀쩡하니까 몰래 저한테 전언을 보내신 게죠."

항슬은 말을 기이고 있는 게다. 석 주사가 몹시 당한 것을 알면서 나에게 좋게 말하는 걸 거야.

"그분이 뭐라고 항슬이에게 말하였나요?"

"아씨가 지금 쫓기고 계시니 도와달라고 하였습니다. 서강의 샛강주막을 거쳐 삼개의 조씨국밥집으로 가라 하였는데 제대로 갈지 모르겠다. 저보고 서강까지 가서 찾아 구해달라 하셨는데 너무 늦게 와서 죄송합니다. 그 사이 큰일을 당하셨다면서요. 정말 죄송합니다."

"다 제 일이지요. 항슬이 죄송할 게 뭐 있나요. 많은 분이 도와줘 이렇게 살아 있는 것만도 고맙지요."

항슬은 그렇게 자향과 말을 하면서도 뭔가 다급한 듯하였다. 대문 쪽을 쳐다보기도 하고 귀를 기울이는 것 같기도 하였다. 쫓기는 신세를 하도 당하다 보니 눈치가 밝아진 자향이 물었다.

"무슨 급한 일이 있나요?"

그 말을 기다리고 있었던 듯 항슬이 대답하였다.

"지금 포교들이 이 동네로 들어오고 있습니다. 어쩌면 이 집을 목표로 하고 있는지도 모르겠습니다. 빨리 여길 떠야 합니다."

"아, 그래요. 그럼 어떻게 하지요?"

"아씨는 움직일 수 있나요. 행보가 됩니까?"

"약간 아프지만 걸을 수 있습니다."

"그럼 됐습니다. 당장 이 집을 나가십시다."

항슬은 안방에게 손짓하였다. 안방이 다가가자,

"아씨의 짐을 모두 갖고 나오게. 빨리!"

"네."

안방은 부리나케 자향이 묵던 방으로 들어가 보퉁이를 들고 나왔다. 그 뒤를 따라 송 진사가 오더니 자향과 항슬에게 말하였다.

"저녁 준비를 다 마쳤네. 들어가서 식사를 하시게."

그 말에 항슬이 앞으로 나서며 손을 저었다.

"진사 어른, 저희들은 지금 가야 합니다."

"아니, 저녁도 아니 들고?"

"지금 포교들이 이 집 쪽으로 오고 있습니다. 진사님, 아씨를 보호해주신 것 깊이 감사드립니다. 저희들은 이만 가겠습니다."

항슬은 기역자로 허리를 꺾으며 절을 하고는 안방에게 손짓하였다. 뒷문을 가리키고 있었다. 어느 새 뒷문이 어디 있는지 알아놓았던가 보았다.

셋은 종종걸음으로 뒷문으로 송설의 집을 나왔다. 송 진사와 골계머슴이 문 어구까지 나와 배웅하였다.

"잘 가시게. 처자는 몸을 보중하오."

"그동안 신세를 많이 끼쳤사옵니다. 안부인께 인사도 못 드리고 총총히 떠납니다. 말씀 잘 전해주셔요. 소녀 언젠가 보답해 올리겠나이다."

"보답은 필요치 않고 몸을 보중하는 게 중요하네. 꽃다운 인생 버리면 아니 되네. 가슴 아픈 일 다시는 하지 말고."

마음은 죄송스럽고 눈시울이 시큰한 자향이 허리를 깊숙이 굽혀 절을 하는데 항슬이 송 진사의 귀에 급히 속삭였다.

"진사 어른, 우리 아씨와 저희들은 댁에 온 적이 없습니다. 만에 하나 저희들이 포청에 잡혀서 치도곤을 맞아도 댁에 들른 적은 없습니다. 아시었지요?"

무슨 말인지 알아들은 송 진사는,

"그대의 깊은 뜻 알겠네. 빨리 조심해서 가고, 저 아씨는 훌륭한 처자니까 잘 보호해주게. 그럴 가치가 있는 처잘세. 그리고 저들 포교는 우리 집을 들어오려면 좀 시간이 걸릴 게야."

"아, 그렇습니까. 팔진도가 포진돼 있다는 말을 들었습니다. 그것 때문이군요?"

"그러네. 우리가 도와주지 않으면 들어오는 데 애를 좀 먹어야겠지. 잠깐의 여유는 있을 게야."

"알았습니다. 고마운 일입니다."

송 진사와 항슬이 그렇게 귓속말을 할 때 옆에서 귀를 쫑긋하고 있던 골계머슴은 주인보다 더 비장한 표정에 고개는 끄덕끄덕하고 허리는 굽신거리며 자향에게 예를 보내고 있었다.

## 19. 주초위왕의 여인

경복궁은 크게 외전과 내전으로 나뉜다. 그 곁에 동궁, 궁중의 생활기거공간, 궐내각사, 후원 등이 조밀하게 붙어 있다.

외전은 임금이 나라를 다스리는 곳으로 근정전이 그 중심이요 전체이다. 근정전은 사방 회랑으로 둘러싸여 있는데, 회랑으로 둘러싸여 있는 네모난 넓은 마당이 바로 조정이다. 나라를 다스리는 조정이라는 말은 여기서 나온 것이다. 조정은 왕과 신료가 모여 조회를 하고 정사를 의론하고 외국사신을 응대하고 잔치도 벌이는 곳이다. 따라서 근정전은 궁궐 어느 건물보다도 웅장하고 화려하며 엄숙한 분위기를 자아내는 건축물이다.

내전은 왕과 왕비의 공식활동과 일상생활이 이뤄지는 곳이다. 외전의 북쪽에 위치한 내전은 사정전 강녕전 교태전을 축으로 왼켠에 연생전 만춘전 인지당이 오른쪽에 경성전 천추전 함원전이 있다. 이 가운데 왕이 일상적으로 기거하는 집을 연거지소(燕居之所)라 하고 이곳은 조회 외로 많은 신하를 만나 나라일을 깊숙이 의론하는 법전이다. 따라서 이런 편전은 내전에 위치해 있지만 그 성격상으로는 외전이다.

동궁은 왕세자가 기거하는 공간이다. 임금이 서쪽의 지는 해라고 하면 왕세자는 떠오르는 아침의 태양이기에 동쪽에 위치해 있고, 그로 인하여 동궁이라 부르며, 동궁은 왕세자를 지칭하는 뜻도 된다.

궐내각사는 궁궐 안에 있는 관서이다. 경복궁 밖 좌우에는 의정부를 필두로 육조와 주요 관서가 즐비한데 궁궐 안에도 많은 관서가 포진해 있다. 임금의 명령을 발하는 승정원을 필두로 홍문관 예문관 교서관 승문원 등 빽빽한 관서가 외전 가까이 있고 그 동편에 사소한 듯 중요한 내반원 상서원 보루원 춘추관 상의원 관상감 내의원 사옹원이 들어 있다.

이처현 상선은 궁궐의 포진과 성격을 간략히 설명하고는 노린내가 조사해야 할 곳을 세밀히 알려주었다.

"외전과 내전은 아마도 그대가 보지 아니하여도 될 것이네. 문제는 궐내각사 중에 문을 지쳐두어 사람이 잘 드나들지 않는 곳과 후원전과 당과루, 그리고 거기에 부속돼 있는 작은 사채들일세. 연지라는 궁녀는 오늘로 사흘째 행방이 묘연한데 누군가 돕지 않는다면 아마도 허기져 죽었을 터. 그러나 사람의 목숨은 쉬이 끊을 수 없는 질김이 있는지라 어딘가에 살아 있을 것이네. 그 애가 기거하던 곳을 우리 내시가 안내할 터이니 지금부터 그 애가 숨어 있는 곳을 찾아주게. 그 애를 찾거들랑 나에게 데려오게. 노포교의 기거는 당분간 우리 내시의 방에서 함께하면 될 것이다."

그 말과 함께 이 상선은 손으로 서안을 가볍게 툭툭 쳤다. 재깍 방문이 열리고 아까 그 잘생긴 내시가 허리를 숙였다.

"부르시었습니까?"

"이분 포교를 네 처소에서 모시도록 하라. 궁중에 있을 동안 네가 모든 편의를 보아주어야 하느니라. 그리고 지금 당장 연지라는 애가 기거하던 방에 데려가 일을 시작하도록 하라. 어제 말한 그 사안이니라."

"네이."

허리를 굽혔던 내시는 허리를 펴자 노린내를 반듯이 바라보았다. 소명한 눈초리에 날카로움이 번뜩이었다.

벌써 해가 기울고 있었다. 봄날은 처녀 총각에게 짧은 겨울보다 더 빨리 간다 했다. 그것은 시간에 쫓기는 노린내에게도 마찬가지였다. 저녁으로 다가서자 노린내는 조금은 마음이 다급해지고 있었다. 자향을 쫓다가 두 번 실패한 그였다. 팔진도에 갇혀서 나무들에게 농락당한 것까지 하면 세 번이나 된다. 이번에도 실패한다면 자신의 재주는 없느니만 못할 것이다.

연생전 별방에서 연지의 냄새를 맡고 일을 시작할 때는 자신이 있었다. 그러나 하루가 지나가고 있는 지금 그는 그 많던 연지의 내음이 죄 사라지고 홀로 남은 듯한 외로움에 휩싸였다.

노린내는 함원전에서 양심대 쪽을 바라보며 서 있었다. 아침부터 그를 바짝 붙어다니던 장시후란 내시는 저녁준비를 하마고 먼저 내반원으로 갔다.

"곧 내반원으로 와서 석식을 들고 일을 계속 하시오."

정구품 상경 직책인 그는 삽삽하기가 그지없었다. 궁중의 길을 안내하고 건물을 소개하면서 그를 수행하는 사이 이것저것 노린내의 처지까지 다정하게 물었다. 궁중에 들어온 지 이 년이 되었다는 자신의 신세도 스스럼없이 알려주었다. 스물두셋쯤 되었을까. 잘생긴 얼굴에 맑은 눈동자, 그 훤한 인물이 남성을 잃고 비빈이나 나이든 환관의 몸시중을 해야 하는 상경이 되다니. 안타까운 생각까지 들었다. 하지만 우리 같은 포교보다는 그래도 낫겠지. 세월과 함께 승진하여 언젠가 이처현 상선처럼 높이 올라갈지도 모르니까.

사방에 우뚝 서 있는 화려한 전각에 남기가 날리어 윤곽이 흐릿하게 보이기 시작하였다. 그러나 노린내의 눈에는 전각은 들어오지 않고 그저 연지의 냄새가 나던 곳만 아련히 떠올랐다. 그의 오관과 마음은 오로지 무수리* 연지의 내음만을 따라가고 있었다. 그 내음은 지금 그의 유일한 추구

이자 최종 목적이었다.

　노동팔, 이번이 마지막 기회이다. 하루가 다 가고 있다. 정신을 집중하라. 그 많던 연지의 냄새는 이 궁궐, 네 주변, 네 속에 있다. 왜 빨리 짚어 내지 못하는가.

　연지의 냄새는 연생전 주위에서 시작되었다. 교태전으로 가는 복도, 인지당으로 가는 길목, 접송정 뒤뜰, 그리고 흠경각 언저리에서도 그녀의 냄새는 진하게 풍겼다.

　연생전은 그녀가 살던 곳이요, 교태전과 강녕전은 일로 오가던 곳이다. 연지의 냄새가 배어 있어 하등 이상할 게 없다. 한데 접송정과 흠경각은 왜 냄새가 짙게 날까. 냄새만 나고 연지가 숨어 있는 곳과 연결되지 않는 이유는 무엇일까? 접송정에서는 동무들과 후원놀이를 하였을 법도 하지만, 흠경각에는 왜 그녀의 내음이 남아 있을까? 그는 계속 자신에게 물었다. 그러면서 그에 근리한 대답과 부정을 계속했다.

　노린내는 흠경각 쪽으로 발길을 떼었다. 그의 생각과 몸이 그곳으로 가게 하고 있었다. 한나절 가까이 추적한 끝의 결론, 흠경각이 수상하다는 생각을 몸과 마음이 함께하고 있는 것일까.

　궁녀 둘이 저녁상임직한 소반을 들고 그를 스쳐 지나갔다. 뭐라고 쫑알거리며 지나쳤는데 그 소리는 귀에 들어오지 않았다. 벌써 저녁밥을 드는 시각이었다. 천추전을 왼켠으로 스무 발짝쯤 가자 흠경각이 보였다. 앞쪽은 대낮에 보았던 대로 근무하는 관리가 상금도 남아 있는 듯 인기척이 있다.

　뒤쪽 쇠를 채운 별방은 저녁이어선지 더욱 을씨년스럽다. 조용하다. 아무것도 없다. 눈에 보이는 한에서는.

　그러나 그것은 아무것도 없는 무(無), 완전한 무는 아닐 터이었다. 최소한 아까 나던 연지의 냄새는 있을 터이었다.

---

**무수리** 궁중에서 잡역을 맡은 여자종. 주임무는 물긷기 불때기와 막일 담당이다. 무엇보다 물긷기가 중요했으므로 수사水賜 라고도 불렀음.

노린내는 자물쇠가 채워진 뒤쪽으로 다가갔다. 그렇지. 없을 리가 없지. 무슨 냄새가 난다. 아니 풀풀 난다. 어, 이상하다.

노린내는 코를 킁킁대었다. 아까는 나지 않던 냄새였다. 무슨 냄새가 이렇게 나지?

노린내는 눈으로는 흠경각 별방 틈새를 들여다보며 코와 머리는 냄새를 생각하였다. 어디서 많이 맡았던 냄새. 향긋한 냄새. 이것은…… 그 냄새지?

문 틈새로는 어둑해진 방만 보일 뿐 사물은 분명치 않다. 그러나 그렇다, 기분이 좋아질 정도로 진하게 나는 냄새. 그는 그 냄새를 생각하며 눈은 방안을 주시했다. 이건 그 냄새야, 그 냄새. 향긋한 유자 냄새.

유자는 명나라서 들여오는 중국 강남 특산품이다. 그 귀한 유자 냄새가 왜 날까? 중국 삼국시대 육손이 어머니에게 갖다 드리려 가슴에 품었다는 유자. 유자는 겨울에 나는 과일이다. 그 과일을 우리나라가 명나라에서 수입하는 것은 그 향긋한 냄새 때문이다. 서안에 놓고 보아도 좋고 책들 사이에 두고 보아도 즐겁고 품에 넣고 다녀도 향긋한 유자. 그 유자는 고관대작이 향수용으로 몸에 지니고 다니는 장식품이다. 또 있다. 평생을 혼자 사는 환관들도 남정내 냄새가 나지 않게 유자를 몸에 지닌다고 하였지.

그렇다면, 환관 누군가가 여기에 있다는 이야긴가? 지금은 아무도 없지 않은가.

노린내는 숨을 깊이 들이마셨다. 냄새가 나는 방향과 거리를 쟀다. 유자는 뒷문 안쪽에 있다. 창틀 가까이다. 저 유자 냄새 때문에 다른 냄새는 거의 나지가 않았다. 아니 맡아지지 않는다. 오전에 그렇게 풍기던 연지의 냄새까지 맡아지지 않고 있는 것이다.

노린내는 고개를 갸우뚱하며 흠경각을 돌아 앞쪽으로 갔다. 곧 와서 석식을 들라고 다정히 말하던 장시후 상경이 생각났다. 왜 장시후 생각을 했을까. 왜 그가 걱정이 될까. 노린내는 고개를 갸우뚱하였다.

그러다 문득, 노린내는 발을 멈추었다. 그는 벼락을 맞은 듯 빳빳하게 곤추섰다. 가슴이 쿵쿵 뛰었다. 영감이 뇌리를 스쳤다. 몸이 부르르 떨렸다.

그렇다! 저 유자 냄새도 그것 때문이다! 맞다. 그거야!

노린내는 흠경각을 노려보았다. 저녁이 깃들고 있는 흠경각은 갑자기 마귀라도 숨어 있는 양 으스스해 보였다.

저기에 있다! 그 계집애는 저 속에 있어! 홍, 내 두 번 속을까. 노린내의 가슴이 두꺼비의 가슴팍처럼 부풀어올랐다.

안방이란 놈, 나를 쥐똥나무 산개나리 분꽃 산목련 향내로 병신 만들었지! 한데 이번엔 유자 냄새로 날 속일려고! 안 속는다. 안 속아! 언놈이 유자를 갖다 놓았는지 모르지만 난 안 속아!

노린내는 흠경각 뒷문 쪽으로 잰걸음으로 다가갔다. 온몸이 흥분으로 짜릿했다. 파들파들 떨렸다. 왼손은 허리에 찬 방망이를 눌러 잡고 있었다. 짧은 사이임에도 뒷문 안쪽은 더욱 어두워져 있었다. 노린내는 코와 귀를 발동하였다. 숨소리도 나지 않게 심호흡을 하였다.

냄새가 난다. 그 애의 냄새가 아슴프레 나고 있다. 진한 유자 냄새 사이로 연지라는 궁녀의 냄새가 나고 있다.

노린내는 긴장으로 숨이 막혔다. 긴 숨을 조용히 내뿜으며 다시 심호흡을 하였다. 와우산 때하고는 또 달라. 이것은 완전한 성공이다. 내 평생 이십 년을 바친 냄새학의 결정체. 그 결정체가 야광주처럼 빛난다. 저켠, 가느다란 연지의 냄새. 진동하는 유자 냄새 사이로 아련히 새어나오는, 살아 있는 그리고 존재하는 궁녀의 내음.

내음은 향그럽다. 여자는 깨끗한 마음의 소유자인가 보다. 내음은 떨리고 있다. 여자는 두려움에 마음까지 울고 있는가 보다.

갑자기 차가운 바람이 북악 쪽에서 휘이 몰아왔다. 노린내의 뺨을 스친 바람은 마치 귀신이 훑고 가는 것처럼 으스스했다. 철렁, 가슴이 내려앉았다. 누구야? 그는 사방을 둘러보았다. 누군가가 자기를 스친 것 같은 환상에 노린내는 몸을 파르르 떨었다.

　주변엔 아무도 없었다. 그저 밤바람일 뿐인가. 그러나 아무도 없는 게 아니라는 생각이 났다.

　누군가 자기를 보고 있다는 생각이 난다. 지금 이곳엔 저 궁녀 혼자 있는 게 아니다. 누군가와 같이 있다. 혼자가 아니고말고. 저 유자가 그걸 증명한다. 유자는 그녀를 도와주기 위해 여기 있는 게야. 맞아. 내시 아니 환관이 저 계집을 도와주고 있는 거다.

　거기까지 생각이 미치자 노린내의 가슴은 싸늘해졌다. 엄격한 이처현 상선과 다정하던 장시후 상경의 얼굴이 떠올랐다. 저 유자와 그들, 뭔가 관련이 있는 게다. 관련이 있고말고. 관련이 있어! 하지만 아니야, 그렇게 함부로 단정해서도 안 돼. 의심은 하되 단정하지는 말라. 믿되 의심하라. 그리고 또 의심하라. 계속 의심하라. 그리고 부정하라.

　노린내는 포교의 기본 원칙을 되뇌이면서 뒷문 자물쇠를 익숙하게 주물렀다. 철컥 하고 자물쇠가 열렸다. 이까짓 자물쇠는 그에게 있으나마나 였다. 자물쇠가 열리자 여인의 숨소리가 들렸다. 노린내는 음흉하게 웃었다. 그러면 그렇지.

　문을 열고 들어갔다.

　그때,

　"여봐요, 포교님은 어딜 들어가시는가?"

　여성 같은 날카로운 목소리에 노린내는 흠칫 뒤를 돌아보았다. 장시후가 다정하게 웃으며 서 있었다.

　"오, 오셨소?"

　노린내가 묻자,

　"저녁 시간이 되어도 안 오시길래 모시러 왔소. 그곳은 해시계, 천구의 등 하늘을 관측하는 도구들을 보관하는 곳이니 둘러보지 않아도 될 것이오."

"그래도 둘러보아야겠소."

"볼 필요 없다 하지 않소."

"봐야겠소."

"내 말을 믿지 않는 이유는 뭘까?"

"이 안에서 여자의 냄새가 나니까."

"여자의 냄새가? 그럴 리가 있나요. 거긴 사철 잠겨 있는 곳인데."

"하지만 여자 냄새가 나는걸. 그것도 연지라는 궁녀의 냄새가."

"그럴 리가. 딴 냄새를 착각한 건 아니오?"

"흐훙, 유자 냄새를 말하시는가?"

노린내는 의기양양하게 말하며 왼손으로 방망이를 꼭 눌렀다.

"저 유자는 혹시 상경께서 가져다 놓으셨소?"

"내가? 그 무슨 말씀이오?"

"내가 이곳서 궁녀의 냄새를 맡고 킁킁대는 걸 보고 혹여 상경께서 유자를 갖다 놓았나 해서 말이오."

"무슨 말인지 모르겠소."

"아까 내가 종시 수상해하며 이 흠경각을 둘러볼 때 옆에 있었던 분은 상경뿐이었지 않소?"

"그래서?"

"냄새, 연지라는 무수리의 냄새를 맡은 걸 눈치채고 그 냄새를 희석시키기 위해 당신이 유자를 갖다 놓은 건 아닌가 하구."

"상상력이 좋구려. 말을 함부로 하지 마시오!"

"여하간 안을 살펴봐야겠소."

노린내가 안으로 들어가자 장시후는 앞으로 내달으며 그의 뒷고대를 잡았다. 노린내는 오른손으로 내시의 팔을 잡으며 허리를 번개같이 돌렸다.

마음은 장 상경을 동정하고 있었으나 몸은 사나운 포교의 것. 연약한 장시후의 몸은 휘익 방구석으로 날아갔다. 장시후는 우당탕 하는 요란한 소리와 함께 방구석에 처박혔다. 내시는 수수깡처럼 널브러졌다. 이마를 벽에 싯씷은 듯 대번 피가 얼굴을 타고 흘러내렸다. 그때 컴컴한 안쪽에서 여인이 쪼르르 달려와 내시를 부축해 일으켰다.

"상경 나리, 괜찮으십니까? 괜찮으셔요? 정신을 차리셔요. 상경 나리!"

그녀는 울음 섞인 목소리를 내며 장 상경을 끌어안고 자신의 볼로 장시후의 얼굴을 부비었다. 장시후는 뭔가 끙끙대는 소리를 내었다. 정신을 잃지는 않은 모양이었다. 열아홉이 될락말락한 궁녀는 고개를 바짝 들어올리며 소리질렀다.

"네 이놈, 더러운 포졸놈아, 어디 함부로 우리 상경님을 해치느냐? 네가 날 잡아가면 되었지 상경님께 감히 손을 대다니!"

표독한 목소리와 함께 독사 같은 눈이 노린내를 노려보았다. 노린내는 자신도 모르게 몸을 움찔했다. 가냘픈 궁녀의 인상이 왠지 어디서 본 것 같아 주춤했다. 저 눈빛은, 저 입술은.

"상경님, 정신을 차리소서. 정신을 차리소서. 저는 이제 가오리다. 저 더러운 포졸에 끌려갈 수는 없으오이다. 저는 그만 가오리다. 별감님을 안 것, 행복하였나이다. 행복하였나이다!"

"연지는 진정하라. 괜찮을 것이야."

장시후의 목소리는 끅끅댔다.

"아닙니다. 상경님은 제 일에 끼어들지 마시옵소서. 상경님은 큰일을 하시어야 하옵니다. 저 같은 천한 기집과는 다르옵니다."

"아니다. 연지는 침착하라. 다 끝난 게 아니야."

"상경님, 그렇지 않습니다. 이자들은 친군위의 악마들입니다. 주초위왕도 친군위놈들이 시킨 일이옵니다. 조광조 대감은 죄가 없습니다. 주초위왕은 저들이 윽박질러서 제가 만든 겁니다. 꿀에다 조청을 타서 나뭇잎에 그 글자를 새겼습니다. 제가 새긴 겁니다. 그래놓고는 조광조 대감이 왕이 되려 한다고 모함한 것이옵니다."

"그건 안다. 그러니 너는 죄가 없느니라."

"아니옵니다. 저들은 저를 죽일 것입니다. 제 입을 막아 더러운 음모를 숨기려 할 것입니다. 하지만 저들이 죽이기 전에 제가 스스로 죽겠사옵니다. 저들의 손에는 죽지 않겠나이다."

노린내는 멍하였다. 저들이 지금 무슨 말을 하고 있는 건가. 주초위왕(走肖爲王)? 조(趙)씨, 즉 조광조가 왕이 되려 한다는 주초위왕을 꿀물로 새겨 넣었고, 그것은 친군위가 지어낸 것이다? 그게 사실이라면 무서운 음모 아닌가. 아니, 음모 정도가 아니다. 이것은 경천동지할 일이다. 이 일을 아는 자가 누구누구일까. 내가 왜 이런 음모에 끼어들어야 하나. 이런 음모를 알게 되었으니 이는 어찌 된다지?

노린내는 짧은 사이, 오만 가지 생각을 하고 있었다. 허나 무수리를 체포하라는 엄명을 받은 자신, 그녀를 앞에 놓고도 잡지 않고 있는 자신의 불찰에는 생각이 미치지 못하고 있었다.

"저 두 사람을 체포하라!"

새되지만 엄한 목소리가 노린내의 뒤쪽에서 울렸다. 노린내는 놀라 뒤를 돌아보았다. 내시부 이처현 상선의 엄한 얼굴이 보이고 군사 둘이 우르르 뒷방으로 들어왔다. 노린내는 두 군사가 장시후와 연지를 붙들어 붉은 오라를 지우는 것을 멍하니 바라보았다. 그 사이 연지라는 궁녀는 마지막 몸부림을 치고 있었다.

"상선 대감나리, 장 상경님은 아무 죄가 없나이다. 이 천녀만이 죽일 놈이옵니다. 저분은 체포하지 마소서!"

"조용히 하라!"

이 상선이 낮으나 엄하게 다그치자 연지는 잠깐 입을 다물었다. 그때 이 상선의 뒤쪽에 사람 그림자가 어른거렸다. 이 상선은 고개를 살짝 돌리고 역시 엄한 목소리를 내었다.

"영감들은 이 일에 끼어들지 않는 게 좋으리다. 자리를 비켜주소서!"

그 말에 그림자는 금세 사라졌다. 흠경각에 근무하는 벼슬아치들이었다. 한데 그 그림자를 언뜻 본 연지는 뭔가 기댈 곳을 찾은 듯 갑자기 소리 높여 외쳤다.

"영감님들, 영감님들, 도와주소서. 살려주소서. 저는 죄가 없나이다. 주초위왕은 제가 한 게 아니옵니다. 친군위가 강제로 시켰나이다. 조광조 대감은 아무 죄가 없나이다. 죽을 죄를 지었습니다. 저 때문에 많은 어른들이 모함을 받게 되었나이다. 살펴주소서. 살펴주소서!"

"저년의 아가리를 지워라."

군사가 연지의 입에 헝겊 쪼가리를 틀어 넣으려 하자 그녀는 오라에 묶인 두 손을 좌우로 흔들며 발악을 하였다.

"이놈들아, 비켜라. 더러운 친군위놈들아. 니들은 천벌을 받으리라. 내 입을 막아도 진실은 영원히 숨기지 못하리라. 하늘의 밝은 해가 천지를 비추는 게 보이지 않느냐! 내가 죽는다 해도 이 사실은 다 알려지게 되어 있다! 천벌을 받으리라!"

"빨리 저년을 재갈먹이지 못할꼬!"

상선의 엄명에 군사는 연지의 입 속에 헝겊을 틀어넣었다. 뒷방에서 끌려나오는 연지는 끅끅대며 앙탈을 부렸지만 소리지를 수가 없었.

두 손이 묶여 군사의 부축을 받고 일어난 장시후는 상관인 이처현 상선을 정면으로 바라보았다.

"상선 나리, 저 애를 함부로 죽이지 마시옵소서. 저 애는 죄가 없나이다. 세상은 바른 것. 잘못은 언젠가 밝혀지지 않더이까?"

"쓸데없는 소리 마라. 네가 나를 훈시하려 하느냐?"

"시생 간청하는 것이옵니다. 저 애는 사화의, 정치 음모의, 불쌍한 희생물일 뿐입니다."

"입을 다물라!"

엄하게 호통한 이처현은 노린내를 보고,

"노 포교는 수고하였소. 나를 따라오게."

간단히 말을 던지고는 앞장 서 내반원 쪽으로 걸음을 내놓았다. 노린내는 엉거주춤 이 상선 옆에 서고 두 군사는 장시후와 연지를 붙들고 그 뒤를 따랐다.

## 20. 안방의 소망

자향과 항슬이 송 진사네 뒷문을 나서자 오솔길이 얕은 산허리로 이어지고 길 옆엔 온갖 화초가 만발하여 있었다. 별유천지비인간(別有天地非人間), 이백이 읊은 대로 사람이 사는 곳이 아닌 또 다른 세상처럼 아름다웠다.

셋은 아름다운 화초길을 서둘러 걸어갔다. 이 화초길은 나갈 때는 거침없이 나가지만 들어올 때는 길이 여럿으로 헷갈려 쉬이 들어올 수 없도록 앞문과 똑같이 팔진도로 포진되어 있었다. 그런 걸 알지 못하는 자향 일행에겐 만발한 온갖 꽃이 너무 아름다워 쫓기는 자를 더욱 서럽게 하는 그런 길이었다.

화초길이 끝나는 두 갈래 길에서 머리 두 개가 불쑥 나타났다. 그들을 본 항슬은 예견하고 있었던 듯,

"포교들은 어디쯤 오고 있는가?"

"조금 전 안골을 들어섰어."

자향이 보니 얼굴이 누리팅팅한 사내가 대답하였다. 그 옆에는 얼굴이 시커먼 사내가 있었는데 둘 다 자향을 보느라 정신이 없다.

항슬은 자향에게 두 사람을 소개했다.

"아씨, 이 사람들은 내 동무로 아씨를 도우러 같이 왔습니다. 이쪽은 보욱이고 여기는 석수라고 합니다."

자향이 깍듯이 고개를 숙여 인사하자 둘은 허리를 굽신거렸다. 두 삼개 촌놈들은 자향의 아름다움에 넋을 잃고 있었다.

"포교들이 적간하고 있던가?"

항슬이 묻자 보욱이 대답하였다.

"그렇다네. 한데 다른 한 조는 왼쪽으로 한 조는 오른쪽으로 돌아가고 있어. 오른쪽으로 도는 조가 우리가 빠져나가려는 길목으로 가고 있네. 그곳에 욱자를 보냈네. 곧 동향을 파악해 이리로 올 걸세."

"그럼 어떻게 하지?"

그들은 숲 속 나무 그늘에 숨어 한동안 밀담을 나누었다. 그 사이 안방이 자향에게 속삭였다.

"서 진사 따님 댁에 저분들이 찾아왔어요. 그러면서 언니가 그 집서 병구완한 것도 눈치채고, 포교들이 이쪽으로 급히 이동하고 있는 것도 알더라고요. 어떻게 알아내었는지 신통하지요? 서 진사님이 그러셨어요. 마침 너 잘 왔다. 이분들을 모시고 빨리 송 진사 댁에 가서 때를 놓치지 말고 피하라, 해서 왔어요. 송 진사님의 처방전은 여기 가져왔습니다."

안방은 한지에 쓴 처방전을 자향에게 건네주었다.

"처방전을 즉시 보게 하라고 서 진사께서 말씀하시던대요."

자향은 보퉁이에 넣으려던 처방전을 펼쳐 보았다.

처방전에는 앞으로 자향이 구해 복용해야 할 약방문이 쓰여 있고 그 아래에 시 한 수가 적혀 있었다. 제목이 '한강' 인 칠언절구였다.

비개인 뒤 긴 뚝엔 풀빛도 푸르르고
그대 보내는 삼개엔 어부노래 낭랑하네
한강 강물은 언제나 다할른고

해마다 이별 눈물 강물에 보태지는걸
雨歇長堤草色多
送君麻浦動漁歌
大漢江水何時盡
別淚年年添綠波

서 진사의 필체는 과연 웅혼한 바가 있었다. 글씨체가 당신이 말한 대로 저수량이었다. 반듯반듯 각이 진 글씨에 힘과 곧은 마음이 칼날처럼 예리하다. 혼이 숨어 있고 뜻이 웅크리고 있다. 정말로 글씨를 잘 쓰시는 분이로다. 이런 분이 초야에 묻혀 있다니!

한데 이 어른은 어찌해서 이런 슬픈 한시를 나에게 써보냈을까?

자향은 고개를 갸웃하였다. 더구나 이 칠언절구는 우리나라 고려조에 가장 시를 잘 썼다는 정지상* 선생의 대동강이란 시를 그대로 원용한 것이었다. 남포를 마포로 대동강을 대한강으로 슬픈 노래인 비가를 어부노래인 어가로 바꾸었을 뿐 그대로였다.

자향이 그 시를 몰라볼 리 없을 터이니 서 진사는 그 시 속에서 뭔가를 말하고자 하는 게 분명하였다. 나이든 선비가 열여섯 처녀에게 이별을 슬퍼하는 시를 보냈을 리 없고 무언가 뜻이 있을 터이었다. 그러나 지금으로서는 무슨 뜻이 내포돼 있는지 알 길이 없다.

자향은 종이를 고이 접어 허리에 맨 보퉁이에 간직하였다.

의논이 끝났는지 항슬이 자향에게 다가왔다.

"포졸들이 세 조로 나뉘어 이 동네를 포위, 적간하고 있는 것 같습니다. 그 사이를 뚫고 나아가야겠습니다. 저희들 뒤를 따라 오십시오."

---

**정지상** 鄭知常 ?~1135 고려 인종 때의 문신. 시인. 김부식과 글로 쌍벽이었으나 정지상이 윗길이었고 사이가 나빴다고 전해짐. 묘청의 난 때 총사령관으로 반란 진압에 나선 김부식에 의해 궁문 밖에서 반란군과 내통했다는 죄목으로 체포 사형당했다. 반란군과 내통한 사실은 확인된 바 없고 시적(詩賊)에 대한 시기 어린 복수라고 보는 게 역사의 정설임.

항슬과 보욱이 앞을 서고 자향과 안방의 뒤에 석수가 따랐다. 그들이 산허리를 돌아가자 꽃밭 사이에서 장죽을 든 사십대 선비가 허리를 펴며 일어났다. 선비는 자향 일행이 간 곳을 멀그러미 바라보며 중얼거렸다.

"저 처자가 학문만 높은 게 아니라 인물도 절색일세."

앞서 가던 항슬이 허리를 숙이고 보욱에게 손짓하였다. 일행은 모두 허리를 낮춰 풀숲에 숨었다. 보욱이 입을 열었다.

"저쪽에 털벙거지 둘이 있다. 일부러인지 시끄럽게 떠들고 있고."

"우리의 시선을 끄는 건가?"

"그런 것 같아."

"그렇다면 잠복해 있는 놈이 있을 걸세."

"그 얘기야."

"욱자는 안 보이나?"

"안 보여."

"어느 쪽으로 간다고 하였는가?"

"저쪽 다리 어름까지 가서 정탐을 하고 송 진사네 화원 쪽으로 온다 하였지. 어쩌면 포졸들한테 길이 막혀 있는 것일지도."

"그럼 잠시 동태를 보세."

자향은 안방과 함께 그들 네댓 발짝 뒤에 있었다. 따뜻한 봄날인데 길도 들에도 사람이 없다. 저녁의 어둠이 사방에 내리고 있었다.

까치 두 마리가 서로 앞을 다투듯 풀밭을 스치며 날아갔다. 까치는 왼켠으로 비스듬히 날다가 갑자기 하늘로 솟구쳐 오른쪽 산등성이 쪽으로 비행했다.

자향이 항슬에게 속삭였다.

"저 왼쪽 어딘가에 사람이 숨어 있는가 봐요."

"그걸 어떻게 알지요?"

"까치가 왼쪽으로 낮게 날다가 갑작스레 하늘로 치솟았잖아요. 사람이 숨어 있다는 증좌지요."

"그래요!"

항슬은 자향을 유심히 보았다. 뽀오얀 얼굴에 보석 같은 눈이 반짝반짝 빛난다. 이 아씨는 얼굴만 아름다운 게 아니라 머리도 아주 좋군. 음험한 포교들의 노림을 새의 비상으로 재격 알아내다니!

"왜요. 제 말이 이상해요?"

자향은 항슬이 빤히 쳐다보자 무렴해져서 고개를 살짝 숙였다.

"아니요. 아씨의 말에 너무 감탄해서요. 저도 뭔가 수상하다고 생각하였어도 아씨처럼 번개같이 알아내지는 못하였습니다."

항슬은 그렇게 대답하고는 보욱에게 소근대었다.

"보욱이, 아씨 말이 맞는 것 같아. 한데 포교들이 언제 와서 이 같은 비상한 수법을 펼친단 말인가? 이상하지?"

"그 점이 더욱 수상하이."

보욱은 고개를 갸우뚱하였다. 항슬은 보욱의 말을 기다리며 고개를 들고 사방을 휘둘러 보았다. 아무러한 움직임이 없었다.

잠깐 생각한 보욱이,

"항슬이, 우리 저들의 함정 속으로 돌진하세."

"함정 속으로?"

"그렇네. 저자들이 여기에 천라지망의 어살을 친 것은 이미 송 진사 댁에 의심을 둔 게야. 그렇다면 주력부대는 송 진사 댁으로 갔을 것이고 지금쯤은 우리가 사라졌다는 것을 알고 있을 걸세."

"그렇게 번개처럼 우리 족적을 쫓아오고 있을까?"

"최악의 상황을 생각하자면."

"그럼 빨리 결단해서 앞으로 나아가세."

"석수, 석수!"

보욱은 석수를 부르더니 뭐라 귀엣말을 나누었다. 석수는 고개를 끄덕이며 호랑이눈에 살기를 띠며 앞을 노려보았다.

김 생원은 꽃길에 아직도 서 있었다. 눈은 자향이 사라진 곳을 보고 있으나 마음은 그녀가 불러준 시구들을 음미하고 있었다. 연년세세화상사 세세년년인부동, 해마다 해마다 꽃은 이슷하여도 해마다 해마다 사람은 같지 아니하네. 그렇지, 여기 꽃들은 언제나 똑같지만 우리 인생은 같지가 않지. 조금 전 나와 시를 읊던 저 처자도 벌써 떠나가고!

그렇게 여린 마음에 스스로를 쓸쓸히 여기며 애틋하게 서 있는데 송 진사네 뒷문이 벌컥 열리고 우락부락한 포졸 셋이 우르르 쏟아져 나왔다.

김 생원은 그들을 보는 순간 알았다. 저들이 무엇을 하고 앞으로 어떻게 될 것인가를.

김 생원는 꽃길 가운데에 떡 하니 버티어 서서 포교들이 지나가는 것을 노려보았다. 딴에는 자향을 쫓는 저들의 길을 잠시나마 막아서자는 심산이다.

그러나 그것은 꽁생원 김 생원의 미련한 의리. 막아서려거든 자향이 간 반대편 길을 막아서야 할 것을 그들이 간 길을 막아섰으니, 이 길로 도망갔소이다 하고 훤사하는 바나 진배 없다.

키가 큰 포졸 하나이 빠른 걸음으로 앞장서고 있었다. 뒤에서 누군가의 지시하는 소리가 들렸다.

"저 양반이 서 있는 길로!"

그 말에 포졸은 김 생원이 서 있는 길로 빠르게 달려오며 호통쳤다.

"비키시오!"

갑작스런 고함과 함께 어깨로 세게 밀쳤다.

"이자가 뭐하는 짓인가! 어디서 함부로…… 악!"

김 생원은 포졸의 억센 힘에 부웅 떠서 꽃밭에 날아가 떨어지고 포졸들은 우르르 달려가 버렸다. 맨 뒤에서 지시를 내린 사람은 함지박귀, 그도 전광석화처럼 포졸 뒤를 따라 달려가 버렸다.

화원에 떨어진 김 생원은 이마에 충격을 받고 정신을 잃었다.

교태전의 왕비마마는 옥선 상궁의 새된 소리에 눈을 흘겨 대전 밖을 응시하였다.
"왕비마마, 최 상세 입시이옵니다."
"들라 해라."
문이 급히 열리고 몸집이 왜소하고 염소 수염의 환관 한 명이 궁글듯이 대전에 들어와 부복하였다.
"왕비마마!"
"무슨 일인가?"
"노 포교가 연지를 포착하였습니다."
"어디에서?"
"흠경각 골방에 숨어 있었습니다."
"천문 연구하는 자들이 궁녀를 빼돌렸더란 말인가?"
"그들이 아닙니다."
"그러면?"
"내반원의 내시가 그곳 빈 골방에 연지를 숨겨주고 먹을거리와 모든 편의를 보아준 듯하옵니다."
"무엇이? 내시가?"
"그러하옵니다."
"이름이 뭐란 자인가?"
"장시후란 자로 상경 직책을 맡고 있습니다."
"그자는 지금 어디 있는가?"
"이 상선께 끌려가 있습니다. 왕비마마께 보고하는 게 급하와 우선 달려왔나이다."
"잘 하였다. 옥선아."

자향 81

"네이."
"당장 이 상선을 들라 해라!"

석수는 빠르게 걸어서 오른쪽으로 방향을 틀었다. 그 뒤를 항슬 보욱 자향 안방이 쫓았다. 삼십여 보를 갔을 때 포졸 둘이 풀숲에서 벌떡 일어나 길을 막았다.

"서라, 이놈들!"

호통이 날카로왔으나 석수는 거침없이 돌진한다. 평생의 포부와 희망이 서린 심원(心願)의 정화(精華), 석수의 삼인검은 창을 든 포졸의 허리를 긋고 뒤쪽 포졸의 가슴을 찔렀다. 번개 같은 검세의 율동! 호랑이눈처럼 사나운 석수의 눈에 검선이 별빛처럼 흘렀다.

"으윽!"

상상 밖의 급습을 당한 두 포졸은 동시에 옆으로 쓰러졌다. 석수는 그들을 뛰어넘었다.

그때 오른쪽 풀 속에서 욱자의 부르는 소리가 들렸다.

"일루 일루!"

석수는 그쪽으로 쏘아갔다.

"일루 잘 왔어. 저들은 저쪽에 셋을 숨겨 놓았다구. 내 뒤를 따라와요!"

욱자의 말에,

"가자!"

보욱이 소리치고 그들은 동시에 달렸다. 허나 스무 발짝도 가기 전에 그들은 엄장이 큰 포졸한테 길이 막혔다. 이대치는 칼을 하늘 높이 치켜들고 길을 막아서 있었다.

"네놈들이 이럴 줄 알았지! 자, 와라!"

이대치의 호통에 앞에 서 있던 보욱은 뒤로 주춤 물러나며 다급한 목소리로,

"석수!"

하고 불렀고 석수는 삼인검을 들고 비호처럼 앞으로 돌진하였다. 칼과 검이 부딪치고 있을 때 보욱이 항슬에게 손짓했다. 항슬은 보욱이 가리키는 방향으로 자향의 손을 잡고 달리기 시작했다. 그 뒤를 안방이 따랐다. 셋은 바위 사이를 뚫고 나갔다. 바위틈을 비집고 나가자 초원이었다. 뒤에서 보욱이 외치는 소리가 들렸다.

"만수림으로 들어가! 만수림!"

"알았다!"

항슬은 대답과 동시에 오른쪽으로 다시 방향을 돌려 산 쪽으로 달렸다. 그쪽에는 시커먼 숲이 있었다. 그들이 숲에 거의 다 왔을 때, 포졸 하나이 창을 들고 큰 나무 뒤에서 불쑥 나타났다.

어, 항슬은 자기도 모르게 비명을 질렀다. 무슨 포졸이 이렇게 많이 숨어 있단 말인가. 요소요소에 숨어 있잖은가! 정말로 기절초풍할 일이었다.

포졸은 시커먼 얼굴의 검수였다. 이곳 지리가 밝다 하여 함지박귀가 만일을 위해 숨겨 놓은 마지막 살수였다.

검수는 음흉한 웃음을 지었다.

"흐흐흐, 드디어 걸렸군. 니놈들이 급하면 이쪽으로 도망올 줄 알았지! 순순히 오라를 받아라!"

뒤쪽에 추적해 오는 발자국 소리가 들리는 것 같다. 항슬은 마음이 급했다. 지금 빨리 저 숲으로 들어가지 못하면 모두가 붙잡힌다.

항슬은 주춤하는 듯하더니 번개처럼 검수한테 돌진하였다. 창을 뺏을 심산이었다. 생각 밖의 돌진에 검수는 깜짝 놀라 창을 옆으로 휙 돌려쳤다. 창을 왼쪽 허리에 맞은 항슬은 풀섶에 풀썩 넘어졌다. 가까이 있던 자향이 쫓아가 그를 일으키려 하였다. 이를 본 검수가 항슬은 놓아두고 자향을 붙잡으려 내달렸다. 서강의 졸자 포졸에게 자향은 엄청난 전과물이었다. 그가 자향의 왼쪽 팔뚝을 붙잡았다. 아악! 자향이 비명을 지르며 손을

뿌리칠 때,

"포졸놈아, 우리 언니를 놓아라!"

안방이 소리치며 검수에게 덤벼들었다.

"이놈이!"

검수는 멧돼지처럼 돌진해 오는 안방을 보자 자향을 놓고 창으로 안방을 올려쳤다. 안방은 창을 얻어맞고 뒤로 벌렁 나가자빠졌다. 안방은 벌떡 일어났다. 다시 달려들며 안방이 소리쳤다.

"언니, 언니는 도망가요!"

검수는 재차 덤비는 안방을 보며 순간 멈칫하였다. 어린놈이라고 치부하였던 안방의 눈에서 살기가 뿜어나왔던 것이다. 보통놈이 아니다. 가슴이 섬칫한 검수는 창을 뒤로 힘껏 당기고는 두 손으로 매몰차게 찔렀다. 창끝은 안방의 오른쪽 복부를 찌르고 콱 박혔다.

"윽!"

안방의 비명에,

"안방아!"

자향도 놀라 외치며 한 발짝 다가서는데 안방은 창끝을 꽉 부여잡고 포졸만을 노려본다. 창을 맞은 복부에서는 피가 분수처럼 뿜어나오고 있었으나 안방은 창을 놓지 않고 있었다.

찢어진 눈, 불타는 눈동자, 악다문 입, 다급한 마음의 안방은 외치고 있었다. 창을 놓으면 모든 게 끝이다! 나도 죽고 언니도 붙잡힌다! 창을 놓을 수 없다. 놓을 수 없어! 언니를 보호해야 한다. 언니를 안전한 곳으로 보내야 해! 안방의 외침은 가슴속에서 천둥처럼 울렸다.

검수는 창을 빼치려고 안감힘을 썼으나 뺄 수가 없다. 끙끙대며 창을 빼내려는 검수의 눈 속에 피를 줄줄 흘리며 야차처럼 노려보는 안방의 호랑이눈이 무섭게 다가왔다. 그것은 죽음을 초월한 분노의 눈이요, 처절을 극한 원한서린 눈이었다. 검수는 너무 놀라 두 팔의 힘이 쏙 빠지는 듯 힘을 쓸 수가 없었다.

이때 옆에서 일어나 잠시 놀라 엉거주춤했던 항슬이 큼지막한 돌멩이로 검수의 머리를 내려쳤다. 검수는 힘없이 고꾸라졌다. 창을 부여쥐고 있던 안방도 넘어지며 정신을 잃었다.

"안방아!"

자향은 아픈 것도 잊고 와락 달려들어 안방을 부축했다. 피가 바지를 온통 적시고 있었다.

"오마나, 이를 어째! 우리 안방이가 창에 찔렸네. 창에 찔렸어요. 항슬이, 애를 살려야 해요. 애를 살려줘요!"

항슬은 정신없이 이쪽 저쪽을 휘둘러보다가 자향한테서 안방을 뺏어 등에 업었다. 우선 여기를 떠야 한다. 다른 포교들이 오기 전에 만수림으로 들어가야 한다.

"날 따라와요. 아씨, 날 따라와요"

항슬은 숲으로 달렸다. 저녁이 깊어져서 숲은 더욱 어둑컴컴하였다.

"안방이가 안방이가! 피가 너무 흘러요. 피를 막아야 해요!"

자향은 항슬을 따라 달리며 외쳤다. 다친 가슴이 너무나 아팠으나 괘념치 않았다. 눈에는 벌써 눈물이 줄줄 흐르고 있었다.

안방과 항슬이 만수림 앞에서 처절한 죽음의 쟁투를 벌이고 있는 사이 석수는 이대치를 서너 합만에 뒤로 물리고 몸을 옆으로 빼쳤다. 그는 항슬이 간 곳과는 틀린 방향으로 달렸다. 보욱과 욱자가 간 곳이었다.

"이놈 어디로 도망가느냐!"

이대치는 호통과 함께 뛰뚱거리며 뒤를 쫓았다. 빠른 석수는 그가 쫓아오는 걸 확인하며 다람쥐처럼 나무 사이를 질러갔다.

싸리나무가 무성한 풀섶으로 펄쩍 뛰어들어간 석수는 잽싸게 나무들 사이로 숨었다. 이대치가 쫓아오는 소리가 멀어짐과 함께 앞쪽에서 소리가 들려왔다.

"여기!"

석수는 소리난 곳으로 빠르게 기어갔다. 보욱이 속삭였다.

"항슬이와 여자는 만수림으로 갔다. 우리는 만수림 서쪽으로 가자. 저들을 유인해서 항슬이네가 안전하게 비궁으로 가게 해줘야 해."

그들은 보욱의 말에 따라 발자국을 일부러 남기며 서쪽으로 살살 기어갔다.

함지박귀는 고개를 갸우뚱하였다. 송 진사 집을 들어갈 때 기묘한 꽃길에서 상당한 시간을 잡아먹은 게 이런 낭패의 시초일까? 하긴 일이란 이런 사소한 데서 삐끗하는 거니까. 그렇다 해도 이해가 가지 않는다. 복선을 두 군데나 처놓았지 않은가. 놈들은 당장 손아귀에 들어오게 되어 있었다.

그러나 차 한잔 마실 시간, 그 사이에 어린 놈들은 포졸 둘에게 경상을 입히고 이대치를 농락하고 사라졌다. 꽃길에서 시간을 버린 것보다도 놈들의 행동이 번개 같은 게 더욱 신경쓰인다.

더구나 함지박귀 일행이 숲 가까이 와서 정신을 잃고 널부러져 있는 검수를 발견했을 때는 어처구니가 없었다.

놈들은 생각 밖으로 빠르고 무술도 있다. 오랜만에 보통내기가 아닌 적수를 함지박귀는 만난 것이다.

뺨 몇 대를 맞더니 검수는 정신을 차렸다.

"아, 성 포교님. 놈들은 도망갔소."

"그건 나도 알고 있네. 어디로 갔는가?"

"예상대로 이 숲을 향해 도망왔소이다. 그러니 숲으로 도망갔겠지요."

뒷산을 가리킨 검수는 뒤통수의 통통 부어오른 상처를 손으로 만지다 비명까지 내질렀다.

"많이 다쳤는가?"

"어이쿠, 적당합니다. 죽기야 하겠습니까."

"몇 명이 이쪽으로 왔던가?"

"셋이우."

"셋?"

"네, 그 여자하구요. 어린 녀석이 하나 있었는데 녀석이 하도 그악하게 덤비길래 창을 한방 먹였지요. 배를 찔려서 어쩌면 죽었을지 모릅니다."

함지박귀는 고개를 끄덕이며 피가 사방에 번진 주변을 살펴보았다. 이 정도로 피를 흘렸다면 목숨이 위태로울 것이었다. 어린 애라면 뒤웅박의 아들이 분명하였다.

이대치가 입맛을 다시며 말하였다.

"나한테서 도망한 검 쓰는 녀석과 다른 놈들도 저 왼쪽 숲으로 튀었습니다."

"걔들이 이 숲을 뭐라고 불렀다구?"

"만수림이요."

"만수림? 만 가지 나무가 있는 숲이다. 그럼 숲이 깊다는 뜻일세."

함지박귀는 시커먼 숲을 잠시 바라보다가 검수에게 물었다.

"이 숲 저 너머는 어디로 연결되는가?"

"바로 옹막이 나오고 산허리를 끼고 돌면 수철리 흑석리로 연결되지요. 왼쪽으로 빙빙 돌면 다시 토정으로 해서 한강으로 나가기도 하구요. 숲이 상당히 깊고 넓습니다."

함지박귀는 이대치를 보고 말하였다.

"아무리 넓어도 사방을 포위 압착하면 저들이 어디로 도망가겠는가."

"물론이오. 우선 이 부근을 포위해보십시다. 애가 중상을 입었으니 저들도 번개같이 사라지진 못할 거 아닙니까. 애를 구완해야 하니까."

"그렇네. 다만 어두워지는 게 문젤세."

그리고 보니 사방은 어둑컴컴해져서 근처 풀섶에 숨어 있어도 알아볼

수 없을 정도의 밤이 되어 있었다.

안방의 상세는 엄중하였다. 항슬과 자향이 허둥지둥 안방을 내려놓은 곳은 검수를 때려누인 곳에서 삼백 보도 안 되는 곳이었다.
어두워지고 있는 숲 속이었지만 항슬은 허리에 차고 있던 광목으로 안방의 상처 부위를 동여매었다. 항슬의 등짝과 광목까지도 이미 피로 얼룩져 있었다. 상처 부위가 아랫배 쪽이어서 단단히 동여매기가 힘들었다.
대충 상처 부위를 맨 항슬은 안방의 눈을 뒤집어 보았다. 오, 항슬은 속으로 놀라 외쳤다. 흰창이 드러나고 있었다.
큰일났다. 피를 너무 많이 흘렸다. 피를 보완하는 탕을 먹여야 하는데 이 어둔 밤에 숲 속에 숨어 이 애를 어떻게 구완한단 말인가.
소쩍새 우는 소리가 들렸다. 항슬은 일어나 소리나는 쪽에 대고 부엉부엉 울었다. 조금 있자 욱자가 맨 먼저 오고 석수와 보욱이 나타났다.
보욱이 대번 사태를 알아채고 물었다.
"무슨 일이 있었어?"
"응, 안방이가 중상을 입었다."
"어디 보세."
보욱은 안방의 상처를 자세히 보고는 항슬을 바라보았다. 두 사람의 얼굴이 어둠 속에서 더욱 어두워졌다. 그들을 열심히 관찰하던 자향이 울음 섞인 목소리로 말하였다.
"안방이를 구해주세요. 어떻게든 살려야 합니다. 알았지요?"
"네, 알았습니다."
보욱이 아무 책략도 없으면서 자향을 달랬으나 그녀는 알고 있었다. 여성의 섬세한 감각, 그녀는 안방이 치명상을 입은 걸 알아채고 있었다.
"우선 애를 메고 비궁으로 가세. 거기 가면 상비약이 좀 있잖아."
"그렇지. 가세."

보욱과 항슬의 말이 끝나기가 무섭게 욱자가 안방을 들쳐 업었다. 보욱은 앞장 서고 석수는 검을 들고 뒤를 맡았다. 그들은 숲 깊숙한 안쪽으로 들어갔다.

보욱이 이곳을 만수림이라 이름지었다. 숲은 우거지고 들짐승은 많고 온갖 화초가 그득하였다. 수시로 숲에 놀러와 약초를 캐기도 하였다. 바위 자갈 등성이도 많아서 사람이 함부로 다닐 수 없는 원시적인 산이었다.
뭐든지 잘 만드는 욱자가 은밀한 곳에 작은 움막을 짓고 이곳에서 놀기도 하고 숨어서 즐기기도 하였다.
관에 쫓기는 사람을 숨겨줘 한동안을 지내게 해주기도 하였다. 그 일이 있은 뒤부터 그들은 이곳을 우리들의 비궁(秘宮)이라 불렀다.
비궁에 도착하자 안방을 누이고 다시 상처를 돌보았다. 상비약이라고 하였지만 고약하고 상처에 바르는 가루약밖에 없었다. 우선 가루약을 안방의 상처 부위에 발랐다. 다행히 피는 멎어 있었으나 그 사이 피를 너무 많이 흘린 게 문제였다.
자향은 안방의 상처를 돌보고 깨끗한 헝겊으로 다시 동이고 피를 닦아 내었다. 그리고는 그 옆에 앉아 안방이 깨어나는 걸 기다렸다.
비궁은 작은 초막이었다. 그들은 하나밖에 없는 창을 가리고 호롱불을 켜 놓고 있었다. 보욱이 밖에서 망을 보고 욱자와 석수는 동태를 보러 정탐에 나갔다. 항슬이 옆에서 자향과 안방을 지키고 있었다.
안방은 반시진쯤 지나서야 정신을 차렸다. 눈꺼풀을 힘없이 열고는 멀거니 천장을 쳐다보았다. 자향은 너무나 좋아서 어쩔 줄을 몰라했다.
"안방아, 정신이 들었니? 인제 살아났구나. 그렇게 피를 많이 흘려서 얼마나 걱정했는지 아니?"
"그랬어요?"
말소리가 힘이 하나 없다. 눈동자도 흐릿하다.

"양반도 아닌 천한 쌍놈이 죽는데 아무 상관 없지요. 죽어도 슬퍼해줄 사람 하나 없는걸."

"안방아, 무슨 말을 그렇게 해. 양반이 무슨 상관이니. 사람은 얼마나 훌륭하냐가 중요하단다. 너는 얼마나 훌륭하니. 나를 살린 은인이고 마음도 착하고. 다 죽어가는 나를 업고 십 리도 더 달려 의원한테 데려다 주었잖아!"

"고귀한 언니는 죽어서는 안 되기 때문이었어요. 나도 모르게 언니는 살려야 한다고 생각했거든요. 그 경우엔 누구나 마찬가지였을 거예요."

"그렇게 생각한 너야말로 고귀하단다. 너는 새도 사랑하는 아름다운 마음을 지니고 있잖니."

"아니어요. 이상한풀이 나한테 뭐라 한 줄 아세요. 당신은 잘못 태어난 사람, 빨리 염라에게 돌아가야 해, 하고 말했어요. 녀석이 괘씸해 때려주고 싶었지만 속으론 맞는 말이다 했어요."

"그건 농담으로 한 말이야. 잘못 태어난 것은 좋은 집안에서 태어나야 할 걸 그렇지 않았다는 뜻일 게구. 이치 영감께서 뭐라 했어. 너는 진주 같은 아까운 존재라고 했잖아."

"그거야말로 지나가는 헛말이어요. 언니야, 내 부탁 하나 들어줄래?"

"네가 부탁하는 것은 죄 들어줄게. 다친 곳 치료해서 낫도록이나 하자. 알았어?"

안방은 갑자기 숨을 격하게 쉬더니 힘없이 눈을 감는다. 놀란 자향은 안방의 볼을 쓰다듬으며 옆에 있는 항슬을 바라보았다. 뭔가 도움을 간절히 호소하는 눈, 울음 우는 눈동자, 항슬은 뭐라 말을 할 수가 없다.

자향은 안방의 이마에 손을 대어보았다. 차디차다. 입술도 더욱 타들어가는 듯 하얗게 변했다. 핏기가 얼굴에서 사라지고 있었다.

"안방아, 정신 차려. 이 물을 좀 들래? 약수물이란다. 약수물 먹고 힘을 내. 안방아, 죽으면 안 돼! 죽으면 안 돼!"

그러나 안방은 한동안 기척이 없더니 재차 눈을 떴다. 눈빛이 이상하였다. 천장 한 귀퉁이를 노려본다, 그리고는 힘없이 말하였다.

"나 이제 죽는가 봐."

"넌 죽지 않아, 마음을 다지라고!"

"아니야, 저 천장 모서리에서 지장할매가 나를 보고 손짓해. 같이 가재. 저봐, 지장할매 소리 안 들려? 일루 와 일루 와, 하고 있어."

"이 방엔 그런 거 없어. 지장할맨지 뭔지 아무것도 없어. 안방아, 정신차려."

"지장할매는 내가 죽였어. 울 아버지를 악귀라고 욕하는 걸 듣고 내가 돌멩이를 던졌거든. 그 돌멩이에 등짝을 맞고 풀썩 쓰러졌는데 그 뒤부터 시름시름 앓다가 죽었어. 두 해 전에 말야. 내가 죽인 거야. 그 지장할매가 날 데리러 왔어."

"저건 환영이야. 쳐다보지 마!"

"눈을 감아도 보여. 내가 지은 죄 내가 받는 거지. 할매가 자꾸 가재."

그렇게 독백처럼 말하던 안방은 눈을 내려 깔더니 자향을 바라보았다.

"언니야 내 손 잡아줄래?"

"응."

자향은 안방의 두 손을 모아 잡았다. 축축하다. 생각보다 손이 작고 말라 있었다. 가슴이 아팠다.

"내 부탁 하나만 들어줘."

"너의 말은 뭐든지 들어줄게. 말만 해."

"하나만 들어주면 돼. 뭐냐면, 울 아버지 악귀지?"

"악귀긴. 악귀 아니야."

"울 아버진 악귀야. 내 잘 알아. 그 훌륭한 유 지사님도 악귀라고 하잖아. 울 아버지는 모든 사람을 해치는 악귀야. 한데 언니야, 울 아버진 너무 불쌍한 사람이다. 악귀긴 해도 불쌍한 악귀라구. 언니, 울 아버지 미워하지

마. 언니 팔아서 돈벌라고 했지만 미워하지 마. 너무 불쌍한 사람이니까."
 "그래 절대 미워하지 않을게. 네가 날 구해줬는데 너의 아버질 왜 미워하겠어."
 "울 아버지는 너무 불쌍하게 태어났대. 어려서 너무 불쌍하게 살았대. 엄마 젖은 먹어본 적도 없고 쌀밥 한번 제대로 먹어본 적 없대. 옷 한번 제대로 입어본 적 없고 따뜻한 데서 자본 적도 없대. 어느 누구 이뻐해준 사람 없고 아무도 관심을 가져준 적 없대. 열살 때 염병에 걸리니까 양반 주인이 뒷산 구덩이에다 버렸대. 그런 법이 어디 있나. 개돼지만도 못하게. 할머니는 죽고 혼자 살았는데 어느 할배가 데려다 키워주었대. 그 할배만이 아버지를 생각해준 유일한 사람이래. 이 세상에서."
 "그래 너의 아버지는 너무 불쌍한 분이시구나. 어느 누구도 미워해서는 안되는 사람이구나."
 "맞어. 한데 울 엄마도 나도 아버지를 미워했어. 울 엄마는 아버지를 멸시해. 나는 싫어했고. 모방이만 아빠 말을 잘 들었어. 모방이는 좋은 아들이고 착한 동생이야. 모방이가 보고 싶네…… 나는 나쁜 놈이야. 불쌍한 아버지를 미워했거든…… 언니야, 한번만 빌어줘. 울 아버지 죽은 뒤 다음 세상에서는 좋은 집안의 착한 사람으로 태어나게 해달라고, 부처님께 한번만 빌어줘. 언니는 착하고 고귀한 사람이라 기도하면 부처님이 들어주실 거야. 한번만 빌어줘……."
 "그래, 걱정 마. 네 아버지를 위해 부처님께 많이 빌게."
 자향은 다정하게 대답하였다. 한데 안방은 더 이상 말을 하지 않는다. 자향이 살펴보니 안방은 말을 않는 게 아니라 못하고 있었다. 숨이 막히는가 보았다. 이 애가 이 애가! 자향은 놀라 울먹이는데, 안방은 눈을 아래로 깔며 자기의 가슴을 본다. 그런 안방을 살피던 자향은 뭔가 느낌이 있어서,
 "네 품속에 뭐가 있니?"
하고 묻자, 안방이 고개를 끄덕였다. 자향은 안방의 품에 손을 넣었다. 종

이쪽지가 잡힌다. 꺼내어 펼쳐보니 부적이다. 바로 유심현 지사가 그려준 부적이었다. 유 지사는 이 부적을 만들어 주며 아들이 품에 지니고 다니면 아버지가 회심할 것이라고 말하였다.
"네 아버지를 위한 부적이구나?"
자향이 묻자 이번엔 안방이 고개도 못 끄덕이고 눈으로만 말한다. 그렇다고 눈은 말하고 있었다.
자향은 다급하였다. 이 애가 죽고 있구나. 죽으면 안 되는데, 죽으면 안 돼! 안방아, 죽으면 안 돼! 네가 왜 죽니, 왜 죽어! 나 때문에 죽으면 안 돼!
하지만 그런 오열을 참고 자향은 안방을 달래듯 말하였다.
"이 부적을 네 품에 다시 넣어주께"
그러나 안방은 눈으로 아니라고 말한다.
"넣지 마?"
안방은 그렇다고 눈으로 말한다.
"그럼, 누구한테 줄까. 아들이 품에 넣고 다녀야 한다고 하였으니까, 그렇지, 네 동생한테 줄까?"
안방의 눈에 환희가 뜬다.
자향은 알았다. 안방은 자신이 죽는 걸 알고 있다. 죽어가는 안방은 아버지를 생각한다. 아버지를 위해 부적을 동생의 품에 넘겨주고 싶어한다. 아, 안방아! 안방아! 너는 죽어가면서도 아버지를 생각하는구나! 착한 아이, 훌륭한 아이!
"그래, 안방아, 내가 네 동생한테 이 부적을 전해줄게. 걱정 마!"
안방의 얼굴에 더 큰 희열이 빛난다. 자향은 그런 안방을 위해 마지막 기쁨을 주기 위한 말을 했다.
"네 동생 이름이 모방이지. 내가 이름도 아니까 곡 전해줄게."
그 말에 안방은 눈 속에서 반짝이는 기쁨을 발하였다. 짧으면서도 무한

한 기쁨이었다. 그리고는 마음을 놓았다는 듯 스르르 눈을 감았다.

눈을 감자 창백하였던 안방의 얼굴이 갑자기 환해졌다. 평안하게 웃는 듯하였다. 화기가 애애한 안방의 얼굴은 살아 있는 듯 의연하였다.

자향은 안방의 손을 흔들고 얼굴을 만지며 오열했다.

"안방아, 죽으면 안 돼! 네가 왜 죽니. 날 살리려고 그렇게 그렇게 애쓰더니 네가 왜 죽어! 안방아 안방아, 죽지 말어! 오, 부처님, 안방을 한번만 살려주소서! 오, 하눌님, 안방을 한번만 살려주소서……."

오열하는 자향의 곁에서 항슬은 망연히 앉아 있었다. 눈물이 저절로 흘러 그의 뺨을 적셨다.

만난 지 얼마되지 않는 저 아이. 첫 인상부터 너무나 의지가 강렬한 아이. 자향에 대한 애정이 그렇게 깊어서 포졸에 대한 두려움도 없이 무섭게 대들던 아이!

항슬은 자기가 있었음에도 안방이 치명적인 부상을 당하는 걸 막지 못하였다는 생각을 하자 참담하였다.

죽어서는 안 되는 아이가 우리들 때문에 죽었다. 아니 나 때문에 죽었다. 나에게도 석수 같은 무술만 있었으면 이런 일이 일어나지 않았을 텐데. 이런 게 운명일까. 저 애는 운명적으로 자향 아씨를 살리려 덤볐고. 그게 운명인가!

문이 조용히 열리고 보욱이 들어왔다. 항슬은 망연자실해 있고 자향 아씨는 안방의 가슴 위에 엎드려 오열하고 있다. 대번에 무슨 일이 일어났는지 알 수 있었다.

항슬의 곁에 와서 멍하니 서 있던 보욱이 작은 목소리로 말하였다.

"욱자를 그 서 진사에게 보냈네. 응급조치할 수 있는 약이 있으면 좀 주십사, 하고 부탁하라고."

"고맙네. 잘 하였어. 하지만 안방은 갔네. 불쌍한 것."

"항슬이, 나 좀 잠깐 볼까."

보욱이 고개로 밖을 가리켜서 항슬은 오열하는 자향을 연신 쳐다보며 뒤를 따라나왔다. 미궁 밖에 나오자 보욱이 빠른 말로 속삭였다.

"항슬이, 안방이 죽은 건 너무 가슴 아프이. 하지만 앞으로 저 아씨가 문젤세. 안방의 죽음을 쉬이 받아들이지 않을 거야."

"그렇지?"

"자넨, 계속 저 아씨를 감시하고 건사하게. 무슨 일이 또 일어날지 모르니까."

"그렇지?"

"석수가 근처를 살피고 곧 올 걸세. 욱자도 좀 더 있으면 올 거구. 그러면 여기 만수림 벗어나는 방책을 연구하세. 밤이 새기 전에 여길 뜨는 게 좋을 것 같으이."

"그렇지?"

"자넨 안에 들어가 아씨를 위로하게. 잘 살피구."

"알았네."

세 번이나 '그렇지?'라고만 대답하던 항슬이 이번에는 '알았네' 하고 답하는데 그것도 '그렇지?'처럼 정신이 나간 목소리였다. 보욱은 어둠 속에서 항슬을 새겨 보았다. 항슬이 이녀석도 아이의 죽음 때문에 정신이 나갔나. 보욱은 번개같이 살피고는 항슬의 등을 밀어 안으로 들어가라고 채근하였다.

자향은 이제는 몸을 추스리고 앉아 멍하니 벽을 쳐다보고 있었다. 항슬은 그 옆에 가서 말없이 가만히 앉았다. 한동안 둘은 그렇게 앉아 있었다.

바람이 없는데도 호롱불이 흔들렸다. 앉아 있는 두 사람의 그림자가 벽에서 어른거렸다. 어른거리던 두 그림자 가운데 한 그림자가 옆으로 쓰러진다.

오! 항슬은 놀라는 동시 고개를 돌려 자향을 보았다. 자향이 정신을 잃고 자기 쪽으로 쓰러지고 있었다. 항슬은 그녀를 두 손으로 받아 지탱해주었다. 아이쿠! 항슬은 다시 한 번 탄성을 내었다.

자향의 몸은 싸늘하고 가슴에서 피가 흐르고 있었다. 자결로 다친 상처가 터져 피가 흐르고 있는 것이다. 아마도 이 몇 시진 동안의 도망 중 봉합 자리가 터진 모양이었다. 그러나 그녀는 그런 것은 아무 내색을 않고 안방이만 신경을 쓰다가 도진 것이었다. 피가 상당히 많이 흐르고 있었으므로 항슬은 자기도 모르게,

"보욱이!"

하고 밖을 향해 동무를 불렀다. 대답이 없다. 멀리 나간 모양이었다. 이런 일에 손방인 항슬의 마음이 다급하다. 항슬은 안방을 치료하다 남은 헝겊으로 자향의 상처 부위를 다시 동여매었다.

포교의 추적선이 빠르게 다가오고 있었다. 석수가 급히 달려와 포졸 둘이 바로 건너편 소나무 숲으로 들어왔다고 보고하였다. 잠시 호롱불도 끄고 숨도 죽였다. 석수는 입구를 지키기 위해 다시 나갔다. 욱자는 아직 오지 않고 있었다.

자향은 역시 안방의 죽음을 그냥 받아들이지 않고 있었다. 멀쩡하던 아이가 죽은 것은 온전히 자기 때문이다, 있을 수 없는 일이다, 내가 죽어야 한다, 하고 중얼대었다. 한동안 그치지 않던 눈물도 이제는 나오지 않았다. 그녀의 얼굴은 처연을 극하고 있었다.

준비성 좋은 보욱이 안방을 메고 가기 좋게 광목으로 묶을 때 자향은 안 돼, 안 돼, 하며 부르짖다가 다시 한 번 정신을 잃었다. 그리고 재차 깨어난 자향은 일어날 기력까지 잃은 채 천장만을 올려다 보고 있었다. 항슬이 계속 그녀 옆에 물그러미 앉아 있었다. 자향이 고개를 옆으로 돌리다가 항슬의 눈과 마주쳤다.

항슬은 쓸쓸하게 웃었다. 고개를 끄덕이면서.

"정신이 드십니까? 가슴에 통증이 많지요. 그걸 어쩌면 잘도 참으셨어요?"

"이까짓 게 무슨 문젭니까. 안방이 저렇게 죽는데."

"그렇지요. 한데 아씨, 세상에는요. 이렇게 가끔 있을 수 없는 일이 벌어지데요. 저도 어려서 정말 감당할 수 없는 일을 당한 적이 있지요."

항슬이 착 가라앉은 목소리로 이야기를 꺼내자 자향은 관심 어린 눈초리로 항슬을 본다.

"제가 일곱 살 때인데요. 아버님이 갑자기 복통을 앓으시다가 하루 만에 돌아가셨어요."

"……."

"우리 가족으로서는 너무나 어처구니없는 일이었습니다. 가장이 유고하면 그 집은 생명줄이 끊어지는 것 아닙니까. 게다가 어머님께서, 아버님 죽음에 너무 충격을 받았는지 열흘도 안돼 그만 뒤를 따라 돌아가셨답니다."

항슬의 눈에 물기가 적시고 눈은 먼 데 옛날을 본다. 자향은 그런 항슬의 눈을 들여다보고 있다.

"어머님은 아버님을 너무나 사랑하셨던가 봐요. 사랑하는 낭군 없는 세상은 살기 싫으셨던가 보지요. 우리 같은 존재가 하등 중요하지 않을 정도였으니까요. 누님과 저는 천애고아가 되었답니다."

"……."

"가까운 친척이 없는 우리 남매는 먼 인척집에서 데려다 키웠는데 이태 뒤 누님은 어딘가로 보내졌습니다. 누님은 그때 나이 열네 살이었지요. 어디로 갔는지 짐작가시지요. 지금 어디서 잘 살고 계신지, 나보다 다섯 살 원데 소식이라도 알면 좋을 텐데."

"……."

"제 이름이 왜 항슬인지 아세요? 어려서 제가 항상 슬픈 얼굴이었대요. 그래서 주변에서 항상 슬픈 아이, 줄여서 항슬이라고 불렀답니다."

마지막 말을 할 때 항슬은 슬쩍 웃었는데 자향도 미미하게 웃고는 입을 떼었다.

"지금은 항상 슬픈 얼굴이 아닌데요."

"그럼요. 항상 슬픈 게 아니라 항상 즐겁게 살려고 노력하지요. 열세 살 때부터 조씨국밥집에서 일하였는데 그때부터 즐겁게 움직이며 살려고 하였어요. 사람들은 역시 제 애비 닮아서 명랑 활달하다고, 제 천성을 찾았다고 말들 하대요. 그런가 봐요. 아버님 기억은 별로 없는데 항상 환하게 웃으시던 기억은 아슴프레 남아 있습니다. 제가 이쁘다고 엉덩이를 철썩철썩 때려주실 때도 껄껄대셨고, 고놈 고놈 하며 제 얼굴을 부빌 때도 어찌나 힘차게 웃으셨는지 까끌까끌한 수염이 제 여린 볼을 쿡쿡 쑤셨지요. 나는 아파 아파, 하며 아버지 얼굴을 두 손으로 밀쳤는데 그 추억이 그립습니다. 지금은 조씨국밥집에서 먹고 자고 편안하게 삽니다. 항상 즐거운 모습으로 살려고 합니다만 이게 인생의 전부는 아닌데, 내 운명의 전부는 아닐 터인데 하고 지내고 있지요."

자향은 이제 항슬의 말에 빠져들고 있었다. 이 중노미는 생김새 못지않게 말 솜씨도 좋구나. 말이 저렇게 조리있고 듣는 사람의 가슴을 때리는 것은 아는 게 많고 마음이 맑은 때문일 거야. 상민 출신인 게 너무 아까웁다.

"아씨를 찾아 헤매던 밤길에서 보욱이가 이런 얘길합디다. 사소한 일이 큰일이 될 수 있어. 우리가 지금 가는 길에 큰일을 당할 수도 있단 말일세. 저는 보욱의 그 말이 왠지 섬찟하였어요. 그 말이 예언이 되었는지, 이런 일을 당하는군요. 제가 힘이 없고 무술이 없어 안방이를 보호하지 못했습니다."

"아니어요. 항슬이 잘못은 하나도 없습니다. 다 저 때문이어요."

"아씨, 그렇지 않아요. 보욱이가 아까 뭐란 줄 아세요. 자기 잘못이래요. 우리 셋을 이쪽으로 보내고 저는 석수와 욱자와 함께 포졸들을 유인하는 방책을 세운 건데, 그 단순한 생각이 숨어 있는 포졸을 예상치 못한 자기 잘못이라는 거지요. 보욱이 어찌나 자책하는지 한참 달랬습니다."

그때 우직한 목소리가 두 사람의 대화를 끊었다.
"아닙니다. 세 분 다 책임이 없어요. 서로들 자책하지 마세요. 이것은 운명일 뿐입니다!"
둘은 깜짝 놀라 소리나는 쪽을 바라보았다. 언제 왔는지 욱자가 그들 뒤에 서 있었다. 보욱도 그 뒤에 다소곳이 서 있다. 욱자가 말하였다.
"서 진사를 만나고 오는 길입니다. 안방이를 구할 구급약을 부탁하였더니, 결국 그렇게 되었는가? 하고 되문습디다."
"그게 무슨 소린가?"
항슬이 물었다.
"서 진사 말씀이, 구급약은 필요 없다. 그냥 가거라. 아마 지금쯤 그 애는 죽었을 게야. 약은 필요 없으니 그냥 가구, 그 아씨한테 이야기하거라. 내 처음 그 애를 보는 순간부터 이런 일이 있을 줄 영감으로 느끼고 있었으나 확실한 바가 없어 말을 못하였다. 그 모든 책임이 나 서 진사에게 있으니 너무 자책하지 말고 앞으로 나아가라고 전해, 하구요. 그러면서 떠나올 때 이 약을 줍디다. 아씨의 봉합자리가 터졌을 게야. 이 약을 쓰라구 해, 하면서 이렇게 덧붙이대요. 안방이 죽은 건 운명이야. 그 애는 자기가 감당할 수 없는 엄청 큰 것을 바라는 아이였어. 제 분수에 맞지 않는 뭣을. 그리고 그가 죽은 건 그 뭣을 찾으러 간 것이니까 꼭 불쌍한 것만은 아니야, 하구요."
석수의 말에 초막 안의 세 사람은 한동안 멍한 표정이었다. 석수는 품에서 약을 꺼내 항슬에게 주었다.
자향은 생각하였다. 안방이가 죽은 게 운명이라구. 그리고 그 뭔가를 찾으러 갔어? 하기야, 안방은 늘 뭔가 큰 것을 구하고 있는 아이처럼 보였다. 저 앞에 있을 법한 멋진 희망을 찾고 있었다. 늘 앞을 보며 꿈을 꾸는 아이였다. 상민 출신 아이로서 너무 희망이 컸는지 모른다.
하지만 그런 희망을 갖는 게 왜 잘못이란 말인가. 누구는 언제부터 양반이고 고관이었단 말인가. 왕족에 씨가 없다는 말도 있지 않은가. 서 진사의 말은 궤변이야. 안방이는, 우리 안방이는, 아무 보람없이 허무하게 죽었잖아. 그것도 나를 위하다가! 이건 억울해, 억울해! 있을 수 없는 일이야!

자향은 서 진사의 말과 행동이 맞는 건지 고마운 건지 아니면 이상한 건지 가늠할 수 없었다. 처방전을 보내줄 때 서 진사는 왜 그런 느낌을 말해주지 않았을까. 대한강 시구보다 그게 더 급한 일일 터인데. 별루년년첨록파(別淚年年添綠波), 해마다 이별의 눈물 파아란 강물에 더해지는걸, 하고 읊은 시구에 안방의 죽음과 슬픔과 눈물이 포함돼 있는 걸까?

자향은 그렇게 고맙기만 하던 서 진사, 다시 한 번 자기에게 약을 보내준 서 진사가 지금은 슬그머니 미워지는 것이었다. 확신하지 못한다 해도 얼마든지 경고는 해줄 수 있는 것 아닌가. 이제 와서 자기 책임이라고 날 위안한들 무슨 소용이 있단 말인가.

행장을 마친 것은 그로부터 반시진 뒤였다. 아무리 숲이 깊어도 날랜 저들 포졸들이 이 미궁을 찾아내는 것은 시간문제일 터이었다. 보욱은 밤을 도와 숲을 감쪽같이 빠져나가는 것이 최상의 수법이라고 판단하였다.

그들이 선택한 곳은 가장 험악한 산길이었다. 그곳은 숲의 서북쪽, 숲은 깊고 경사가 심한 곳이었다. 단, 능선을 넘으면 덕구 할배가 사는 띠집이 있다. 목표는 그 띠집이었다.

욱자는 길을 열고 석수는 삼인검을 쥐고 뒤를 지켰다. 항슬은 안방의 시신을 업고 갔으며 보욱은 자향을 거의 보듬다시피하였다.

기력을 잃은 자향은 서 진사의 약으로 긴급조치는 하였으되 안방을 멘 항슬이보다도 걷는 게 더 힘이 들었다.

다행히 숲은 그들 것이었다. 그들은 숲의 골탕골탕을 알고 있었고 숲의 어두움은 그들을 포졸들의 눈으로부터 보호해주었다. 가난한 그들이 사랑한 숲은 이렇게 위급할 때 어버이처럼 그들을 감싸주고 있었다.

산등성이를 넘기 전 깊은 계곡 입구에서 욱자는 낌새를 챘다. 누군가 앞에 있다. 우리가 오는 걸 눈치채고 있는 것 같다. 그것은 육감이었다.

욱자는 뒤로 돌아 모사 보욱과 귀엣말을 나누었다. 보고를 들은 보욱은 손짓으로 석수를 불렀다. 명령을 내리는 보욱의 눈은 단호하고 명령을 받는 석수의 눈동자는 불타고 있었다.

욱자는 석수를 안내해 앞으로 나아갔다. 뒤에 남은 셋은 그 자리에서 덤불에 몸을 숨겼다.

욱자가 느낌이 주는 방향을 가리켰다. 숨소리가 들리는 듯하다. 석수의 호랑이눈은 욱자의 손을 따라 주시하며 달빛 사이로 검은 물체를 찾았다.

보인다. 움직이지는 않지만 틀림없는 잠복자다. 저자를 처치하는 것은 큰 문제가 아니다. 다만 다른 적에게 이 접전이 알려져선 안 된다. 자향 아씨와 항슬의 보행속도는 지금 최악이다. 시간이 필요한 것이다. 인시를 넘기 전에 숲에서 멀리 사라지자는 게 보욱의 계획이다. 덕구 할배 집까지는 이제 오백여 보. 이게 마지막 포위선일 터이지만 저들은 복선을 잘도 치는 포교다.

어둔 밤의 가장 큰 적은 소리이다. 밤에는 아주 작은 소리도 십 리를 간다 하였다. 보욱은 석수에게 명령하였다. 소리없이 제압해! 절대로 죽이지도 말고!

이 세상서 가장 어려운 일을, 모사꾼 보욱은 눈 하나 깜짝하지 않고 명령하는 것이었다. 명령하기야 쉽지. 석수는 혀를 찼다.

석수는 욱자를 뒤에 두고 삵쾡이처럼 나아갔다. 천천히 그리고 소리없이. 적이 그를 본다 해도 긴가민가할 것이다. 적어도 그를 사정선 안까지는 기다려줄 것이다. 그 사정선, 그 바로 앞에서 기습은 이뤄져야 하고!

잣나무, 떡갈나무, 백양나무, 소나무, 덤불, 그리고 바위, 그 옆의 사내. 삼인검은 어둠속의 혜성처럼 직선으로 쏘아나갔다.

스르륵, 윽, 쿵! 백 보 상간에 적이 또 있다면 이 작은 소리를 들을 밖에 없다. 그러나 이것은 석수가 펼칠 수 있는 최상의 수법이었다. 보욱은 노루처럼 달려와 둘이서 쓰러진 포졸을 숲 깊숙한 곳으로 옮겼다. 포졸은 옆구리에 검을 맞아 정신을 잃었고 피가 상당히 흐르고 있었지만 죽음과는 거리가 멀 터이었다. 칡덩굴로 몸을 묶고 입에는 재갈을 물렸다.

포졸이 정신을 차리는 듯하자 욱자가 협박공갈을 했다.

"죽고 싶지 않으면 끽소리 지르지 마! 우리도 당신을 죽이고 싶진 않으니까!"

석수가 뒤통수를 한방 갈기자 포졸은 다시 정신을 잃었다. 애써 찾아야만 볼 수 있는 덤불 안에 숨겨 놓았다.

일행은 다시 급경사를 타고 넘었다. 험한 등반이었다. 자항을 들러업다시피한 보욱은 평생 처음 죽을 힘을 다하였다. 쉰내가 입에서 뿜어나오고 두 다리가 꺾여 쓰러지려 할 때 덕구 할배네 집이 눈앞에 다가왔다.

"수고 좀 해주시오. 수철리 집은 대충 알겠지요?"

"알고말고. 걱정들 말게."

"그 부비를 전해주시면서 말씀 좀 잘 해주세요. 우리가 나중 묘를 잘 써주겠다는 이야기도 해주고요."

항슬의 당부하는 말에,

"그것도 잘 전해주께."

덕구 할배는 시원시원하게 답한다. 시커멓고 쭈글쭈글한 얼굴이 산사람답게 힘이 넘친다. 할배는 나이와는 친하지 않은 약초쟁이였다.

"포교들이 곧 올 거요. 첨 본 놈들이라며 우리 욕을 실컷 하세요. 우리가 협박과 돈을 함께 준 것도 이야기하시고."

"알았어, 알았어. 자네들보다 심기는 내가 더 깊을 걸세. 허허허."

보욱의 다짐에 덕구 할배는 세상 훤히 아는 품을 보였다.

그 사이에도 자향은 이제 영영 헤어져야 하는 안방의 시신을 두 손으로 매만지고 있었다.

안방아, 안방아! 이럴 수가 있단 말인가! 이럴 수가! 생각할수록 가슴은 미어진다. 항슬의 신세타령과 서 진사의 운명론에 조금은 마음이 석여서 이렇게 참아내고 있지만, 안방의 죽음은 영원히 잊지 못할 포한일 것이었다.

가까이서 소쩍새 우는 소리가 들렸다. 항슬은 새 소리를 듣자 보욱에게 눈짓하고 자향의 소매를 잡아당겼다.

"아씨, 가십시다. 포교들이 오고 있습니다."

그 말에 자향은 눈물을 훔치고 다시 한 번 안방의 시신을 바라보고는,

"할아버지, 잘 부탁합니다. 우리 안방이를 잘 부탁합니다!"

하소연하듯 애절하게 말하였다.

"알았네. 걱정 말고 가시게."

크게 고개를 끄덕여주는 할배의 따스한 눈매가 그나마 위로가 된다. 항슬에 끌려가는 자향은 뒤를 돌아보고 돌아보며 안방을 떠나갔다.

아, 안방이 안방이! 그녀의 가슴은 오열로 그득하였다. 자기를 위해 죽은 안방, 그런 동생을 두고 떠나는 나는 나쁜 언니다! 나쁜 여자다! 나쁜 사람이다! 안방아, 너무 미안코 너무 섭구나! 이 서러움 어찌할꺼나! 자향이 안방이 생각에 경황이 없어 허청허청 걸었으므로 항슬은 그녀의 팔을 잡아 부축해주어야 하였다.

하얀바위 옆을 돌아가면서 자향은 다시 한 번 덕구 할배네 울을 쳐다보았다. 안방이 손을 흔드는 것 같았다. 와우산 산길에서 헤어질 때 손을 흔들었듯이 안방이 또 손을 흔든다. 그리고 울고 있다. 이제 영원히 못 만난다면서 울고 있다. 와우산서 안방은 손만 흔든 게 아니라 눈물도 흘렸다. 자향은 그의 눈물을 느끼고 있었다. 이치 영감 댁에서 잠시 헤어질 때도 안방은 역시 울먹이었다. 그리고 지금도 안방은 손을 흔들며 울고 있다.

저것은 안방의 세 번째 눈물이다. 아! 이치 현령의 예언! '세 번째 눈물이 의를 발하도다' 그렇게 말씀하셨지. 그분도 안방이 이렇게 죽을 줄 알았단 말인가!

자향은 항슬의 손을 뿌리치고 가던 길에 우뚝 섰다. 덕구 할배네 울을 다시 되돌아보았다. 안방이 없다. 우는 안방이 보이지 않는다. 이치 현령의 예언이 꿈결속에 들려왔다.

'돌진하니 호랑이의 용맹이요, 멈추나니 의리로다. 빠알간 주먹에 검은 숲이 동탕하도다. 세 번째 눈물이 의를 발하도다!'

"왜 무슨 일이 있습니까?"

항슬이 물었다. 자향은 멍하니 덕구 할배네 울을 보며 고개를 저었다.

"아무것도 아니어요. 안방이 그리워서 섰을 뿐이어요. 그 애를 저렇게 두고 떠나가자니 가슴이 터질 것 같습니다."

항슬은 고개를 끄덕이며 품위 있게 기다려주었다. 맨 마지막으로 덕구 할배네를 나온 보욱이 그런 그들에게 빨리 가라고 마구 손짓하였다. 석수는 이미 내리막길 끝에서 기다리고 있었다.

소쩍새 울음을 너무나 똑같이 울어대는 욱자는 더 앞쪽에서 어두운 숲의 길을 열고 있었다.


## 21. 또 하나의 도피


"장 상경님, 소녀 이제 작별이옵니다. 상경님을 알고 지낸 그 짧은 시간 너무 행복하였나이다. 상경님을 안 이 행복, 죽어서도 잊지 않겠나이다. 아, 죽어도 좋사옵니다. 상경님을 안 것만으로 이생은 즐거웠나이다. 보람 있었나이다. 상경님의 말씀 좇아서 양심껏 죽는 제 인생 행복하여이다. 이 몸 흔쾌히 죽겠습니다. 저를 잊지 말아 주셔요."

연지는 그렁그렁 고인 눈물 사이로 장시후를 바라보았다. 장시후는 천장을 바라보며 처연히 말하였다.

"더러운 이 세상, 이슬처럼 살다 가는 게 무에 행복한가. 그래, 저 세상으로 가라. 나비처럼 나래접고 가라. 제비처럼 훨훨 날아서 가라. 저 세상에는 새로운 네 삶이 있을지도 모를 터. 더러운 고관과 모자란 임금은 필히 없을 것. 너의 순박한 꿈을 거기서 이루렴."

"상경님. 소녀, 상경님을 제 님이라, 서방님이라 한 번만 부르게 해주소서. 허락하여 주소서. 서방님이라 한 번만 부르게 해주소서."

"마음대로 부르거라. 피차 죽을 몸, 무엇이라 부른들 상관이 있으랴. 네 한 목숨 살려주지도 못하는 이 몸, 서방이 아니라 등신이라 불러도 좋다."

"아니옵니다. 별감님은 훌륭하신 서방님이옵니다. 제가 절절히 사모하고 아끼는 서방님이옵니다. 부디 오래오래 사시옵소서. 훌륭히 되시옵소서. 큰일 하시옵소서."

"한낱 내시가 무슨 큰일을 하겠느냐. 하늘이 무심치 않다면 내생에서나마 다시 만나자꾸나. 양반집 아들딸로 나서 행복하게 살자구나."

"감사하옵니다. 내생에 다시 못만나도 행복하여이다. 서방님을 안 것 만으로 영광이었나이다. 서방님은 진중하소서. 보중하소서. 소녀, 한없는 행복에 웃으며 가겠나이다."

그 말이 떨어지자마자 빨간 피가 사방에 흩뿌려졌다. 연지가 앞으로 푹 쓰러졌다. 장도로 가슴을 자진했는가? 몽롱한 순간, 다시 피바람이 사방을 덮었다. 장시후가 앞으로 푹 고꾸라졌다. 시퍼런 칼로 자신의 목을 쳤는가?

노린내는 깜작 놀라 깨어났다. 꿈이었다. 온몸이 땀으로 흥건히 젖어 있었다. 처절한 꿈이었다. 연지는 장도로 가슴을 찌르고, 장 상경은 검으로 목을 치고. 정말로 그들은 지금 그처럼 처절히 죽었을까?

노린내는 머리를 흔들어 꿈을 쫓았다. 사방을 둘러보았다. 장시후의 거처방이었다. 구금실로 끌려간 장 상경은 물론 없었다.

어젯밤 이처현 상선의 별방에서 있었던 일이 생각났다.

간단한 심문이 끝나고 군사가 장시후와 연지를 끌어내자 재갈이 물려 있는 연지가 몸을 세차게 뒤틀며 몸부림쳤다. 그녀의 눈동자는 이 상선을 보며 뭔가를 간절히 호소하고 있었다. 그런 그녀를 지켜보던 이 상선이 명령하였다.

"그 애의 재갈을 풀어 주어라."

군사가 재갈을 풀어 주자 연지는 이 상선에게 간곡히 말하였다.

"상선 나리, 대감 어른의 개제하심은 제가 작히 아니이다. 소녀 한 가지만 부탁올리겠습니다. 소녀 장 상경님께 마지막 작별 말씀 올릴 작은 시간만 주소서. 다른 이야기는 하지 않겠나이다."

"좋다. 간단히 말하여라."

"감사하옵나이다. 진정 감사하옵나이다."

연지는 이 상선에게 고개를 깊숙이 숙이고는 반대쪽에 묵묵히 꿇려 있는 장 상경을 바라보았다. 줄줄 흐르는 눈물 사이로 존경하는 님이 보였다.

"장 상경님, 소녀 이제 작별이옵니다. 상경님을 알고 지낸 그 짧은 시간 너무 행복하였나이다. 부디 오래오래 사시옵소서. 훌륭히 되시옵소서. 큰 일 하시옵소서."

연지는 그렇게 간단한 인사말에 허리를 기역자로 굽혀 절을 하고는 군사를 따라 별방을 나갔다. 장시후는 끝내 아무 말도 하지 않고 있었다. 미안하고 안타까워하는 눈초리만 보내며 고개를 끄덕일 뿐이었다.

한데 나는 어찌하여 저 사연 절절한 꿈을 꾸었을까. 저들은 지금 옥실에 따로 구금되어 있을 터인데 왜 처참하게 자진하는 꿈을 꾸었을까.

노린내는 다시 한 번 머리를 흔들었다. 골이 댕경댕경 흔들렸다. 혹여 내가 저들이 그처럼 애틋한 사랑을 하고 있다고 상상하고 있었던 건 아닐까. 그처럼 죽을 것이라고 생각했었나? 노린내는 고개를 저었다. 그럴 리가 없지. 목석 같은 포졸이 무슨 낭만이 있어서 그처럼 절절한 사랑 대사를 상상이나 했겠는가.

한데 지금 저들은 정말로 살아 있는 걸까? 노린내는 다시금 머릿속으로 방황하였다.

주초위왕. 조가가 왕이 된다는 주초위왕을 가짜로 지어냈다는 연지, 그를 두호하여 숨겨준 장시후, 주초위왕의 음모를 꾸미고 이제는 그 하수인을 잡아 죽이려는 왕비, 도망간 연지를 잡는 임무를 수행한 나, 그리고 나를 부리면서 감시하고 있었던 게 분명한 이처현 상선.

거기까지 생각이 미치자 노린내는 벌떡 일어났다. 그렇다. 지금 이렇게 앉아 있을 계제가 아니다!

연지와 장시후를 감금하라 지시한 뒤 이처현 상선은 어딘가로 부리나케 나갔었다. 어쩌면 왕비한테 갔을 것이다. 하면, 뭔가 은밀한 음모가 있었을 터. 어떤 음모였을까. 그렇지. 주초위왕의 음모를 알고 있는 사람. 그들이 문제일 것이다.

연지만이 아니라 그 사실을 알고 있는 사람은 누구든 문제가 될 것이다. 내가 왕비라도 그런 자들은 가만 둘 수 없지. 연지와 장시후를 빼고 그 사실을 아는 사람은, 왕비, 이 상선, 두 군사, 그리고 나. 현재는 이들뿐이다. 연지와 장시후는 죽임을 당할 것이고, 왕비와 이 상선은 당사자이니 괜찮을 것이고, 두 군사는 친군위 골수인 듯하니 무사할 것이고. 그러면 나는?

노린내의 가슴이 뛰기 시작하였다. 바보 같은 놈. 이 화급한 순간에 태평하게 잠을 자다니!

노린내는 지니고 있던 물건을 챙기며 밖의 동태를 살폈다. 조용하다. 그는 왕비가 준 신부를 왼쪽 품에 넣었다. 돈은 오른쪽 품에 쑤셔 넣었다. 지금 시각은? 어쩌면 인시를 넘어가고 있을 거다.

노린내는 노련한 포졸의 감각을 몸속에서 뽑아내며 문을 살그머니 열었다. 낭하를 걸어갔다. 두 사람이 비켜가기에 딱 맞는 폭과 넉장 정도 되는 길이의 복도를 지나 문 밖으로 나갔다.

약간 이즈러진 달이 밝아서 사방이 훤하였다. 바로 앞에 내반원의 처마가 칼날처럼 허공을 가르고 있었다. 그는 그늘진 곳을 건너뛰며 연추문 쪽으로 향했다.

갑옷 차림의 위병이 문 좌우에 서 있었다. 노린내는 당당히 걸어서 그들 앞으로 나아갔다. 위병은 노린내를 보자 대번 소리쳤다.

"멈추어라! 대도무문!"

앞의 구호는 정지명령이고 뒤의 구호는 언적(言的, 암구호)이었다. 노린내는 급히 대답하였다.

"구밀복검."

"무슨 일이오?"

노린내가 언적을 제대로 대자 위병은 목소리가 다정해졌다.

"김 위장은 어디 계신가?"

"위장님은 경수소 안에 계시오. 누구시오?"

"친군위 특별포교 노동팔이네. 김 위장을 불러 주게. 긴급사항일세."

노린내의 태도가 하도 긴박해 보이는지라 위병은 더 묻지 않고 경수소 안으로 들어갔다. 창을 꼰아든 남은 한 위병이 그를 흘겨보며 감시하고 있었다.

어제 오후 장시후가 밤에 필요할지 모른다며 언적을 알려줄 때, 노린내는 별걸 다 가르쳐 준다고 속으로 중얼거렸다. 더구나 묻는 말 대도무문(大道無門)은 궁궐 안이니 그렇다 치더라도 대답하는 말 구밀복검(口蜜腹劍)은 뜻이 응큼하여 속으로 비웃었다. 입에는 꿀을 바르고 뱃속에는 칼을 지녔다니, 참 앙큼한 언적도 다 있군. 한데 지금 자신이야말로 구밀복검의 입장이 아닌가. 그는 혼자 웃었다.

부시시한 김 위장이 밖으로 나왔다. 아마 졸다가 나온 듯하였다.

"김 위장, 특명을 받고 긴급히 궁밖을 나갈 일이 있습니다. 문을 열어 주시오."

"파루를 치기 전에는 함부로 궁문을 열 수 없다는 것을 모르는가?"

김 위장의 눈은 아직 졸음에 잡혀 있었지만 입은 궁궐의 위장답게 엄하였다.

"이 표신을 보고 말을 하시오."

노린내는 품에서 왕비가 준 신부를 꺼내 보였다. 김 위장은 시커먼 표신을 보더니 얼굴색이 홱 바뀌었다. 그 표신은 사대문의 개문(開門)까지도 명령할 수 있는 어압(御押, 임금의 수결)이 있는 특별 신부였다. 그는 잠시 노린내를 훑어보고는 위병에게 명령했다.

"경수록을 가져와라."

위병이 경수록을 가져오자,

"여기에 수결을 넣으시오."

노린내에게 명령하듯 무뚝뚝히 말하였다. 위병은 붓을 건네주며 들고 나온 불을 비쳐주었다. 노린내는 잠시 경수록을 훑어보고는 붓을 휘둘렀다. 일부러 친군위와 포교라는 글자를 뚜렷이 써넣었다. 승진하고 처음으로 써보는 예우 포교가 아닌 진짜 포교 직함이었다. 노린내가 수결을 끝내자,

"쪽문을 열라!"

김 위장은 문을 여는 게 무슨 큰 결단이라도 내리는 듯 근엄하였다. 노린내도 고개를 끄덕이며 비장한 표정을 지었다. 고맙다는 간결한 인사를 하고는,

"내 칼을 주시오. 나가서 긴한 일이 있어 칼이 필요하오."

그 말에 김 위장은 턱을 끄덕이고는 부하를 시켜 노린내의 칼을 건네주었다. 칼을 받아들자 노린내는 다시 한 번 엄숙한 표정을 지으며 연추문

쪽문으로 궁 밖으로 나왔다. 그는 예조 뒷골목 쪽으로 바삐 걸음을 떼며 속으로 중얼대었다.

살았다, 호랑이굴에서 나왔도다! 하지만, 이제는 어쩐다. 지금 나는 중요 근무처를 이탈하고 있는 것 아닌가. 더구나 야밤에 함부로 궁문을 열고 도타하고 있는 것이다. 아무리 생각하여도 이건 대역무도죄에 해당한다. 그냥 모른 척하고 궁궐에 남아 있을 걸 그랬나. 아니야. 궁궐에 남아 있다가는 어느 결에 쥐도 새도 모르게 죽임을 당할 거야. 궁중에서의 죽음은 불문에 붙이는 게 항례라고 하지 않던가. 모르겠다 모르겠어. 우선 집으로 가자. 빨리 가서 처자를 도피시켜야 해!

노린내는 순라가 있을까 두리번거리며 뛰기 시작했다.

함지박귀가 연락을 받은 것은 여명이 터올 무렵이었다. 서북쪽 산등성이. 너무나 가파랐기에 가장 관심을 적게 가진 곳이었다. 막다른 숲이기도 하였다. 그곳에서 이상한 소리와 움직임이 있는 듯하다는 전언이 왔다. 그 말을 듣자마자 함지박귀는 아차, 하였다. 삼개 출신 서강 포졸에게 물었다.

저쪽에 민가가 있는가? 없습니다. 아무도 안 산다는 겐가. 그렇습니다. 단, 할배 하나가 움막을 짓고 약초를 캐면서 살고 있지요. 절벽 위에요. 그러면 사람이 살고 있지 않은가? 그렇게 말하면 그런 셈이지요. 이런!

함지박귀는 이처럼 덜떠러진 포졸이 싫었다. 이런 상황에서는 그런 할배가 얼마나 중요한가 말이다. 왜 그런 이야기를 묻기 전에는 하지 않는지, 복장이 터질 일이었다.

즉시 세 갈래 길로 추적조는 다시 편성되었다. 이대치가 가장 중요한 목에 배치되었다.

"우리는 이 옆 등성이를 넘어 지름길로 가서 포진한다. 자네가 가는 곳이 가장 중요하네. 저들은 지금 약초쟁이 할배집에서 토정 쪽으로 빠질 가능성이 가장 많다. 역으로 가는 거지. 이 길과 이 곳. 두 군데를 막아야 하네."

함지박귀는 숲 속에서 지도를 펼치고 위치를 지정해주었다. 이대치는 고개를 크게 끄덕였다.

"알았습니다. 한데, 이쪽은요?"

"거긴 검수를 보내지."

검수는 고개를 크게 주억대었다. 그는 안방의 피가 아직도 묻어 있는 창을 들썩들썩했다. 안배가 다 끝나자 함지박귀가 명령했다.

"모두들 빨리 가게. 시간만이 저들을 천라지망 안에 가둘 수 있네!"


욱자가 비호같이 나타나 보욱에게 보고하였다.

"보욱이 형, 길이 막혀 있어요. 토정 쪽과 그 윗쪽으로 가는 길에 포졸의 털벙거지가 얼씬거리고 말이오."

"벌써, 놈들이 왔단 말인가?"

보욱은 항슬을 보며 놀라 눈을 동그랗게 떴다. 뒤로는 물론이고, 앞으로 갈 수 없다면 옆으로 갈 수밖에 없다. 보욱은 비상수법밖에 없다는 생각에 자향을 흘깃 쳐다보았다.

자향은 상심한 얼굴을 아직도 간추리지 못하고 망연하게 서 있었다. 길 아닌 길에서 오도마니 서 있는 처자의 모습이 하도 처량하여 눈물 없는 보욱이도 가슴이 아팠다.

그렇게 망연히 서 있던 자향이 갑자기 항슬에게 말하였다.

"항슬이, 부적, 부적!"

"네, 무슨 말씀이오?"

"부적을 줬어야 하는데. 안방의 부적을 그 할배에게 줘야 하는데! 모방이한테 전해주라고!"

"아, 그랬구나. 지금은 늦었어요."

"지금 되돌아가서 줄 수 있잖아요."

자향은 보퉁이에 넣었던 부적을 꺼내면서 항슬을 본다.

"아씨, 지금은 다시 못돌아갑니다. 지금쯤은 포졸들이 할배집을 들러 이쪽으로 오고 있을 겁니다. 저 앞에 포졸이 진을 친 걸 보세요. 곧 짬을 봐서 욱자를 시켜 보내줍시다."

항슬의 간절히 달래는 말투에 자향은 고개를 끄덕이며,

"하긴 내가 직접 모방이한테 전해주겠다고 했으니까, 내가 갖다 줘야지요."

마지막 말을 힘 하나 없이 중얼거리듯 하고는 자향은 부적을 다시 보퉁이에 집어 넣었다.

뭐가 뭔지 내막을 모르는 동무들은 눈을 동그랗게 뜨고 두 사람을 번갈아보고 있었다.

그들이 보욱의 지시대로 산허리를 옆으로 돌며 숲 사이를 헤치고 나갈 때 동녘이 부옇게 밝아왔다.

노린내는 싸리문을 소리나지 않게 열고 안으로 들어갔다. 앞채의 주인집서 알아채지 못하게 발걸음을 사풋사풋 걸어 뒷채로 돌아갔다. 방 두칸인 뒷채가 노린내 내외와 세 아이들이 사는 셋집이었다. 부엌 하나에 토방 두 칸뿐이지만 지난해 말까지 살던 냉정동 집보다는 그래도 사람 사는 집다웠다. 문밖 냉정동 집은 다 쓰러져가는 몰골만 부끄운 게 아니라 인정을 치면 나갈 수도 문안에 들어올 수도 없어 여간 불편한 게 아니었다. 오궁동 산허리의 이 집은 근무처인 서문과도 지척이어서 맞춤이었는데 주인이 선세로 스무 냥이나 요구해 그 돈을 마련하느라 허리가 부러질 지경이었다.

노린내는 방문을 잡아당겼다. 안에서 잠겨 있었다. 노린내는 앞채에서는 들리지 않을 정도로 방문을 톡톡 쳤다. 잠귀 밝은 아내 목소리가 이내

반응했다.

"누구셔요?"

"날세."

"서방님이셔요? 웬 새벽에."

아내는 두런거리면서도 반가워서 부리나케 문을 열었다.

"어디서 인제 오시어요?"

"쉿, 불은 켤 것 없네. 다 밝은걸 뭐."

노린내는 등잔불을 켜려는 아내를 말리고는 그녀의 등을 누르며 함께 앉았다.

"애들은 모두 건넛방에서 자는가?"

"네, 요즘에는 막내도 꼭 언니들이랑 같이 잔다고 기특을 부립니다."

"그런가."

노린내는 답변도 아닌 말을 힘없이 뱉어내며 어둠 속 아내의 눈을 바라보았다. 아내도 무언가 낌새가 이상한 걸 눈치채었는지 서방을 말그러미 쳐다보았다.

"여보, 당신 어디로 몸을 피신할 데가 있는가?"

"네? 무슨 일이 있습니까."

"그러네. 무슨 일이 있네. 당분간 우리 모두 어딘가로 몸을 숨겨야겠어. 어디 가 있을 데가 있소?"

"제가 가 있을 데가 어디 있습니까. 친정밖에는."

"아니야. 거긴 안 돼."

"그럼 언니 집에 잠깐 가 있을 수밖에요."

"거기도 아니 되네."

"그럼, 둘째네 집에는요?"

"거기도 안 되지."

"그럼 갈 데가 없구만요. 설수네는 어떨까요?"

"설수네라니. 아, 당신 소꿉동무네 집 말이군. 그 설수어멈은 당신의 가장 친한 동무 아닌가?"

"그러니까, 며칠 신세질 수 있겠지요."

"그것도 안 돼. 당신은 너무 모르는군. 사람이 숨는 데 있어 삼족의 삼족, 즉 구족의 집에 가서는 아니 되고, 가장 가까운 동무 집도 아니 되고, 가장 친한 이웃도 아니 돼. 그런 기본도 모르는가."

"제가 아무리 포졸 아내라지만 그런 원리 알 턱이 있나요. 나라에 무슨 큰 죄를 지셨습니까?"

아내의 눈꼬리가 조금은 옆으로 기울고 있었다. 아내의 의심까지 받자 노린내는 속이 쓰렸다. 그는 입맛을 다셨다.

"내가 무슨 잘못을 저지를 사람으로 보이는가. 뭔가 이상한 일이 있어 잠시 피하자는 것뿐일세. 그래, 정 갈 데가 없는가?"

아내는 말없이 눈만 끔벅끔벅하였다. 사실 노린내가 마음에 들 만큼 안전하게 숨을 곳이 아내에게 있을 리 만무였다.

포청이 사람을 추적할 때 당사자의 구족, 친한 벗, 절친한 이웃, 또 그들의 삼족까지 훑어서 잡히지 않는 경우는 거의 없었다. 그 이야기는 평범한 사람은 어느 날 갑자기 몸을 숨기자고 할 때 마땅히 숨을 곳이 없다는 뜻이다. 그러니 자기만 바라보며 살아온 아내가 기다렸다는 듯이 숨을 곳이 있어요, 하고 대답할 리 없었다.

"한 가지 방법이 있긴 한데……."

아내는 노린내의 눈치를 보며 말하였다.

"뭔데?"

"전에 한번 말씀드린 제 시골동무 있잖아요. 연실이라고, 남문 칠패거리 밖에서 채소장수를 한다는 동무 말예요."

"응, 그런 말 한 적 있지."

"그 동무가 날보고 맨날 돈 좀 마련해서 어물장사하고 싶다고 했지요."

"그랬었지."

"그 동무집에 가서 어물장사를 함께 하며 지내면 맞춤인데 서방님이 싫어하시겠지요."

아내는 녹을 몇 푼 못 받는 낭군 때문에 평생 가난한 걸 늘 서럽게 여기었다. 이렇게 가난할 바에야 한 서른 냥만 있어서 동무랑 어물장사를 하면 괜찮을 터인데, 노상 중얼대었다. 그럴 때마다 노린내는 고려 때만 해도 번듯한 무신 집안이던 우리가 아무리 가난하다 해도 어물장사를 할 수는 없다고 화증까지 내곤 하였다. 양민 집안의 아내는 무관 집안의 노린내와 혼인 맺은 걸 영광으로 여기었다. 그러나 가난앞에 양반은 아무 짝에 소용없었다. 채소장사를 하더라도 번듯이 사는 동무가 차라리 나아보였다.

노린내는 아내의 그 생각이 지금은 딱 마음에 들었다. 그러나 평소 그런 말에 성을 내던 그가 급한 처지라지만 대번에 좋다고 하기가 민망하여 으흠, 기침만 하고 눈은 천장을 쳐다보았다.

"하긴 그렇게 하려도 문제가 있지요."

아내는 한숨까지 내며 종알거렸다.

"무슨 문제가?"

노린내가 묻자, 아내는 애들 방쪽을 바라보며,

"그 동무한테 간다 해도 애들까지 데려갈 순 없고, 돈도 어느 정도는 갖고 가서 돈 좀 벌고 싶어 왔다고 둘러대야 할 터인데 돈이 어디 있나요."

"애들은 친정에 보내면 될 것 아닌가. 내가 잠깐 몸을 피신하는 게 큰 죄를 지어서가 아니니까 애들까지 화가 미치지는 않으리다. 애들은 잠시 형님 댁에 보내소."

"돈은요?"

"돈? 돈이 마침 있네."

노린내는 오른쪽 품에서 돈을 꺼내 아내에게 주었다. 아내는 쉰 냥이나 되는 돈을 보자 눈을 동그랗게 뜨며 서방을 바라보았다.

"오마나, 이렇게 많은 돈을 어디서 나셨어요?"

"도둑질한 돈은 아니야. 정당하게 왕비마마한테 하사받은 걸세."

"왕비마마요? 서방님, 지금 무슨 말씀 하시는 거예요? 오늘 궁중에 들어가셔서 왕비마마를 만나셨어요?"

아내는 이번엔 돈보다 왕비마마란 말에 더욱 기겁하였다. 믿을 수 없다는 듯 눈을 화등잔만하게 떴다. 하기야 한낱 여염집 부녀자인 아내로서는 왕비마마란 말은 꿈처럼 들릴 것이었다. 이 며칠 서방이 겪은 일도 결코 이해할 수 없을 터이고.

## 22. 해동응시(海東鷹矢)

이처현 상선은 내시부 별방 서안 앞에 앉아 있었다. 이른 새벽의 찬 공기가 그의 마음만큼이나 싸늘하다.

그는 눈을 살그머니 감고 숨을 골랐다. 궁의 수석 상선 자리가 험한 가시방석임은 익히 알고 있었지만 요즘처럼 거친 풍파는 견디기가 조만 힘든 게 아니었다.

환관이란 책무는 왕이 되었다가 왕비가 되고 충신이 되었다가 간신이 되고 그런가 하면 귀빈 상궁 무수리 입장도 돼야 하고 저 궁밖 백성은 물론 시정잡배의 물정도 편들어야 했다. 임금이 말씀하면 지당하옵다고 네이, 왕비가 말씀하면 옳습니다고 네이, 그러다가도 임금과 왕비가 너무 잘못된다 싶으면 옳습니다란 말과 똑같은 어투와 느낌으로 아니옳습니다를 개어올려야 하는 입장, 그런 자리에 그는 앉아 있는 것이다.

궁중의 내시는 충신이되 간신이어서는 아니 된다. 선인이되 악인이어서는 아니 된다. 그러나 간신과 악인 어느 누구하고도 원수가 되어서는 아니 된다. 의부는 노상 그렇게 말씀하셨다. 있는 듯 없는 것 같고 없는 듯 꼭 있어야 하는 존재이니라.

고향 언덕의 씀바귀를 그 어느 누가 바라보느냐. 하지만 약으로 쓰고자 할 때 씀바귀는 항상 우리 곁에 있지 않더냐. 그런 씀바귀 같은 환관이 되어야 하느니라.

세상에는 알고도 모른 척해야 하는 일이 많다. 너는 모든 걸 알아야 하지만 모든 걸 몰라야 한다. 그리고 누구에게든지 옳다고 하라. 특히 임금께는 만사 옳다고 하라. 옳습니다 하는 말을 하게끔 임금을 섬기어라. 옳습니다 하는 말씀을 드릴 수 없게 임금이 행동하면 그건 네 잘못이니라.

궁 밖을 보라. 조선 팔도 골탕골탕에는 수많은 사람이 산다. 양반과 양민도 있지만 상민도 있다. 열에 여서일곱은 의지가지 없는 상민이다. 그들도 하루 세끼를 먹어야 하고 처자가 있고 동료가 있고 나름대로의 미래가 있다. 그들의 삶과 생명도 고귀한 게다.

그들의 운명은 누구에게 달려 있는가. 오로지 임금에게 달려 있다. 임금이 빼어나면 그들은 행복하고 임금이 용렬하면 그들은 불행하다. 임금의 마음, 임금의 마음, 백성은 오로지 임금의 마음 하나를 믿고 사는 것이다!

임금이 빼어나게 하는 것은 누구의 임무인가. 내시의 책무인 게다. 너는 지혜와 덕목이 있으니 임금을 훌륭한 분으로 모시도록 하라.

이처현의 망막 안에는 엄한 의부가 그를 노려보고 있었다. 엄하되 다정하고 다정하되 거스를 수 없는 의부는 언제나처럼 그에게 물었다.

지금의 임금은 훌륭한 분이신가? 훌륭한 분이십니다. 훌륭한 분이시고말고. 그분의 성품만 갖고 보면 성왕이신 세종임금과 성종임금에 어찌 뒤지겠는가. 그런데 이 사화는 어찌된 일인가? 제가 임금을 잘못 모신 탓입니다. 제가 모자란 탓입니다. 그러면 앞으로 어찌해야 할지도 알겠고나.

이처현은 고개를 숙이고 한동안 침음하였다. 단아하던 얼굴이 더욱 곧

아지면서 눈시울이 파르르 떨렸다.

 생각하고 생각해서 처단하겠나이다. 의부님 말씀대로 저 멀리 저 앞을 보겠나이다. 그렇다. 한번 더 생각하고 또 생각하고 처리하라. 당장 눈앞의 가림은 하지 마라. 그렇사옵니다. 임금의 마음이 백성의 마음이 되도록 노력하겠나이다.

 그렇게 다짐한 이처현은, 고개는 곧추 들고 입은 굳게 다물고, 눈은 똑바로 뜨고, 별방 밖을 보았다. 별방 밖, 아니 저 멀리 궁 밖을 보았다. 많은 사람들이 보였다.

 여러 사람의 얼굴이 스쳐지나간 뒤 장시후와 연지의 얼굴이 나타났다가 사라진다. 불쌍한 것들. 너희의 운명은 오로지 너희들의 것, 나의 것이 아니니라.

 이 상선이 긴 한숨을 내쉬는데, 맨 나중에 시커먼 노 포교의 얼굴이 다가왔다. 이녀석 얼굴이 왜 갑자기 생각날까. 그렇지. 이녀석 문제도 아직은 깨끗이 처결된 건 아니지.

 약간은 미련한 놈. 죽음이 눈앞에 얼씬거리는 줄도 모르고 정신없이 잠을 자던 놈. 파루가 치기 전에 궁을 떠난 것만은 다행이었지. 그래도 포교라고 궁문을 열게 하고 나갈 줄은 알다니. 왕궁 문을 함부로 여는 게 대역죄가 되는 줄은 알았을까.

 이처현 상선은 허망하게 웃었다. 그러면서 빨리 처리해야 할 일 두 건이 그의 뇌리를 스쳐지나가는 것이었다.


 화천군 겸 지의금부사 심정은 왕비가 저처럼 두려워하는 것은 처음 보았다. 왕비의 부름을 받고 교태전에 들 때 심정은 무수리, 아니 주초위왕의 당사자인 연지를 처리한 공로로 치하를 받으리라 자부하였다. 그러나 그 저켠에 더 큰 근심거리가 있는 줄은 미처 생각하지 못하고 있었다.

 "대감, 연지 문제는 아직 끝난 게 아니옵니다."

왕비는 초입부터 직선적이었다.

"무슨 말씀이시온지요."

"그 애를 포착해준 노 포교가 행방불명이 되었습니다."

"그 얘긴 이처현 상선이 사람을 보내 통지 받았나이다. 이 상선에 의하면 그를 일이 있어 파루 치기 전에 궁 밖으로 내보냈다 하더이다."

"그게 무슨 말씀이오?"

"그에게는 조치를 취해 결코 걱정이 되지 않게 했다는 뜻으로 알고 있나이다."

"무슨 일이 있어 내보냈다구요? 내가 들은 바하고는 상치되는데요."

"어떻게 상치되는지요?"

"내가 들은 바로는 그 포교도 밤 사이에 사라졌다 하더이다."

"하지만 이 상선은 처리할 일이 있어 자신이 궁 밖으로 내보냈으니 일이 끝나면 친군위로 보내겠다고 하였나이다. 어쩌면 연지라는 애를 처리하는 문제로 내보내지 않았을까요. 우선은 이 상선의 말을 믿어줘야 하지 않겠나이까."

연지를 처리하기 위해서라는 말에 왕비는 조금 멈칫거렸다. 궁중에서의 죽음은 원래 어느 누구도 관여하지 못하는 게 불문율. 그렇다 해도 사람 죽는 것을 쉬이 말할 수는 없는 일이었다.

"그 사연은 내 은밀히 알아보리다. 그건 그렇다 하더라도 포교란 게 원래 안심할 수 없는 자들이지 않습니까. 내가 벼슬도 올리고 행하도 후히 나렸건만 자신이 뭔가 기이면서 몸을 사린다면 믿음성이 없는 자가 아니겠습니까."

"그 점은 저희 친군위에서도 패념토록 하겠습니다. 당장 아이들을 시켜 뒤를 쫓도록 하겠나이다."

"그렇게 하시어야 합니다."

왕비의 어투가 생각보다도 단호하였다. 심정은 무심코 한 말이 왕비가 기다리던 답변이었음에 저윽이 마음을 놓았다.

"그리고 내 느끼는 바가 하나 있습니다."

"무슨 느낌이시온지요."

"이 상선 말입니다."

심정은 순간 멈칫하였다. 짚이는 바가 없는 건 아니었으나 함부로 대꾸할 일이 아니었다.

이 상선은 임금의 총애를 받는 최고위직의 환관 아닌가. 우리네에게 아무리 힘이 있다 해도 상선은 건드리는 게 아니라는 것쯤은 심정도 잘 알고 있었다.

"이 상선은 왕비의 수족 아니오이까."

"아니오. 그건 아니외다. 이 상선은 연산조 때도 뜻을 굽히지 않은 사람이오. 심 대감은 그를 잘 모를 것이오."

그 말을 듣고 보니 이처현이 어딘가 어려운, 무서움을 주는 사람이라는 생각이 들었다. 조정 안에는 이처현이 왕족의 핏줄이라는 설까지 있었다. 양영대군의 어느 핏줄로 이름을 못 올린 탓에 그냥 전주 이씨라고만 하였으나 기실은 왕실과 인연이 있다는 것이었다.

하기야 하관이 빠진 얼굴 윤곽, 뽀오얀 살색, 매운 눈초리, 고집센 입 언저리가 이씨 왕족과 너무나 흡사하였다. 더구나 왕족은 가끔 세종이나 성종같이 정신이 좋은 분이 나오는데 이처현도 사서삼경에 무불통지하는 수재라 하지 않던가. 게다가 대전마마의 신임까지 두터웁다.

그 때문에 조정의 대신들도 이 상선이라 하면 한 수 접어주고 있는 바, 어느 면 임금보다 이 상선이 더 어려운 존재일 터이었다.

"심 대감께 내 말씀하오만 이 상선에 대해서도 한 수 접은 관측을 해주셔야 합니다. 무슨 말인지 아시었습니까?"

"무슨 말씀인지 알겠사옵니다."

심정은 그렇게 대답은 하였으나 왕비의 흉중을 꿰뚫어볼 수는 없다. 왕과 왕비와 이처현. 이 셋은 뗄래야 뗄 수 없는 사이 아닌가. 한데 지금 왕비는 은근히 이처현의 행동을 별도로 정탐해야 한다고 명령하고 있는 것이다. 이거야말로 무서운 말씀이 아니고 그 무엇이겠는가.

더구나 지금으로서는 왕비의 마음을 확연히 알 도리가 없다. 무조건 부화뇌동해서도 안 될 일이다. 그렇지, 지금은 얼버무리자. 그리고 생각하자. 궁중의 이 역학관계는 함부로 예단해서는 아니 되지. 자칫 잘못하다가는 내가 튕겨날 위험이 있으니까.

"그리고 그 박운의 딸 도타 사안은 어떻게 돌아가고 있습니까? 포졸을 쏘아죽였다는 명궁이 누군지 알아내셨는지요?"

왕비도 무언가 꺼리는 바가 있는지 말을 바꾸었다.

"전라도에 보낸 파발이 와서 진상화살을 구처한 사람의 명단을 확보하였습니다. 한데 진상화살이 하도 인기가 있다 보니 그 화살을 기념으로 가져간 사람이 무려 삼십 명이 넘어서 조사에 시간이 걸리고 있습니다."

"그러다 날이 다 새겠습니다. 그 애는 아직도 오리무중인가요?"

"그건 아닙니다. 곧 포착이 될 것 같습니다."

"종적을 잡았는가요?"

"종적을 잡아 범위를 좁히고 있는 중입니다. 조만간 체포해낼 것으로 알고 있습니다."

"대사간 이빈이 그 애를 필히 잡아야 한다고 주장한다는데 그 연유는 무엇이오?"

"이 사간의 주장은 반역의 씨는 발본색원해야 하며 특히 이번 역신 중에 박운 참의가 제일 고약한 자라는 주장인 듯싶습니다. 도타한 아이가 워낙 똑똑한 애라 처자라도 살려두면 후환이 있으리라는 생각인 듯합니다."

"그렇다면 이 대간은 충신 중에 충신이군요."

왕비의 얼굴에 조소가 어리었다. 심정은 왕비의 그 말에는 대답하지 않았다. 왕비가 다시 입술을 묘하게 움직이며 말하였다.

"설원*의 장이 마음을 곱게 먹지 않으면 어떻게 사람들을 탄핵할 수 있으리까?"

역시 이 말에도 심정은 가만히 있었다. 왕비와 뜻은 같이 하되 말을 삼가야 할 곳이라고 생각한 것이다.

사실 이빈의 속뜻은 정말로 더러운 것이었다. 심정은 그런 더러운 곳에는 가까이 가면 아니 되지 하고 속으로 되뇌고 있었다.

만호 진필중 부인의 조심스런 얼굴이 열려 있는 싸리문 안쪽에서 조통정을 맞았다.

"누구신지요?"

"조통정이라고 합니다. 서강의 특별포청 부장을 맡고 있던 사람이올시다."

아침손님은 의외로 서강 포교부장이었다. 만호 부인은 조 포교의 인상이 좋은데다 이름까지 익히 알고 있던 터라 대번에 반기는 얼굴에 존경하는 마음까지 얹으며,

"들어오시지요."

하고 겸손하게 허리를 굽혔다.

조촐하고 소박한 안방에서 만호 진필중과 조통정은 처음으로 인사를 나누었다. 조 포교는 진 만호가 오른손으로 방안을 안내하며 편히 앉으라고 하자 들고온 꾸러미를 내려놓더니 갑자기 무릎을 꿇고 절을 하였다. 진 만호도 엉겁결에 따라서 맞절을 하였다.

"이런 과공은 마음이 어려워집니다."

"무슨 말씀을요. 훌륭하신 명궁과 인생 선배에 대한 작은 예절일 뿐입니다. 그동안 한번 찾아뵙는다는 게 이렇게 늦었습니다. 저에 대해 기억이 없으시겠지만 저는 천하명궁 진 영감을 잘 알고 있습니다. 직접 뵈온 적도 있습니다."

---

**설원** 舌院 사간원의 별칭. 말로 관리의 잘못을 탄핵하는 곳이란 뜻.

진 만호는 당황하였다. 이름을 묻고 산 지 십 년. 환로에의 여한은 있었으나 미련을 떨치고 산골에서 산짐승과 꽃과 나무, 자연을 벗하여 조용히 살아왔다. 주변 사람들도 무관 부스러기 정도는 한 줄 알아도 종사품 예우의 착호사에 만호까지 지낸 촉망받던 무인이었음을 아는 사람은 거의 없다. 괄괄해 보이면서도 영리한 가을나무만이 친근하게 지내며 그가 예사 분이 아닌 것을 겨우 눈치채고 있을 뿐이었다.

그렇다고 자기의 과거를 아는 사람을 만나는 걸 딱히 싫어하는 것은 아니다. 하지만 뜻밖의 인물로부터 일찍이 뵈었노라는 말을 듣자 조금은 당황해졌다.

진 만호는 조통정에 대해 많은 이야기를 들어왔다. 빼어난 포교로 강직하고 청렴하다. 사가 없고 공적으로 만나면 그렇게 친근할 수 없다. 다만 술을 과하게 좋아하는 단점은 있다. 조광조 사람이니, 그의 끄나풀이니 하는 말은 혼자 생각하기에도 우스워 관심 너머로 던져버렸다.

"시골에 조용히 묻혀 사는데 어찌 저를 알아보시었소?"

"포교는 자기 관할에 누가 계신지 파악하는 게 기본입지요. 처음엔 몰랐으나 활을 잘 쏘시는가 보다 하는 전언을 듣고 슬쩍 알아보았습니다."

"과연 유명한 조 포교다웁소. 한데 우리가 언제 만났었나요?"

진 만호는 포교의 얼굴을 자세히 관찰하였다. 본 기억이 나지 않는다.

"십 년도 넘는 옛날입니다. 영감께서 황해도 해주 감영에 착호사로 근무하실 때 제가 은율의 형방 밑에서 포졸로 일했습니다. 그게 제 포졸의 시작이온데 한겨울에 구월산으로 호랑이를 잡으러 간 적이 있습니다."

"아, 기억이 나오. 은율서 한밤에 어린아이를 업고 가는 젊은 과부를 호랑이가 아이와 함께 물어죽여 사람들의 가슴을 아프게 하였지요. 감사가 그 호랑이를 필히 잡으라고 엄명을 내렸었습니다."

"그렇습니다. 열녀로 소문난 해주 오씨 집 며느리였구요."

"맞소. 그 시아버지가 벼슬은 아니하였어도 학문이 도저하여 감사도 그

명성은 알고 있는 정도의 선비였지요."

"그때, 저야 뭐 말단 소졸이었으니까 영감께서 기억하지 못하실 겁니다. 저희는 호랑이몰이 역을 하였는데 영감이 단 한 대의 화살로 그 큰 호랑이를 잡는 걸 먼발치서 보았습니다. 우리들은 그 광경을 보고 너무나 감동하여 환호를 터뜨리며 영감을 기렸는데 기억이 나십니까?"

"말씀하시니까 기억이 납니다. 아주 추운 날이었지요. 내가 뭐 대단한 명궁은 아닌데 그때는 운이 좋아서 호랑이가 맞주어 명성을 얻었을 뿐입니다."

"무슨 겸손의 말씀을. 그 다음날에도 또 한 마리를 더 잡으셨잖습니까."

"그리 하였지요. 하여튼 그때는 운이 좋던 시절이었소. 운이라는 것도 젊어야 따르는가 보오."

만호 부인이 다담상에 차를 끓여 내왔다. 냄새가 향긋한 게 중국산 귀한 차인 듯하였다.

"가난하게 사는 처지라 대접할 게 없으오이다. 차나 한잔 드시지요. 집안 먼 조카가 역관으로 있어 가끔 명나라를 갔다 온답니다. 내가 차를 좋아하는 줄 알고 비싼 중화의 차를 사오곤 하지요. 이건 벽라춘차인데 나이 든 사람들이 즐기는 차라 하더이다. 드시지요."

"귀한 차까지 대접해주시고……."

조 포교는 차의 향기를 맡고 나서 한 모금 마셨다. 적당히 따뜻하고 맛은 은은해 가슴을 시원하게 해주었다.

"이런 좋은 차는 몇 년래 처음입니다."

"조 포교처럼 빼어난 분이 이 궁벽한 서강에 와서 근무하시니 좋은 차 맛 보기가 어렵겠지요."

진 만호는 그 말을 하며 빙그레 웃었다. 조 포교는 그 웃음 속에 여러 뜻이 숨어 있음을 쉬이 알 수 있었다.

"제가 뭐 빼어난 포교일 리 있습니까. 영감처럼 출중한 명궁도 아니고 그저 미련하게 일을 하다 보니 과분한 평판을 얻게 되었습니다. 더구나, 조광조 사람이라는 말까지 들었으니 웃을 일이옵니다."

"그거야 사람들이 하는 이야기이지만 조광조 대감을 닮았다는 뜻이라면 과히 나쁠 일도 아니지요."

"물론 그러하오나 사람들이 건건마다 내 사람이니 아니니, 하며 편을 가르고 그것으로 하여 큰 사단을 일으키고 하는 게 통탄할 일이라 말씀드립니다."

"우리나라의 오래된 폐악이지요. 소인배들 하는 짓에 뜻있는 선비들이 횡액을 당하니 그게 애석한 일이요."

"옳으신 말씀이옵니다."

두 사람은 이 순간 똑같은 생각을 하였다. 조광조 김식 기준 박운, 그리고 젊은 신진 사류들. 그들이 또 사화의 회오리에 애매하게 죽어가는 슬픈 역사를. 어쩔 수 없는 그 역사 속에 자신들도 함께 서 있음을.

"한데 포교께서는 어인 일로 이 누추한 곳에 왕림하시었소?"

진 만호의 궁금스런 질문에 조 포교는 웃는 듯 마는 듯 잠시 가져온 꾸러미를 물그러미 바라보다가 고개를 들어 진 만호에게 말하였다.

"제가, 한 칠팔 년 전 일인가요, 한 장인을 만났는데 그 일을 한번 말씀드리고 싶어서 찾아뵈었습니다. 은율서 모신 현감 나리가 나라 정자 밝을 희자 나라 방자, 정희방 어른이신데 이분이 절 이쁘게 보아서 포졸서 장교로 끌어올려 주시더니 그곳 임기가 끝나고 전라도 함평 현감으로 내려가실 때 저를 데려갔습니다. 그곳에서 이 년을 지내며 병방일까지 맡아보았는데 그 덕에 떠나올 때쯤 화살을 잘 만드는 명장을 만났습니다. 이름이 나귀양이란 나이든 분이었습니다."

"나도 그 사람을 잘 알고 있소. 우리나라에서 제일가는 궁시장이지요."

"그렇습니다. 한데 이분은 활보다는 특장이 화살이지 않습니까. 전쟁용 화살만 만드는 게 아니라 사냥용 특수한 화살과 장식용 화살도 주문접수하고 임금에게 올리는 진상화살도 만들더군요. 참으로 멋들어진 화살들이었습니다."

"그 진상화살은 함부로 만들어 다른 곳에 유통시키면 아니 되지요. 그건 임금과 책봉 받은 세자만이 쓸 수 있는 화살이니까 말이오."

"나귀양 장인도 그런 이야기를 하더군요. 그래서 그 진상화살을 한 대 정도 기념으로 간직하고 싶었은데 어찌 감히 부탁할 수 있겠습니까. 군침만 삼키는데 궁시장이 소소하게 웃더니 화살 두 대를 싸서 저에게 주더군요."

진 만호는 의미있는 미소를 띠었다. 잠시 천장을, 아니 저 먼 전라도 땅 나귀양의 궁시방을 머릿속으로 응시하는 듯 바라보더니 다시 눈길을 조 포교한테 주었다.

"그 화살은 임금께 올리는 똑같은 화살은 아니지요?"

"그러하옵니다. 궁시장이 말하더군요. 이건 사람들이 하도 갖고 싶어하여 진상화살에 하나가 부족하게 만든 것으로 그래도 최상급 화살이니 기념으로 간직하십시오, 하구요."

"그 하나가 틀리다는 것은 화살깃털에 장끼 깃털 대신 까투리 깃털을 쓰는 거며 금물로 새긴 어진상해동응시(御進上海東鷹矢)라는 글귀가 빠질 뿐이라 하였지요?"

"그렇습니다."

"그 귀중한 화살을 지금도 간직하고 있습니까?"

"지금껏 갖고 있습니다. 너무나 좋은 화살이어서 가끔 관상을 하며 홀로 즐거워한답니다. 멋진 화살을 보는 재미, 영감께서는 이해하시겠지요."

"물론이오. 혼자 감상하여도 마냥 즐거운 그런 화살입니다. 좋은 화살이지요."

조 포교는 여기서 잠시 말을 끊었다. 그리고는 가져온 꾸러미를 바라보며 혼자 고개를 끄덕였다. 진 만호는 그런 그가 입을 열기를 기다렸다. 조 포교는 뭔가 중대한 말을 하기 앞서 숨을 고르는 것임에 틀림없었다.

이윽고 조 포교가 입을 열었다.

"궁시장은 그때 이런 말을 하더군요. 자기는 모든 분에게 좋은 화살을 만들어 드리려 노력한다. 하지만, 그 누구보다도 지극 정성을 들여 화살을 만들어 드린 분이 있노라. 영감께서는 누구 이야기를 하는지 아시겠지요."

그 물음에 답하기에 앞서, 진 만호는 잠깐 동안을 두었다. 그리고 그리운 표정으로 웃었다.

"내 이야기를 하던가요?"

"그렇습니다. 영감에 대해 아주 진지하고 기분이 좋은 얼굴을 지으며 사모하듯 말씀하더군요."

"그분이 지금도 살아계실까요?"

"이제는 나이가 일흔에 또 반은 꺾였을 터이지만 장인들은 오래들 사시니까 여직 살아계시지 않겠습니까."

"그렇다면 오죽 좋겠소. 좋은 일을 하는 분은 오래 사셔야 합니다. 그분이 나에 대해 무슨 이야기를 합디까."

"영감께서는 당금 조선의 제일가는 명궁일 뿐 아니라 화살에 대한 조예가 그렇게 깊은 줄은 몰랐노라. 우리나라 태조대왕께서 천하명궁으로 한때를 풍미하였어도 화살에 대한 깊은 지식은 진 영감을 따르지 못하리라 말하더군요. 그래서 자기의 재주를 한껏 발휘하여 한 순을 쏠 수 있는 화살 열두 대를 만들어 드렸다고 했습니다."

"내 그를 찾아가 한 보름 함께 있으면서 화살론을 설파하며 좋은 시간을 가진 적이 있소. 그가 화살을 만드는 것도 하나하나 감명깊게 구경하였소. 철전 육양전 편전 동개살, 못만드는 화살이 없습디다. 특히 그가 만든 편전은 살은 작지만 어찌나 예리한지 두꺼운 갑옷도 숭숭 뚫을 정도로 날카로왔소. 순전히 철로만 만드는 장군전은 무게가 닷 근이 넘어가는 엄청난 화살이었고. 정말로 즐겁고 감격적인 한 때였지요. 특히 포교께서 말씀하는 해동응시는 참으로 명품이요. 가벼운 듯 무게가 있고 아름다운 듯 예리하며 오래 간직해도 금방 만들어낸 듯 생생하지요. 지금도 처음 만들 때와 하나도 변치 않고 여일합니다. 나귀양 장인에게는 상기도 감사하는 마음을 갖고 있소이다."

"그러시겠지요. 한데 그 화살을 지금껏 축을 내지 않고 다 간직하시는지요."

진 만호는 즉시 대답하지 않았다. 조 포교는 조용히 기다렸다. 오늘 방문의 초점에 와 있는 것이었다. 조 포교는 차를 한 모금 더 마시며 기다렸다.

한숨을 깊이 들이 쉰 진 만호의 목소리는 외려 차분하였다.
"조 포교가 예측하시는 대로 두 대가 축이 나 있소."
"그러시면 아니 되지요. 그 명품이 손상이 가서야 쓰겠습니까. 제가 마침 갖고 있는 두 대가 있어 여기 가져왔습니다. 저야 이것을 간직할 자격도 없으니 영감께서 보관하시는 게 어떠실른지요."

조 포교는 꾸러미를 풀고 화살 두 대를 내보였다. 강철로 만든 화살촉은 반짝반짝 흰빛이 나고, 옷칠을 한 시누대는 까만 윤택이 자르르 흐르고, 화살 끝에 달린 깃털은 꿩의 몸체에서 금방 뽑은 양 당장이라도 날아갈 듯 하였다.

진 만호는 대번 알아보았다. 십여 년을 애지중지하던 자기 화살이었다. 조 포교가 숫자를 채워주기 위해 자신의 것을 가져왔다고 말하였으나 이 화살은 그저께 자향 처자를 강간하려던 서강 포졸과 장작눈썹의 목숨을 빼앗은 그 화살이었다. 자기의 각궁 시위를 떠나 서강 포졸의 목을 관통하고 장작눈썹의 눈을 꿰뚫어 두 포졸을 단숨에 절명시킨 화살. 그 화살은 지금 피 한 방울 묻지 않은 채 깨끗하게 씻기워져 찬란하게 빛나고 있었다. 아니 찬란하다 못해 섬칫한 한기를 내뿜고 있었다.

선비가 온화한 듯 엄정해야 하고, 무인이 너그러운 듯 사나워야 하며,

검이 힘찬 듯 예리해야 하듯, 나귀양의 명품 화살은 아름다움 속에 서늘한 살기를 내뿜고 있었다.

진 만호는 화살을 보는 순간, 그날의 영상이 눈앞에 어른거렸다.

각궁과 화살을 두루마기 속에서 빼어든다. 활을 들어 살을 먹인다. 왼팔을 쭉 펴고 오른손으로 활시위를 힘껏 잡아당긴다. 퓨슈웅, 시위를 떠난 화살은 시커먼 서강 포졸의 아문혈에 들이박힌다. 포졸의 뒷목을 관통한 화살은 입을 뚫고 나오며 피를 분수처럼 토해낸다. 앞쪽에 있던 장작눈썹은 토해내듯 뿜어나온 피에 온 얼굴이 시뻘겋게 도배된다. 그리고 두 번째 화살. 놀란 눈을 동그랗게 뜨고 쳐다보는 장작눈썹의 그 큰 오른쪽 눈을 향해 사납게 쏘아간 화살은 천지에 가득한 공기의 틈새를 비집고 장작눈썹의 놀란 눈을 번개같이 파고든다. 퍽! 눈동자와 뇌수가 함께 터지고 빨간 핏줄기가 석간수처럼 뿜어나온다. 그리고 앞으로 쿵, 넘어지는 장작눈썹. 마을 사람들의 놀란 비명소리, 이어 뒤쪽에서 들려오는 시끄러운 발자국 소리. 진 만호는 화살을 회수하지 못하고 그 자리를 뜬다.

"조 포교께서는 이 죄지은 자를 체포하러 오시었구료."

"그 무슨 말씀을. 저는 이 화살을 명궁께 드리러 왔을 뿐입니다. 저는 어제부로 포청일을 그만두었습니다. 사직하였습니다. 이제는 누구를 체포할 능력이 없습니다."

"아, 왜 갑자기 사직을?"

"어제 오후에 조광조 대감과 김식 대감께 사약을 내리라는 어명이 있었습니다. 남곤 일당은 조광조의 무리는 한 사람도 남기지 않겠다며 멀쩡한 사람까지 명단에 올리고 난리를 치고 있습니다. 문안의 동무한테서 전갈이 왔는데 빨리 사직하고 이 흙탕물에서 떠나라. 사직한 사람까지 추궁하지는 않을 것이니 잠시 피하라 하더군요."

"조 포교야 강직하고 청렴할 뿐 조광조 대감과는 아무 관련이 없지 않소? 그리고 이런 한직에 무슨 원한을 두겠소."

"저들에게는 청렴하고 강직한 게 큰 죄이지요. 그리고 저의 자리는 광흥창과 연계가 있어 탐관오리들은 어디보다 중시합니다."

"그렇긴 하오. 허나 조 포교같이 훌륭한 사람들이 죄 그만두면 이 나라는 어찌 되겠소?"

"진 영감 같은 명궁이 초야에 묻혀 있는 판에, 저 같은 한미한 자가 물러난들 무슨 아쉬움이 있겠습니까. 저를 한때 돌보아주신 정희방 군수께서는 늘 영감이 나라의 장상감이라고 말씀하셨습니다. 저도 영감이 어떻게 하여 군문을 떠났는지 잘 알고 있습니다. 조광조 대감이 개혁에 나섰을 때 변방의 수사병사감이 없어 그렇게 애를 먹었다는데 영감한테는 권고가 아니 왔습니까?"

진 만호는 쓸쓸하게 웃었다. 고개를 들어 다시 한 번 뇌리 속의 먼 곳을 바라본다. 명궁으로 뜻을 펴려던 젊은 시절은 아름다웠다. 그러나 올라가면 올라갈수록 환로의 세상은 험난하였다. 특히 자기 일만 열심히 하는 사람들에게 환로는 그들의 세상이 아니었다. 그 세상은 간신과 아부와 부정과 부패의 세계였다. 그 세계가 자기와 맞지 않음을 안 것은 언제였던가.

진 만호는 자신의 미소가 쓸쓸함을 스스로 느끼며 입을 열었다.

"그렇게 말씀하시니 토로하오만 한 차례 출사하는 게 어떻느냐는 전언이 온 적이 있소."

"왜 나아가지 않으셨습니까?"

"그 말을 듣고 이치 영감을 뵈었더니 고개를 흔들흔들하며 '나아갈 때가 아니야, 곧 불구덩이가 닥쳐' 합디다. 이치 현령을 잘 아시지요? 그분 말씀만 들은 건 아니고 그동안의 작은 환로 속에서 스스로 느낀 바 있어 아니 나갔지요."

"아까운 일이군요. 영감처럼 금도가 있는 분이 나라의 큰일을 맡아 백성을 돌봐야 하는데요."

"허허, 남의 말은 좋게 하십니다만 조 포교처럼 역량 있는 분이 나 같은 범법자를 인정으로 흘리지 마시고 붙잡아 관에 바치시고, 계속 일을 보셔야 합니다. 이러다간 또 광흥창의 세곡이 죄 간신의 뱃속으로 들어가리다."

"영감께서는 죄지은 바가 없습니다."

"나는 죄인을 쫓는 포교를 화살로 쏘아 죽인 중죄인이오."

"그 포교는 어린 규수를 겁탈하려 하였습니다. 대명률에 의하면 그 죄 죽고도 남습니다. 진 영감은 나라를 대신해 그런 더러운 포졸을 응징하였을 뿐입니다. 게다가 자향이란 아이도 죄가 없는 양반집 따님에 불과합니다. 죄지은 바가 없습니다. 죄로 몰린 충신 박운 참의의 딸로서 용인 시골 집을 가고 있는 중이었을 뿐입니다."

"거참, 요즘의 포교 같지 않은 말씀이시오."

"그 점도 제가 사직한 이유이기도 합니다. 지금 세상이 돌아가는 것은 얼마 지나지 않아 거꾸로 바뀔 가능성이 있는 일들뿐이지요. 정직하고자 하는 포교로서 많은 갈등을 느꼈습니다."

두 사람은 잠시 말을 끊었다. 서로를 응시하며 앉아 있었다. 그가 생각하는 것이 나와 같고 내가 생각하는 것이 그와 같고나. 이런 분네를 만나기가 그 얼마나 어려운 일이던가. 둘이 똑같이 이런 생각을 하는 게 분명하였다.

가까운 산중에서 귀촉도 우는 소리가 들렸다. 그러고 보니 참새 우는 소리는 짹짹짹 계속 들리고 있었다. 새들은 인간사가 어찌되든 자기들 나름대로 재미있게 살아가고 있었다. 세상은 인간의 것만은 아닌 것이었다. 역설이지만 환로의 세계가 깨끗한 사람의 것만은 아니듯이.

조 포교가 먼저 입을 떼었다.

"영감께서 응징한 포졸이 바로 장작눈썹이라는 별호를 지닌 자인데 추포로는 천하에 이름이 뜨르르 나 있습지요. 그의 죽음으로 의금부가 크게 동요할 것 같습니다. 수십 명의 선비와 그 가족 수백을 유린하고 있는 마당에 어느 명궁이 그들의 중요 포졸을 화살 두 대로 무섭게 응징하였으니 어찌 간담이 떨리지 않겠습니까. 게다가 서문의 수문장에 천만수란 자가 있는데 장작눈썹은 그가 아끼는 추적포졸입니다. 이자가 장작눈썹의 죽음을 통고받자 이조판서 남곤에게 이 일이 중차대하니 긴급하고도 엄중한 대처를 해야 한다고 말했다고 합니다. 제 부하의 실수는 얼버무리고 차제에 사단을 크게 벌여 공을 세우겠다는 심산이겠지요."

"나도 천만수의 악명은 익히 들어 아오. 한데 포교께서 걱정하시는 것은……."

"말씀드리기는 저어합니다만은 영감님입니다. 저들도 범인이 명궁임은 훤히 알지 않겠습니까. 그리고 그 도타하고 있는 아이가 들른 이 집이 바로 영감네 댁이고 영감께서 명궁임을 알게 되면……."

"저들이 내게 활 솜씨가 있는 건 잘 알지 못할 터인데."

"그렇긴 합니다만 영감께서 추적조의 관심권 안에 있으시고, 이번에 죽은 장작눈썹의 동료인 함지박귀는 머리가 비상합니다. 장작눈썹보다 훨씬 위험한 자입니다. 그자가 그저께 저한테 이런 의견을 보내왔습니다. 이 화살은 전라도의 유명한 궁시장이 만든 것으로 보이는 해동응시에 준하는 화살이고, 화살 주인은 명궁으로 상당한 고위 무인 출신일 것이고, 지리적으로 이 부근에 살고 있을 것이고, 박 참의의 처자 도망 사건을 아는 분일 것이다. 그런 점에서 의심이 가는 자를 찾아봐주십시오, 하구요."

진 만호는 함지박귀가 열거한 내용을 음미해본다. 조건 하나하나가 완벽하게 자기를 지적하고 있다. 정말로 으스스할 정도로 명쾌한 포졸이다.

진 만호는 고개를 끄덕끄덕 하고는 입을 열었다.

"나도 그자를 알고 있소. 이곳서 여자아이의 은신처를 찾아 추적하는 것을 보니 놀라웁다. 내 화살을 보고 적시한 것을 보니 생각보다 더욱 무서운 포졸이로군요."

"그렇습니다. 그래서 이 화살을 가져왔습니다. 똑같은 화살을 영감께서 갖고 계신데 짝이 맞아야 할 것 같아서요."

"너무나 고마운 일이오. 허나 살인 증거물로 관에 대체해 놓은 화살이 포교님의 것임을 행여 알게 될까 봐 그게 걱정이외다."

"제가 그 화살을 갖고 있는 걸 아는 사람은 우리 가족밖에 없습니다. 당연한 생각이지만 사람들은 그런 귀한 화살은 궁술로 경력이 있는 영감 같은 분일 거라 여기지 않겠습니까."

"하긴 그러하오."

"화살 문제는 해결되었으나 그 시간에 영감께서 살인 장소가 아닌 딴 곳에 있었음을 증빙할 궁리가 있어야겠습니다."

"그 점은 안배할 수가 있소."

조 포교는 고개를 끄덕였다. 어쩌면 아까 말한 이치 현령일 터이었다. 그분이 그 시간에 한담을 하며 같이 있었노라 하면 충분히 타결이 되리라.

다시 귀촉도 울음소리가 들려왔다. 조 포교는 새 소리에 귀를 기울이는 듯 눈을 되창 밖으로 보낸다. 눈빛에 궁금이 서려 있다. 무슨 새 울음일까 하는 궁금은 아니다. 그런 조 포교를 보는 진 만호는, 저 포교가 무슨 생각을 하는지 대번 알아내고 있었다.

진 만호가 빙긋이 웃으며 입을 열었다.

"조 포교님도 그런 예가 가끔 있으시겠지요. 어느 날 갑자기 젊을 때의 자신으로 돌아가 멋지게, 아니 왠지 모르게, 활을 쏘고 싶은 충동이 일어서 자기도 모르게 활을 들고 나갈 때가 있습니다. 활잽이의 광기라고나 할까."

"아, 그렇지요."

"나는 가끔 그런 충동에 자신도 모르게 활을 들고 산으로 가곤 합니다. 뭔가 포한이 진 무인의 슬픈 행동이라고나 할까. 바로 그날 내가 그리 하였소. 새벽이었는데 뒷산으로 가는 게 아니고 저 건너 숲으로 가고 싶더군요. 안골 너머 어둑컴컴한 숲이 있지 않습니까. 나도 모르게 그 숲을 가고 있었지요. 그래, 좋다. 깊은 숲에 가서 장끼나 한 마리 잡아볼까, 아니면 멧돼지라도 한 마리 맞혀볼까, 그런 생각을 하고 갔었드랬습니다. 그러다가, 그 추한 광경을 목도하였지요."

진 만호는 거기서 말을 끊고 더 이상 입을 열지 않았다. 조 포교도 더 묻지 않았다. 서로가 감응으로 그 뒤의 일은 잘 알 수 있을 터이었다.

한동안 두 사람은 말없이 앉아 있었다. 이윽고 조 포교가 입을 떼었다.

"그럼 저는 이만 물러가겠습니다. 조용히 사시는데 제가 와서 공연히 마음을 불편하게 해드렸는지 모르겠습니다."

"무슨 말씀을. 너무나 고마울 뿐이오."

진 만호는 문 밖까지 나와 처음 만난 조 포교를 오랜 지우처럼 전송하였다. 멀어져가는 강직한 포교를 보며 진 만호는 혼자 중얼거렸다.

"나라, 아니 조정이라는 것은 아무리 좋은 사람이 떠나가도 하등의 아쉬움이 없는 조직이지. 구경 손해보는 것은 임금일 것 같지만 기실은 백성일 뿐이고."

## 23. 홍가주막

김득수는 오늘도 청계천 시장바닥을 기웃거리고 있었다. 평생 술을 만들어 팔아 천금을 모은 그는 부자가 된 지금도 허름한 옷에 패랭이를 걸치고 장똘뱅이처럼 여기 기웃 저기 기웃 사람이 모인 곳은 죄 해찰을 하고 다녔다. 그가 시게전 입구에 들어섰을 때 누군가가 툭 등을 쳤다.

"득수, 오늘은 무슨 궁리를 하는 게야?"

김득수가 뒤를 돌아보니 큰 형님의 동무인 조석이 넙적한 얼굴이 더 넓어지라고 찢어지게 웃고 있었다.

"석이 성님, 잘 지내시죠. 전번에는 신세를 많이 졌습니다."

"그까짓 게 무슨 신센가. 그건 그렇고. 내 잠깐 자네에게 할 이야기가 있네."

조석은 사방을 두리번거리며 어디 으늑한 곳이 있나 찾는 시늉을 했다.

"성님, 뭐 그럴 거 있소. 저 홍가 대포집서 술 한잔 드시면서 이야기합시다그려."

"아, 그러지. 자네가 내겠는가. 허허허, 누가 내든 좋지. 한잔 하세나."

술값을 누가 내는지 꼭 정한 뒤에야 술청을 들어가는 걸로 유명한 조석답게 너스레를 떨었다. 대포 한 잔씩을 시키고 트레방석 위에 마주 앉자 조석은 얼굴을 김득수 가까이 들이밀었다. 무언가 근사한 게 있다는 표정이었다.

"내 좋은 소식 하나 갖고 왔네. 마포에 시계전을 열고 있는 한씨라는 자가 있는데 이 사람이 해묵은 쌀을 팔겠다는 게야. 아주 싸게 판다는 게지. 한데 그 쌀이 양이 많고 상당수가 썩어서 문제인가 봐. 어느 고관집의 쌀인가 본데, 우선 이 쌀이 시장바닥에 나온 걸 비밀로 해야 하고 썩은 사실은 일절 입에 담지 말아야 하고 마지막이 중요한데 이 거래는 아예 없었던 거로 해야 한다는 것일세."

"조건도 많수. 허나 그 조건이라는 게 둘러매쳐 이야기하면 딱 한 가지구려. 그저 아무 거래도 없었던 양 가져가라는 이야기 아니오?"

"그렇지 그렇지. 역시 자네는 머리가 좋아. 천금을 만질 만한 사람이야."

"허면 값은 한참 눅해야지요."

"여부가 있나. 허지만 자넨, 술장사 아닌가. 쌀이 조금 썩었기로 술 만드는 데 아무 상관이 없지 않은가."

"그래도 그렇지. 제가 썩은 쌀을 소화하는 적임자라 해도 값은 눅눅하게 쳐줘야 합니다."

자향 135

"알았네. 한 섬에 한 냥 반이면 어떻겠는가."

"성님 무슨 말씀을 그렇게 하시오. 햅쌀도 두 냥이면 너끈한걸, 혹 성님이 구전을 담뿍 얹으려는 건 아니요?"

"무슨 섭한 소릴 하는가. 친동생 같은 자네한테 내가 무슨 구전을 덮어 씌운다고 그래. 쌀을 낸 양반이 아마도 쌀값을 뇌물처럼 쳐서 받을려는 심보가 있는가 보아. 그래서 행여 구처해줄 사람 없을까 봐 한씨는 걱정이 태산이더라구. 보다못해 내 자네 이야기를 하였지. 그랬더니 이번 건만 한번 잘 해주면 여차한 일이 있을 때 그 대감한테 청을 넣어 만사형통으로 처리해줄 수 있다, 이렇게 인심을 풀더만."

"쌀 내놓은 사람이 대감이오?"

"아차, 그 얘기는 않는 건데. 건 말 안한 걸로 합세."

"그게 무슨 큰 비밀이우. 고관놈들이 쌀을 썩힐 정도로 많이 갖고 있는 것은 천하가 아는 판에. 그리고 이렇게 많은 쌀을 고관 아니면 갖고 있을 사람이 누가 있겠소?"

"아니지. 조광조 대감 같은 양반은 조석 끓일 게 없다는 소문도 있지."

"흥, 난 그런 대감도 싫더라. 사람이 살라면 경영도 알아야 하지. 먹고 사는 게 젤 중요한 세상인데 대감까지 됐다는 사람이 집안 경영도 못해갖고 나라를 어찌 다스리겠소."

"자넨 무서운 사람일세. 한데, 한씨가 줄을 댄 그 대감은 청은 하나 잘 들어주는가베. 한번 일을 성사시키세. 언제 어떻게 아쉬운 일이 일어날지 그 누가 아는가. 세상은 덕을 쌓고 볼 일이라."

"우리 같은 쌍놈이 대감집에 무슨 청이 필요허것소. 시겟금이나 눅허면 그만이지. 그나저나 성님, 술이나 한잔 드시면서 이야기허슈."

"그러세."

두 사람은 주모가 내온 대포를 반잔쯤 쭈욱 들이키며 커억 입맛을 다셨다. 술맛은 좋은데 덜렁 갖다놓은 안주가 영 신통치 않았다.

"여보 주모, 대포 한잔에 무슨 안주가 이런가?"

김득수는 짠지를 젓가락으로 들었다 놓으면서 투정을 하였다. 눈꼬리가 장끼 꼬리처럼 날렵하게 올라간 홍 주모는 입쪽을 새침하게 내밀며 한마디 하였다.

"짠지가 어때서요. 술드시는 데는 그 이상 좋은 게 어디 있습니까. 요즘 괴기 주는 술청 없지라. 괴기 반근 안주하고 싶으면 특으로 시키시지요. 유가네 특주로 말이오."

"허, 말세야. 주모가 손님한테 말을 함부로 퉁기질 않나 대포 한잔에 꼭 따르던 육회가 행불이 되질 않나."

그 말에 주모는 육회 반그릇을 탁자에 턱 올려주며 이번에는 웃음을 화사하게 던졌다. 뭔가 긁고 싶은 게 있는가 보았다.

"김 사장님*. 물장산지 술장산지 잘 하는 것은 알아 모시겠지만, 돈 버시면 쓸 줄도 아셔야지요. 우리 술청와서 특주 한번 시켜본 적 있어요?"

"없지. 허나 우리 득수가 외상은 결단코 긋질 않지."

조석이 옆에서 분위기를 돋우었으나 주모는 여전히 생글대며 두 사람을 꼬집어댔다.

"아니, 우리가 외상주는 거 보았어요. 언놈이 우리 술청서 외상을 그어요? 이분 술동이 아닌 물동이는요, 허리춤을 한번 보시라구요. 짜랑짜랑 하는 금돈이 한 되박 듬뿍 담겨 있다구요. 그러면서 마시는 것은 노상 대포 한 잔, 대포 한 잔, 두 잔 들면 내 장을 지지지."

웃으면서 씹는 말이 따끔한 바늘이지만 그렇다고 흔들릴 김득수 또한 아니었다.

"여보 주모. 내 단골로 다니는 서강의 샛강주막 주모 좀 닮아 보아. 그럼 내 대포 석 잔이 아니라 열 잔도 들지. 거기는 딱 대포 한 잔 시키면 육회만이 아니라 밴댕이회까지 이쁘게 쳐서 내온다구. 어, 밴댕이회 먹고 싶다."

**사장** 司長 어느 관서의 장이라는 칭호. 일반적으로 존칭으로 씀.

그 말에 주모는 생글대던 얼굴을 싹 거두고 다시 새침해져서 이쁜 엉덩이를 홱 돌리고는 안쪽으로 휙 사라지며 한 마디 사납게 쫑알거렸다.

"샛강주막은 오사하게도 좋아해. 거기 가서 줄창 마시고 아예 다리 뻗고 사시지 그랴."

계집의 변덕에 조석은 낄낄대며 웃고는 이쁜 궁둥이를 입맛을 다시며 쳐다보았다.

"뭘 그렇게 열심히 봐요. 저 홍가는 절대 안 주는 여자요."

"그러니까 눈으로라도 요길 해야지. 득수, 이즈막에 서강엘 갔었나?"

"그저께 갔다 왔소."

"지금도 광흥창서 흐르는 쌀은 없지?"

"치통 두 녀석이 사라지기 전에는 쌀이 흐를 수가 있나요. 특히나 조 부장포교라는 자가 있는 한에는 우리 같은 사람 재미보긴 다 틀렸소."

"그럼 뭐하러 갔었나?"

"쌀만 구하러 가나요. 이번엔 술을 얻으러 갔는데, 이상하게도 그곳은 문안 술은 아니 먹고 삼해주만 먹는다네요. 참 이상한 동네요."

"삼해주?"

"삼해주도 못 들어봤소?"

"글쎄, 이름은 들어본 것 같은데 먹어보진 못했네. 어디서 나는 건데?"

"마포 용강동에 옹리가 있지 않습니까. 새우젓 젓갈 장사 때문에 생겨난 항아리동네 말이요. 그곳서 소주인 삼해주도 만드는데 맛이 괜찮습디다. 많이 나간대요."

"구레? 한데 술을 그곳까지 얻으러 갔었나?"

"성님은 영판 모르시구만. 요 며칠 사이에 술이 동이 나서 술값이 마구 오르는 중이오. 이럴 때 장사해야잖수. 장사라는 게 노상 잘 되는 게 아니니께."

"참 그렇트만. 한데 술이 동나는 이유는 뭔가?"

"이유야 간단하지요. 술을 만들면 안 된다 술을 마시면 안 된다 술은 백성 고혈이다 하던 조광존지 좆광존지가 잡혀들어갔잖습니까. 그러니 인제 술맛 나고 술장사 신나고 술판되는 세상 아니겠습니까요. 게다가 조광조를 지지하던 선비들도 안타깝고 분기탱천해서 술을 아니 들고는 못배길 거구. 이래저래 술판 세상 되었지라."
"허면 자네, 아까 말한 쌀은 필히 사입해야겠구먼."
"그렇긴 허지요. 허나 택없인 못사우. 아까 말한 데서 반으로 합시다."
"무슨 말을. 건 너무하고 내 반의 반냥은 깎도록 함세."
"그것 갖고는 안 되겠는데. 반냥, 그래 한 냥으로 합시다. 에누리는 없우다. 그 값이라면 성님 얼굴 봐서 죄 사들이지요. 많이 썩었다고 성님 말씀하시는 걸 보면 죄 썩은 쌀 아니요. 그러탐 그것도 후한 거니께."
쌀값을 왕창 깎는 솜씨가 과연 김득수다웠다.

노린내가 홍가주막에 들른 것은 정오가 되기 직전, 쌀값을 왕창 잘도 깎은 김득수가 일을 보고 나간 바로 직후였다.
술청에는 벌써 손님이 세 방구리나 들어 앉아 있었다. 노린내는 장돌뱅이 둘이 좌정한 반대쪽 구석에 자리했다. 손님이 든 기척에 주방에서 머리를 쑥 내밀고 내다보던 홍가주모가 노린내를 보고는 눈을 동그랗게 떴다.
"오마나! 오랜만이에요."
주모는 우선 반갑다는 소리 한번 내지르고 쪼르르 달려나와 노린내의 손을 잡아 자기 가슴에 안았다.
"아이구 우리 향기포교님, 요즘엔 왜 한번도 안 들리셨수? 어디 시굴루 범인 잡으러 갔다 오셨수?"
"뭐, 그런 셈일세. 잘 있었는가."
"우리 같은 물장사야 언제나 잘 있지요. 장바닥 왈패놈들이 찍짜만 안 놓으면 우리야 어디루 갑니까. 좋은 손님 아니 오시나, 언제 오시나, 오늘

밤 오시겠지, 아니면 내일은 꼭 오시겠지. 기다리는 마음 그리는 마음 사모하는 마음에 세월 가는 줄도 모르지요."

"이쁜 소리 주워섬기는 건 여전할세."

"그러문이요, 그러문이요. 대포 한잔 올려얍지요?"

"그럼, 한잔 주시게."

"좋아요, 잠깐만 기다리셔요."

주모는 눈웃음에 볼웃음에 엉덩이 흔들기에 몸비틀기까지 다 하면서 뒷걸음으로 기다리라고 손짓까지 하며 주방으로 들어갔다.

주모가 하도 요란스레 반기는 것을 본 선객들은 그것을 눈요기로 보느라 술마시는 것도 잊고 있었다. 주모가 주방으로 사라지자 한 사내가 어이없다는 듯이 턱을 들어올리며 가소롭다는 표정을 지었다. 그러자 상대 장돌뱅이는 눈을 찌끗하였다. 무서운 포교라는 신호였다. 눈치는 빠른 사내는 멋쩍은 것을 때우느라 술잔을 들어 한 모금 시원히 마신다.

주모 홍서란이 포졸에 불과한 노린내를 반기는 것은 연유가 있다.

이태 전 비가 후줄근히 내리는 여름이었다. 사흘째 장마비로 술장사를 내리 공치고 있을 때 손님 넷이 들어왔다. 우락부락한 품새가 포졸들임이 역력하였다. 범인 타령에 고문 방략에 검술론에 험악한 전옥 이야기까지 으스스한 말들을 낭자하게 씹어뱉던 포졸들은 술이 얼큰해지자 주모를 씩까스리기 시작했다.

그 중에 얼굴이 제대로 빠진 자가 얼굴값한다고 주모 허리를 끌어앉고 대뜸 엉덩이를 후리려 들었다. 솥뚜껑만한 손은 몸을 빼치려는 주모의 온몸을 주물러댔다. 동료들은 낄낄대며 외려 그런 희학을 즐겼다. 그러나 아까부터 조용히 술만 들던 한 포졸이 그런 동료를 말렸다.

"이봐, 주모를 놓아주게. 그게 무슨 짓인가."

동료의 엄한 질책을 받은 인물 좋은 포졸은 눈을 부릅뜨고 화를 내었다.

"내 여자 좀 이뻐해주기로소니 뭐가 어쨌다는 게야."

"건 행패야, 주모한테서 손을 떼라구. 포청에 있다고 술청에서 행패를 해서 쓰겠는가?"

"무엇이?"

"술을 마시려거든 곱다니 먹으라구."

"흥, 군자 났다. 장바닥에서 술좀 먹으며 기집 좀 품는 게 대수냐!"

"여자를 품으려거든 품을 여자를 품어."

"무엇이. 이년이 니 여자냐?"

"헛소리하지 마라."

"이자식이, 어디서 큰소리 치는 게야. 맞고 싶냐, 이놈아!"

급기야는 두 포졸이 주먹다짐을 벌이게 됐다. 그러나 동료들의 말림으로 겨우 싸움질은 면하였는데 그로해서 술판은 깨지고 말았다.

그런 며칠 뒤, 홍가 주모는 술청 밖을 내다보다가 역성들어준 고마운 포졸이 지나가는 것을 보았다. 주모는 진동한동 달려나가 포졸을 끌고 들어왔다.

"포교님, 지난번에 정말 고마웠습니다."

"고마웁기는. 우리 동료가 실행을 하였소. 그 친구는 술을 안 들면 그렇게 사람이 좋다가도 술만 들면 주사로 추태를 부리니 주모가 이해하시오."

"이해하고 뭐가 있습니까. 다 잊구, 우리 은인 얼굴만 좋게 기억하고 있지요. 자, 편안히 앉으셔요. 제가 대포 한잔 대접해 올리겠습니다."

주모는 회동(현 회현동) 유씨네 동동주에 맛있는 생선찌개로 포졸을 대접하였다. 그것이 노린내와의 인연인데 주모가 호들갑을 떠는 것은 그 뒤의 대화 때문이었다.

장안에서 호가 난 유씨네 동동주를 두잔째 든 노린내는 기분이 훨훨 살아나서 옆에서 부니는 주모에게 말을 걸었다.

"주모는 낭군을 언제 만났는가."

"낭군이요?"

"결혼을 일찍이 했을 얼굴일세."

"시집이야 갔지요. 허나 낭군이 번듯할라치면 제가 왜 이런 장사를 하겠습니까."

"낭군이 일찍 저 세상 구경하러 갔소?"

"합방한 지 겨우 네 해 만에 훨훨 가버렸지라. 그것도 시장바닥 왈짜한테 얻어맞고 죽었답니다."

"이런 재변이 있나."

수모는 이를 악물고 노린내를 낭군 죽인 왈짜인 양 노려보았다.

"등신 같은 우리 낭군은 죽으면서 나한테 뭐라 말한 줄 알아요?"

"내가 알 턱 있나."

"날보고 원수를 갚아달라 합디다. 사나이 대장부가 어디서 얻어맞고 죽으면서 계집한테 복수를 부탁하고 죽다니. 얼마나 우스워요. 허나 돌이켜 생각하면 오죽 분하면 그런 말을 했겠어요."

"포청에 소장을 내지 그랬소?"

"포청요? 포청 같은 소린 그만 허시오. 포청이 우리처럼 천한 놈의 소원 들어주는 것 보셨나요? 더군다나 그 원수가 누군지 이름도 모르는걸."

"호, 그것 참. 딱한 일일세. 하면 이름도 모르면서 어떻게 원수는 갚아달라고 부탁을 한 거요?"

"이름은 모르지만 키가 육척이고 장비의 고리눈에 눈썹이 장작개비처럼 시커먼 놈이니 쉬이 찾을 수 있다고 합디다. 게다가 바로 이 장바닥의 왈짜라는 거였죠."

노린내는 속으로 깜짝 놀랐다. 바로 장작눈썹을 말하는 게 아닌가. 한데 장작눈썹은 장바닥의 왈짜가 아니고 일찍이 포청에서 일을 보았을 터인데. 하기야 알 수 없는 일이었다.

"왜 놀라십니까. 그런 사람 알고 있나요?"

"아닐세, 한데 주모는 왜 이 장바닥에서 장사를 하오. 그 범인을 찾을 속셈으로?"

"네, 처음엔 그럴 속셈이었죠. 허나 이젠 모두 잊었습니다. 많은 사람한테 물어도 죄 모른다 하고, 누군가는 그런 사람은 찾아서 무엇하느냐, 말리는 투로 이야기합디다. 찾아서 더 해가 될지 모른다는 투였어요. 허기사, 아들도 아니고 딸아이 하나밖에 없는 우리가 무슨 힘이 있어 복수를 하겠습니까. 세상 만사 세월이 약인께 잊고 사는 게 상수지."

주모는 한숨을 푹 쉬며 힘없이 웃었다. 노린내는 그런 주모가 안쓰러웠다. 만일에 그 범인이 장작눈썹이라면 찾아서 외려 화가 될 게 분명하였다. 노린내는 주모를 위로할 양으로,

"주모는 내가 보기에 이런 장사를 해서는 안 되는 여잘세."

"그 무슨 말씀이세요?"

"나는 어느 고인한테서 사람은 물론이고 물건의 냄새를 맡는 것을 배웠소. 그래서 저절로 내 주변의 냄새를 맡을 수 있다네. 지난번 처음 이 술청에 왔을 때 주모의 냄새가 하도 좋아서 동무가 희학하는 것을 내 말렸던 거요."

"냄새가 좋다니요?"

"주모의 냄새는 신선하오. 그 냄새가 술취한 자한테 희학을 당해서는 안 되는 여자이다, 하는 느낌을 받았지."

"오마나, 고마워라. 저의 냄새가 어떤 건데요?"

"한여름 갓딴 수박의 싱그러운 냄새이지."

"수박 냄새, 정말이어요? 절 놀리시는 건 아니겠지요."

"물론이오. 내가 왜 주모한테 헷소리를 하겠소. 내 비록 포졸에 불과하지만 평생 거짓말은 하지 않고 살기로 작심한 사람이오."

"그러시겠지요. 너무나 고마워라. 정말 기분좋다. 제 이름이 서란, 상서로운 난초인데 난초가 수박 내음이 난다 하니 재밌기도 하구."

"서란? 이름도 좋소. 고마워할 건 없고. 나는 맡아지는 대로 이야기한

것뿐이니까."

"정말이군요."

서란은 약간은 미심쩍은 표정이다.

"정말이고말고. 사람들은 제각기 냄새가 다르지. 나는 사람을 만날 때마다 그들이 풍기는 냄새로 그 사람의 품격을 매긴다오. 고관대작도 더러운 냄새가 나는 사람 많지. 부귀영화를 누린다고 해서 죄 냄새가 좋은 건 아니요. 어느 면 이런 시장바닥에 깨끗하고 맑은 냄새를 풍기는 사람들이 간혹 있데. 아니 잘 맡아보면 양반놈들보다 더 많을 거요."

"왜 그렇지요?"

이제 주모는 노린내의 냄새론에 심취하고 있었다.

"사람의 냄새는 그 사람의 건강 의복 청결에 따라 다르지만 가장 중요한 것은 그 사람의 품격에 의해 결정되는 거요. 물론 그가 방금 전 무엇을 먹었는지, 지금 나처럼 동동주를 먹어 술 냄새가 진동하면 그 냄새부터 맡어지겠지만, 그 이전에 그 사람 본연의 내음이 있다 하는 이야길세."

"그래서요."

"사람이 지니는 근본적인 냄새는 고칠 수 없다, 하는 이야기지. 그리고 그 내음은 본인의 생각과 행동에 영향을 끼치고 평생을 좌우한다는 것이네. 한데 그런 내음이 이 세상을 사는 부귀영화와는, 즉 양반 상놈하고는 아무 관계가 없다는 것을 갈수록 느낀다오. 어떻소, 재미가 있소?"

"재미있고말고요. 참, 신묘하군요. 포교님은 기인이신가 봐. 포교님, 지금도 나한테서 싱싱한 수박 냄새가 납니까요?"

주모는 노린내의 몸에 밀착하며 아양을 떨었다.

"허허허, 주모는 여전히 풋풋한 수박 냄새가 나지. 고상한 여인의 내음이야! 술청을 할 여인의 냄새는 아닐세."

"정말, 좋다. 하지만 포교님. 저는요, 화냥년과 하나도 다를 바 없는 형편없는 기집이에요. 돈많은 사람이 들어오면 어떻게 저것을 호려서 술을 많이 멕여 돈을 더 벌까 궁리도 하구요, 우리 포교님처럼 의기있는 남아를 보면 부비고 껴안고 으스러지도록 사랑도 하고 싶고요. 조금이라도 맘에 안 드는 사람 보면 속으로 쓸데없는 저주도 한답니다. 그런 제가 무슨 수박 냄새가 날까요. 포교님이 괜히 날 바람태우는 건 아닌지 몰라."

이 대화가 있은 뒤부터 주모는 노린내를 샛서방처럼 극진히 모셨다.

주모는 너비아니를 보기에도 맛나게 구워 내왔다. 노린내는 대포를 반 잔이나 벌컥벌컥 마시고는 안주를 덥석덥석 입 안에 구겨넣었다.

"아니 며칠 굶은 사람 같소."

"그런 셈이 되었네."

"무슨 일이 있습니까?"

노린내는 맞은 켠에 있는 선객을 흘낏 건너다 보고는 목소리를 낮추어,

"내 주모한테 부탁 하나 해도 되까?"

"하나가 아니라 열이라도 허시어요."

"내 포청을 그만두었네."

"왜요?"

"그럴 일이 있어. 이야기가 기니까, 그 얘긴 나중에 하기로 하고. 내가 숨어 지낼 수 있는 곳을 좀 마련해줄 수 있는가?"

그 말에 주모는 하나도 놀란 표정을 짓지 않고,

"아이고 오라버니도 그까짓 게 무슨 문제요. 아무 걱정 마시오. 오마, 안주가 또 나왔는갑다. 잠깐만요."

주모는 아무렇지도 않게 주워대고는 주방에서 내미는 안주를 들어왔다. 요령 좋은 주모는 밴댕이 반 접시는 옆 좌석 선객 술상에 얹어주고 육회와 밴댕이회 반 접시는 노린내의 술상에 웃음과 함께 내려 놓았다. 선객들이 밴댕이회에 눈이 번쩍해 입이 벌어질 때 주모는 아무렇지 않은 양 작은 목소리로 노린내에게 말하였다.

"우리 집이 누추하지만 숨어 있기는 제일이지요. 안쪽에 사람들의 눈에

안 뜨이는 조용한 방을 치워드릴게요."

"고맙네. 집은 어딘가?"

"난장동이어요. 장악원 좀 지나서."

"남산 기슭일세."

"가난한 우리가 그런 곳에라도 살면 고맙지요."

"허긴."

"오라버니 집처럼 생각허시면 됩니다. 그 걱정은 그만 하시고 대포 한잔 더 드셔야지요."

"그러세."

그들은 평상시처럼 아무렇지 않게 말을 나누었다. 노린내는 그런 행동을 보이는 주모가 새삼스러웠다. 그는 처음 그녀를 만났을 때 싱그럽던 수박 내음을 생각하였다. 지금 그녀는 그때의 냄새보다는 조금 다른 내음이 난다. 노린내 자기를 좋아하는 마음과 걱정하는 마음이 숨어서 피우는 향기, 그것이 그녀의 내음을 처음의 수박 냄새와는 다르게 바꿔놓고 있었다.


## 24. 미행자

이조판서 남곤의 안국동집에는 사랑이 안사랑과 바깥사랑 두 개가 있었다. 권세 있는 대감 집에는 간혹 사랑채가 둘이 있어 드나드는 사람의 층하를 두는 수가 있는데 남곤의 집에는 그 외에 사랑이 하나 더 있었다. 더구나 이 사랑은 안방 옆 깊숙한 곳에 있어 은밀히 출입하는 몇 사람만 아는 비밀이었다.

한낮이 살짝 지났을 때, 선비 하나이 비밀사랑으로 들어왔다. 옷은 허름하였으나 풍채는 의연하였다. 선비는 방에 들어서자 자기집인 양 척허니 좌정하고 대님을 고쳐맨다. 너무 꽉 죄어서 걷는 동안 내동 발이 조였었다.

허, 대님 매는 것도 경황이 없구만. 바쁜 세상 이놈의 대님, 아니 매면 아니 되나. 잘못 매면 풀어지고 잘 매면 아프고, 영락없는 계륵이라. 혼자 투덜대는데, 녹사가 방문을 열고 흘낏 들여다보았다. 선비는 돌아보지도 않고 고개를 까딱하였다. 녹사는 그 고개짓에 이내 문을 닫고 사라졌다.

천자문을 반의 반도 외기 전에 남곤이 들어왔다. 선비는 엉덩이를 후딱 들고 일어나 깍듯한 인사를 올렸다.

"이 진사, 점심은 드셨는가?"

"간단히 하고 왔습니다."

"오늘은 일찍 온 걸 보니 긴한 이야기가 있는가 보이?"

"많습니다."

이 진사는 매던 대님을 마저 매듭짓고는 남곤 대감을 바라보았다. 남곤의 얼굴이 약간 어두워져 있었다.

"뭐가 많다는 겐가."

그 말에 이 진사는 허리를 펴고 남곤을 반듯이 바라보았다. 아랫목 되창으로 들어오는 햇빛에 얼굴이 우린 탓인지 오른쪽은 밝고 왼켠은 약간 어둡게 보이었다. 그 탓에 귀기가 약간 서려 보인다.

"대감의 얼굴이 왜 그렇습니까? 영 신색이 안 좋으신데요."

"내 얼굴이 이상해 보이는가. 요즘에 잠을 제대로 못 자서 그러는가 보이."

"어려운 일이 있을수록 잠을 잘 주무시고 진지도 왕성하게 드셔야 합네다. 건강하지 못한 사람이 어찌 나라를 다스리겠습니까."

"맨날 하는 얘긴 그만 하고, 무슨 일이 있는 겐가."

"대감, 친군위를 잘 아시지요?"

"그야 잘 아네만."

"그럼 우두머리인 제조 임무를 누가 맡고 있는 줄도 아시겠군요."

"글쎄, 요즘엔 왕비전이 챙기고 있는 걸로 알고 있네만. 형식상으로 책임자는 담당 위장이 아닌가."

"아이쿠, 대감님도. 나라를 들었다 놓았다 하시는 분이 친군위 도제조가 누군지도 모르신다는 말씀입니까."

"그 무슨 말인가. 말을 돌리지 말고 빨리 이야기 하게. 일촌광음불가경이네."

"심정 대감이 어제 오전에도 왕비전에 들었습니다. 그분이 총책임자라 하더이다."

"뭐야. 심정이가? 정지(貞之, 심정의 자)는 어제 저녁에도 왔다 갔는데 그런 이야기는 하나도 하지 않던데. 왕비를 뵈었다는 말도 없었고."

남곤의 얼굴은 어두워지고 이 진사는 진지한 표정을 지었다.

"대감, 무서운 게 세상입죠. 지금 이즈막의 큰일을 누가 하고 있습니까. 바로 지정(止亭, 남곤의 자) 대감하고 심 대감하고 홍 대감(洪景舟, 홍경주) 아닙니까. 한데 그분들 중에도 이렇듯 비밀이 있는 겝니다. 그거는 대감께서 속으로 갈무리하셔야 할 일입지요."

"하지만 정지가 친군위를 맡고 있다면 그건 나한테는 알려줘야 하는 거 아닌가."

"아닙니다."

"아니라니. 그 무슨 말인가."

"지금의 친군위는 종전의 친군위가 아닙니다. 왕비께서 직접 통어하시는 거하며, 많은 내탕금을 들여 날랜 군사와 빼어난 포교를 휘하에 배치하고 있는 거하며, 하고 있는 모든 일이 은밀한 거하며, 이 모두 수상쩍지 않습니까. 지금의 친군위는 어제와 다르고 내일과도 다른 무서운 조직인 듯합니다. 어찌보면 조선 천지 이 나라 자체인 것 같습니다. 임금께서 나라를 좌지우지 새로 틀을 짜기 위해 만든 비밀조직입지요."

"정말인가?"

남곤의 눈꼬리가 밑으로 처지고 입은 한일자로 굳어졌다.

"정말이구 말굽쇼. 그런 비상사태에 그 조직의 비밀을 아무한테나 드러내겠습니까."

"그렇다 해도 나 정도는 알아야 하는 것 아닌가?"

"말씀은 맞지요. 허나 왕비 입장에서는 그렇지 않습니다."

"아니라구?"

"그러문입쇼."

"그래도 정지가 나한테 그럴 수야 있나."

"아닙니다. 정지 대감은 잘못한 게 없습니다."

"뭐야?"

이 진사가 매번, 그것도 야멸차게 자신의 말을 반박하자 남곤은 기분이 나빠졌다.

"자네는 말끝마다 아니다 아니다 하는데, 뭐가 아닌가?"

"대감, 화가 나십니까. 제 말이 미쁘지가 않지요. 그럴 겝니다. 허면 제 말씀 한번 들어 보십시오. 저도 오늘은 이 이야기 저 이야기 다 좀 하겠습니다."

"하게. 누가 말리나. 자네가 원래부터 나를 가벼이 보는 건 알고 있지만 아무리 자네가 머리좋은 수재로 소문났다 하기로소니 내 말이 그렇게 가소로운가?"

"대감께서 노기가 많이 오르셨군요. 제가 어찌 대감을 가벼이 보겠습니까. 집안의 충신이 되고자 듣기 싫은 소리도 마다 않고 해서 그러시는가 본데요, 대감 어른. 그럴수록 냉철하셔야 합니다."

"자네가 지금 날 훈계하는 겐가?"

"훈계라뇨. 정세가 하도 칼날 같으와 저로서는 힘껏 대감을 보좌하고

자 이렇게 당돌히 말씀드리는 겁니다. 생각해보십시오. 지정 대감이 누구십니까. 당세에 대감 만큼 시 잘짓고 책략 잘쓰고 글씨 좋은 분이 어디 있습니까. 대감이 워낙 빼어나신 분이니께 저도 보좌하는 겁니다. 대감께서 심정이나 홍경주같이 덜 떨어진 데가 있는 사람이라면 전 모시지 않습니다. 더구나 이런 기밀 역할은 아니하지요."

"자네 지금 나의 기밀역을 한다 해서 내 앞에서 큰소리치는 건가. 내 동무의 함자를 함부로 부르고."

"허참, 대감께서도. 말이 급해 심정 홍경주 했지만 뭐가 안 될 거 있습니까. 그들을 동무로 삼는다 해도 격은 두셔야 합니다. 심정 대감이 대감께 저가 친군위의 도제조격인 것은 말씀하지 않습니까? 어쩌면 왕비께서 아무에게도, 심지어 대감께도 발설하지 말라 하였겠지요. 그것이 세상입니다. 그런 상황을 대감은 아셔야 합니다. 말씀이 났으니 그럼 대쪽을 쪼개듯이 시원하게 말씀드릴까요. 조광조를 내치는 작금의 풍파는 무엇입니까. 조광조가 좀 궤격하긴 해도 그렇게 큰 죄는 없습니다. 개혁한 공로도 있습니다."

"공로도 있다?"

"그러문이요. 다만 그 개혁이 과하고 조선의 유학 정신에 위배되고 임금이 불편하시고 사직이 위태하다는 유언비어까지 나도니 대감께서 분연히 일어나신 것 아닙니까. 그렇다 해도 조광조는 쫓아내면 그만인 것을 사약까지 내리려는 것은 무슨 뜻입니까. 풀을 치려거든 뿌리를 뽑아야 하고 집안을 적몰하려거든 사내 씨를 말려야 하듯, 무슨 일이든 일도양단해야 하는 때문 아닙니까?"

"그 말은 맞네. 계속 이야기하게."

"그것은 바로 이 큰일을 하는 대감께서 시퍼런 칼날 위에 서 있고 아차 잘못하면 반대로 조광조처럼 역적으로 몰릴 수도 있다는 뜻입니다. 그러니 세상이 내 마음 같지 않다고 해서 냉정을 잃으시면 아니 되옵니다. 아닙니다 아닙니다 하는 제 말, 모두 대감을 위한 것일 뿐입니다."

시푸르둥둥하던 남곤의 얼굴이 예의 온화한 얼굴로 돌아왔다. 내가 너무 신경을 곤두세우고 있는 탓이야. 이 진사 말이 맞지. 아니다는 원인을 캐야 하는 게 내 일이거늘, 쓸데없는 화증은 왜 내는고.

남곤은 부채를 집어 몇 차례 부친 뒤,

"내 마음이 산란한 탓에 이 진사에게 막말을 하였네. 미안하이. 잊으시게."

"그런 걱정은 하지 마십시오. 제가 대감을 돕는 것은 저의 대대의 은혜를 갚기 위한 것. 바람이 있다면 말씀 계셨던 대로 일 끝난 뒤 시굴 현감이나 한 자리 주시면 됩니다."

"그건 걱정 말게."

"그럼 오늘까지 제가 접한 중요한 사안 네 개를 말씀드리겠습니다."

"네 개씩이나 되는가?"

"그렇습니다. 어제로 아퀴를 잡은 사안이 좀 있습니다. 첫째는 아까 말씀드린 대로 심정 대감이 친군위의 도제조로 왕비와 그동안 세 차례나 독대를 하였고 뭔가 긴밀한 모사가 있었다는 것. 이 친군위는 현재 오백에 육박하는 날랜 군사와 명포교를 망라하여 엄청난 힘을 갖추고 있고 이번 사태도 일은 대감께서 주동이 돼서 하시지만 그 바탕엔 그들의 힘이 있다는 것. 그들은 기밀사안을 왕비께 일일 보고하고 있는 바 그런 사안은 심정 대감도 자세히는 모른다는 것."

"아니, 정지도 잘 모른다고?"

"그렇습니다. 심 대감은 어느 면 형식상의 우두머리일 수도 있지요."

"그러면 이원조직일세."

"그렇습니다."

"무서웁군, 그럼 둘째는 무언가."

"대감, 주초위왕과 조씨전국(趙氏專國)은 누가 만들어낸 겁니까?"

그 말에 남곤은 입맛만 다시고 대답하지 않았다. 훤히 알고 있는 바이나 함부로 입에 올려서는 안 되는 일이었다.

"그건 심정 홍경주 대감이 꾸며낸 이야기 아닙니까. 그리고 홍 대감 따님인 홍희빈이 무수리를 시켜 나뭇잎에 주초위왕을 새기게 하였구요."

"그러한데?"

"저도 그렇게 알았습니다만, 사실은 주초위왕도 친군위의 꾀인 듯하옵니다. 주초위왕을 새긴 무수리가 시룽시룽하며 헷소리를 하고 행방불명이 된 사실은 아시지요?"

"그건 나도 걱정일세."

"이 사안을요, 왕비가 어제 깨끗이 처리하였습니다."

"어떻게?"

"냄새를 잘 맡는 포교 하나를 궁궐에 풀어 그 무수리를 잡아냈다 합니다. 경복궁이 구중궁궐이지만 무수리의 냄새는 숨기지 못했던 모양입니다. 물론 도망한 무수리 사안은 일을 쌈빡하게 처리하지 못한 홍희빈 홍경주 대감의 불찰입지요. 한데 이 일을 왕비가 직접 나서서 칼날처럼 처결하는 것을 보면 모든 음모의 속내는 왕비한테 있는 게 아닌가 하는 생각이 듭니다. 그 점 대감께서도 유념하십시오."

"무서운 일이로다. 잘 알겠네."

"셋째는 기중 가장 중요한 이야긴데 확실치 않은 데가 있습니다."

"뭔데, 말을 해보게."

"나중 추론이 틀린 게 있다 해도 대감께서는 한풀 접어주셔야 합니다."

"그야 여부 있나."

"대감, 이처현 상선을 어떤 분이라고 생각하십니까?"

"무슨 뜻인가?"

"어떤 사람으로 느끼고 계시는지 한번 의견을 듣고자 해서요. 저도 그 사람은 잘은 모르지 않습니까."

"글쎄. 어떤 사람이라고 해야 할까. 똑똑하고 진중하고 심기 깊은 사람, 그 정도 하면 되었는가."

"잘 보신 것 같습니다. 하지만 더 무서운 사람일지도 모르겠습니다. 궁중의 우리 비선조직에 의하면 주초위왕을 조작한 무수리를 잡는 일, 즉 냄새 잘 맡는 포교를 궁궐에 들이고 수색하게 하고 체포하고 처리하는 일을 이 상선이 도맡았다고 합니다."

"그래? 허면······."

"친군위 조직의 비선책임이 바로 이 상선이다, 하는 이야기입죠."

남곤과 이 진사는 서로 바라보았다. 똑같이 이맛살을 찌푸렸다. 조광조 일당을 거의 박살내고 나니 심복으로 알았던 심정이 가외한 정적이 될 위험이 있고 그 보다도 더 무서운 존재가 궁궐 안에 도사리고 있다는 사실. 이 험악한 현실을 두 머리 좋은 주종은 의견일치하고 있는 것이었다.

"대감, 너무 어려워할 필요는 없습니다."

"어째서?"

"이 상선을 대감 사람으로 끌어드리시면 됩니다. 그는 지금 대전마마 때문에 어쩔 수 없이 비밀업무를 떠맡고 있을 뿐 사람을 모질 게 죽이거나 큰 음모를 펼 사람은 아닌 것 같습니다. 특히 왕비전 사람은 아닌 듯합니다. 한데 그분의 출신내역은 아시는지요?"

"글쎄, 잘은 모르네."

"양영대군의 후손이라는 말은 들으신 바 없습니까?"

"그 얘긴 들었지만 적실하지는 않겠지."

"제가 보기에는 맞는 말 같습니다. 정지 대감의 하인한테서 나온 이야긴데 정지 대감이, '허, 무서워. 이 상선은 무서운 사람이야' 하고 혼자 중얼거리는 걸 여러 번 들었답니다. 그러면서 하인은 자기 대감이 누군가와 이야기를 할 때 이 상선이 왕족이라고 딱부러지게 말하는 걸 들었다 합니다."

"정지가 그 이야기를 했다 이건가."

"그렇지 않으면 어디서 그런 말이 나오겠습니까."

"정지가 평소 만사를 나에게 의논하는 것 같더니 그게 아닐세."

"그게 세상입니다. 대감 앞에서야 간담을 내놓는 척하겠지요. 그리구 이 상선은 임금께서 무척 총애하시니 그 점 유의하시어야 합니다."

"그 점은 나도 알고 있네. 그 무수리는 어떻게 처치하였다고 하던가."

"그게 모호합니다. 무수리를 숨겨주고 도와준 내시 하나도 같이 체포되었는데 두 사람 다 행방이 묘연합니다."

"죽였을까?"

"모르겠습니다. 목숨이 온전할 수는 없겠지요. 그건 계속 알아보겠습니다. 대감은 그것에 대해서는 일절 아는 체를 하지 마십시오. 심정 대감한테도 그 대목은 조심하시구요."

"알았네. 마지막은 뭔가."

"넷째는 도타한 박운 참의 넷째 딸의 후속 소식입니다."

"아직 안 잡혔다지."

"네, 안 잡혔는데 그게 문제가 아닙니다. 왕비의 친군위가 추적조를 급파하였습니다. 필히 그 애를 잡아 들이라는 밀명인 듯합니다."

"이유가 무언가."

"그걸 모르겠습니다. 그 애는 처음 서문 수문장 천만수가 금방 잡을 듯이 설쳐대지 않았습니까."

"고 녀석이 나한테 보고를 하여 내 상께 탑전에서 말씀까지 올렸는데 아직도 못 잡아서 면목이 없어졌네. 천만수란 놈이 그렇게 일을 허투로 할 녀석이 아닌데."

"이 사안도 대감께서는 슬그머니 빠지십시오. 그 애를 잡아죽이고 놓아주는 것 모두 친군위의 것이 되었습니다. 구경에는 왕비의 것이니까 대감께서는 손을 떼는 게 좋습니다."

"내가 손을 떼고 넣고 할 필요는 없지. 원래 내 소관은 아니니까. 한데 별 게 아닌 계집 도타 사안에 왜 왕비가 개입하였을고?"
"그것도 알 길이 없습니다. 무슨 복선이 있는 것 같기도 하구요."
"무슨 복선 말인가."
"아닙니다. 알아보는 중입니다. 나중 확인된 뒤에 자세히 말씀드립지요."

누군가가 그를 미행하고 있었다. 노린내는 직감하였다. 서란의 술집을 나올 때부터 뒷골이 당기었다. 하면, 미행자는 그가 그 술집에 드나들고 있음을 알고 있었던 게다. 서란과의 관계도 알고 있을까. 아마도 알고 있겠지.

세상은 정말 무서웁다. 내가 그 술집의 단골 아닌 단골인 걸 저들이 귀신같이 알아내다니. 앞으로의 행보가 더욱 조심스러워진다.

미행자는 한 사람이었다. 중키, 날렵한 몸매, 평범한 얼굴. 미행자가 갖추어야 할 모든 요소를 지니고 있었다. 무술도 강할까. 강할 게야. 저렇게 평범한 속에 무서운 무술이 숨어 있을 수가 있지. 안방이란 놈을 잘 키우면 저런 자가 될 거야.

노린내는 분해서 이를 갈던 안방이 불쌍하게 죽은 것까지는 아직 알지 못하고 있었다.

노린내는 장악원을 앞두고 오른쪽으로 방향을 틀었다. 주모가 알려준 난장동 그녀의 집을 미리 가 보려던 행보를 바꾼 것이다. 서란의 집은 오늘 처음 가는 게니 자객이 알 턱이 없다. 마지막 숨을 둥지는 드러내서는 안 될 일이었다.

노린내는 길을 돌아들 때 뒤따라오는 미행자를 흘깃 훔쳐보았다. 미행자는 그를 쳐다보지도 않은 채 어슬렁어슬렁 걸어오고 있었다. 아주 자연스러웠다. 노련한 미행자였다. 노린내는 자신도 저자 못지않게 노련해야 한다고 다짐하였다. 마음의 여유를 추스려 올렸다.
 타락동 옆을 지나 호현동 쪽 산길로 들어섰다. 그곳에는 사방으로 갈 수 있는 길 아닌 길이 세 갈래나 있었다.
 노린내는 길가 바위 위에 앉았다. 갑자기 인적은 끊어지고 그와 미행자만 남아 있었다. 여차하면 한번 힘을 겨뤄도 좋았고 미행자가 어떻게 하는가 보고 싶었다. 사나이는 아무렇지도 않게 그가 앉아 있는 바위 쪽으로 다가왔다. 노린내는 괴춤에 차고 있는 비수를 슬쩍 건드려 보았다. 믿음직하였다. 그리고는 멀리 궁궐 쪽을 바라보는 척하였다.
 이처현 상선은 지금 무엇을 하고 있을까. 상선은 왠지 호감이 가는 사람이었어. 환관이 주는 이상한 느낌은 없는 사람이었지. 저 자객은 이 상선이 아니고 왕비가 보냈을 거야.
 아름다우면서 무서운 눈초리를 지닌 왕비. 목소리도 쨍쨍하고, 내음이라곤 화장품 냄새밖에 나지 않는, 자신의 인품을 드러내는 냄새는 결코 풍기지 않는 여자. 왕비는 무서운 칼날이야.
 사나이는 서슴없이 다가오더니 노린내가 앉아 있는 바위 옆 풀섶에 철퍼덕하고 주저앉았다. 노린내는 깜짝 놀랐다. 이자가 무슨 짓을 하는 게야. 그러나 노린내는 이내 자기들 세상의 법칙을 뇌리에 떠올렸다.
 자기보다 아랫쪽의 싸우기에 불리한 위치를 골라서 앉는 사람, 아무도 없는 상황에서 상대를 괘념치 않는 사람, 얼굴을 마주하고 화기애애한 표정을 짓는 사람, 그들은 적의가 없다.
 더구나 사나이는 앉을 때 손을 툭툭 털었다. 아무 무기가 없음을 밝히는 행위였다. 그렇다면 이것은 우호의 몸짓 아닌가.
 사나이가 무뚝뚝한 말을 던졌다.
 "이처현 상선께서 보내서 왔소."
 "……"
 "대감께서는 이 수결을 보여드리라 하더이다."

사나이는 사각으로 접은 종이 쪽지를 노린내에게 내밀었다. 노린내는 망설이다가 종이를 받았다. 한 번 두 번, 접은 걸 펼치자 글귀가 나왔다.
　'궁궐의 밤은 쓸쓸하다. 쓸쓸한 속엔 무서움도 있고〔宮闕夜寂寂 寂寂含恐恐〕.'
　한자 열 자가 적혀 있었다. 그 글귀를 보자 노린내는 다시 한 번 이처현 상선의 얼굴이 생각났다. 연지와 장시후를 처결한 뒤 이 상선은 그에게 이렇게 말하였다.
　"노 포교는 수고하셨소. 이제 물러가 쉬시오. 내일 별도로 위로부터 치하가 내려올 것이오."
　노린내가 조용히 허리숙이고,
　"소인 물러갑니다."
　인사를 하고 나올 때 이 상선이 한마디 던졌다.
　"잘 쉬시오. 궁궐의 밤은 쓸쓸하오. 그러나 그 쓸쓸함 속에는 무서움도 있다오."
　그때는 그 말 뜻을 몰랐다. 그것은 노린내에게 위험이 닥치고 있음을 알려준 암시였다. 이 상선의 호의였다. 그럼에도 노린내는 죽음이 박두하고 있는 줄도 모른 채 편안히 잠을 잤다. 새벽에 정신이 든 게 그나마 다행이었지.
　노린내는 미행자를 위아래로 살피며 물었다.
　"이 상선 대감은 잘 계십니까?"
　"잘 계십니다. 그분께서 이 말씀을 전해달라고 하시었소."
　"……"
　"세상에는 알고도 몰라야 하는 일이 많다. 이 한마디요. 이 말을 명심해 달라고 하시었소. 그리고 노 형의 관적은 깨끗이 정리되었으니 괘념하지 말라 하더이다. 약간의 시간이 지난 뒤 노 형의 공적에 대한 보답이 있을 것이며 당신을 믿어달라 하시었소. 아시겠습니까?"

"무슨 말인지 알겠소."

"그리고 유사한 일이 있으면 통기를 해달라 하더이다. 별로 그럴 일은 없겠지만 만일을 위해 알려둔다 하시었소. 통기처는 명례방 네거리 서쪽 모퉁이에 있는 안침술집이요. 그집 주모를 찾으시오. 서른을 향해 달리는 여자로 왼쪽 눈 아래에 까만 점이 있소."

"대감은 내가 혹 당신과 연락할 일이 있으리라 여기시고 있습디까?"

"그분의 깊은 심기를 소인이 어찌 알겠습니까. 소인은 노 형께 전하여 달라는 대로 옮길 뿐이지요."

"유사할 때 그 주모만 찾으면 되오?"

"기밀 언적이 있지요. '개성동생, 오랜만일세 그 사이 별래무양한가' 하고 말을 걸면 상대는 '전전긍긍'이라고 답할 것이요. 필요한 이야기는 그 주모에게 남기십시오. 그리고 노 형이 돌려줄 게 있다 하더이다."

그 말에 노린내는 개성동생, 별래무양, 전전긍긍, 혼자 중얼거리면서 품에서 왕비가 주었던 신부를 꺼내 건네주었다. 미행자는 신부를 받자 천천히 일어나더니 고개를 까딱 하고는 왔던 길로 되돌아갔다. 사나이는 금세 사라졌다.

미행자의 뒷모습이 사라지자 노린내는 왠지 허무함을 느꼈다. 큰 소용돌이 속에서 자기 혼자만 팽개쳐진 느낌이 들었다. 소외감일까? 그렇다면 안전해지기라도 해야잖은가. 방금 이 상선의 전언은 그것을 보장하였다. 한데 왠지 잘 믿어지지 않는다. 왠지 모르게.


## 25. 다기원

채홍이는 기가 센 기생이었다. 소시적부터 동무한테 지는 것을 죽기보다 싫어하였다. 웃음을 팔고 노래를 팔고 몸을 파는 기녀가 되어서도 동료한테 지는 것을 싫어하였다. 손님맞이도 마찬가지였다. 동료 누구보다도 손님이 자기를 먼저 찾아야 직성이 풀렸다. 자기보다 예쁜 기녀는 쌍심지를 돋우고 시샘하였다.

마포 서쪽 포구의 허름한 기방 다기원은 젓 냄새 비린내 냄새 풀풀나는 삼개 뱃군들이 주 손님이었다. 간혹 선주 경강상인 선착장의 봉사 나리들이 거드름을 피며 찾기도 하였으나 자주 있는 일은 아니었다.

다기원은 저녁 어둑발이 내리면 벌써들 방마다 손님이 차고 안팎이 시끌벅적하였다. 강화의 고깃배가 여러 척 선착장에 기항하는 날은 손님이 미어져 방싸움도 나곤 하였지만 정세가 하수상한 요즘은 조용한 나날이었다.

코가 뻘건 다기원 주인 주가는 어느때처럼 방마다 고개를 디밀고 아는 체를 하고 특별주문도 들어주며 기방주인 노릇을 너울너울 베풀고 다녔다. 마지막 방을 나와 주방에 들어서서 이 방 저 방에 신경써가며 들일 안주 배정을 하고 있는 참에 누군가가 옆구리를 툭 치는 것이었다.

삼개 새우젓패의 모사꾼 보욱이었다.

"웬일인가?"

"잠깐 이야기 좀 하십시다."

둘은 주방 안쪽에 가서 한동안 밀담을 나누었다. 주인 주가는 보욱의 말을 고분고분 들어주고 있었으나 눈초리는 영 마음에 안 드는 표정이었다.

"허면, 나는 그런 사정은 들었지만서두 아예 모르는 거요. 그저 기녀로 박을 년 하나 임시로 받아준 것뿐이다, 이거네."

주가는 입이 조금 나와 있었다. 보욱은 그런 그가 괘씸하였으나 지금은 얼러서 써먹어야 했다. 속으로는 치부하고 밖으로는 고마운 표정을 지었다.

"아무렴 좋지요. 한 이틀만 애들 속에 넣어주시오. 곧 데려갈 터이니."

"알았소."

주가도 마음에는 안 들었지만 대답은 시원하게 하였다.

보욱의 소개로 자향은 주가를 따라 행수기녀 방으로 갔다. 보욱과는 안 지가 얼마 아니 되지만 그와도 헤어지자니 그나마 불안하여 자꾸 뒤돌아보았다. 보욱은 누런 얼굴을 상하로 흔들며 걱정하지 말라고 안심시켰다.

"우리가 이 집 주변 어딘가에 있을 게니 걱정은 마세요. 이 안에는 우리 사람도 있어서 유사하면 다 연락이 됩니다. 내일 모시러 오리다."

보욱은 그렇게 말하고 미안한 표정을 얼굴 가득히 드러내며 다기원서 나갔다.

보욱이 자향에게 말했었다.

"기방에 하루쯤 가 있는 건 별 게 아니지만 아씨한테 그런 부탁을 하려니 정말 송구합니다."

"아니어요. 다 저를 위한 일인 걸요. 참아낼 수 있습니다."

"죄송합니다, 아씨. 사태가 워낙 급박해서 이 방법밖에 생각이 안 나는군요."

다기원에 몰래 오는 중에도 보욱은 무척 미안해했다. 외려 자향이 그런 보욱을 위로해야 할 정도였다. 보욱이 나가는 걸 바라보면서 자향은 그의 뒷모습에서도 미안해하는 느낌을 살펴낼 수 있었다.

트레머리에 금비녀를 꽂고 노란 댕기를 길게 늘이고 하얀 분을 얼굴에 덕지덕지 바른 행수기녀는 입술이 두툼하고 가슴팍이 훤한 만큼 마음속 오지랖도 넓어보였다.

"이름이 무엇이라고?"

행수기녀가 묻자,

"월영이라고 합니다."

자향은 아까 오면서 궁리해둔 이름을 대었다.

"월영이라, 달그림자. 이름이 이쁘군. 원래 이름은 아닐 게고 자네가 지은 모양일세. 오늘은 처음이니 이 방에 다소곳이 앉아나 있게. 부용아, 일루 좀 와라."

부용이라 불리운 기녀는 문지방에서 드나드는 기녀들에게 방 배정을 하며 일일이 간섭하고 있다가 쪼르르 다가왔다.

"무슨 일이어요, 언니. 방 포진은 다 했습니다요."

"이 애가 오늘부터 우리 원에 오기로 하였으니 니가 잘 지도를 하거라. 오늘은 니가 건사 좀 잘해주어. 애들이 쓸데없이 찝쩍대지 않게 하구."

누가 들어도 마땅한 말을 하고는 부용의 귀에 뭔가 은밀하게 속닥이었다. 부용은 고개를 끄덕이며 눈은 자향을 살폈다. 귓속말이 끝나자 부용은 자향을 방 한쪽 구석의 경대 있는 곳으로 데려갔다. 경대 앞에 자향을 앉힌 부용은 머리태래를 손질해주고 얼굴에는 분을 살짝 발라 주었다. 장롱에서 노란 저고리와 자색 치마를 꺼내 갈아입혔다. 흰 저고리 검정 치마의 비자 옷 대신 기생 옷으로 갈아입으니 본래의 인물이 훤히 드러난다.

"오마나 이쁘네. 옷이 날갠가. 아니지, 잘 보니까 아주 예쁜 처잘세. 손님들이 널 보면 난리나겠다. 집은 어디야?"

"서강이어요."

자향은 뜻밖의 질문을 받았으나 순발력 있게 대답하였다.

"서강 어디?"

"수철리요."

"수철리? 그런 곳에 너처럼 이쁜 애가 있었어. 그런 소문 못 들었는데."

"제가 뭐 소문날 정도가 되나요."

"아닌데. 소문이 나고도 남겠는데."

그때 키가 크고 눈꼬리가 휘익 올라간 기녀 하나이 그들에게 다가왔다.

"부용 언니, 앤 누구유?"

"월영이라구 새로 온 애다. 채홍이 넌 방에 안 들어가니, 아직도 언니 방서 얼쩐거리게."

"곧 들어갈 겁니당. 한데 이렇게 이쁜 애가 어디서 왔지? 이야, 넘 이쁘다. 홍, 너 집이 어디니?"

채홍이는 입을 샐쭉하게 빼물며 자향을 노려보았다. 자향의 이쁜 얼굴이 벌써 맘에 안 드는 모양이었다.

"방에나 들어가라니까 웬 쓸데없는 소리니? 쓸데없는 시샘은 하지도 말어. 앤 집이 수철리래."

"수철리? 그럼 우리 동네 바로 옆이네. 흐음, 이상하다. 수철리엔 이렇게 잘 빠진 애는 없는데."

"야 야, 그만 좀 조잘거려. 니가 수철리 이장이라도 되니? 쓸데없는 걸 따지고 들긴."

"왜 언니는 나만 보면 통박이유. 밤섬의 한 서방님이 아니 오셔서 그러나."

"아니 요것이!"

"우헤헤. 너 월영이, 수철리 출신 아니지? 그 허름한 동네에 너같이 쪽 빠진 애가 있을라구. 문안에서 뭔가 죄짓구 도망해온 건 아니니?"

"이것이 진짜!"

큰언니격인 부용이 화증을 내자 채홍은 펄쩍 뛰며 문지방을 나갔다. 물론 한마디 토를 다는 걸 잊지 않았다.

"애, 너 나한테 잘못 보이면 힘들 거양. 이따 보장."

자향은 죄짓고 도망해온 것 아니냐는 채홍의 말이 뜨끔하여 얼굴색이 변할 지경이었다. 세상 어느 구석에건 애물단지와 말썽꾸러기가 있기 마련인데 오늘 자향은 딱 그런 기녀를 만난 것이었다.

채홍은 시커먼 뱃군이 자기의 허리를 감아오자 몸을 비비 틀었다. 녀석이 조금이나마 마음에 들었으면 사내의 손을 꼬집어주며 애교를 풀어주련만 이건 무식한 뱃놈에 불과하였다. 건너편 행수 선인은 몇 차례 본 얼굴에 돈 씀씀이도 괜찮고 허우대도 미끈하게 빠진 자였다. 한데 오가라는 이 행수는 같이 들어온 옥금이한테 빠져 채홍이 자기를 보자 고개 한번 까딱

하고는 더 이상 쳐다보질 않는 것이었다. 기분이 나빴다.

그 판에 시커멓고 무식이 뚝뚝 떨어지는 뱃놈이 허리를 자꾸 후리고 들어오니 밸이 틀릴 수밖에. 그녀는 새침한 얼굴을 더욱 아금받게 치떠올리면서 측간을 가는 척, 좌석을 빠져 나왔다.

옥금이가 노래를 읊어대고 있어 무식한 뱃놈만 섭해할 뿐 다른 주객은 채홍이 방을 뜨는 걸 탓하지 않았다. 채홍은 그게 또 약이 올랐다. 이 이쁜 채홍이를 뭘로 아는 게야. 흥, 씹새끼들이 사람을 몰라본다니까. 그런 주제에 기집 속곳은 되게 훑어대요.

옥금의 간드러진 노래가 방문을 닫고 나오는 채홍의 뒤통수를 따라왔다.

님가실제 달뜨면 오신다더니
달은 떠도 내님은 아니오시네
아마도 님의 곳은 산조차 높아
달뜨는 게 보이지 않으시나봐

간들어진 옥금의 한시 노래가 기방의 낭하 저켠까지 아련하다. 살금살금 발을 디디며 행수 기생 방에 다 왔을 때, 부엌서 일하는 하님들의 소근대는 소리가 들렸다.

"오늘 저녁 새로 온 애는 서울서 도타해온 계집인가 봐."
"그래?"
"응, 그것도 양반집 따님인 것 같아."
"그걸 어떻게 알았니?"
"누가 그랬어."
"정말이니? 도타한 아이면 찔르면 보상받겠다."
"그러다 행수 언니한테 맞아죽을라구. 더군다나 저 앨 데려온 사람이 누군데. 삼개 새우젓패래."

"그래? 찔렀다간 소리 소문없이 죽겠다아."

"그렇다니까."

그때 신발 끄는 소리가 나고 부용 언니의 걸칙한 목소리가 들렸다.

"술 한 방구리하고 전붙이 안주는 빨리 안 주고 무슨 말들이 그렇게 많은 게야?"

채향은 깜짝 놀라 몸을 뒷문 안에 바짝 붙였다. 부용 언니가 조금만 몸을 틀면 채홍이 숨은 게 들킬 터였다. 너 거기서 뭐하니? 요것이 또 앙큼한 짓 할려는 거지? 사설이 아픈 송곳처럼 쏟아질 것이었다.

하님의 '알았습니다' 하는 소리가 들리고 '빨리요, 빨리!' 독촉하는 소리가 필히 따르고 발소리가 다시 나더니 부용 언니는 안방 쪽 방으로 멀어져 갔다.

어쩐지 월영이란 년이 이쁘더라니. 한데 문안의 양반집 따님이 왜 이런 시골로 도망온다지? 거참 이상하다. 아니, 혹시 대역죄를 진 양반집 딸은 아닐까. 옳타구나, 이번에 사화가 다시 인다더니 그런 집 딸인지 모르겠다.

흥, 양반이라고 큰소리 땅땅 치며 살 때는 언제고 사세가 급하니까 우리네 기방으로 숨어들어와! 괘씸하다. 포교들은 뭘하는 게야. 창칼만 들고 다니면 단가. 눈뜬 봉사들이야. 필요없을 때는 잘도 나타나더니. 불알값도 못해.

아니지. 그들이 알지 못할 제야 잡으러 올 수가 없지. 내가 알려줄까? 알려줘? 호호호, 고년 맛 좀 봐라. 나보다 더 이쁜 년은 그냥 놔둘 수 없지.

채홍은 다시 발을 살살 디디며 뒷방 쪽으로 방향을 틀었다.


채마밭 언덕에 자리한 원두막 위는 다기원 뒤뜰이 멀리 격해 있고 서강과 삼개 길이 좌우로 훤히 보였다. 작년에 쓰다 버린 원두막은 움직일 때

마다 버걱거리며 당장 쓰러질 것 같았다.

보욱의 우려는 밤이 깊어지며 사실로 드러나고 있었다. 서강 쪽에서 밝은 불 두 개가 선을 그으면서 삼개로 흐르고 삼개 쪽에서 발거리등불 하나는 서강 길로 나가 두 번이나 교차하였다.

그들은 오늘 하루 숨박꼭질을 거듭하였다. 덕구 할배집에서 내려올 때는 거꾸로 토정으로 빠질 계획이었다. 그러나 그쪽은 털벙거지가 여럿 힐끗거려 방향을 정반대로 돌렸다. 그리고 보욱이 결단한 것은 삼개로의 직진, 상대의 의표를 찌르자는 생각이었다.

길은 차단당하였으므로 옆길로만 흘러야 하였는데 드디어 삼개 초입에서 길이 앞뒤로 막히었다. 저녁이 되기 전, 욱자가 간신히 삼개로 파고들 수 있어 겨우 삼개방과 연결을 가졌다.

삼개방의 짭새에 의하면 양쪽 포졸들 간에는 끊임없이 맥이 이어지고 있었다. 함지박귀 일당의 중심은 안골에서 삼개 쪽으로 이동하고 있었다. 그들의 초점은 물론 항슬이 일행.

함지박귀는 저들의 위치를 아직은 점으로는 찍지 못하지만 선으로는 거의 정확하게 파악하고 있었다. 보욱의 판단도 함지박귀에 지지 않고 있었다. 저들은 우리가 움직이고 있는 이 넓은 선상을 거의 정확하게 내다보고 있음을 내다보고 있었다.

언제 조우와 접전이 이뤄질지 모를 일이었다. 그럴 경우 문제는 자향이었다. 그녀가 있는 한 기동성으로 대처할 능력은 없다. 위험한 처지에 놓여 있음은 자명하였다.

그 고민속에서 보욱이 다기원을 생각해내었다. 다기원에 들어가는 길엔 포교들의 잠복이 없을 것이다. 하루만 거기에 집어넣었다가 빼자. 그 사이에 계획을 짜고. 잘하면 그곳서 포교의 눈을 피해 삼개로 스며들어갈 수도 있다. 지금으로서는 삼개 쪽으로 빠질 수 있는 구멍은 거의 없지 않은가. 더구나 여자를 데리고 가기란 하늘의 별따기다. 항슬은 끄덕였고 자향은 승낙하였다. 자향은 자기로 하여 또 인명이 다치는 걸 참을 수 없었다. 무슨 일이든지 하겠다는 그녀의 순종에 항슬과 보욱은 숭고함을 느꼈다.

그렇게 다기원을 생각해놓고 보니 뒤를 이을 방책도 솟아나왔다. 그럴 싸했다. 계획의 골자는 포교들이 펼치고 있는 천라지망을 훌쩍 뛰어넘는 것이었다. 거기까지는 함지박귀도 생각하지 못하고 있을 터 아닌가.

술시 담당은 욱자였다. 그는 아까부터 몸을 흔들흔들하며 삼개 쪽을 유심히 바라보고 있었다. 보욱이 형은 저들이 이곳을 언제 덮칠지 모른다고 경고하였다. 그러나 이제 자향도 해결하였고 우리들 몸은 가뿐하다.

짭새들의 전언에 의하면 함지박귀들은 만수림의 수치를 갚기 위해 삼개의 포졸을 셋이나 지원받아 갔다는 것이다. 그들에 의해 삼개로 가는 모든 길은 차단되어 있다. 그래도 길은 있는 법. 시간이 해결해줄 것이다.

술시가 한참 넘었을 때, 다기원 쪽에서 불빛이 세 번 반짝이었다. 어, 비상사태다!

화들짝 놀란 욱자는 아래쪽에 대고 작은 소리로 외쳤다.

"다기원에 불빛이 세 번 반짝이었어요!"

보욱이 번개같이 달려왔다.

"확실해?"

"그럼요. 좀만 기달려 봐요. 다시 불빛이 비칠 테니까."

항슬도 나타났다. 그들은 다기원 쪽을 눈을 크게 뜨고 노려보았다. 다시 불빛이 비치기 시작하였다. 한 번, 두 번, 세 번.

한 번은 말썽이 났고, 두 번은 위험하고, 세 번은 비상사태라는 신호인 것이다.

"틀림없군. 그럼, 보욱이! 아까 이야기한 대로 장계취계다. 시간을 반시진쯤 앞당긴다. 자, 가자!"

항슬의 외침이 끝나기도 전에 보욱과 석수가 먼저 숲 왼켠으로 달려나갔고 항슬은 욱자를 데리고 다기원 쪽으로 숨어갔다.

옥금이는 행수기생이 제일 아끼는 기녀였다. 술 장사에는 구경 인물 좋고 육덕 좋고 마음 헤픈 년이 최고지만, 흥겹고 술맛나게 하는 데는 노래가 으뜸이라, 기방치고 노래 잘하는 년 한둘은 기필코 구색이었다.
옥금이는 다기원의 절창이었다. 오늘도 그녀는 적어도 열 곡은 불러 재킬 태세로 목청을 돋우고 있었다.

어디서 오신가고 손께 물으니
평양도 대동강가 사시노라네
옛 마을 봄소식 묻고 싶으나
고향 뜬지 십팔년 기억도 없네

옥금이 유명한 평양 기생의 한시를 멋지게 풀어 읊자 대취한 술꾼들은 헤벌린 입을 다물 줄 모르고, 이놈 저놈 손들이 기녀들의 옷속으로 스물스물 기어들어간다. 옥금이 사행시 넷째 줄의 십팔년을 씹팔년으로 되게 발음하며 햇수인지 몸파는 년인지 구분할 수 없게 노래를 불러재킬 때엔, 어부들은 신이 나서 깔깔대며 웃음이 흐드러졌다.
채홍은 이런 게 싫었다. 스스로 다기원 수일의 인물이노라 자부하는 자기가 손님의 찬사는 받기는커녕 옥금의 노래에 자지러진 사내들의 육덕풀이로 떨어지는 게 분하였던 것이다.
시커먼 어부가 허리만이 아니라 은밀한 곳까지 정신없이 더듬는 게 밉상스러울 뿐만 아니라 아까 짭새를 포청에 보낸 결과가 궁금해 채홍은 다시 살그머니 일어났다.
"요것아, 어딜 자꾸 가느냐? 치깐에다 샛서방 박아놓았냐?"
시커먼 어부가 치마폭에서 나온 손이 허전해지자 드디어 투정을 천박하

자향 167

게 하는데 채홍의 응대는 더욱 즐펀하다.

"그러문요. 제 샛서방이 술청에만 있는 줄 아세요. 사랑에도 있고 다락에도 있고 방앗간에도 있고 머슴방에도 있고 채마밭에도 있고 그대 말씀대로 치깐에도 있지용."

그 넋두리에 좌중이 까르르 웃었다. 그 중에도 좌장인 행수선인 오가가 유난히 걸쭉하게 웃으며 채홍의 음담에 패설로 답하였다.

"허허허, 채홍이 넌 말 한번 걸쭉하게 잘한다. 육덕 좋은 년은 역시 입담도 좋아. 보지도 이쁠 게야. 이쁜 보지 깨끗이 씻으러 치깐 가는 걸 께니 말리지 마라!"

그 말에 좌중은 까르르 자지러지고, 방을 나가려던 채홍은 홱 돌아서며 한마디 사납게 쏜다.

"행수님은 입이 삐뚤빼뚤한 어지자지 같소. 홍! 이 아름다운 채홍이를 이뻐해주기는커녕 뭐, 이쁜 보지요? 그래요 이쁜 보지지요. 허지만, 이쁜 보지는요, 기필코 과부된댔소. 우리 같은 기녀, 사랑은 아니 해주고 과부로 못박을 일 났소? 너무혀용!"

채홍은 패설에 더한 패설로 쏘아붙이고 문을 쾅 닫고 밖으로 휑하니 나왔다. 뒤에서 까르르 웃는 소리가 더욱 분하게 들린다.

채홍은 씩씩대며 부엌 뒤켠으로 갔다. 개 같은 놈, 이쁜 보지 좋아하네. 이쁜 보지? 이쁜 보지야 좋지. 그러면서 나를 안 찍어!

분기가 아직도 가라앉지 않은 채홍은 혼자 중얼중얼하며 심부름시킨 꺽쇠가 있나 고개를 디밀고 부엌 뒤켠을 들여다보았다. 그때 하얀 계집 손이 불쑥 나와 채홍의 머리채를 홱 잡아챘다.

"야, 이년아. 할일이 없어 포청에 고자질을 하느냐 이년아. 이 더러운 년 죽어 봐라!"

누군지 알 수 없는 계집손이 우악스럽게 잡아채자 채홍은 몸을 가누지 못하고 쿵 하며 부엌 아래로 굴러 떨어졌다. 그때 어둠 속에서,

"이년이야, 고자질한 게?"

사내의 거친 목소리가 들리고 발길질이 세차게 날아왔다. 허리를 채인 채홍은 부엌바닥에서 들려 벽에 쿵 하고 부딪쳤다. 그리고 다시 한 번, 큼지막한 발은 인정사정없이 채홍의 가슴팍을 짓이겼다.

"아이구머니나!"

채홍의 비명소리가 터지는 것과 동시 바깥 대문 두드리는 소리가 요란하게 났다. 검은 사내가 다시 채홍이를 박살내려 덤빌 때 행수기녀 방에서 나온 월영과 키 큰 사내가 뒷문으로 나가는 게 보였다. 말소리도 크게 들렸다.

"여보게, 계집은 그만두고 빨랑 일루 와! 아씨를 데리고 서강 쪽으로 빨리 피신해야 한다구!"

검은 사내는 더 이상 채홍을 거들떠 보지 않고 역시 뒷문으로 사라졌다. 우지끈하고 대문 부서지는 소리가 나고 포교의 무서운 기찰소리가 들려왔다.

"포청에서 납시었다. 모두 꼼짝 마라!"


독랄한손 이독수는 문을 열고 하늘을 보았다. 별이 서쪽에 촘촘히 박히고 있었다. 지금 시각은 술시와 해시 사이. 밤이 깊고 사람의 발길이 끊어지는 때, 바로 포교가 움직이는 시각이었다.

최윤보를 깨웠다. 잠이 질긴 최윤보는 투덜대며 일어났다.

"가세."

"어딜 가요."

"새를 잡으러 가야지."

"새가 어딨어요?"

"다기원."

"시골 기생집에 뭔 새가 있남요?"

"제보가 왔어."
"아, 금방전 그녀석이 제보를 찍어온 거요?"
"그렇네."
"진작 알려줄 것이지, 단잠 자다 깼네."
 두 사람은 마을을 직선길로 관통했다. 최윤보는 창을 들고 독랄한손은 칼을 들고 있었다. 서늘한 대기를 가르고 그들은 고양이처럼 소리없이 나아갔다.
 다기원엔 불빛이 한창이었다. 그들이 오십 보 가까이쯤 갔을 적에 왼쪽 어둠 속에서 물체 하나가 궁글듯이 옆으로 흘렀다. 최윤보는 보지 못하고 있었다. 독랄한손도 아차 하면 놓칠 뻔하였다. 그는 눈을 갸슴츠레 뜨고 검은 물체를 쫓았다. 사람이었다.
 독랄한손은 번개같이 몸을 날렸다. 담장 하나를 획허니 뛰어넘었다. 넓지 않은 마당엔 움직이는 물체가 없다. 오른쪽 컴컴한 구석, 토방 입구에 눈동자 두 개가 박혀 있었다. 독랄한손은 번개같이 달려가 덥썩 멱살을 잡아챘다.
"어이쿠!"
 허름한 몸둥이가 마당에 고꾸라졌다. 얼굴이 시커먼 거지였다.
"네 이놈 지금 뭐하고 있느냐?"
 독랄한손의 일갈에 거지는 벌벌 떠는 척하며,
"나리, 저는 아무 죄 없습니다. 무서운 분이 오시길래 제 토방으로 들어왔을 뿐입니다.
"너 이놈, 웬 정탐을 하고 있었느냐? 삼개방 소속이냐?"
"정탐이라니요. 전 그저 바람을 쐬고 있었을 뿐입니다. 네, 삼개방 뒷골 소속입니다."
"마천수도 여기 와 있느냐?"
"아닙니다. 마 두목은 삼개에 있습지요."

"그럼 넌 왜 여기 있느냐? 이름이 뭐야?"

"전 원래 여기 삽니다. 이름은 돌치라고 하구요. 마 두목을 만나시면 물어보십시오. 전 이 동네서 포도청을 해결하고 있을 뿐입니다."

"이놈아, 컴컴한 밤에도 구걸을 한단 말이야! 고이헌놈, 우선 네 갈비뼈를 분지르고 시작하자."

"아이쿠, 사람죽네. 잠만요, 잠만 참으십시오. 무슨 말씀인들 물어보시라구요. 답변해 올리다."

"우선 뭘 보고 있었는지 직토해!"

"아무것도 아닙니다. 삼개 왈짜들이 다기원에 얼씬거리길래 무슨 일이 있나 하고 보고 있었습지요."

"삼개왈패? 다기원? 누구누군데. 몇 놈이야?"

"잘은 모르지만 서너 명에 보욱이라는 자만 이름을 알 뿐입니다."

"보욱이?"

그 말을 듣자, 독랄한손은 아차 하였다. 이름까지 나오는 걸 보면 삼개왈패가 뜬 게 사실 아닌가. 이크, 늦을손가! 번개같이 삽짝을 뛰어넘어 밖으로 나왔다. 최 윤보가 밖에서 망을 보고 있다가 물었다.

"무슨 일입니까?"

"새우젓패 놈들이 움직이고 있다. 빨리 가세!"

다기원의 문은 닫혀 있었다. 독랄한손은 쿵쿵 두어 번 두드리다 급한 마음에 발로 대문을 박찼다. 대문은 삐끗하더니 열렸다. 마당에 뛰어든 독랄한손은 큰 소리로 외쳤다.

"포청에서 나왔다. 아무도 현 자리에서 움직이지 마라! 움직이는 자는 단칼에 버히겠다."

왼켠 주방 쪽에서 흑흑거리는 소리가 들려왔다. 최윤보가 잰걸음으로 달려가 허름한 문짝을 밀쳤다. 화려한 기생 옷의 계집 하나이 앞으로 고꾸라지면서 궁글어 나왔다. 채홍이었다.

"나으리 나으리, 절 살려주셔요. 사람들이 날 죽이려합니다. 그년은 그년은 뒷문으로 도망갔습니다."

"뒷문으로?"

독랄한손이 외쳐 물었다.

"네 뒷문으로요. 두 사내가 와서 데리고 갔습니다. 금방 전입니다. 왜 빨리 오시지 않았습니까."

"알았다!"

월영과 함께 밖으로 나온 키 큰 사내는 검은 사내에게 앞쪽을 가리켰다.

"이 여자 옷을 들고 뛰게. 아까 말한 대로 너무 빨리 뛰지 말고 포졸들을 달고 뛰라구. 발자국도 조금씩 남기고, 알았지?"

"알았어, 형님. 그럼 난, 갈게."

키 큰 사내는 항슬이고 채홍을 발길질로 응징한 사내는 욱자였다. 욱자는 허수아비처럼 만든 여자 옷을 왼손에 들고 채마밭 길을 달려갔다. 항슬과 자향은 발자국이 남지 않게 조심하며 왼쪽 풀밭으로 내려갔다.

밤중 소란에 놀란 사람들이 안방 건넛방 손님방에서 꾸역꾸역 머리를 내밀었다. 독랄한손은 채홍이 가리킨 뒷문으로 달려갔다. 문은 열려 있었다. 밝은 오솔길이 서너 채의 초가 옆으로 흐르고 있었다. 발자국을 확인할 수 있었다. 독랄한손은 발자국을 따라 오솔길을 빠르게 달려갔다.

발이 빠른 최윤보는 독랄한손의 뒤를 바짝 따르며 물었다.

"우리가 쫓는 애가 그 계집이오?"

"그렇네."

"왜 그년이 이런 곳에 있었지?"

"기생들 속에 숨어 있으려 했던 게야. 함지박귀와 이대치가 이 근처에 박두해 있거든. 은밀히 숨을 곳이 필요했던 게지. 우리가 먼저 잡아야 해!"

"아! 이야기는 그렇게 되는가요. 그럼 절대 놓쳐서는 안 되지요."

백보쯤을 달려 갔을 때 오솔길이 관목숲으로 사라지고 없었다. 그들은 망설일 것도 없이 숲 속으로 쫓아들어갔다. 몇 발자국 들어가서 독랄한손은 걸음을 멈추었다. 눈은 사방을 두리번거리며 귀를 기울였다. 조용하다. 어디에도 사람이 달려가는 발자국 소리는 들리지 않는다.

"흔적도 없이 사라졌잖소?"

최윤보가 속삭였다. 독랄한손은 대답하지 않았다. 그는 지금 사방의 소리를 청취하고 있었다. 다기원 쪽에서 시끄러운 소리가 아슴프레 들려오고 있었다.

"제가 다시 기방 쪽으로 가 볼까요?"

최윤보의 말에 독랄한손은 고개를 저었다.

"앞쪽에서 소리가 들린다."

"무슨 소리요?"

"두 사람이 달려가는 소리."

"난 도통 들리지 않는데요."

"자네는 달리기는 잘 하지만 소리 듣는 데는 잼뱅이지 않은가."

"하긴."

독랄한손은 갑자기 숲 속으로 달려들어갔다. 최윤보는 그 뒤를 쫓으며 생각하였다. 이 뚱보 형님이 발은 느려도 귀는 밝아! 늙지도 않은 사람이. 그것도 재주긴 재주야!

십여 장을 달렸을 때 독랄한손은 멈춰서 귀를 기울였다. 조용히, 하며 최윤보에게 발소리를 내지 못하게 신호하였다. 최윤보가 살살 다가가자 독랄한손은 약간 오른쪽을 손가락질하였다.

다시 번개처럼 오른쪽으로 달려갔다. 이십여 장을 갔을 때 독랄한손은 보았다. 한 사내가 여인을 데리고 정신없이 숲 속을 달려가고 있었다.

"잡았다! 저가 어디를 가나. 독 안에 든 쥐지. 윤보야, 빨려 달려가 저들을 붙잡자!"

달음박질 잘하는 포졸과 귀가 밝은 포졸은 좋은 한 조가 되어 신이 나서 쫓아갔다.


## 26. 기습 그리고 격전


아까부터 앞을 가던 우락부락한 사나이가 갑자기 몸을 돌렸다. 노린내는 모른 체하며 그대로 걸어갔다. 앞쪽에 한 사람 뒤쪽에 한 사람, 아무리 어두운 밤이라도 사람이 다니는 길에서 습격해 오리라고는 생각하지 않았다.

그 생각이 안일하였다. 사나이가 돌아설 때 수상하다고 생각했어야 옳았다. 사나이는 솥뚜껑만한 손을 쓱 내밀며 노린내의 멱살을 대뜸 거머쥐었다.

"이놈, 왜 어르신네 뒤를 바짝 쫓아오는 게냐. 혼 좀 나고 싶은 게야?"

노린내는 키 큰 사내의 오른손에 들려 대롱대롱 흔들렸다. 그러나 노린내도 역시 한다하는 포교. 그는 오른손으로 사내의 명치를 냅다 내질렀다. 윽, 사내는 움찔하며 오른손을 아래로 내려뜨렸다. 발이 다시 땅을 밟자 힘을 얻은 노린내는 재차 왼발을 올려차기로 쳐올렸다. 이번에는 사내도 준비가 돼 오른발로 맞받아쳤다. 노린내는 오른발 돌려차기로 등짝을 노리고 번개처럼 후려챘다. 덩치가 큰 탓인지 사내는 행동이 느렸다. 오른발이 왼쪽 어깻죽지에 맞자 뒤뚱하며 뒤로 물러났다.

이제 두 사람은 마주보고 섰다. 그런데 상대는 하나가 아니었다. 세 사람이었다. 저 앞에서 걸어가던 자와 뒤를 따라오던 자가 어느 결에 앞뒤에 서 있었다. 노린내는 삼각지점의 한가운데에 서 있는 것이었다.

노린내로서는 예상 밖이었다. 주위의 행객이 모두 추적자일 줄은 미처 생각하지 못했다. 하지만, 이런 경우도 있는 것. 그는 항상 이런 예를 가정하곤 하였다.

역시 며칠 전부터 감이 이상하였지.

노린내는 고개를 살짝 숙이고 앞만이 아니라 뒤쪽도 흘겨보듯 앞뒤를 노려보았다. 상대가 셋이어도 기가 죽지 않았다.

나는 보이지 않는 무기가 있다. 그는 왼쪽 품에 달고 있는 비수를 생각하였다. 그것을 언제 꺼내 쓸 것인가가 중요하다. 비밀무기 삼결 중 첫째는 그 무기가 있음을 상대가 알아채지 못하게 하는 것이다.

"네 이놈, 너 포졸놈아, 경주는 마시지 않고 벌주를 마실려는 게냐. 어떠냐. 금부의 대감께서 너를 보자하니 순순히 우리를 따라가자!"

"흥, 금부의 대감. 그러면 점잖게 말씀하시지, 왜 갑자기 멱살을 잡았소?"

"네 놈은 어차피 죄인이니까."

"죄인?"

"너는 궁궐을 도타한 대역죄인인 걸 자신이 훤히 알고 있지 않은가?"

"역시 친군위놈들이구나. 흥, 우습지도 않구나!"

자신이 궁궐에서 도망나온 걸 아는 놈들은 그곳밖에 없을 것이었다. 더구나 그들이 자기를 급습할 제엔 연행이 목적일 리 없었다.

과연 사나이의 호통보다는 뒤쪽의 찬 바람이 더 빨랐다. 놈들이 노리는 것은 내 목숨인 게다!

노린내는 몸을 옆으로 빙그르르 돌리며 몸의 중심을 오른쪽에 두고 좌충권(挫衝拳)으로 찬 바람을 마주쳤다. 쿵 소리와 함께 양쪽 모두 세 발짝씩 물러났다. 상대의 오른 가슴을 친 권면(拳面)이 짜르르 저려왔다. 단단한 철판을 친 듯 아팠다. 노린내는 한 발짝 펄쩍 뒤로 물러나 사내를 앞쪽에 두었다.

"훙, 제법이군."

왼켠의 하얀 얼굴의 사내가 말하였다. 노린내의 멱살을 잡은 우락부락한 사내보다 그가 우두머리인 듯하였다. 노린내와 일 합을 나눈 오른쪽 시커먼 사내는 충혈된 얼굴에 가쁜 숨을 고르고 있었다. 그 역시 충격을 받고 있었다.

"당신들의 정체는 뭐요? 서울 큰거리에서 사람을 함부로 해치는 무엄한 짓을 하다니!"

노린내는 큰소리를 치면서도 자기가 쓸데없는 투정을 한다고 생각하였다. 우락부락한 자는 상관의 눈치를 슬쩍 보고는 앞으로 성큼성큼 다가와 갈공이 같은 큰 손을 쓱 내밀었다. 힘이 장사임을 뽐내는 자였다.

그 짧은 사이 노린내는 생각하였다. 승부는 빨리 내야 한다. 오래 끌면 힘이 부쳐 대처할 수 없다. 저자들이 경각심을 갖기 전에 해치워야 한다.

우선 이자는 권법으로 해치운다. 나머지 둘은 비수로. 모두 급소일격, 그 방법밖에 없다.

노린내는 미련하게 다가오는 사내가 삼 보 앞에 왔을 때 벼락같이 벽권(劈拳)을 내질렀다. 노린내의 팔꿈치는 약간 굽은 상태에서 팔뚝에 온 힘이 모아지고 뱃속에 있는 모든 기를 모아 전벽으로 사내의 명치를 때려쳤다. 퍽, 둔탁한 소리와 함께 뭉툭한 사내는 의외의 기습에 뒤로 허청하다 엉덩방아로 넘어졌다. 노린내도 너무 힘을 썼던지 앞으로 기우뚱하며 쓰러질 뻔하였다. 가슴이 갑갑해왔다. 숨을 깊이 들이쉬었다. 몸을 잽싸게 곧추세웠다.

그때,

"좋은 벽권이로다!"

청랑한 탄성이 들려왔다. 경황없는 중에도 노린내는 소리나는 곳으로 고개를 돌렸다. 동자갓을 쓴 어린 양반이 오른켠 초가 앞에 서 있고 그 옆에 머슴인 듯한 장정이 발거리등불을 들고 시립해 있었다. 열댓살쯤 되었을까. 싸움판 앞에 있음에도 태연자약하였으나 나이는 그렇게 어려보였다. 자객 둘도 어린 양반을 바라보고 있었다. 뭔가 당황한 표정이 엿보였다.

이때다! 노린내는 속으로 부르짖었다. 번개같이 앞으로 달려나갔다. 비수가 옅은 밤 하늘을 그어갔다.

으윽, 챙겅, 하는 소리가 연속으로 들리고 노린내도 옆으로 풀썩 쓰러졌다. 핏줄기가 두 군데서 허공을 나르고 시커먼 자는 대번 옆으로 고꾸라졌다. 우두머리인 뽀오얀 자는 일검을 맞는 동시 퍼런 단도를 밑에서 위로 훑어쳤다. 쓰러진 노린내는 후끈하는 왼쪽 옆구리를 왼손으로 눌렀다. 뜨끈뜨끈한 피가 줄줄 흘러내렸다. 앞이 흐릿해졌다. 뽀오얀 자가 벌떡 일어나 사라지는 게 보였다.

"여봐라, 둔이야. 이자를 구해줘라. 저 등치 큰 자는 정신을 잃은 것 같고 이 시커먼 자는 죽은 것 같고, 이 기습받은 자는 중태로구나. 그래도 혼자 셋을 당하다니 대단하구나."

"도령님, 이자가 피를 많이 흘리고 있습니다."

"어디 보자꾸나. 옆구리에 칼을 맞았구나. 대거혈에서 황유혈 오른쪽으로 칼이 깊숙이 긋고 지나갔고나. 피를 너무 흘리면 구할 수가 없다. 빨리 조처를 해야겠다."

"그러면 어찌하오리까."

"어찌하긴. 그자의 상처부위를 네 웃옷을 벗어 묶어라. 들쳐메고 완이 집으로 가자꾸나. 그 집에 가서 구완해주자."

"저 두 사람은 어찌합니까."

"둔쇠 녀석아, 넌 어찌하여 그리 둔하느냐. 저자들은 나쁜 자들이니 신경을 쓰지 마라. 죽은 자의 시신은 포청에서 알아서 처리할 것이고 정신 잃은 자는 곧 깨어나 도망가든 저 갈길을 가겠지. 자, 가자."

젊은 도령은 노린내의 비수를 주워서 죽은 자의 옷에 쓱쓱 닦은 뒤, 거머쥐고 앞장섰다. 둔쇠는 웃옷을 벗어 노린내의 허리를 단단히 묶고는 들쳐메고 도령의 뒤를 따랐다.

"이놈들아, 날 죽이려면 곤히 죽여라! 내가 무슨 잘못을 하였느냐. 천한 집에 나서 천한 기녀된 게 그렇게도 잘못이란 말이냐! 저년은 양반집에 나서 호의호강하고 귀한 아씨로 천하에 행복하게 살던 년이다. 저년은 엊그제만 해도 모든 사람이 아끼고 사랑하고 위하고 두호하고 존경하였지 않느냐. 한데 어디 도망갈려면 도망가지 왜 하필이면 우리 같은 천한 기생집에 와서 빌붙는 게냐! 그래, 내가 고자질했다. 고자질했어! 그게 뭐 잘못이냐. 지년이 숨을라면 어디 딴 데 가지 우리 같은 데 올 건 뭐냐. 우릴 저가 언제 봤다고 우리 속에 와서 숨는 게냐. 내가 관에 고자질한 게 무에 잘못이냐! 개만도 못한 놈들아, 양반집 계집 뒷꽁무니나 잘 쫓아다니거라. 이 천한 년은 아무리 밸이 없다 해도 니놈들 손에는 아니 죽으련다. 내 한강에 풍덩 빠져 죽어주마!"

채홍은 악을 꽥꽥 지르더니 정말로 뚝방 쪽으로 바람처럼 달려왔다. 뚝방 밑에 숨어 있던 자향과 항슬은 치마를 흩날리고 고래고래 소리지르며 달려오는 채홍에 들킬세라 몸을 갈대숲에 숨겼다.

자향이 항슬에게 속삭였다.

"저 애가 정말 자진할라나 보아요. 죽지 않게 말리서요."

"아닙니다. 두고 봅시다. 기녀란 것들은 말만 시끄럽지 절대로 죽지는 않아요."

"아니어요. 저 애는 기가 승해서 무슨 짓을 할지 몰라요."

"기가 승해요? 그걸 어찌 알지요."

"아까 첨 날 보고 이것저것 온갖 걸 시샘하고 투정하고 트집 잡으려는 걸 보니 보통애가 아닙니다. 행수기녀도 저 앤 접어주던데요."

"그랬습니까. 원래 나쁜 년이로군. 죽어도 싸군그래요. 여하튼 잠깐 하회를 봅시다."

뚝방 끝으로 달려온 채홍은 다기원 쪽을 향해 재차 소리소리 지르며 악다구니를 썼다.

"개 같은 놈들아, 양반집 딸 밑구멍이나 씻으며 잘 살아라. 이 채홍이는 원한과 포한 쓰고 한강의 한맺힌 원혼되어 니놈들을 다 죽이리로다! 다 죽이리로다. 아이고 원통해서 못 살겠네. 어머니 어머니, 왜 날 낳으셨소. 낳을라거든 양반집 딸로 낳을 거지 이 천한 년으로 왜 낳으셨소! 왜 낳으셨소! 원통하고 절통해서 못 살겠다!"

자향이 갈대 사이로 보니 행수기녀가 정신없이 달려오고 있었다.

"이년아, 죽을려거든 곤히 죽어라. 한강이 무슨 죄냐! 내가 또 무슨 죄냐. 채홍이 이년아 잠만 기달려라!"

채홍이 못지않게 악다구니를 쓰고 달려온 행수기녀는 채향의 허리를 덥썩 안고 풀 위에 홀러덩 뒹굴었다.

"이년아 죽으려거든 곤히 죽어라. 이 언니를 골탕먹이고 죽을라느냐!"

"언니는 놓으소. 내 허리 놓으소. 이 불쌍한 년은 죽을 거요. 한강 물귀신 되어 저놈들을 다 공동시켜 죽일 거요. 다 죽일 거라요!"

그때, 행수기녀를 따라온 기녀 하나가 숨을 헐떡이며 역시 꽥꽥 소리를 질렀다.

"죽어라 이년아, 죽을려거든 빨리 죽어 이 개 같은 년아!"

"넌 왜 옆에서 부채질하는 거냐. 비켜, 넌 나서지 말어!"

행수기녀가 소리쳐 말리건만 다부진 몸매의 기녀는 채홍의 머리끄덩이를 잡아당기며 소리질렀다.

"요 개만도 못한 년아, 빨리 죽지 않고 뭐하느냐. 그래 할 일이 없어서 포청에 고자질을혀, 이 개 같은 년아. 우리 같은 더러운 창기, 남은 게 뭐라더냐. 의리와 의기가 있는 게다. 우리 같은 천한 기생이 의리밖에 더 있더냐. 이 개 같은 년아!"

"흥, 의리 좋아하네. 양반집 딸년 밑구녕 씻어주는 게 의리냐? 화련이 년아, 너나 양반집 기집년 밑구녕 짝짝 빨고 의리 잘 지켜라."

"요년이 언니한테 못하는 말이 없네. 이년이 환장했나. 니가 죽기 전에 내가 죽여주마!"

화련이라 불리운 기녀는 채홍이의 머리채를 앞으로 당겼다 뒤로 재키더니 옆으로 쿵 하고 밀쳤다. 그 바람에 채홍이 뚝방 밑으로 떽떼구르 굴러 내렸다.

"화련이 년이 날 죽이네, 오마나 나 죽는다!"

금방 전만해도 죽겠다고 악다구니를 쓰던 채홍이 자기 죽는다고 기겁하며 악을 쓰고 화련과 행수기녀도 나름대로 소리를 질러댔다.

"채홍이 년아, 죽겠다더니 웬 비명이냐. 저년이 저렇게 더러운 년일세. 빨리 뒈져라 개 같은 년아!"

"화련아, 불난 집에 웬 부채질이냐. 채홍이를 살려라! 빨리 내려가서 데리고 올라와!"

"아이구 머리야 허리야. 나 죽는다. 행수 언니, 화련이가 날 죽이려 해요! 살려줘요! 불쌍한 채홍이 살려줘요!"

"야, 이년아, 죽는다는 때는 언제고 인제는 살려달라느냐! 하기야 씹이라면 환장하는 천하의 화냥년이 쉽게 죽겠느냐. 그 좋은 씹 아까워서 못 죽겠지. 의리 없고 줏대 없고 시샘 많고 더러운 년아!"

기녀 셋이 악다구니를 쓰는 중에 검은 그림자가 옆으로 날았다. 뚝방 아래 덤불에 내린 검은 그림자는 채홍의 멱살을 잡아 들어올리더니 돌더미 있는 곳으로 휭허니 던져버렸다.

"아니구머니나, 사람 살려!"

죽는 소리를 내던 채홍은 돌더미 위에 철퍼덕 떨어지더니 끄윽 숨막히는 소리를 내고는 아무 기척이 없다. 자향이 다급해하며 항슬의 등짝을 밀었다.

"저 애가 죽겠어요. 저 애를 살려요! 죽이면 안 돼요. 나 때문에 저 애가 죽으면 안 돼요! 살려요, 빨리 살려요."

자향은 거의 울다시피 하소연하였다. 항슬은 갈대 사이로 몸을 숨기며 다가갔다. 검은 물체와 한 동아리가 되는 듯하더니 채홍을 살펴보고 있었다. 그들은 곧 자향이 있는 곳으로 숨어왔다.

"채홍이라는 애는 괜찮아요?"

마음이 여린 자향이 다급하게 물었다.

"기절했을 뿐이오. 곧 깨어날 겁니다. 석수가 보욱이를 보내고 돌아왔습니다. 여, 석수, 배를 어디에 댄다고 하였나."

"바로 아랫쪽, 버드나무 물길로 자시에 온다고 했어요. 포졸을 유인해간 욱자는 잘 갔습니까?"

"욱자는 걱정 마. 포졸이 아무리 빨라도 욱자를 잡을 수 없을 게다. 그쪽에 포졸들은 안 보이던?"

"왜요. 둘이나 있어서 들키지 않고 빠져나가느라 혼이 난 걸요. 그 중 한 놈은 정말 묘한 곳에 잠복해 있더라니까. 귀신 같은 놈들이에요."

"포졸은 그렇게 다른 거라구. 그래서 밥 먹고 사는 거구."

"글쎄 말이오."

"들키진 않았겠지? 보욱이는 발이 느려서 말이야."

"물론이오. 형님, 갑시다. 보욱이 형이 될 수 있는 한 빨리 오겠다고 했어요. 시간은 좀 이르지만 버들내에 가서 기다립시다. 여기서 가면 포졸들 모르게 가는 길이 있어요."

석수는 까딱 자향에게 아는 체를 하고 슬쩍 웃었다. 그는 계획대로 일이 풀리자 기분이 좋은가 보았다.

항슬과 자향은 석수를 따라 갈대가 우거진 한강 뚝방 아래 모래톱을 살살 기어갔다. 뒤에서는 행수기녀의 허둥대는 소리, 화련이의 악악대는 소리, 다른 기녀들이 부리나케 달려오는 소리가 시끌짝하게 들렸다. 채홍이는 죽지는 않은 모양이었다. 사람이 죽었다면 저렇게 시끄럽지만은 않을 터이니까.

셋은 모래톱의 웅덩이에 발을 헛디디기도 하고 층하진 곳에서 엎어지기도 하며 앞으로 나아갔다. 들쥐인지 다람쥐인지 뱀인지 사람 기척에 놀란 작은 짐승과 곤충이 우르르 쓱쓱 나타났다 사라졌다. 사람과 들짐승과 곤충이 저마다 깜짝깜짝 놀라 소란을 떨 때마다 자향은 가슴이 철렁, 간은 쿵쿵 떨어졌다. 극성스런 날것들이 윙윙 그들의 주변을 쓸고 다녔다.

그녀는 맨 뒤에 따라가며 날것들을 날리느라 계속 손을 휘저었다. 그러다 무언가 이상한 게 발밑을 스치고 지나가면 깜짝깜짝 놀랐다.

자향은 놀랄 때마다 왼손으로 가슴을 눌렀다. 아, 무서워라. 무슨 일이 이다지도 험난하단 말인가. 이젠 도망하는 것도 지쳤다. 참는 것도 지쳤다. 사람들이 도와주는 것도 지쳤다. 사는 것도 지쳤다. 모든 게 지쳤다! 아, 어머님, 아버님, 전 왜 이 고생을 하여야 하나요. 저를 돌봐주세요. 구해주세요. 살려주세요!

그렇게 깜짝깜짝 놀라는 사이, 강물이 찰삭이는 사이사이, 자향은 홀로 여린 가슴 부여안고 계속 속으로 울어옛다.


버드나무 나루는 작은 개천이 한강으로 들어가는 길목이었다. 강가에 서 있는 버드나무 두 그루가 강물에 금방이라도 쓰러질 듯이 구부정하고 그 밑둥을 축대로 쌓아서 선창 노릇을 하고 있었다. 작은배 서너 척을 겨우 댈 수 있는 너비였는데 어쩌면 뱃사람들이 버드나무에 배끈을 묶어 놓곤 하여 나무가 낭창낭창한 활처럼 휘었은 듯싶었다. 매어 있는 배는 한 척도 없었다.

석수가 앞을 서고 항슬과 자향이 버드나무 가까이 갔을 때, 앞쪽에서 뭐가 부스럭하는 소리가 들렸다. 셋은 동시에 납작 엎드렸다. 한동안 숨을 죽이고 기다렸다. 바람에 흔들리는 갈대 우는 소리만 날 뿐 다른 동태가 없다. 배는 아직 와 있지 않았다.

"배가 아직 안 왔네. 하긴 우리가 너무 일찍 왔지?"

세상만사 단순한 석수가 조심성 없이 혼잣말처럼 중얼거릴 때, 버드나무 왼켠 뒤쪽에서 검은 물체가 쓰윽 앞으로 나타났다. 순간, 감이 좋은 항슬은 자향의 팔을 당기며 덤불 속에 숨었다.

"이놈들, 니놈들이 일루 올 줄 알았다. 흐흐흐, 자, 좋은 말 할 때 일루 나와라!"

칼을 든 덩치 큰 포졸이 버드나무 선창으로 성큼성큼 걸어왔다. 그 뒤 풀숲에 검은 그림자가 어른거리고 있었다.

"석수, 한 놈이 옆으로 돌아 우리 뒤를 협공하려는가 보다."

항슬이 석수에게 속삭이었다.

"그러면 어떻게 하죠."

"앞에 둘, 뒤에 하나 모두 셋이다. 다 무기를 들고 있는 것 같아. 네가 저들을 전부 처치해야 한다. 속전속결이다. 검을 지니지 않은 척하다가 급습해, 알았지!"

"알았어. 걱정 마요."

석수의 삼인검은 왼쪽 어깨에 메어 있었다. 검은 저고리 밑으로 삐죽이 나와 있었으나 밤눈으로는 알아챌 수 없을 거였다.

석수는 저고리 속에 있는 검을 번개같이 뽑아 휘두르는 연습을 수없이 반복하곤 했다.

이제 이 세상에서 가장 좋아하는 사람, 항슬이 형을 위해 석수는 다시 검을 쓰는 것이다. 가슴이 쿵쾅쿵쾅 뛰었다. 겁이 나서가 아니었다. 보람을 느끼는 마음이 그렇게 요동치고 있었다.

경각심도 있었다.

만수림에서는 검을 제대로 써보지도 못했다. 불쌍한 아이 안방이가 그렇게 허무하게 죽는 것을 보며 석수는 무척 후회하였다. 검이란 쓸 때 무섭게 써야 하는 거였다. 그걸 몰랐다. 그때 포졸을 단칼에 버히고 같이 움직였으면 안방이는 무사하였을 것 아닌가.

다시는 후회하는 행동은 하지 않겠다. 좋아하는 형님을 위해 내 검을 멋지게 쓰리라! 각오를 다지니 불끈 힘이 솟았다.

석수는 덩치 큰 포졸 앞으로 쓰윽 나섰다. 엄장이 큰 사내, 이대치는 석수를 보자 움찔하였다. 지난번 한 차례 대결하였던 그 시커먼 자인가? 그러나 어둑해서 분간이 잘 가지 않는다. 게다가 그때는 석수가 검을 적당히 휘두르고 도망갔으므로 큰 경각심이 일지 않고 있었다.

"너 이놈, 혼자가 아니지? 네 동료하고 그 여자도 썩 나와 오라를 받아라. 혼뜨검이 나기 전에!"

이대치의 말이 끝나기도 전에, 석수는 몸을 숙이는 듯 앞으로 돌진하였다. 어, 이대치가 놀라는 찰라 석수의 오른손에는 삼인검이 들려 있었다.

나간다! 석수가 나간다, 받아라! 기검(起劍), 송검(送劍), 횡격일살, 수검(收劍). 그리고 정면살격과 횡단일격!

석수의 법도 있는 검술이 번개처럼 전개되는 사이, 이대치는 들고 있던 칼을 허공에서 휘저으며 뒤로 물러났다. 그러나 석수는 그림자처럼 따라붙었고 검은 파란 섬광을 그리며 강물 위에 검영을 물살쳤다.

아, 이대치의 비명. 그리고 허리에 일검. 덩치 큰 이대치는 검날이 스치고 지나는 순간, 뒤로 발랑 나가자빠졌다.

"윽!"

이대치의 신음은 침중하고 절단된 소리였다. 무너진 큰 몸체는 꿈틀하고는 조용하였다. 충격에 순간 정신을 잃었는가 보았다.

석수는 수검과 동시 다시 앞쪽 숲을 향해 비호처럼 날아갔다. 보인다. 적은 왼켠에 있고 검막은 오른쪽에서부터다. 보인다. 검선은 오른쪽에서 빗금으로 쳐라!

석수는 삼인검으로 좌하사직별참세를 펼쳤다. 삼인검은 밤 하늘에 파란

선을 그으며 관목숲 아래를 훑어갔다. 섬광 같은 검광이 강둑을 수놓았다. 놀란 적은 펄쩍 뒤로 뛰쳐나갔으나 예리한 삼인검은 사내의 왼팔을 부욱 그어갔다.

"아악!"

포졸은 뒤로 주춤주춤 물러나다가 엉덩방아를 찧고는 창을 놓침과 함께 오른쪽 물 속으로 풍덩 떨어졌다.

석수는 더 이상 돌아보지 않고 뒤로 돌아 항슬이 있는 곳으로 질주하였다. 자향과 항슬이 이쪽으로 달려 오고 있었고 그 뒤를 창을 든 포졸이 쫓아오고 있었다. 달빛에 번뜩이는 창이 휘익 항슬의 뒷덜미를 급습하고 있었다. 석수의 호랑이 같은 눈이 더욱 커지며 삼인검은 허공에서 아래로 반듯하게 쳐내려간다. 그가 가장 좋아하는 정면머리베기!

석수의 검안은 자신과 항슬과 적의 사이에서 직선으로 뻗어 있다. 삼인검은 항슬을 급습하는 창을 정면으로 베어갔고 적은 대번에 머리에서부터 두쪽으로 짜개져야 할 판이었다.

그러나 적은 영리하였다. 이미 조장인 이대치와 동료가 상대한테 당하는 것을 보고 있었다. 창은 끝이 살짝 움직이는 듯하더니 옆으로 슬쩍 비틀려 나갔다. 그리고 다시 정면찌르기로 힘차게 날아왔다.

"으윽."

신음소리가 동시에 났다. 검은 상대의 오른쪽 어깻죽지를 스치고 지나갔고 창은 석수의 오른쪽 가슴을 뚫었다. 석수는 검을 꽉 쥐고 놓치지 않으려 하였으나 몸은 앞으로 풀썩 쓰러졌다. 무릎을 꿇었다.

"석수!"

항슬이 쫓아가 석수를 안아 일으켰다. 창에 적중한 가슴에서 피가 철철 쏟아진다. 항슬은 피나는 곳을 손으로 막으며 석수를 일으켜 세웠다.

자향은 그 뒤에서 적을 살펴보았다. 어깻죽지를 맞은 포졸도 창을 놓치고 뒤로 물러나 물그러미 세 사람을 바라보고 있었다. 팔죽지에서 피가 흥건히 흘러 내리고 있었다.

석수는 꿇은 무릎을 세우며 검을 들고 앞을 보았다. 지금은 멀쩡함을 적에게 보여야 한다. 피차 중상을 입었다. 이쪽이 더욱 무거웁다. 하지만 나는 존경하고 사랑하는 항슬 형님을 도와야 한다. 형님은 이 아름다운 여자를 구해줘야 하고. 일어나라! 일어난다! 석수는 자신에게 무섭게 소리쳤다. 일어나라!

석수는 항슬의 손을 밀치고 자신의 왼손으로 오른쪽 가슴을 눌렀다. 피는 계속 뭉클뭉클 솟아나고 있었다. 석수는 여전히 검을 쥐고 있었고 화등잔만한 호랑이눈은 더욱 사납게 적을 노려보고 있었다.

포졸은 위기감 속에서 본능적으로 오른쪽에 떨어져 있는 창을 주었다. 오른손으로 창을 잡았지만 부상한 오른팔은 창을 쓸 수가 없다. 포졸은 왼손으로 창을 지탱하며 앞으로 내밀듯이 겨냥하였다. 창은 떨리고 있었다.

석수는 있는 힘껏 다리에 힘을 주며 반듯이 섰다. 포졸은 창을 든 채 뒤로 물러나기 시작했다. 석수가 검을 겨누고 앞으로 나아가자 포졸은 계속 뒤로 물러났다. 석수의 눈에 불이 켜졌다. 분노의 눈빛, 아니 형님을 구하고자 하는 염원의 눈빛, 불 같은 석수의 눈빛은 포졸의 간담을 뚫고 들어갔다. 기가 눌린 포졸은 부르르 한 차례 몸을 떨고는 뒤돌아 달려갔다. 포졸이 사라지기도 전에 석수는 재차 앞으로 쓰러졌다.

항슬은 쓰러지는 석수를 허둥지둥 안아들었다. 가슴에서 흐르는 피가 항슬의 적삼을 빨갛게 적셨다. 놀란 항슬은 석수의 상처를 살폈다. 오른쪽 가슴에서 피가 줄줄 흘러내리고 있었다. 엉겁결에 손으로 눌렀다.

항슬은 다급한 마음에 어찌할 줄 모르고 삼개 쪽 강안을 바라보았다. 하얀 인광이 번뜩이는 강물만 흐르고 있을 뿐 배는 아직 오지 않고 있었다.

"옷을 찢어서 가슴을 매어주세요. 창상이 난 곳은 손으로 눌러서 피가 나오지 않게 해주고요!"

자향이 옆에서 정신없이 속삭이며 자기의 치마를 부욱 찢고 있었다. 항슬과 자향은 서로 부산을 떨며 피가 흘러나오고 있는 상처 부위를 싸맸다.

석수의 얼굴은 백지장처럼 하얬다. 달빛에 비친 눈 감은 얼굴은 귀기가 서린 듯 창백하였다.

"석수 석수, 정신을 차려라. 조금만 있으면 보욱이가 올 거야!"

항슬은 석수의 볼을 살살치면서 석수가 정신을 차리게 독려하였다.

"피만 안 나오면 크게 위험하지 않을 거예요. 꽉 묶어주어요. 피가 나오지 않게. 일부러 격동시키진 말아요. 지금은 안정이 중요해요!"

자향은 서 진사한테 의술을 배운 바가 있어, 경황없이 헤매며 눈물이 글썽글썽한 항슬을 진중하게 위로하였으나 그녀의 안광에도 눈물이 흠뻑 고여 있었다.

둘이 허둥지둥 응급조치를 끝내고 있을 때 노 젓는 소리가 들려왔다. 찰싹찰싹, 밤배 젓는 소리가 그렇게 반가울 수가 없었다. 너무나 반가운 물소리, 찰랑찰랑, 항슬은 고개를 반듯이 세우고 한강 윗쪽을 바라보았다.

배가 오고 있었다. 약간 이즈러진 달이 하얗게 비추는 강물 위로 두 사람이 뱃전에 서 있는 게 보였다. 한 사람은 보욱일 것이고 다른 한 사람은 뱃사공일 터이었다.

"여기 여기! 역발산혜기개세(力拔山兮氣蓋世)!

항슬은 나지막하지만 그러나 힘있게 배를 향해 소리쳤다. '힘은 산을 뽑고 기상은 세상을 덮는도다!' 라는 항우의 웅혼한 시구는 그들의 군호였다. 역시 군호를 단 답신이 강물 위를 건너왔다.

"간다 간다. 우혜우혜내약하(虞兮虞兮奈若何)!"

'우야(우부인아) 우야, 그대를 어찌하면 좋을꼬!' 라는 죽기 직전 항우의 처절한 시구는 지금 석수의 중상에 딱 들어맞는 군호였다. 배가 속력을 내어 빠르게 다가왔다. 항슬은 손짓과 함께 소리내어 더 빨리 오라고 독촉하였다.

"빨리, 빨리!"

배가 선창에 닿자 꾀주머니답게 눈치가 빠른 보욱이 물었다.
"누가 부상했나?"
"응, 석수가. 가슴에 창을 맞았다."
"뭐야? 응급조치는?"
"했지만 그것 갖고는 안 되겠어. 삼개의 안골 소 대부한테 가자!"
"거길 갈려면 좀 먼데. 우선 석수를 태우고 보세. 두 분도 빨리 타쇼!"
서둘러 석수를 배에 안돈하는 것과 동시 보욱은 혈전이 벌어진 선창을 휘둘러보더니,
"저기 포교가 쓰러져 있는가 본데 죽었나 살았나?"
"저들은 상관할 것 없네. 빨리 가세!"
석수의 삼인검을 챙겨 들은 항슬이 고개를 저었으나 보욱은 고개를 갸우뚱하였다.
"이왕 사람을 해쳤으면 뒤끝을 깨끗하게 처리하는 게 좋은데."
"그럴 필요 없어."
항슬이 배를 물가에서 밀며 말렸다. 고물에 올라 석수를 보듬고 있던 자향도 다급하게 거든다.
"포교를 죽이지 말아요. 그 사람도 크게 부상했어요. 재차 해치진 말아요! 사람을 죽이면 안 돼요!"
자향은 보욱과 항슬이 쓰러져 정신을 잃은 포교들을 죽일까 봐 왼손까지 흔들며 놀라 말렸다.
보욱은 입맛을 다시며 배를 밀고는 항슬의 뒤를 이어 뱃전으로 뛰어올랐다. 배는 달빛이 번쩍번쩍 빛나는 한강을 거슬러 올라갔다.

이대치는 포졸 오 년에 최고의 좌절을 맛보았다. 방심? 방심만은 아니었다. 상대는 생각 밖으로 높은 무술의 소유자였다. 허름하게 생긴 젊은이가 그렇게 빼어난 검술의 소유자일 줄은 그 누구도 예측할 수 없을 터이었다.

함지박귀는 과연 명지휘자였고 시작은 좋았다.

안골마을서 자향을 놓치고 재포진할 때 함지박귀는 뱃길을 생각해내었다.

삼개로 가는 길도 막았고 서강으로 되돌아가는 퇴로도 장악했으며 보부상 산길도 차단하였다. 더구나 삼개에서 온 소식에 의하면 독랄한손이 서진하며 그들과 접촉선을 치면서 다가오고 있었다. 그렇다면 저들이 도망갈 곳은 어느 구멍인가.

뱃길이었다. 함지박귀는 서강 포졸에게 물었다.

이 부근에 혹 배를 댈 수 있는 나루가 있는가? 한 군데 있지요. 어딘가? 버드나무여울이오. 배가 서너 척 접안할 수 있는 나루가 있습니다. 그래?

포졸이 설명한 버드나무나루는 공덕리에서 삼개 오른쪽을 흘러 밤섬 건너편 한강으로 들어가는 바틈에 있었다. 위치 자체가 지금으로서는 도망하기 아주 맞춤인 곳이었다.

함지박귀는 이대치를 돌아보았다. 큰바보는 고개를 끄덕이고 서강과 마포서 지원나온 포졸 둘을 데리고 버드나무나루로 잠행하였다. 다행히 시간에 대었고 과연 자향의 일행이 허둥지둥 들어오고 있었다.

계집애를 포함해 단 세 명이었다. 그것이 오판을 낳았다. 시커먼 녀석이 가까이 다가올 때 조심했어야 했다. 만수림에서 한 번 만난 검을 쓰는 녀석이라는 것만 알았어도 조금의 경계심은 있었을 터였다. 한데 녀석은 손에 아무 무기도 없었다.

그러나 전광석화! 번개같이 다가온 녀석의 손에 시퍼런 검이 들려 있었고 검은 빠르고 날카로왔다. 법도 있는 무술이었다. 횡격일살과 정면살격은 미처 준비하지 않은 큰바보의 넓은 가슴을 긋고 지나갔다.

큰바보는 쓰러지면서도 정신을 잃지 않으려 노력하였다. 하지만 부상은 엄중하였다. 가슴에서 피가 철철 흘러내리고 몸은 제대로 가눌 수가 없었다. 그는 가늠할 수 없는 통증과 싸우면서도 눈은 현장을 직시하였다.

시커먼 젊은이가 세 번째 동료와 맞붙는 것을 목도하였다. 서강의 창잡이 포졸은 용맹하였다. 그도 검을 맞긴 하였지만 그의 창은 젊은이의 가슴을 적중하였다.

이대치는 명쾌하게 보고 있었다. 둘이 동시에 중상을 입었지만 젊은이가 더 침중하다는 것을.

그러나 패기는 젊은이의 것. 그는 있는 힘을 다해 검을 잡고 일어섰다. 몸 전체에 기합이 들어가 있었다. 그가 앞으로 다가가는 자체로 포졸은 압박을 받았다. 포졸도 사력을 다해 창을 거머쥐었다. 하지만 목숨도 돌보지 않는 석수의 기세에 동료는 그만 기가 죽고 말았다. 되돌아 도망하는 동료의 뒷모습을 보며 큰바보는 눈을 감았다.

실패다! 산전수전 다 겪은 추적조가 일개 민간 젊은 무사에게 여지없이 패배하다니! 그는 눈을 감고 통증을 이겨내려고 애쓰는 중에도 항슬과 자향의 허둥대는 소리를 들었다. 두 남녀는 경황은 없어도 젊은이를 구하기 위한 열정과 갈구가 충일하고 있었다. 시정잡배인 저들에게 저런 충정이 있다니! 아련히 정신을 잃으면서 큰바보는 감탄하였다.

그때 마지막으로 들린 소리. 포교를 죽이지 말아요. 그도 크게 부상했어요! 재차 해치진 말아요. 사람을 죽이면 안 돼요!

저건 도망하는 비자의 목소리지. 그렇다, 우리가 잡으려는 계집애의 목소리다. 그 여자애가 나를 해치지 못하게 강렬하게 말리고 있다. 사람의 생명을 중시하는 여자로구나. 착하고 훌륭한 처자다! 큰바보는 정신을 잃었다.

## 27. 정염

노린내는 정신이 들자 좌우를 살펴보았다. 초초한 상민의 집인 듯하였다. 두 칸 정도 되는 작은 방에 자기를 덮은 이부자리와 요밖에는 아무것도 없었다. 버릇대로 머리를 좌우로 흔들어 정신을 차려 보았다.

두 자객에 전광석화로 대들어 비수를 휘두르던 생각이 났다. 늘 가상했던 적과의 대결이었다.

노린내는 호젓하게 길을 가다 적과 만날 때를 늘 생각하곤 하였다. 만약에 적을 서너 명 만났을 때 어떻게 대처할 것인가. 왼손에 비수를 들고 오른손에 칼을 들었다면 적어도 셋은 감당할 수 있으리라. 그렇지, 오른손은 정법, 왼손은 비법. 그런 수법으로 상대를 처치한다. 그렇게 될 수 있을까. 할 수 있을 게야. 노상 그 생각을 하였다. 한번 휘두름에 셋을 감당할 수 있다면 고수 측에 들 것이다.

무사들은 좌우에 칼과 검을 동시에 드는 것을 가소롭게 본다. 하수들의 짓거리라 보는 것이다. 칼이면 칼, 검이면 검, 하나를 들고 온 힘을 쏟아야 한다. 그게 정도이다. 하지만 무기를 두 개 들어서 나쁠 것은 없지 않겠는가.

아까는 두 손에 아무 무기도 없었다. 적이 보기에는 그랬다. 그러나 벼락같이 대들 때 그는 왼쪽 품에 있던 비수를 꺼내들었고 번개같이 휘둘렀다. 정상으로 보면 그는 두 자객을 처치하고 남아야 했다. 허나 자객 하나는 처치했으되 다른 하나는 비수에 베어 순간 넘어졌을 뿐 금방 일어나 도망했다. 물론 중상을 입었을 것이다. 뿌연 기억 속에 그 뽀오얀 사나이가 사라지던 정경이 생각났다.

그자도 고수였다. 어쩌면 나보다 더 고수일지 모른다. 허나 내가 그처럼 몸을 아끼지 않고 전광석화로 비수를 빼들고 대들 줄은 몰랐을 것이다. 그게 이번 싸움의 골자였다. 실력이 딸리더라도 자신과 방략을 갖고 대처하는 자에게는 어느 누구도 쉽게 이기지 못한다. 그것을 노린내는 실천한 것이다.

맞아. 나는 성공하였어. 하지만 상대도 보통내기가 아니었던 게야. 왼쪽 허리를 크게 베었지. 노린내는 왼손으로 왼쪽 허리를 만져 보았다. 아프다. 뭔가 뭉툭한 게 허리춤에 붙어 있다. 누군가가 응급조치를 해 놓은 것이 분명하였다.

누구일까. 청랑하게 웃던 애 양반일까. 그럴 수밖에 없다. 흐릿한 기억 속에 그 어린 양반이 뭐라 중얼거리던 게 생각났다. 나를 구하라는 명령이었지.

장지문이 열리고 미련둥이같이 생긴 사나이가 안을 들여다보았다. 노린내가 눈을 뜬 걸 감으로 알았는가 보았다.

"오, 눈을 뜨셨군요. 도령님, 무사님이 정신이 드셨습니다!"

"그러한가. 내 그쪽으로 건너가지."

말은 진중하였으나 목소리는 아이였다. 장지문이 시원히 열리고 어린 도령이 활짝 웃으며 들어왔다. 도령은 노린내 머리맡에 앉으며 물었다.

"무사 양반, 허리께에 통증이 좀 있으시지요?"

"그렇네, 하지만 큰 통증은 아니어서 참을 만하네."

노린내는 상대가 어리지만 양반 자제인 것도 확실하고 그보다도 자기의 목숨을 구해준 은인인지라 어투를 공순히 하였다.

"칼이 벤 부위에 내 쑥잎 된장 마늘 부추가루 콩가루에 매실즙으로 소균과 응급조치를 하였소. 내 특효약이지요. 하하하."

"소균이 무슨 뜻인가?"

"소균. 그것도 제가 지어낸 말이라오. 대저, 사람이 병이 나면 거기에는 역귀가 붙는 게 아니고 역균이 붙는 게요. 병을 나게 하는 곰팡이 같은 게지. 그 균만 없애면 모든 병을 낫게 할 수 있소."

"무슨 말인지 나는 잘 모르는걸."

노린내는 도령이 말을 하오로 할 뿐만 아니라 활달하게 거침없이 말하고 이해할 수 없는 이론을 펴는데 대해 기분은 나쁘지 않았으나 뭔가 황당함을 느꼈다. 그런 노린내의 의아심을 알아채기라도 하였는지 뒤에 앉아서 주인 못지않게 싱글벙글하던 머슴이 끼어들었다.

"우리 주인님은요, 천재이십니다. 의술 검술 권술 역학 서화 모르시는 게 없으시지요. 그리고 말씀하시는 게 죄 우리가 모르는 것뿐이지만 다 맞는 말씀이시라오."

그 말에 어린 양반은 싱긋 웃기는 하였으나,

"이봐라, 둔쇠야. 주인이 말씀하는데 어디서 끼어드느냐? 절로 비키어 가만히 있거라. 너같이 멍청한 놈 땜에 내 체통이 설라다가 그나마 죽는구나. 하하하."

어린 도령은 말로는 머슴을 혼내고 있었으나 머슴의 사설이 싫지는 않은 표정이었다. 노린내는 어린 양반이 말끝마다 하하하 웃는 게 경박해 보이기도 하였지만 천재끼도 있는 듯하여 뭐라 탓할 마음이 없었다. 외려 은근히 땡기는 마음에 관심이 갔다.

깨끔한 얼굴에 서글서글한 눈, 붉은 입술, 우뚝한 코는 장자풍의 인상을 주었다. 나이가 좀 들어 수염만 기른다면 위엄있는 자태가 될 것이었다.

노린내는 도령의 모습을 눈여겨보고 그가 풍기는 내음을 맡다가 호감을 느끼는 자신을 발견하였다.

"우리 은인은 함자가 어찌 되오. 나는 친군위의 포교를 지낸 노동팔이라고 하네."

"오, 친군위의 포교이시군. 어쩐지 무술이 높다 하였소. 포교께서 아까 펼친 벽권은 가히 초절한 무공이었소. 단 하나, 기가 부족하였지만. 그건 저의 비법을 익히면 좋아질 수 있지요. 아, 제 이름을 알려드리지 않았군. 저는 성은 정이고, 이름은 염*이오. 본관은 온양이고 염은 청렴할 염자에 붉은 돌이 붙었소. 자는 사결이고 호는 북창이오."

"아. 그렇소. 한데 젊은 양반은 권법인지 무술에 대해 잘 아는 것 같군."

"아까 저녁때 포교가 삼거리에서 싸울 적의 기개는 대단하시었소. 허지만 이미 말하였듯이 기를 세우는 훈련이 안 되어 있는 게 흠이었소. 내가 연구한 폐기(閉氣) 태식(胎息) 주천화후(周天火候), 이 세 요법을 연수하면 그 문제는 해결이 될 것이오. 그것을 알려드릴까요?"

"알려주면 고맙지."

노린내는 정염의 거침없는 말을 들으며 속으로 은근히 놀랐다. 이 아이는 나이가 아직 열다섯이 안 되어 보이는데 어느 결에 의술도 알고 권법을 연구하였다는 말인가. 허나 세상은 기인도 있고 천재도 있는 법. 의심만 할 게 아니라 하회를 보자, 하는 생각이 났다.

"저의 수단지도(修丹之道)는 그리 어렵지가 않소. 일반인도 수련할 수 있게끔 쉬이 연구하였지요."

정염은 그 자리에서 자신이 창안하였다는 수단비법을 설파하기 시작하였다. 그 수법들은 그의 말대로 어렵지는 않았으나 현관비결타초식 자미부인복출법 등 묘한 명칭이 붙어 있었다. 노린내는 처음 허투루 듣다가 재미가 있어 귀를 쫑긋하고 들었다. 한참 듣고 보니 이 어린 양반이 보통사람이 아니다 하는 생각이 들고 존경하는 마음까지 일었다.

처음 노린내가 정염에 호감이 간 것은 그가 풍기는 산뜻한 냄새 때문이었다. 싱그러운 석류 내음이었다. 그것은 지리산에서 만난 스승의 냄새와 같았다. 스승의 냄새와 같은 석류 내음을 풍기는 사람을 평생 처음 만난 것이었다.

수단지도 설명이 다 끝났을 때 노린내는 감탄하고 있었다. 이 수법이 정말로 정염이 창안한 것이라면 이 어린 양반은 자신의 스승이 되고도 남는 게 아닌가. 나이가 무슨 상관일까. 배우면 스승이지. 더구나 생명의 은혜

---

**정염** 鄭磏 1506~1549 중종때의 유명한 학자. 관상감 혜민서교수 포천현감을 지냄. 의술 권법 역학 서화에 뛰어났으며 그의 그림은 북창화법으로 유명함. 부친 정순붕은 중종 때 간신으로 나중 사약을 받았는데 그로하여 벼슬을 버리고 고뇌를 하며 살았음. 용호비결(龍虎秘訣)이라는 단련비법 저술은 권술가의 높은 평가를 받고 있음.

를 입은 도령이었다.

"어떻습니까. 이해가 가시오?"

정염이 궁금한 표정으로 물었다.

"이해가 갈 뿐더러 심오한 뜻이 벌써 조금씩 와닿는걸. 열심히 수련하면 뭔가 얻어낼 수 있을 것 같군. 한데 이 비법은 도령이 정말로 창안한 건가?"

"정말이고말고요. 하하하. 좀 의심이 가는가 본데 그러기도 하겠지요. 그나저나 노 포교는 무술에 재간이 있는 분이올시다. 제가 아무리 쉬이 연마할 수 있게 창안해냈다고 해도 그걸 그렇게 빨리 이해하시니 말이오."

"어린 양반, 그 비법을 정말로 창안해냈다 하니 앞으론 그대를 스승으로 모시어야겠소. 내 생명의 은혜도 입었고 말이오."

"그 무슨 말씀이오. 으하하. 포교께서는 삼십이 넘었을 터인데 열네 살밖에 안 된 저를 스승으로 모시다니, 우습지 않소? 그러지 말고 그저 동생이라고 불러주시지요. 제 자가 사결이니 앞으론 사결이라고 부르시던가."

정염은 양반체의 반말투가 입에서 떨어지진 않아도 행위는 밝았다. 노린내도 그런 정염이 왠지 좋았다. 빙긋이 웃으며 고개를 끄덕이는데 정염이 손바닥을 툭툭 치면서,

"여봐라, 완아. 그 약을 가져와요!"

하고 소리질렀다. 그 말이 떨어지기 무섭게 장지문이 열리고 등치 큰 사나이가 약탕 그릇을 들고 안으로 들어왔다.

"이 사람은 이 집 주인으로 내 동무인 이완이라고 합니다. 노 포교께선 인사를 하시오."

정염의 소개로 둘이 인사를 하는데 이완이라는 자는 나이가 스물이 한참 넘어보이고 생김새와 하는 투로 보아 상놈인 게 분명하였다. 과연 정염은 어린 천재로 괴이한 데가 있었다. 한다하는 양반 집 자제인 게 분명한데 이런 상민의 집을 제 집처럼 드나들고 동무로 사귀고 있는 것이었다.

"노 포교, 이 약을 드십시오. 이건 제가 특별히 검상을 치료하기 위해 처방한 것이오. 더도 말고 세 번만 복용하면 칼을 맞은 곳이 깨끗이 합창할 것입니다."

노린내는 이완이 권하는 대로 약을 누워서 들이마셨다. 쓰디쓴 약을 맛있게 마시고 입 언저리를 닦고나자 정염이 물었다.

"한데 노 포교는 어찌해서 그 무시무시한 세 무인과 싸우게 되었소?"

흰 저고리의 여자는 헐떡이고 그녀를 보듬은 사내의 서두르는 모습도 날렵하지는 않아 보였다. 독랄한손과 최윤보는 속도를 내었다.

"저것들이 삼개 쪽이 아니고 흑석리 쪽으로 도망가질 않나요?"

뒤에 따라오던 최윤보가 소리쳤다.

"그러게. 기생도 저자들이 서강으로 도망가자고 했다지 않았는가. 자네가 발에 힘을 주어 쫓아가 붙잡게!"

독랄한손이 독려하자 최윤보는 자기 실력을 드러낼 좋은 기회다 싶어 코를 벌름거렸다. 그는 창을 왼손에 단단히 부여잡고는,

"그럼 형님은 뒤따라 오쇼. 제가 먼저 가겠수다."

신이 난 최윤보는 발에 힘을 주어 앞으로 달렸다. 지금의 거리는 약 오십 보 상간. 흠, 달려보아라. 네 따위가 가면 얼마를 가겠느냐. 누룽지 한 사발 먹는 시각이면 너는 내 손아귀에 잡히고 말 거야.

빠르게 달렸다. 밤길이라 조금은 조심하였지만 그의 빠른 발솜씨는 나무랄 데가 없었다. 과연 금방 사십 보 거리로 좁혀졌다. 그리고 다시 삼십 보 거리. 이제 한달음이면 너는 내 손아귀다. 최윤보는 가슴에 시원한 밤공기를 잔뜩 들이키며 속도를 더 내었다.

포졸에게 있어서 가장 중요한 것은 무엇인가. 훈련원의 참군(參軍, 정칠품)은 그들을 가르칠 때 오른팔을 불끈 쥐며 외쳐댔다. 검술, 주력, 추리력. 알고 있는가, 이 세 요소를? 그대들은 이 세 요소를 모두 갖춰야 한다.

하나라도 모자라서는 아니 된다!

수리눈의 눈매를 지닌 참군은 포졸 하나하나의 눈속을 들여다보며 묻곤 하였다. 포졸은, 첫째 검과 칼 창의 명수여야 한다. 둘째 도둑을 쫓는 데는 달리기보다 중요한 게 없다. 셋째 범인을 잡는 데는 빼어난 추리가 따라야 한다.

그러나 최윤보는 속으로 외쳤다. 첫째 잘 달려야 한다! 가장 중요한 것은 달리기다, 달리기야, 달리기!

사실 모든 행동의 기본은 달리기이고 그것이 따르지 않을 때는 적을 잡을 수도 검술을 발휘할 여지도 없는 거 아닌가. 그는 자신의 장기인 달리기가 무척 중요하다는 걸 알았을 때 마음이 뿌듯했다. 그리고 자부하였다.

오늘 그 자부를 한껏 발휘할 절호의 기회가 온 것이다.

이제 삼십 보, 조금만 기다려라. 오라, 저녀석이 다급하니까 여자를 등에 업었군. 그렇다 하면 아무리 가벼운 여자라한들 그 무게값을 치뤄야 하지. 흐흐흐.

최윤보는 참군한테 배운 호흡법을 발휘하여 힘차게 숨을 내뿜고 들이쉬었다. 압박호흡법! 그리고 다리에 더 힘을 주었다.

한데, 뭔가 이상하였다. 누룽지 한 그릇을 먹을 시간이 한참 지났는데 앞선 자와의 거리는 여전히 삼십 보다. 아니 더 벌어진 것 같다. 거 이상하다. 저자가 여자를 등에 업었는데도 내가 왜 거리를 좁히지 못하지.

그리고 여자를 데불고 도망한 자가 둘이었다고 하였지 않은가. 한데 지금은 사내 하나뿐이다. 하나는 어디로 갔지? 모르겠다. 우선 저자나 붙잡고 봐야 하니까.

앞선 자가 소나무숲으로 들어갔다. 최윤보는 놓칠세라 숲으로 쏘아들어 갔다. 희끗한 치마가 펄럭이는 게 오른쪽 나무 사이에서 보였다.

흥, 저가 어디로 숨으려는 심보로군. 안 속는다, 이놈들아!

최윤보는 나무 사이를 쏘아놓은 화살처럼 달려갔다. 희끗한 것을 놓치지 않으려 사력을 다하였다. 한데 없다! 어, 이놈 봐라. 이번에는 왼켠에서 희끗한 게 보였다. 오라, 이것이 출몰지법을 쓰는군. 마치 호랑이에 쫓기는 멧돼지처럼.

최윤보는 콧김을 내뿜으며 왼쪽 나무 사이로 달려갔다. 삼십여 보를 달려갔는데 아무것도 없다. 최윤보는 멈춰서서 귀를 기울였다. 달리는 자의 발자국 소리가 들리기 마련이었다. 독랄한손 뚱보 형님처럼 귀를 쫑긋하며 청탐하였다. 왼쪽이다.

최윤보는 잔솔이 우거진 왼쪽 숲으로 달려 들어갔다. 오십여 보를 갔어도 그림자가 보이지 않았다. 이것 봐라. 다시 멈춰섰다. 이번에는 오른쪽에서 마른 나뭇가지 부러지는 소리가 들려왔다. 옳지, 이쪽으로 방향을 틀었군. 토끼처럼 달려갔다. 역시 오십 보쯤 달렸을까.

과연 희끗한 것이 나무 사이에서 어른거렸다. 닫는 말처럼 힘차게 쫓아갔다. 사내는 이십여 보 앞을 달리고 있었다. 그러면 그렇지! 이놈! 최윤보는 소리쳤다. 사내는 뒤를 흘깃 돌아보았다.

그때 최윤보는 보았다. 사내는 여자 옷을 등에 지고 있었다. 여자는 없었다. 여자 옷을 등에 걸치고 있는 것이었다. 어, 저건 뭐야! 최윤보는 계속 달리면서, 속았구나! 마음속으로 부르짖었다. 이자는 여자가 도망가는 척하며 여자 옷을 들고 뛴 게야. 여자는 딴 데로 가버리고! 또 다른 사내와 함께 다른 곳으로 도망한 게다! 이를 어쩐다지. 독랄한손 형님에게 빨리 알려야겠는데.

한데 사나이는 흘깃 돌아볼 때 웃는 것 같았다. 나를 놀리고 있다. 비웃고 있다. 독랄한손 형님께 알리고 잣이고 우선 부아가 났다. 좋다! 우선 네놈을 잡아주지!

발을 더욱 힘차게 찼다. 거리는 아직도 이십여 보. 사이가 줄지 않고 있었다.

"거기 서라! 이놈아!"

최윤보가 호랑이처럼 으르렁거리며 소리지르자 상대도 큰 소리로 응수했다.

"따라와 봐라 이놈아, 날 잡을 수 있나!"

목소리가 젊다. 한, 스무 살쯤 될까. 사내는 나무 사이로 이쪽저쪽 번개같이 방향을 틀며 잘도 달려갔다. 사실은 도망가는 게 아니라 숨바꼭질을 하고 있었다.

최윤보는 갈수록 분이 솟구쳤다. 저놈이 날 속였다. 여자는 딴 데로 빼돌리고 여자를 끼고 가는 양 우리를 유인한 거야. 저놈이라도 잡지 못하면 이건 엄청난 망신이다. 흥, 놈을 아니 잡고는 못 배기리!

최윤보는 이제 분기가 아니라 원한이 서릴 지경이었다. 발이 저릴 정도로 힘을 주어 있는 힘껏 뒤를 쫓았다.

따라 잡았다. 십여 보. 녀석은 그리 크지 않은 체구에 날렵한 몸매를 지니고 있었다. 달리기에 좋은 몸매다. 허나, 달리기라면 이 윤보가 있다. 최윤보는 힘차게 발을 구르고,

"이놈!"

오른손에 바꿔 잡은 창으로 사나이의 등짝을 후려쳤다. 창이 날아가는 소리를 들었는지 사내는 뒤를 돌아보더니,

"아이구머니나, 포교가 창으로 날 친다!"

사내는 우스꽝스런 비명을 지르고는 왼쪽으로 휭 돌아 나무 사이로 쏙 들어가 버렸다. 갑작스런 방향틀기에 창은 허공을 쓸고, 멈칫 하는 사이 사내는 어두운 숲 사이로 사라져 버렸다. 부스럭부스럭 나뭇가지 부러지는 소리가 사방에서 들리더니 어디로 사라졌는지 종적이 없다.

혼돈보법! 밤에 숲을 추적할 때 여러 범인이 사방에서 발소리를 내다가 동시에 발소리가 사라지는 혼돈보법을 저녀석은 혼자 시전하고 있었다. 이런 빌어먹을 놈이, 혼돈보법까지 쓰다니! 보통놈이 아니다. 무서운 놈이다!

최윤보는 멈춰서서 귀를 기울였다. 얼굴에 긴장감이 싸늘하게 흐르고 있었다.

욱자는 너무나 숨이 찼다. 헉헉대면서 숨을 참느라 애를 먹었다. 처음으로 실전에서 써본 혼돈보법은 역시 혼자 시전하기에는 무리였던가 보았다.

이제 겨우 숨이 돌아왔다. 쫓아오는 자는 생각 밖으로 달리기가 빠른 자였다. 이러다가 정말로 잡힐라. 포교 중에 저렇게 빠른 자가 있다니. 놀랄 일이로다. 여하튼 이쯤 시간을 벌었으면 됐겠지. 욱자는 등에서 펄럭이는 여자 옷을 풀어 숲에 버렸다.

발소리를 내지 않고 살살 앞으로 나아갔다. 포교놈은 귀를 쫑긋하며 발자국 소리를 청탐(聽探)하고 있겠지. 후후후, 청탐해 보아라 이놈아. 이 욱자의 소음보법(消音步法)을 알면 또 놀라겠지! 흐흥, 이건 욱자님이 창안한 비장의 보법이니라.

욱자는 삼십 보를 그렇게 걷다가 오른쪽으로 홱 틀어 다시 삼십 보, 거기서 다시 왼쪽으로 방향을 틀어 삼십 보를 간 뒤, 관목숲 밑으로 쓰윽 몸을 숨겼다. 그리고는 숨을 죽이고 귀를 열어 숲의 소리를 청탐하였다.

함지박귀는 이 며칠 내내 냉정해야 한다고 자신의 마음을 독려하고 있었다. 그러나 모든 게 마음대로 돌아가는 것 같지가 않다. 한밤에 잠깐 붙인 잠이 깨면서 또 마음이 뒤숭숭하였다.

어제 저녁까지만 하여도 모든 게 금방 끝날 것처럼 보였다. 앞이 내다보인다고 자신하였다.

특히 삼개 쪽에서 독랄한손이 우리와 접촉하기 위해 서진하고 있다는 전언이 왔을 때, 그들과 마포 사이에는 어디 하나 빈 구석이 없었다. 딱 하나, 갑자기 깨도가 되었던 뱃길로의 반전, 그것은 버드나무나루로 이대치를 보내면서 마음이 놓았다.

함지박귀는 내내 지도를 보고 머릿속으로 생각하며 만일에 대비하였다. 그는 천라지망의 틀을 안골에서 삼개까지의 외길의 축에 놓았다. 그 길에서 왼쪽 산길은 서강 포졸이 맡고 오른쪽은 노린내 대신 급파돼온 서문 포졸이 맡았고 뒤쪽은 수철리까지 나와 있는 조 포교의 조직이 지키고 있다. 삼개 쪽에서는 그의 요청대로 야등을 든 마포의 포졸 셋이 선을 치며 이쪽과 접선하고 있었다.

이제 삼개 새우젓패도 더 이상 버티지 못할 것이었다. 두 차례의 보고를 종합하면 그들은 이 천라지망의 안쪽에 있었다.

안골에서의 조우와 만수림에서의 접전은 함지박귀에게 충격을 주었다. 특히 만수림에서의 은밀한 행동은 상상 밖이었다. 언제 만들었는지 은밀한 초막이 있었고, 초막을 덮쳤을 때는 이미 텅빈 뒤였고, 포졸 하나를 귀신같이 처리하고 은밀하게 숨겨놓았으며, 안방이란 애의 시신은 덕구 할배네에 안치해놓고, 바람처럼 사라져 버렸다.

저들의 민첩을 극한 방략들이 영 비위에 거슬린다. 저들 중에 비상한 머리의 소유자가 있는 게 분명하였다.

만수림에서 내려온 오후, 삼개 포졸이 삼개 새우젓패의 움직임을 가져왔다.

삼개의 새우젓패 일부가 그저께 서강 쪽으로 사라졌습니다. 이곳의 사소한 움직임도 필요하다기에 알려드립니다. 서강에 무슨 일로 갔는지 확인되었소? 그걸 알 수 없습니다. 서강에는 가지 않은 듯합니다. 그럼 그들은 지금 어디서 무엇을 하고 있는가? 그건 모르겠습니다.

한심한 정보였으나 그래도 마음에 들었다.

그 뒤 자체 정보선이 가져온 소식은 그보다는 더 정밀하였다. 새우젓패는 일당이 넷이고 이들은 보부상 산길로 왔다가 안골로 들어왔다. 바로 만수림서 조우한 자들을 가리키고 있었다.

함지박귀는 컴컴한 천장을 응시하며 혼자 생각하였다. 새우젓패라. 스무 살 전후의 젊은이들이라 했지. 아직 이마의 피도 안 마른 녀석들이라고 얕잡아보아서는 안 될 거야. 꾀보도 있고 검을 쓸 줄 아는 녀석도 있구. 한데 녀석들은 지금은 어딘가에 숨어 움직이지 않고 있다. 뭣을 노리고, 뭣을 꾸미고 있을까?

함지박귀는 왼손으로 큰 귀를 만지작거렸다. 뭔가 미심쩍을 때 하는 버릇이었다. 그렇다. 고 녀석들은 그 계집애를 어떻게 처리할지 방책이 안 서는 거다. 어쩌면 그 애가 부상이 도져 운신이 안 되고 있는지 모르고.

그 생각을 하자 함지박귀는 벌떡 일어나 앉았다. 그는 옆방에 대고 소리쳤다.

"검수, 검수. 자고 있는가?"

옆방문이 열리고 시커먼 얼굴이 나타났다.

"부르셨습니까?"

"일루 건너오게. 덕구 할배란 자가 불을 때 말이야, 그 처자가 부상을 했다거나 몸이 아프다는 이야기는 하지 않았나?"

"그 이야기가 잠깐 나왔지 않습니까. 그 처자가 가슴을 동여매고 있고 잘 걷지 못하더라고. 안방이란 애의 죽음에 상심했는지 몸이 성치 않더라구요."

"그랬던가. 내 그 말을 유심히 듣지 못했네. 그럼 저들이 그 애 땜에 맘대로 움직이지 못할 것 아닌가."

"그렇긴 하지만 행보가 아주 어려운 건 아닌 듯합니다."

"그래? 그래도 걸음이 불편한 게 이 상황선 얼마나 중요한가."

"그렇지요."

함지박귀는 눈을 감고 생각에 잠겼다. 뭔가 영감이 떠오를 것 같기도 한데 확연히 잡히지가 않는다.

함지박귀는 밖으로 나왔다. 검수도 따라나와 함께 뜰에 섰다.

별이 총총히 박힌 밤은 시원하였다. 갑갑하던 가슴이 한결 툭 트이면서 뭔가 느낌이 올 것만 같다. 그는 눈에 힘을 주고 사방을 살펴보았다.

그들이 묵는 집은 언덕배기에 있어 앞쪽 세 방향이 훤히 내다보였다. 왼쪽 저 멀리에서 불빛이 어른거렸다. 불빛은 발거리등불 같은데 이쪽으로 빠르게 움직이고 있었다.

사방에서 벌레 우는 소리가 요란하였다. 바람이 살랑살랑 불고 있었다. 몇 시쯤 되었을까. 북두칠성이 벌써 오른쪽으로 기울고 있었다. 그 왼편 아래켠의 우수수 지는 낙엽처럼 분분한 별무리들도 희미해지고 있다. 벌써 축시가 넘어가고 있군.

함지박귀는 밤 하늘의 별을 좋아하였다. 철마다 밤 하늘을 보면서 별들의 변화를 관찰하곤 하였다. 별은 그에게 꿈과 희망을 주는 존재였다. 어려서 별을 보면서, 저건 아버지 별 저건 어머니 별 저건 내 별, 혼자의 세계가 그 속에 있었다.

이상하게도 사람들은 별을 보지 않았다. 어쩌다가 동무에게 별 이야기를 하면 별스런 놈 다 있다는 투였다. 함지박귀는 그런 사람들을 이해할 수 없었다. 어른이 된 뒤부터는 아무한테도 별 이야기를 하지 않았다. 밤 하늘의 별은 이제 함지박귀 혼자의 세계였다. 하지만 그 별로 해서 엮어지던 꿈과 희망도 이제는 스산해지고 요즘의 별자리는 그저 시간을 알려주는 시계에 불과하였다.

벌써 인시가 되어가나. 그럼 곧 동이 트겠군. 샛별이 보일 때가 되었겠다.

함지박귀는 그렇게 중얼거리며 샛별을 찾는 눈을 게슴츠레히 떴다. 샛별은 바로 자신의 별이어서 초저녁에 살짝 태백성이 뜨면 아, 내가 떴군, 하고 좋아하였고, 새벽의 샛별은 밝기가 반딧불 같아 신명이 났다. 내 별은 아직 뜨지 않고 있었다.

함지박귀는 뒤에 조용히 서 있는 검수에게 물었다.
"한데 조 포교가 왜 사직했다는 건가?"

"글쎄요. 자세히는 모르겠습니다만 관할 안에서 포졸이 둘이나 상한 건 당신 책임이다, 마땅히 사임해야 한다, 그렇게 말하였다고 하던대요."

"책임? 책임은 내 것인데."

"하지만 사건에 관여하였고 부하가 죽었으니 그 고을 담당자도 책임은 있는 거겠지요."

"그런가. 조 포교는 그런 분이신가."

"사실 훌륭한 분이십니다."

"자네도 존경하고 있고?"

"물론입니다. 오랜만에 존경하는 상관을 모셨습니다. 싫어하는 사람도 있었지만요."

"그래? 누가 싫어했는데?"

"글쎄요. 그 말씀 드리자면 한참 걸리지요. 광흥창을 바라보며 사는 사람들, 뭔가 옆으로 흐르는 것을 바라는 자들은 대개 싫어하였다고 보아야 할 겁니다."

"무슨 말인지 알겠군. 허나 이번 사임은 이해가 가지 않네."

"왜요? 혹시 짚이는 거라도 있습니까?"

"글쎄, 확실치는 않지만, 지금 말하기도 그렇고."

"무언데요?"

함지박귀는 무뚝뚝하게 서서 대답을 하지 않은 채 생각에 잠겼다.

조 포교는 이번 사안을 이상할 정도로 시큰둥한 눈으로 보고 있었다. 훌륭한 참의의 딸을 잡고 싶은 마음이 없어서였을까. 노린내 말대로 잡아서 안 되는 노비라고 생각하고 있었을까?

생각할수록 이상한 포교였다. 그렇게 빼어나다는 포교가 계속 내 말만 듣고 있었다. 능동성은 거의 없고. 묘한 포교야. 그래, 조 포교는 우리 일에 하나도 관심이 없는 정도가 아니라 외려 못마땅했는지 몰라. 방해하고 싶었는지도 모르고.

그러고 보면 조 포교는 직무를 포기하기 위해 사직했을 가능성이 있다. 장작눈썹을 쏜 그 화살에 대해 조사해달라고 부탁한 순간, 그는 사직하였다.

그 화살은 보통 화살이 아니다. 이 고을에, 이 부근에, 그런 화살을 가지고 있는 사람이 몇이나 되겠는가? 조 포교 정도라면 단번에 알아낼 수 있을 터이었다.

함지박귀는 갑자기 검수를 돌아보았다. 아니 노려보았다고 해야 옳았다.

"자네, 착호사를 지냈다는 진 영감에 대해서 아는가?"

"진필중 영감 말입니까? 만호를 지내신?"

"그렇네."

"잘은 모르지만 명궁으로 유명했다는 건 들었습니다. 왜 무슨 일이 있습니까?"

"명궁이었다고?"

"그렇습니다."

"틀림없는가? 명궁이라는 게."

"그러문이요."

"흐음, 명궁이라. 방기포와 장작눈썹을 쏜 자도 명궁인데. 그렇게 생각 안 하나?"

"그러고 보면 그렇습니다. 허면……."

"아니네. 너무 넘겨짚지는 말게. 저들이나 가서 데려오게."

삼개 쪽서 달려오는 순찰조가 벌써 언덕 아래에 당도하고 있었다. 함지박귀 명령에 검수는 빠르게 달려 내려갔다.

키가 작달막하고 거무티티한 순찰조장과 조원 둘은 어찌나 서둘러 달려왔던지 말을 제대로 하지 못할 지경이었다.

"성 포교님, 이대치 형님과 일행이 중상을 입었습니다."

"무어야? 어디서 누구한테 당했다는 말인가?"

"버드나무나루에서, 그 계집과 일당 셋을 만나 접전을 벌였는데 셋 다 중상을 입었답니다. 창잡이 하나가 중상을 입고 달려와 우리와 만났습지요. 저희 동료 둘이 이대치 형님과 또 한 사람을 구하러 달려갔고 창잡이는 응급조치를 한 뒤 사가 집에 안돈시켜 놓았습니다."

"아니, 이대치에게 중상을 입힐 정도로 무술이 고강한 자가 있었단 말인가?"

"검을 쓰는 자가 있는데 무술이 무척 세다고 합니다. 번개 같더라고 하였습니다. 하지만 그자도 중상을 입었답니다."

"그래? 그럼 범죄자들은 배를 타고 도망쳤겠군?"

"그렇습니다. 마포 쪽으로 간 듯하다고 합니다."

"이런 젠장!"

함지박귀는 눈을 치켜뜨며 혼자 중얼거렸다. 으이그, 밥통 같은 놈! 잘 걷지 못하는 처자와 배, 왜 그 생각을 못하였을까. 아니 생각은 하였으되 그것이 관건이라는 생각은 왜 못하였을꼬! 미련함 놈! 바보 같은 놈! 만수림서 검을 휘두른 자가 있는 걸 알면서 주의하지도 않다니!

함지박귀는 한탄과 함께 자기의 불안이 현실로 다가온 것에 분통이 터질 지경이었다. 새우젓패의 모사꾼이 영리한 게 아니라 자신이 우둔한 것이었다.

나는 바보다! 대치에게 조심하라고 경고했어야 하지 않은가! 나는 바보야!

함지박귀는 평소의 침착을 잃고 있었다.


최윤보는 여자 옷을 집어들고 망연히 서 있었다. 독랄한손을 보자 최윤보는 힘없이 고개를 저었다.

"왜 그래? 그자는 어떻게 됐나?"

"사라졌소."

"여자랑 같이? 어찌 그럴 수 있나? 자네같이 발빠른 자가 여잘 데리고 도망하는 자를 못 잡아?"

최윤보는 대답없이 고개만 저었다.

"왜 그러느냐니까?"

최윤보는 여전히 고개를 저었다. 쓰라린 패배를 맛보았을 때의 슬픈 표정이 그의 얼굴에 잘 익은 석류처럼 꽉 차 있었다.

"그 여자 옷은 뭐야?"

그때서야,

"이게 여자였어요."

"뭐야?"

"저들은 두 놈이라 했잖소. 한 놈이 이 여자 옷을 여자인 양 들고 뛸 때 딴 놈이 여자애를 데불고 다른 방향으로 도망친 거요."

"그러면 우리는 허깨비 여자를 쫓았단 말인가?"

"그렇다우."

"그렇다 해도 자네처럼 발빠른 자가 그 따위 녀석 하나는 납싹 잡았어야 하는 것 아닌가."

"그래야지요."

"왜 놓쳤는가?"

"그놈도 발이 빠르다우."

"자네보다?"

"그런 셈이오."

"허 자네, 지금 정신이 나갔구만. 그렇게 발빠르다고 자부하던 자네가 왜 그 모양인가. 그자가 자네보다 정말로 발이 더 빠르던가?"

"그렇소. 그놈은 우릴 유인해서 시간을 벌려구 일부러 천천히 달렸던 것 같으우."

"정말이야?"

"정말이오."

독랄한손은 더 이상 말을 하지 않았다. 숨을 한 번 깊이 들이쉬고 최윤보가 들고 있는 여자 옷을 쳐다보았다. 화려한 빨간 치마가 기녀들의 옷이라고 말하고 있었다. 세상에는 닫는 놈 위에 나는 놈이 있다더니 오늘 최윤보가 임자를 만난 것이었다.

이럴 때 독랄한손은 어떻게 해야 하는지 알고 있었다.

"여보게, 윤보. 내가 노상 그랬지. 세상이란 넓다구. 기는 놈 위에 뛰는 놈 있고 뛰는 놈 위에 나는 놈 있고 나는 놈 위에 안 보이는 놈 있다구. 그리구 한번 승패는 병가지상살세. 자, 돌아가세."

"어디로 가요?"

그동안 힘없이 동정을 불러 일으키던 최윤보가 퉁명스레 나왔다. 독랄한손은 삐뜸하게 최윤보를 노려보며 퉁을 주듯 말하였다.

"이 앞쪽에 함지박귀 형님이 와 있을 테니 거길 가서 이야기를 해줘야 할 것 아냐!"

"난 안 갈라우."

"안 가? 왜 안 간다는 게야?"

"난 여기 남아서 고놈을 잡아볼라우."

"그놈이 자네보다 발이 더 빠르다며."

"발만 갖고 도망가나요. 저가 아무리 빠르다고 해도 나도 끝까지 따라갈 수는 있소."

"허, 웃기네. 자네 평소에는 발빠르지 않고서야 되는 게 있나요, 있어요? 할 때는 언제고?"

"그래서 내가 이렇게 되니 고소하다 이거요?"

최윤보가 눈을 크게 뜨고 노려보았다. 한다하는 독랄한손도 뜨끔한 마음에 경우도 있어서,

"누가 고소하다고 했는가. 그렇다는 거지. 그래 건 좋은데, 그자가 어느 쪽으로 도망갔는지는 아는 게야?"

"모르오."

"모르면서 어떻게 잡을라고?"

"녀석은 어디로 가지 않았소. 이 근처 어딘가에 숨어 있소. 확실하오. 그자가 달려가는 걸 본 바도 들은 바도 없응께. 감도 그렇고."

"그렇다 해도 이 밤에 안 움직이면 찾을 수 없잖은가."

"나도 잠복해서 그가 움직일 때까지 기다리면 될 거 아니요."

"하긴 그렇다."

독랄한손은 아까까지만 해도 실패가 가져다준 마음 여린 슬픔이 꽉 깨어물고 있던 최윤보의 얼굴을 빼꼼히 들여다보았다. 이녀석을 혼자 놓아두고 가도 괜찮을지 살펴본 것이다.

최윤보의 눈은 이제 분노가 이글이글 불타고 있었다. 원한이 사무친 눈빛이었다. 슬픔이 분노로 바뀌어 있었다. 허, 녀석. 나한테 한번 화증을 내더니 금세 변했네그려. 그렇담 좋지.

독랄한손은 고개를 끄덕이며 한마디 던졌다.

"알았네. 잘해보게."

## 28. 계희(桂姬)

밤 강물은 아름다웠다. 일그러진 달이 춤추는 수면 위로 인광이 번뜩이고 실바람에 솟구친 잔 파도는 뱃전을 철썩철썩 두드렸다.

항슬의 성화에 사공은 팔뚝의 힘줄이 터져나갈 듯이 배를 젓고 있었다.

그러나 워낙 작은 배에 다섯이나 타고 있어 파도에 실린 배가 앞쪽으로 기우뚱할 때는 이물에 강물이 넘실대곤 하였다.

삼개에 가까이 다가가자 어화(漁火)가 사방에서 번쩍이었다. 포구의 다닥다닥 붙은 집들에서는 아직도 불빛이 자지 않고 있었고 강가 술청에서는 여직 술추렴을 하는지 사람들의 왁자지껄 소리가 강바람에 실려왔다. 오월의 포구였다.

"석수가 정신이 들었어요!"

고물 쪽에서 석수를 안고 있는 자향이 소리쳤다.

"어디, 석수, 석수. 정신이 나는가?"

항슬이 묻자, 눈을 힘없이 뜬 석수는 고개를 끄덕이었다.

"형님, 나 괜찮소?"

"괜찮구말구."

"죽지는 않겠지."

"그럼. 걱정 마아."

"우리 어디로 가요?"

"사당 동네로 가는 중이다. 소 대부 집으로 가서 널 치료하려고."

"밤인데, 대부가 치료해줄까?"

"건 걱정 마. 저가 치료하지 않는다면 우선 저부터 살고 봐야지. 감히!"

보욱이 입과 눈에 힘을 주어 말하였다.

"그렇구말구. 석수, 조금만 참어. 곧 사당나루에 닿을 테니까."

항슬도 석수를 위로하였다. 석수는 형님들의 위로의 말에 적이 안심된다는 표정을 지으며 자향을 바라보았다. 그녀가 자기를 안아주고 있었다. 처음 볼 때부터 선녀 같은 처자였다. 항슬 형님이 꼭 구해줘야 할 만큼 아름다운 여자였다. 그런 처자가 자기를 돌봐준다 생각하니 통증 속에서도 기쁨이 솟았다.

그러나 기쁨도 잠시, 뚜 뚜 하는 고동소리가 들려왔다. 밤의 포구를 도는 순시선의 순찰고동이었다.

"이 밤에 웬 순시선이 뜨고 있나?"

항슬이 놀라 혼잣말을 하며 고개를 빼고 앞쪽을 살피는데,

"요 며칠 계속 순시선이 포구를 빙빙 돈다우."

사공이 무뚝뚝하게 대꾸했다.

"그래요? 그럼 저 순시선은 피합시다요."

보욱이 말하였다. 그러나 사공은 대답을 안 한 채 앞쪽을 살피다가 얼굴이 굳어졌다.

"저건 그냥 순시선이 아니고 소맹선인데요."

"뭐야. 소맹선이야?"

보욱이 놀라서 물었다. 삼개 포구에는 순시선인 거룻배 다섯 척 외에 전함에 속하는 소맹선 두 척이 주둔하고 있었다. 삼십 명의 군사를 태우는 이 소맹선은 어지간한 일로는 출동하지 않는 군선이었다. 그런 소맹선이 떴으니 사공도 보욱도 놀랄 수밖에 없었다.

사공이 급하게 말하였다.

"저 배는 도저히 피할 수가 없습니다. 부상한 사람을 빨리 구석에 누이고 저 어망으로 덮어놓으시우. 창 맞은 사람을 보면 사단이 크게 나리다."

그 말에 항슬이 석수를 안아 선창 뒤쪽 움푹한 곳에 뉘었다. 자향은 뱃물이 고인 곳에 석수를 누이는 게 마음에 걸려,

"물을 퍼내고 누이지요?"

하고 걱정을 드러내었다.

"괜찮아요. 잠깐 동안이니까."

보욱은 자향을 안심시키고,

"그럴 시간 없습니다."

다급한 사공은 항슬을 독촉하였다.

철썩 쏴아 철썩 쏴아, 큰 배답게 뱃전을 치는 물 소리가 크게 들려왔다.

항슬은 서둘러 어망으로 석수를 가렸다. 그러자 보욱이 말하였다.

"석수도 석수지만 항슬이, 적삼의 핏자국이 너무 선명한데."

"아차, 이를 어쩌지."

"내 뒤에 바투 앉아 있게. 밤눈이라 핏자국을 잘 보진 못할 테니까."

그 말에 항슬은 피 묻은 적삼이 눈에 잘 띄지 않게 몸을 굽히고 보욱의 뒤에 붙어 앉았다.

시커먼 소맹선 한 척이 물살을 가르며 빠르게 다가왔다.

"멈추어라! 뱃사공은 노 젓는 걸 멈추어라!"

소맹선의 정지 명령이 사나웠다. 뱃사공은 노질을 거꾸로 하며 배를 멈추었다. 소맹선도 속도를 줄이며 근접해왔다. 이물 머리에 철릭파림의 군관 하나이 우뚝 서서 그들을 내려다보았다.

"이 밤에 무슨 일로 배를 놀리느냐? 야행증은 있느냐?"

그 말에 보욱이 벌떡 일어서 항슬을 완전히 가리면서 큰 소리로 응대하였다.

"사정* 나리. 저흰 곧 포구로 들어갈 겁니다. 나리께서야말로 이 밤에 웬일로 야탐을 하고 계시옵니까? 무슨 큰일이 있습니까요?"

"응, 보욱이로군. 자네들 지금 뭐하고 있는가. 요즘 새우젓패가 조용하다 싶던데 뒷구멍에서 무슨 꿍꿍이 속을 품은 건 아니겠지?"

"아이쿠 무슨 말씀을요. 시원한 봄 밤에 저희도 시회를 한번 할까 하굽쇼."

"시회? 허허, 왈패짝들이 양반 흉내내다 가랭이 찢어지지. 헛소리 말고 바로 대거라. 무슨 일로 밤배를 놀리느냐?"

"정말입니다요. 저희라고 흥취가 없나요. 아름다운 강에 하얀 달이 뜨니 조조 제갈량 주유의 적벽대전에, 소동파의 적벽부가 생각나질 않겠습니까요."

---

**사정** 司正 종칠품의 오위영 소속 군관.

"흥, 시정잡배에 불과한 너희들이 뭘 안다고 소동파 조조에 적벽부를 운운하느냐. 한강의 물고기가 다 웃겠다."

"사정 나리, 너무 그러지 마십시오. 우리 같은 범부도 어느 순간 감회가 있을 수 있는 법, 그런 감흥과 멋이 어찌 소동파 혼자의 것이겠습니까!"

보욱이 천하에 깐깐한 이 사정을 만나 뭔가 둘러댈 말이 궁해 말을 늘이고 있는데 오른쪽에서 어선 한 척이 쏜살같이 다가오고 있었다. 사공 둘이 양쪽에서 배를 젓는 어선은 소맹선과 보욱의 배 사이로 날렵하게 끼어들어왔다. 한밤에 어선이 하도 빠른 속도로 짓쳐오므로 소맹선의 군관까지도 놀란 눈으로 그쪽을 응시한다.

어선이 가까이 접근하는 동시, 낭랑한 계집의 목소리가 강물 위로 날아왔다.

"보욱이 오빠는 왜 약속대로 빨리 안 오시는 거야요? 생선회가 다 문드러져서 한강에 제사 지내게 생겼네요!"

갑자기 날아온 말에 보욱은 꾀주머니답게 대번 대답하였다.

"아, 계희 아씨. 내가 왜 늦었다는 거요? 지금 이 사정께서 밤에 나다닌다고 우릴 징치하듯 뭐라 하시니 말대접 올리느라고 좀 늦구 있지요."

"흥, 사정 어른을 만났으면 뱃전에 납작 엎드려 죄를 빌 것이지 무슨 변명이 그리 많나요? 약속한 기생은 데려왔네. 이쁜 애를 골라오라 했는데 정말루 이쁜지 모르겠군. 아이쿠, 이 사정 나리, 안녕하시옵니까?"

그 말에 이 사정이라 불리운 군관도 덩달아 대꾸하고 있었다.

"그대들은 웬일인가. 야밤에도 고기를 잡는가?"

"이 철에는 야밤에 한몫을 해야 합지요. 그나저나 우리 마포선주회의 봄 야회가 모레 있지 않습니까. 그 예행 준비를 오늘 하는 참이랍니다. 이 사정님, 회감 한 상자 올릴까요?"

그 말이 떨어지기가 무섭게 계희네 배에서 생선 상자 두 짝이 휘익 날라서 소맹선 뱃전에 툭 툭 떨어졌다.

자향 213

"사정 나리, 강화에서 가져온 밴댕이와 참복입니다. 한번 맛좀 보셔요. 그리고 마포야회에는 필히 왕림해주셔요! 아셨지요?"

이 사정이 응대할 사이도 없이 주절댄 계희라는 계집은 영락없는 어부 차림에 삿갓까지 걸치고 뱃머리에 우뚝 서 있었다. 사내인지 계집인지는 목소리만으로 구분될 뿐이었다.

삼개의 어계맹 맹주인 최부자의 맏딸 계희는 마포에서 왈패계집으로 소문이 난 처자어부였다. 최부자가 일찍이 고기잡이로 부자가 되었으나 세상은 맘대로 안 되는 일이 하나씩 있는 법이라 끝내 아들을 못 보고 딸만 다섯을 낳고 말았다. 물론 첩을 여럿 두었것만 어쩐 일인지 그 계집들 사이에서도 빠져나오나니 도끼 찍은 자리뿐이어서 고추맛을 영영 보지 못하였다.

"요즘 밤고기가 잘 잡히는가?"

이 사정은 보욱과 계희을 보는 눈이 다를 뿐만 아니라, 좋아하는 생선이 두 짝이나 날아 올라오자 대번 말이 부드러워졌다.

"썩 잘 잡히지는 않습니다. 난지도 앞 샛강이 좀 나은데 것도 그렇구요, 우리 어부들은 어제오늘 강화에서 한몫을 단단히 하였습니다."

"요즘 강화가 물이 좋다며."

"오월 한창이지요. 밴댕이 철이니까요."

"생선은 고맙네. 한데 새우젓패는 조심하게."

"호호호, 새우젓패는요, 우리가 먹여 살리지 않으면 어쩌겠어요? 안 그래요, 보욱이 오빠?"

"흥, 계희 아씨는 말조심해요. 아씨가 여맹주인 건 좋다만은 우리가 뭐가 어째서 그대들한테 얻어먹는다는 게냐?"

보욱은 은근히 화가 난 듯 말을 뻗시게 하였다. 자기 계획과 계희의 재치로 자향이 연속 기생이 된 건 미안하였어도 그 덕에 이 어려운 경우를 벗어나고 있었다. 너무나 고마웠다. 거실거실하면서도 재치가 넘실대는 계희가 이뻤다.

계희는 보욱의 화증 어린 말투엔 신경을 쓰지 않고 다시 이 사정에게 말을 건넨다.

"사정 나리. 무슨 일이 있으십니까?"

"무슨 일은 별로 없네. 문안 금부에서 이상한 관문이 왔어. 야밤에 수상한 선박의 운행을 필히 점검하라는 지실세. 세상이 하수상하니 별스런 훈령이 다 내려오는구만."

그 말에 자향과 항슬과 보욱은 가슴이 철렁하였다. 어느 결에 삼개 순시선에까지 그런 밀명이 내려왔다는 말인가.

허나 계희는 그런 사정은 아는지 모르는지 아랑곳하지 않고,

"이상한 배가 지나가면 저희들도 사정 어른께 통기를 해드리겠습니다."

"고맙네. 필히 알려주게나."

"물론입지요. 그럼 저희들은 갑니다. 아름다운 강 시원한 강물 위에서 이쁜 밤 지내세요. 보욱이 오빤, 빨랑 따라와요."

말이 끝나자마자 순시선의 허락 따위는 괘념치 않는 듯, 계희의 배는 강물 인사로 노를 뉘어 착착착 물장구를 치면서 뱃머리를 포구 쪽으로 틀었다. 한때 사색이 다 됐던 보욱이네 사공도 역시 노로 착착착 강물을 때리고 뒤를 따랐다.

소맹선의 사정은 제대로 하지도 않은 순찰을 잘 해낸 듯, 입맛을 쩍쩍 다시며 밤섬 쪽으로 뱃길을 지시하고 있었다. 생선상자 두 짝이 순찰의 결과물로는 충분하였던 것이다.

소맹선이 멀어지자 계희가 뒤쪽의 보욱에게 작은 소리로 물었다.

"보욱이 오빠, 무슨 일 냈지?"

"아니."

보욱은 물귀신도 들을 수 있다는 생각에 터놓아도 될 계희에게 멀쩡하게 시침을 뗐다.

자향 215

"흥, 아무 일도 없는 사람이 이 밤에 나룻배를 빼서 급히 달려갔다가 허둥지둥 돌아오는 건 뭐야? 내가 그 속 모를까 봐? 다 보구 있었지. 그리고 항슬이 오빠는 왜 암말도 않고 숨어 있나요? 인사도 않구. 이 계희가 보기도 싫으신가요?"

그 말에 항슬은 자향을 흘낏 보고는 마지못한 듯 대답하였다.

"계희 아씨, 고마워. 우리 동료 하나가 가슴에 창을 맞고 중상을 입었어."

항슬은 고마운 계희를 속일 수 없어 솔직하게 털어놓았다.

"그런 일일 줄 알았지. 지금 어디로 가는 중이어요?"

"사당나루."

"소 대부한테 갈려구."

"잘도 아시는군. 우리 계희 맹주는."

"그쯤이야 뭐. 사공님아, 뱃머리를 청풍명월에 갈대 슬피우는 사당나루로 돌려요!"

두 배는 앞에서 끌고 뒤에서 밀듯이 사이좋게 마포 앞 밤강물을 가로질러갔다. 계희는 더 이상 말을 하지 않았다. 그 대신 뱃노래를 부르기 시작하였다.

범범창파 이내낙을 녹록세인 그뉘알리
은린옥척 뛰노는다 월척고기 낚아내니
송강농어 비길손가 갈대우는 밤강물은
한을안고 천리가나 내님하곤 동무하여
모강연우 나리는비 이내맘을 씻어줄까
그님맘을 눅여줄까.

자향은 계희의 구성진 노랫가락을 듣자 불현듯 서 진사의 시구가 생각났다. 서 진사는 그 시에서 '그대 보내는 삼개에는 어부노래 낭랑하네' 라고 읊었었다.

서 진사는 내가 이렇게 밤 한강을 어부의 노래를 들으며 올라갈 줄을 알았다는 말인가? 그녀는 청량한 계희의 노래를 들으며 뭐라 표현하기 어려운 감회에 젖었다.

한데 언뜻 본 항슬과 보욱도 무슨 감회에 젖은 표정들이었다. 두 사람의 표정이 조금씩은 다른데, 어라 이상한 느낌이 와닿는 것이었다. 자향은 직감으로 느낄 수 있었다. 이 사람들 모두 저 계희라는 처자어부를 좋아하는구나.

그 중에서도 보욱의 눈길이 더욱 다정해 보였다. 특히 계희가 시를 읊을 때 보욱의 눈은 반짝반짝 빛나고 있었다.

자향이 항슬에게 물었다.

"저 처자어부는 누구여요?"

항슬이 낮은 목소리로 대답하였다.

"삼개에서 어부로 입신한 최부자집 맏딸입니다. 이름은 계희이고."

"여장부군요."

"삼개 최고의 여장부지요."

"한데 노래도 잘 부르지만 말을 너무나 이쁘게 해요!"

"그게 계희의 특장이랍니다."

"항슬이는 저 처자어부를 좋아하세요?"

"아니요. 보욱이가 좀 좋아하지요."

"뭐야?"

자향의 당돌한 물음에 항슬은 보욱을 둘러대었고 보욱은 펄쩍 뛰며 아니라고 화를 내었다. 그러면서도 그들의 눈길은 부딪치자마자 불길이 튀는 것 같았다.

그때,

"순시선이 멀리 갔으면 나 좀 꺼내줘."
 석수의 하소연 같은 희미한 말을 듣고서야 모두 화들짝 놀라 잠시 잊었던 석수를 선창 안에서 꺼내올렸다.
 "미안해요. 빨리 꺼내드렸어야 하는데."
 자향이 깍듯이 미안해하자,
 "아니어요."
하는 말소리가 들리는 듯하더니 석수는 이내 정신을 잃고 만다.
 "석수가 또 정신을 잃었어요. 큰일났어요!"
 석수의 얼굴이 아까보다 더 하얗다. 자향은 그런 석수를 가슴에 보듬어 올렸다.
 "사공님아, 노를 빨리 저으소!"
 항슬이 뱃사공을 챙기고 앞을 달리던 계희는 눈치가 밝아서 자기 사공한테도 채근하였다.
 "빨리 사당나루에 배를 대라! 사람이 위험한가 부다."
 그리고는 뒤를 돌아보고 물었다.
 "보욱 오빠, 부상한 게 누구여요?"
 "석수."
 "아, 착한 석수. 검을 갖고 싸웠나?"
 "그랬네."
 "검을 잘 쓴다고 하였잖아요."
 "상대가 날랜 포교 셋이었거든."
 "오마나! 훌륭해라. 셋을 감당했다면 정말로 장수가 될 만하네."
 착한 석수인 걸 확인한 계희는 다시 한 번 사공들을 다그쳤다.
 "사공님들아 빨리 갑시다. 빨리요! 노를 힘껏 저어요. 만경창파 너른 한강아, 너도 물살은 뒤에서 치고, 구만리 장천에 그득한 바람아, 너는 뒤에서 밀어라!"

상상력 좋고 이쁜 말 잘하는 계희의 너른 마음처럼 배는 빠르게 물살을 헤치며 나아갔다.
사당여울에 닿자 보욱이 뭐라 항슬한테 이야기하고 펄쩍 뛰어 뭍에 오르더니 먼저 내린 계희와 밀담을 나눈다.

욱자는 깜빡 잠이 들었다. 항슬이 형을 돕는다는 부푼 마음에 너무 긴장한 탓으로 이 이틀 동안 심신이 피곤하였던가 보았다.
차 한잔을 마실 시간을 잤을까. 욱자는 잠결에 자신이 코를 곤다는 걸 알았다. 이런, 내가 코를 골잖아. 엄마가 싫어하는데. 그 생각을 하자 퍼뜩 눈을 떴다.
아니, 내가 지금 집이 아닌, 한 데에 누워 있네. 그렇지. 포졸한테 쫓겨서 나무숲에 숨었지. 오메, 그 사이 잠이 들었네. 그 잘 달리는 포졸은 어디 가지 않고 근처에 남아 있는 것 같았는데. 큰났다! 코를 곯았으니 포졸이 들었을라.
귀를 쫑긋 세우고 숨을 죽였다. 무슨 소리가 나는 것도 같았다.
최윤보는 숲 한가운데 오도마니 서 있었다. 숨을 조용히 들이쉬며 귀를 한껏 세우고 있었다. 이제 아주 작은 소리도 놓치지 않을 터, 다만 언제까지 이렇게 버틸지, 문제는 시간이었다.
숲의 세계는 만뢰구적, 풀벌레 우는 소리까지도 들리지 않는다. 아니 요란한 풀벌레 우는 소리는 청각 속에서 제외시키고 있다. 그 사이를 뚫고 들려오는 나뭇잎 떨어지는 소리, 바람에 살랑이는 풀잎 떠는 소리도 들을 수 있어야 한다.
그렇게 한참이 지났을 때, 갑자기 무슨 소리가 들려왔다.
바로 오른켠, 동쪽이다. 저것은, 저 소리는 뭘까? 살금살금 다가갔다. 거리가 한 삼사십 보쯤 저쪽이다. 이제 이십여 보. 아, 저 소리는, 코고는 소리잖아!

으흐흐, 놈이 숲에 숨었다가 자기도 모르게 잠이 들었군. 좋다! 독 안에 든 쥐로다!

그러나, 소리없이 다가가야 한다. 놈은 나보다 더 빠르면 빨랐지 느린 놈이 아니다. 간발의 차이로라도 못 잡으면 놓칠 위험이 있다.

최윤보는 발소리가 나지 않게 다가갔다.

순간, 코고는 소리가 사라졌다. 어, 코고는 소리가 없어졌다. 놈이 깼나? 최윤보는 제자리에 서서 귀를 더욱 세웠다. 아무 소리도 들리지 않는다.

최윤보는 왼손에 쥐었던 창을 두 손으로 끌어쥐었다. 여차하면 찌를 자세로 앞으로 조심조심 나아갔다. 이제 방향은 앞쪽, 거리는 십여 보, 놈은 저 어둑컴컴한 관목 아래에 드러누워 있다.

번개같이 덮쳐서 창으로 일격을 가한다. 배때기를 쑤셔야 해. 창을 한 방 먹으면 저가 잘 달릴 수가 없지. 으흐흐.

최윤보가 회심의 미소를 지으며 덮치려는 순간, 풀숲이 푸르륵 움직였다. 검은 물체가 번개같이 튀어나와 오른쪽 등성이 아래로 비호처럼 달려갔다.

이런! 최윤보는 비명과 함께 놈의 뒤를 쫓았다. 녀석은 아래쪽으로 마구 내려가다가 평지가 나오자 홱 하니 왼쪽으로 방향을 틀었다. 그 때문에 열다섯 보쯤 되는 거리가 스무 발짝으로 벌어졌다. 최윤보는 발에 힘을 주고 콧김을 내뿜었다.

빌어먹을 놈, 또 나를 놀려! 정말로 가만두지 않겠다. 마음은 다급하고 분기는 충천한데 녀석은 더욱 속도를 내서 달아나고 있었다. 거리가 더욱 벌어진다. 확실히 잘 달리는 놈이다.

달리는 게 뒤진다 생각하니 참을 수가 없다. 분한 최윤보는 뱃심을 힘껏 뽑아내며 발을 굴렀다. 그러나 놈도 힘을 더 낸다. 거리는 좁혀지지 않는다.

둘은 그렇게 숲 속을 한동안 달렸다. 숲이 끝나면 초원을 달리고, 초원이 끝나면 다시 숲으로 들어갔다. 둘의 숨소리는 더욱 거칠어졌다.

간격은 여전히 좁혀지지 않는다. 어느 순간 거리는 벌어졌다가 다시 좁혀진다. 그러나 녀석이 방향을 갑자기 틀면 거리는 늘어났다. 나무를 안고 돌기도 하고 자갈길을 미끄러지듯 구르며 달리기도 하였다. 바위가 나오면 사이사이를 돌고 휘고 비틀면서 달렸다.

잘 달린다. 놈은 잘 달려. 저렇게 잘 달리는 놈은 내 평생 처음 본다. 기특한 놈이다. 이제는 화가 나는 것보다는 녀석에 대한 감탄이 일었다.

그 사이 간격이 더 벌어졌다. 만일 울창한 숲이 나오면 종적을 잃을 위험이 있었다. 그런 생각을 한 탓일까. 저 앞쪽에 시커먼 숲이 보였다.

놈이 저 숲으로 들어가면 찾을 수가 없다. 추적도 끝날 위험이 있다. 놈을 놓쳐서는 안 된다.

그때 최윤보의 머리에 영감이 스쳐지나갔다. 그것은 패배도 포기도 체념도 아닌, 아량이었다. 좋다. 이야기를 나눠보자. 녀석은 그럴 가치가 있다. 암 그럴 가치가 있고말고.

최윤보는 배에 힘을 주며 큰 소리로 외쳤다.

"도망가는 놈아, 창피하지도 않느냐! 비겁하게 줄창 도망만 가느냐, 게 섰거라!"

최윤보의 외침 속에는 뭔가 끌어당기는 정이 스며 있었다. 욱자도 그런 매력을 느꼈는지 소리쳐 응답하였다.

"네 놈이 창을 들고 치려는데 안 도망갈 수 있느냐. 달리기를 곧잘 하는가 분데 날 잡을 수는 없을걸! 우헤헤헤!"

"너 이놈, 니가 잘 달리면 얼마나 잘 달리겠느냐! 내가 보기에 넌 단거리 도사다! 나는 장거리 도사니라. 잠깐은 니가 잘 달리는지 모르지만 오래 달리면, 넌 나한테 잡히고 만다!"

그 말에 욱자는 '헉!' 하고 신음을 토해냈다. 저 말은 틀린 말은 아니야. 나는 워낙 못 먹고 산 놈이라 오래 달리면 힘이 팽기지. 이런, 저 포졸이 그걸 어떻게 알았지! 큰났다, 큰났어! 포졸이 끝까지 쫓아오면 어쩐다지.

욱자의 걱정을 꿰뚫어본 듯이 최윤보가 다시 소리쳤다.

"네 이놈, 내 할 말이 있으니 게 섰거라! 그러면 나도 서마! 사나이와 사나이로서 약속을 지키마! 잠깐 서라. 할 말이 있다."

그 말에 욱자는 왠지 회가 동했다. 같이 잘 달리는 사내끼리 뭔가 할 말이 있을 법하였다. 그는 뒤돌아보며 소리쳤다.

"정말이요? 포졸이 창피하게 거짓말은 안 하겠지요?"

최윤보는 어린 녀석의 반응이 순박한 것이 마음에 들었다. 잘 달리는 것은 정말로 감탄할 일이고.

"좋다. 내가 먼저 설 테니 너도 서라!"

최윤보는 쫓던 걸음을 멈추었다. 좀더 달리던 욱자도 뒤돌아보고는 포졸이 선 걸 확인하고서 제자리에 섰다. 그리고는 더 달린 만큼 포졸 쪽으로 다가갔다. 둘은 스무 발짝 상간의 풀밭을 사이하여 마주섰다.

"왜 서라 하셨소. 포졸님?"

욱자는 왠지 포졸이 말하는 게 맘에 들어 겸손하게 물었다.

"네 얼굴을 보고 싶어서 서라 하였다. 세상에 나보다 더 잘 달리는 놈은 내 평생에 처음 보았다. 그래서 네 얼굴을 보고 싶은 생각이 났다."

그 말에 욱자는 기분이 확 좋아지고 포졸이 정말로 맘에 드는 것이었다.

"포교 나리도 잘 달리면서 뭘 그러십니까. 저야 쫓기는 몸이니 안 잡히려고 사력을 다해 도망칠 밖에 더 있습니까."

욱자의 말이 이쁘게 나온다. 최윤보는 빙그레 웃었다.

"네 말도 틀리지는 않다만은 확실히 나보다는 더 잘 달리는구나. 허나 아까 말한 대로 오래 뛰면 나를 당할 수 없을 게다."

"그 말은 맞을 거예요. 전 너무 가난하게 살아서 제대로 먹지 못한 탓에 오래는 잼뱅이어요."

"허허허, 솔직해서 좋다. 성함이 어떻게 되느냐?"

"우리 같은 상놈이 성함까지야 뭐. 이름이 외자로 욱인데, 제 성질이 빨리 잘 달리는 만큼 급하다 해서 욱자라고들 부르지요."

"욱이? 이름 좋구나. 성은 없느냐?"

"김가라고 하는데 그게 뭐, 증조 할아버지 때 머슴 살던 주인집 성인가 봐요."

"나이는 몇 살이구?"

"열아홉이어요."

"어른 다 되었구나. 나는 최윤보라 한다. 달리기로는 포청에서 당할 자가 없다고 자부하는데 오늘 너를 만나서 세상이 넓은 걸 알았다. 나는 나이가 스물여덟이니 큰형님이라고 하면 되겠다."

"제가 감히 어찌 포교님을 형님이라고 부를 수 있나요."

"우리가 이제부터 사귀면 형님 동생 할 수 있지. 있고말고."

그 말에 욱자는 눈을 크게 뜨고 최윤보를 바라보았다. 새벽이 다가오고 있어서 최윤보의 얼굴을 흐릿하나마 살펴볼 수 있었다.

큰 키에 뭉툭한 코, 너부죽한 입술이 사람 좋게 생긴 인상이었다.

"포교님은 절 체포하지 않을 심산이십니까?"

그 말에 최윤보는 껄껄 웃었다.

"허허허. 욱이야. 서라고 해서 선 사람을 체포하는 그런 더러운 포졸은 조선 천지에 없다. 그리고 네가 나보다 더 잘 달려서 훨훨 날아가 버렸는데 내가 어떻게 너를 잡을 수가 있겠느냐?"

그 말은 맞는 것 같기도 하고 아닌 것 같기도 하였다. 끝까지 쫓아오면 잡힐 수도 있는데 말이다. 여하간 마음씨 고운 포졸인 듯하였다.

"죄지은 자를 안 잡고 놓아주시면 포교님은 벌 받지 않으십니까?"

"네가 무슨 죄를 지었느냐? 넌 그저 여자 옷 들고 뛴 죄밖에 없다. 그게 무슨 죄가 될까."

어, 그 말을 듣고 보니 맞는 말이었다. 자향인가 하는 처자를 모른다고 하면 어쩌면 죄가 될 턱이 없어 보였다.

그러나 세상은 죄가 된다면 죄가 되는 법, 욱자는 거기까지 생각할 필요는 없었다.

"포교님, 감사합니다."

"아니다. 나보다 더 잘 달리는 사람이 있다는 걸 안 것도 나에겐 큰 보람이다. 너, 삼개 새우젓패의 왈짜이냐?"

"네. 허지만 저는 그저 어디 빨리 갔다오라고 하면 갔다 왔다 하는 그런 심부름만 하는 졸자에 불과합니다. 사실 항슬이 형이 좋아서 여기 왔지, 새우젓패에 꼭 끼는 왈패짝 동아리는 아닙니다."

"그러하냐. 항슬이는 누구냐. 이번 일을 주도하는 우두머리냐?"

최윤보의 그 질문에는 욱자도 우물쭈물, 대답할 수가 없다. 미적미적 대답하지 않자 최윤보는 고개를 끄덕이며 미소지었다.

"좋다. 그 대답은 안 해도 좋느니라. 하지만 한 가지 충고를 하마. 앞으로는 새우젓패 왈짜들하고 어울리지 마라. 알았느냐?"

"네. 하지만 그들이 불러서 오라고 하면 아니 갈 수가 없어서요."

"꾀를 내서 살살 빠지면 되지 않겠느냐."

"알겠습니다, 무슨 말씀인지. 하지만 항슬이 형님은 도와줘야 합니다. 그 형님은 정말 좋은 사람이거든요. 저한테 얼마나 잘해주는데요."

"그래? 생의가 무어냐?"

그 말에 욱자는 머뭇거렸다.

"농사짓느냐?"

"아버님이 남의 논을 붙이고 있습니다."

"남의 논을 붙이는 것도 농사는 농사지. 농사짓는 것처럼 훌륭한 일은 없다. 논밭 제대로 갖고 농사짓는 사람이 조선 천지에 몇 되겠느냐. 부끄러워할 것도 없고."

"네."

"장가는 아직 안 갔는가?"

"네, 못 갔어요. 우리같이 가난한 놈한테 어떤 처자가 시집오겠어요."

욱자의 순진한 말에 최윤보는 가슴이 찡하였다. 최윤보는 한동안 말이 없이 욱자를 쳐다보았다. 여명이 다가와 희끄무리한 속에 얼굴 윤곽이 드러나고 있었다. 욱자는 날렵한 몸매에 너부죽한 얼굴, 참한 눈동자를 지니고 있었다. 얼굴이 검어서 그렇지 못생긴 인물은 아니었다. 입술을 다문 표정에서 착함을 읽을 수 있었다.

한참 동안 욱자를 바라보던 최윤보가 입을 열었다.

"욱이야, 그만 가 보아라."

"네?"

"집에 돌아가라구. 어젯밤에 안 들어 왔으니 부모님이 얼마나 기다리시겠느냐."

"네, 알겠습니다. 포교님도 밤을 꼬박 새우셨으니 몸조심하세요."

욱자는 허리를 깊이 숙여 절하였다. 그리고 잠깐 최윤보를 쳐다보고는 공연히 섭한 마음이 이는 것을 억누르고 뒤로 돌아섰다. 그가 몇 발짝 가기 전에 최윤보의 목소리가 다시 들렸다.

"욱이야!"

"네?"

욱자는 자기도 모르게 깜짝 놀라 뒤로 돌아 포졸 형님을 쳐다보았다. 혹 쫓아오지 않나 해서 놀랐으나 그건 아니었다. 최윤보는 여전히 아까 그 자리에 서 있었다.

"욱이야, 너 포졸을 해볼 생각 없느냐?"

"네? 저 같은 상놈이 어떻게 포졸을 할 수 있습니까?"

"이까짓 포졸도 아무나 할 수는 없지만, 너처럼 조선서 제일 잘 달리는 사람은 특별히 채용해줄 수도 있다."

"정말이에요?"

"그럼."

그러나 욱자는 그 말이 곧이 들리지 않았다. 뭔가 믿을 수 없는 마음에 뭐라 대꾸를 못하고 있자 최윤보가 다정한 목소리로 말하였다.

"지금은 믿어지지 않는가 본데 나중에라도 포졸을 하고 싶으면 날 찾아오거라. 서문에 와서 내 이름을 대라구. 내 이름은 최윤보다. 기억하고 있지?"

"네, 알고 있습니다. 고맙습니다."

"그래, 그럼 이제 가 보아."

"네, 포교님도 안녕히 가져요."

"그래."

달음박질을 잘하는 두 사내, 최윤보와 욱자는 길 없는 초원에서 그렇게 생각도 못한 정을 나누고 서로 뒤를 돌아보고 돌아보며 손을 흔들면서 헤어졌다.

## 29. 저들의 세상

항슬과 자향은 사당나루에서 배를 갈아탔다. 석수를 구해온 나룻배에서 속도가 빠른 계희의 어선으로 바꿔탄 것이다. 항슬은 피가 얼룩진 적삼을 어부와 바꿔입었고, 자향은 다기원서 가져온 하녀 옷으로 다시 갈아입었다.

석수를 어부 한 사람에 들러메어 보욱과 함께 소 대부 집으로 보낼 때 항슬은 조금은 동요하고 있었다.

"보욱이, 석수는 괜찮겠지?"

"걱정 마. 소 대부가 누군가. 문안의 어느 의원보다도 낫잖은가. 그 양반만 어디 출타하지 않았으면 걱정 없네."

"그래, 부탁하네."

"걱정 말고, 아씨나 잘 모시고 가게. 내 곧 따라감세."

"그래, 내가 가는 곳마다 말을 남기고 표식을 해놓을 테니 긴밀히 연락하세. 그리고 아까 부탁한 것들은 잘 챙겨주게."

"건 걱정 말고. 그리고 아씨는 조심해서 가시오. 내일 안에 뵙겠지만. 아니 내일도 아니지, 밤이 새었으니."

보욱은 자향한테도 인사하였다. 자향은 그런 그가 고마웠으나 우선은 석수가 너무나 걱정돼 거기에 정신이 팔려 있었다.

그녀는 어부가 업고 있는 석수 바로 옆에서 계속 그를 살피며 가슴을 졸였다. 석수는 아직도 혼수상태였다. 자향은 가슴이 미어지는 것만 같다.

석수의 얼굴을 유심히 살피던 자향은 석수의 검을 들고 있는 보욱이의 소매까지 잡고 절절하게 부탁한다.

"보욱이, 부탁해요. 석수를 잘 보살펴주세요! 아셨지요?"

"걱정 마세요, 아씨. 자, 석수 땜에 우린 빨리 갑니다. 두 분 몸조심하시오. 알았지!"

보욱은 손을 내치면서 항슬을 재촉하였다. 어부들에게도 눈을 주며 은근하게 부탁하는 걸 잊지 않는다. 석수를 업은 어부가 앞장서 성큼성큼 걸어가자 보욱은,

"계희는 곧 연락할게."

선머슴 같은 처자어부에게도 인사를 건네고 서둘러 뒤를 따라갔다.

그때까지, 이별 아닌 이별에 노심초사하는 그들을 지켜보던 계희가 썩 앞으로 나서며 항슬에게 말하였다.

"항슬이 오빠. 그러니까, 이 처자분을 구하기 위해 출동한 거군요?"

"그러네. 배 빌려준 것 고마워. 보답을 할게."

"보답은! 한데 이 처자가 되게 이쁘다. 맘씨도 고운 것 같구. 그치요?"
 계희는 누구라 할 것 없이 혼자 묻듯이 말하고는 자향을 다시 한 번 빼꼼히 쳐다보았다. 자향은 그런 계희가 왠지 정이 가고 고마워서 깍듯이 인사하였다.
 "여맹주께서 이것저것 편의를 봐주신 점 너무 감사합니다."
 "여맹주? 하하하! 저 오빠들이 날 놀리려고 부르는 칭호를 아씨도 불러주는 거요?"
 그 말에 자향은 머쓱하였으나 그래도 뭔가 기분 좋은 말을 하고 싶어서,
 "하시는 행동이 여맹주다워요. 마음씨도 곱구 넓구."
 "호호, 고마워요. 우리 항슬이 오빠가 도와줄 만한 처자로군요!"
 "그래. 내가 안 도와주면 안 되는 사연이 있는 아씨셔. 자, 계희 고마워. 우리 빨리 갈게. 한시라도 빨리 가야 보는 사람도 없고 일도 수이 끝나지."
 항슬은 자향을 서둘러 배에 태우고 계희에게는 뭐라 귓속말을 하고는 작별하였다.
 그들이 사당여울에 닿아서 석수를 보내고 어선으로 바꿔 타고 떠난 시간은 한 식경이 넘지 않았다.
 계희는 어부들에게 뭐라 지시하고는 손을 흔들며 자향에게 정을 뿌린다. 귀한 양반집 처자에게 어부의 딸이 보내는 정이 왠지 그윽해 보였다.
 배는 속도가 아주 빨랐다. 어부들의 어깨힘도 좋아서 강물을 잘도 거슬러 올라갔다.
 갑자기 달이 구름속으로 들어갔는가, 사방이 어두워졌다. 어선은 벌써 나루목 가까이 이르고 있었다. 항슬은 뱃사공에게 뭐라 이야기하며 등을 툭툭 두드려준다. 원래 잘 아는 사이인가 보았다.
 한데 은어를 쓰는지 뱃사람말을 섞어서인지 자향은 그들 말을 도통 알아들을 수가 없었다. 항슬이 자향의 옆으로 오자 물었다.
 "무슨 말을 하였어요? 어부와 나누는 말을 알아들을 수가 없네요."

"여명이 트기 전에 노량나루를 지나가야 합니다. 달이 어두워질 때 한강 복판으로 해서 노량나루를 지나라고 말하였어요. 노량나루엔 기찰하는 포교가 쫙 깔려 있거든요. 훤한 낮에 지나가면 뒤를 쫓아올 위험도 있습니다."

"한데 왜 내가 못 알아듣지요?"

"뱃사람 말에다 천박한 우리들 은어가 섞여서요."

"그래두."

"우리들 말은 이상한 게 많습니다. 양반집 처자는 이해 못할 거예요."

"그래요?"

자향은 말꼬리를 흐리며 생각하였다. 같은 조선땅에 살면서 말이 다르고 생각하는 게 다르고 사는 틀도 다른 사람들, 바로 저들이 사는 세상. 자향은 처음으로 저들의 세상이 따로 있음을 느꼈다. 그동안 한번도 생각해보지 못했던 저들의 세상, 그 세상에 나는 발을 디디고 있는 것이다. 며칠 전만 해도 생면부지였던 항슬이 지금은 나의 보호자가 되어 있고 그로해서 자기는 안전한 곳으로 가고 있다. 바로 저들의 세상 속에서.

자향은 항슬의 옆얼굴을 슬쩍 돌아보았다. 그는 앞쪽 강물을 바라보고 있었다. 피 묻은 탓에 어부의 옷과 갈아입은 항슬의 옷매무새가 약간 엉성해도 그의 미소는 은은하였다. 신비하게조차 느껴진다.

항슬이 석수를 보욱과 함께 소 대부한테 보내고 계희의 배와 사공을 빌리고 어디서 다시 만나자고 약조하는 일처리를 보면서 자향은 신기하다는 생각을 하였다.

술청의 중노미밖에 안 되는 사람이 어떻게 저런 능력과 과단성이 있을까. 그의 말을 깍듯이 듣는 동무가 있고 배를 내주는 처자어부도 있고.

이 사내는 평범한 듯 평범하지 않다. 신비한 힘이 있다. 석 주사가 믿는 구석이 있었던 점도 바로 이런 미묘한 매력 때문이었을까? 양반이 아닌 상놈이지만 그가 풍기는 인품은 어느 양반보다도 높아 보인다. 놀라운 일이다.
그런 항슬을 느끼는 자향. 그녀의 마음속에는 작지만 싱싱한 희망이 부풀어오르고 있었다.
이 세상은 넓다. 양반들만 사는 세상이 아니다. 항슬이 보욱이 석수 욱자 그리고 계희. 저들이 사는 세상은 따로 있고 이렇게 보람이 있으니 그것이 상놈의 세계라 한들 무슨 상관이 있을까. 저들과 함께 몸을 부비고 어우러져 사는 세상도 나쁘지 않다. 나쁠 턱이 없다.
그리고 지금 나는, 며칠 동안 서강과 삼개 사이에서 죽음과 삶 사이를 오가며 가슴을 졸였는데 밤 한강을 이처럼 빠르게 스쳐지나가고 있지 않은가! 그 무서운 추적포교도 이제는 별 수 없이 망연자실하리라. 다 저들 덕분이다.
그런 생각을 하자 오랜만에 살맛이 났다. 아, 좋다. 이런 처참한 도망길에도 이렇게 좋을 수가 있고 이토록 큰 기쁨을 느낄 수가 있다니! 어렵게 사는 사람도 이래서 세상을 사는가 보구나!
자향이 그렇게 혼자 감탄하고 혼자 흡족해하고 있는데 항슬이 의논성으로 말해왔다.
"아씨가 가려는 곳은 원래 어디였습니까?"
자향은 잠시 항슬을 보며 눈을 꿈쩍꿈쩍하다 입을 열었다.
"저는요, 아무 계획이 없고 석 주사가 용인으로 간다고 하였습니다."
"거기엔 무슨 연고가 있습니까?"
"저희네 논밭이 조금 있고 장원이 있지요."
"저한테도 그런 내용을 적어 보냈더군요. 하면 저들 포교들도 아씨와 석 주사가 그쪽으로 가고 있던 걸 알겠네요?"
"그것까지는 모르겠지요."
"아닙니다. 그들은 알아냈을 겁니다. 석 주사를 고문했을 테니까."
"고문요? 고문 당해도 말하실 분이 아니신데."

"그럴 분은 아니시지요. 허지만 금부에 붙들려가 모진 고문을 당하면 지켜질 게 없습니다. 거짓 자백도 하게 마련이지요. 왈패들 사이에 이런 속신이 있습니다. 옥바라지와 의리는 버리지 마라. 그러나 감방 안의 동료는 믿지 마라. 이해가 되십니까?"

"그렇게 비유해 설명하니까 무슨 말인지 알겠네요."

"그렇지요. 석 주사가 다 불었다고 가상하고 우리는 행동해야 합니다."

자향은 그런 말을 나누고 보니 석 주사가 불쌍하면서도 불안한 인물로 느껴졌다. 항슬은 자향의 그런 생각에 위로의 말을 넣어준다.

"허지만 석 주사님은요. 저에게 전언해서 아씨를 구해달라고 하였지 않습니까. 의리가 있는 훌륭한 분이시지요."

자향은 항슬의 심기 깊음에 고개를 끄덕였다. 이 항슬이란 중노미는 정말 머리가 좋다. 내 속마음까지도 훤히 들여다보고.

"그렇담, 석 주사가 고생을 하셨겠네요. 왜 진작 알려주지 않았어요?"

"석 주사님이 고문 당한 건 지금에서 중요한 건 아니잖습니까. 아씨가 물어본 적도 없구요."

둘은 잠시 서로를 쳐다보았다.

하긴 그렇다. 항슬에게는 아무 탓할 게 없다. 오히려 그렇게 속 깊은 생각을 해주는 그가 고마웁다.

"여하간 그건 그렇고요. 아씨는 이제 어떻게 하면 좋겠습니까. 제 생각에 용인은 가서는 안 됩니다. 지금 우리는 곧 노량진을 무사히 넘어갈 겁니다. 용산 쪽으로 가도 되고 거기서 한강을 넘을 수도 있고요, 외려 거꾸로 문안으로 들어가 숨을 수도 있습니다."

"문안으로요?"

자향은 의외라는 듯 놀란 표정을 지었다. 항슬은 고개를 주억거렸다.

"아씨는 착하게만 살아서 모르실 거예요. 잘못을 저지른 범인이 숨는 데는 삼대방략이라는 게 있습니다."

"세 가지 방략요?"

"네. 첫째, 사람 많은 곳으로 가라. 둘째, 일거리를 가져라. 셋째, 도망자 신분을 잊어라. 다 이치가 닿는 것 같지요?"

"듣고 보니 그러네요."

"추쇄*하는 포교는 어떤 사람을 관찰하느냐 하면요, 자기들을 피하거나 똑바로 못 보는 사람, 다음은 자기를 보면서 의연해하려는 사람이라고 해요. 그러니까……."

"그러니까 가장 좋은 방법은 포교를 의식하지 않아야 한다, 이거지요?"

"그렇습니다. 아씨는 한마디 하면 세 마디를 알아들으시는군요."

자향은 웃었다. 만득이를 가르친 글방 선생은 그녀에게 한마디 하면 열 마디를 알아듣는다고 칭찬하였다. 한데 항슬이는 세 마디라고 하는군.

"아씨야 뭐 그런 범인은 아니지만 그런 방략을 원용하는 건 나쁘지 않을 거예요. 안 그렇습니까?"

그렇게 토를 다는 항슬도 슬쩍 웃었다. 자향은 항슬이 말한 삼대방략이란 것을 속으로 음미해본다. 맞는 말이다. 듣고 보면 사소한데 알지 못할 때는 생각하기 어려운 일들이다. 그리고 항슬이는 날보고 그런 범인이 아니라고 하는데, 아니긴 왜 아냐? 바로 그런 범인인걸.

"그럼 우선 이렇게 합시다. 용산 지나서 서빙고 지나서 두뭇개(豆毛浦)란 곳이 있습니다. 사람이 좀 사는 곳이지요. 그곳엔 우리가 아는 동아리가 있으니 그곳 가서 잠시 신세를 지면서 추적하는 자들의 동태를 보아 움직입시다."

그렇게 말한 항슬은 자향이 고개를 끄덕이는 것을 기다릴 것도 없이 사공에게 지시하고 있었다.

"대치, 괜찮은가. 정신이 좀 드는가?"

---

**추쇄** 推刷 도망한 노비나 부역 병역을 기피한 사람을 붙잡아 본래의 곳으로 돌려보내는 일.

함지박귀는 눈을 뜬 이대치를 보고 다정하게 물었다.

"이제 정신이 좀 듭니다. 형님, 미안하우. 기대에 어긋나서."

"그런 걱정은 말구. 다친 부위는 어떤가. 응급조치가 잘 되었는지 몰라. 통증이 심한가?"

"괜찮은 것 같습니다. 형님의 비상약이 아주 좋은 성싶네요."

"지난해 평양에 갔을 때 그곳 명의로 소문난 유원삼이한테 처방 받아온 걸세."

"아, 그 유원삼이. 중국 가서 의술을 배워왔다는. 선성은 들었는데 제가 그 덕을 봅니다그려."

"삼개로 갔던 이 형이 왔으니 인사를 하게."

그 말을 듣고 보니 함지박귀의 뒤에 독랄한손이 앉아 있었다. 이대치를 보며 고개를 끄덕이는 품이 풀이 죽어 있다. 뭔가 크게 낭패한 몰골이었다.

"아, 이 형이 오셨구려. 오랜만에 만났는데 이렇게 부상한 몸으로 뵈어 창피하우."

"창피한 건 내가 더 하오. 입맛이 쓰우."

함지박귀는 독랄한손이 당한 정황을 간단히 설명해주었다. 그 이야기를 듣고 보니 망신은 피차 마찬가지여서 둘은 씁쓸하게 웃을 수밖에 없었다.

"최윤보는 지금 어디 있소?"

"윤보는 달음박질 잘하는 놈을 잡고 싶어 지금 잠복하고 있소. 그놈한테 속은 게 영 분해서 죽을 지경이오. 고놈 잡기 전에는 아니 오겠대."

"잡을 것 같으우?"

"놈이 윤보 못지않게 잘 달려서 잡을 것 같지는 않소."

독랄한손은 입맛을 쩝쩝 다시며 염소 수염을 만지작거렸다.

"형님, 그렇다면 고것들이 보통내기들이 아닐세."

큰바보가 함지박귀에게 말하였다.

"보통내기가 아닌 정도가 아니네. 그들에는 꾀보만 있는 게 아니라 검 잘 쓰는 놈도 있고 달음박질 잘하는 놈도 있고 지휘하는 자도 있고 구색이란 구색은 다 갖췄네."

그때 독랄한손이 끼어들었다.

"이 형, 그들이 배를 타고 삼개로 갔는지 거꾸로 서강 쪽으로 빠졌는지 그건 확인을 못하셨소?"

"건 확인을 못하였소. 그들이 배를 탈 때 내 정신을 잃었으니까."

"거기까진 모르겠지. 한데 대치, 우리 천라지망과 정보 동아리 조직이 영 엉망이야."

함지박귀가 인상을 쓰며 실눈을 떴다. 함지박귀가 뭔가 화증이 났을 때의 표정이었다. 특히 정보 동아리는 이 며칠 큰바보가 책임을 맡고 있었다.

"뭔가 잘못 된 게 있습니까?"

"이 형에 의하면 어제 저녁이 깊기 전에 그 계집이 다기원에 들어갔다는 게야. 그걸 눈 뻔히 뜨고 알아내지 못했으니 이런 낭패가 어디 있는가. 천라지망은 무얼 했고 짭새들은 귀가 있는 건지 없는 건지. 알다가도 모를 일이네."

"천라지망이 그렇게 쉬이 뚫릴 리가 없는데."

"그리구, 그 검을 쓰는 애 말이야. 그 애 솜씨가 보통이 아니잖은가. 삼개 포청은 무얼 한 겐가. 그렇게 무술이 고강한 애가 있는 걸 평소 알고 있었으면 경고를 해주었어야 하지 않는가?"

실제로 낭패를 당한 큰바보는 얼굴이 벌개진 채 입맛만 다셨다.

함지박귀가 품에서 종이 쪽을 꺼내어 방바닥에 펼쳤다. 얼기설기 그린 지도였다.

"지도를 보게. 이쪽 서강에서 버드나무여울까지 계집과 새우젓패가 이동한 경로가 보이지."

큰바보는 아픈 가슴을 오른손으로 누르며 머리를 돌려 지도를 보았다. 지도에는 화살표로 저들의 도망로가 그려 있었다.

"지도를 보면 말이야 저들이 왔다 갔다 하는 행적을 확인할 수 있네. 계집이 새우젓패와 만난 이후가 문제일세. 즉 왔다 갔다 하는 게 바로 그 뒤부터라는 게지. 이것 보게. 안골서 만수림, 덕구할배네 등성이, 토정 입구, 밤골, 그리고 다기원. 옆으로 흘렀다가 위로 가고 일직선을 그었다가 맨 마지막에는 버드나무여울로 거꾸로 갔지 않은가."

"그렇군요. 거기에 무슨 뜻이 있습니까?"

"모사꾼의 심기가 깊다 하는 거지."

"그럼 앞으로 그들은 어디로 갈까요?"

독랄한손이 물었다. 함지박귀는 통통한 이독수를 바라보며 생각하는 표정을 지었다.

"내 생각해보았네만 놈들은 결코 서강 쪽으로는 가지 않네. 삼개로도 들어가지 않고."

"그럼 어디로 갑니까?"

"건너뛰겠지."

"건너뛰다니요?"

독랄한손이 다시 물었다.

"저 멀리 노량진 쪽으로 나아가리라는 뜻일세."

"그래요?"

이대치와 독랄한손은 둘이 눈맞춤을 하며 고개를 끄덕이었다. 맞다, 이야기를 듣고 보니 간단하였다. 그럴수록 더 화가 난다.

독랄한손은 말은 안 했어도 최윤보 못지않게 욱자한테 휘둘린 게 분해서 죽을 지경이었다. 이놈들을 필히 잡아서 분풀이를 하고야 말리라, 마음속으로 절치부심하고 있었다. 그는 계집 못잡은 것보다도 최윤보와 자기를 농락한 달음박질 도사의 상판대기를 보고 싶고, 단단히 혼뜨검도 내고

자향 235

싶었다. 한데 요것들이 이렇게 번개같이 사라지다니!
 함지박귀가 결론을 내리듯 말하였다.
 "그래서 앞으로 우리의 방향은 세 가지가 돼야 할 것 같아. 첫째 삼개를 뒤지고, 둘째는 빠른 배를 구해서 한강을 거슬러 올라가며 정탐하고, 셋째 한 동아리는 육로로 노량진과 용산까지를 훑으며 원형의 진을 쳐야 하네. 원형의 반경, 천라지망의 너비는 내가 이야기해줌세."
 "건너뛰었다면서 삼개는 왜 뒤집니까?"
 지도를 열심히 들여다보던 독랄한손이 새삼 함지박귀를 바라보며 물었다.
 "검 잘 쓰는 놈이 중상을 입었지 않은가. 틀림없이 의원한테 가겠지. 의원이라면 어느 대부를 찾아가겠는가. 자기들이 잘 통하는 삼개의 대부 아니겠는가. 그래서 서강으로는 가지 않았다고 보는 거네."
 "형님, 그 말이 맞소. 틀림없을 것이오." 큰바보는 뭐를 발견이라도 한 양 큰 소리로 말하였다. "놈들이 누군가 대부한테 가야 한다 하고 말합디다. 그리고 저들의 우애가 아주 돈독하고 의리가 있습디다. 허, 어린 시정 잡배놈들이 충정이 있더라니까. 부상한 시커먼 놈을 어찌나 아끼고 보살피는지 열정이 대단하더라구요."
 "여보게 이 형. 살인범도 사귀어 보면 꼭 나쁜 놈은 아니란 생각을 갖게 되네. 깊이 사귀면 의리까지 엿볼 수 있겠지. 시정잡배도 한 사람 한 사람 모두 뭔가가 있는 거라구. 그놈들도 나름대로 뭐가 있다, 이렇게 생각하며 쫓아야 하는 걸세. 세상에는 쉬운 일이 하나도 없어!"
 함지박귀의 묘한 말에 둘은 한동안 그를 쳐다보았다. 조금은 생각이 깊은 독랄한손이 먼저 입을 떼었다.
 "그럼 형님은, 저들이 부상한 애를 대부한테 데려갔을 뿐더러 계집은 배를 태워 노량진 쪽으로 도망했을 것이라, 이렇게 보는 겁니까?"
 "그러네. 자네라면 그렇게 하지 않겠는가?"

"그렇게 하지요. 신속무비, 출기불의, 뭐 그런 방략으로!"
"바로 그것이네. 항시 그들의 입장이 되어서 생각해야 하지. 지금에서 여러 정황을 보니 새우젓패의 모사꾼은 우리보다 나으면 나았지 떨어지는 놈이 아닐세. 머리 하나만은."
"다른 건요?"
역시 머리가 빠른 독랄한손이 물었다.
"경험. 놈은 경험은 부족하겠지. 우린 그 틈새를 파고들어야 해!"

노량진나루에는 기찰포교와 포졸이 여섯이나 근무하고 있었다. 그러나 세상이란 매일 사단이 이는 건 아니므로 평온할 때에는 기찰포교가 있는지 없는지 눈에 뜨이지 않아 무심한 백성은 기찰포교가 한둘 정도 있는가 부다 여길 뿐이었다.
그러다가도 문안 동네에서 무슨 이상한 관자가 내려오면 포교의 눈꼬리는 독수리눈이 되고 분위기는 험악해지기 마련. 특히 장례원*의 비자 도타 건은 수시로 청탁 비슷하게 내려왔고 운이 좋아 포착해주기만 하면 두둑한 쏨쏨이돈이 건너오곤 하였다.
그러나 그렇게 매번 돈거래만 있는 건 아니었다.
개혁의 신바람으로 이름을 드날리던 중신이 대거 잡혀 들어가고 조정에 칼바람이 난 이 열흘은 돈복과는 상관없이 독수리보다 더 사나운 눈들이 노량나루를 매섭게 훑고 있었다.
포교들이란 저들의 권한이 빛을 보고 힘꼴 좀 쓸라치면 공연한 신명이 나서 희생물을 찾아 혈안이 되는 것이다. 그런 더러운 존재는 항상 어느 부서에도 약방의 감초처럼 박혀 있기 마련이었다.
독랄한손은 젊은 포교의 데데한 응수에 은근히 부아가 났다. 짜식이 운 떼가 좋아 포교가 됐다고 말버르장부터 으스대는 게 아닌가. 허나 이놈의

---

장례원 掌隷院 조선시대 노비의 호적과 노비송사에 관한 일을 맡아보던 관청.

자향 237

포졸 세상엔 말이야, 경험이 중요한 거다 짜식아. 네가 책임을 지지 않을 양 시침을 딱 떼어도 곧 들통날 수가 있어. 우리도 포졸밖에 안 되지만 너희들 남행짜리 등에 지고 출세한 부스러기 포교 따위는 하루아침에 보낼 수도 있다. 밑바닥 쫄때기가 무서운 줄을 알거라, 이놈아!

독랄한손은 이처럼 부글부글 끓는 마음을 달래느라 속으로 온갖 욕을 다 퍼부었지만 세상은 또 어쩔 수 없는 것인지라,

"그렇습니까. 알겠습니다. 포교님, 언제 또 뵙겠습니다."

인사치레를 적당히 하고 물러날 수밖에 없다.

독랄한손이 입맛을 다시며 포교초막에서 나루 쪽으로 내려오는데 누군가가 옆에서 허리를 슬쩍 굽히며 아는 체를 한다. 왼편 뺨에 흉터가 가로지른 서른 초입의 중노미 차림 사내가 비웟살 좋은 웃음을 보내고 있었다.

"오, 석쇠 잘 있는가. 요즘에도 노를 젓고 있지. 도사공이 되었는가?"

"도사공은요. 멀었습죠. 여직 부사공 끄트머리입니다."

"그래, 허지만 자넨 여력도 좋고 물길도 밝으니 곧 잘 풀릴 게야."

"말씀이라도 감사합니다. 포교님같이 사람 아껴주시는 분만 계시면 우리 신세가 확 필 터인데."

"그래, 무슨 일이 있는가?"

"무슨 일은요. 무슨 일은 포교님이 있어서 여기 오신 거 아닙니까?"

"그렇지, 그렇지."

순간 머리가 퍼뜩 돌아간 독랄한손은 사방을 둘러보다가 손짓을 하며 으슥한 곳으로 석쇠를 데리고 갔다.

"여기 잠깐 앉아서 이야기 좀 합세."

"그러시지요. 무슨 은밀한 이야깁니까?"

"그렇게 은밀한 이야긴 아닐세. 만사 조심스러워서."

독랄한손은 그렇게 말하면서 얼굴을 근엄하게 고치고 십년지기처럼 어투를 바꾸었다.

"요즘 나루는 밤에도 야근을 하는가? 저 포교들 말이야."
"밤에요?"
"음."
"밤에 왜 합니까. 아, 요즘에는 가끔 밤에들 나와 강가를 순찰하듯 보기도 합디다만은."
거기까지 말한 석쇠는 뭔가 깨도가 있었던지 목소리를 살짝 낮추며 묻듯이 말하였다.
"포교님, 혹시 밤배를 놀리는 자가 있는지 그걸 수색하고 있으시군요."
"그걸 자네가 어찌 아는가?"
독랄한손의 얼굴에 화색이 돌았다.
"밤배 운행을 본 적이 있는가?"
"있지요. 바로 어젯밤에요."
"뭐야. 어젯밤에?"
"그러문이요. 어젯밤 자시를 넘어 축시가 다 돼가는데 어선 한 척이 삼개 쪽에서 거슬러 오더니 저 한강 한복판으로 해서 용산 쪽으로 갑데다. 제가 뒤를 보러 나왔다가 그 배를 보았지요. 아주 잽싸게 지나갑디다요."
"빨리 지나갔어?"
"네. 어선이 이 깊은 밤에 무슨 일이 있어 저리 쏜살같이 가나 하는 생각이 나서 기억이 또렷합지요."
"어선이 확실하던가? 나룻배는 아니고?"
"어선이었어요. 나룻배하고는 영판 틀리지라우. 어부가 양쪽에서 젓는 배 말이요."
이대치에 의하면 새우젓패는 나룻배를 타고 갔다고 하였다. 한데 석쇠는 어선을 이야기를 하고 있다. 그렇다면 그 사이에 배를 갈아타야 하는데 그럴 여유와 능력이 쉬이 있을까. 어제 어선이 새우젓패들이라고 점찍기에는 조금 미심쩍은 데가 있었다.

"그 배가 어디로 가는지 목적지가 어딘지는 알 수가 없었겠네."
"물론입지요. 어디 밴지도 알 수 없구요."
"그 배가 뒤에 내려오는 건 못 보았나?"
"못 보았습니다. 금방 들어가서 해가 하얗게 뜰 때까지 잤으니까요."
뭔가 보탬이 되는 정보이긴 했지만 조금 아쉬움이 있었다. 그러나 여간 고마운 석쇠가 아니다.
"한데 석쇠, 그 배를 보면 알아볼 수 있겠는가?"
"아닌데요. 흔한 어선인데다가 저 멀리서 지나갔으니 구별할 수 있나요?"
"하여튼 고마웁네. 뭐 수상한 것 있으면 나중에라도 알려주게."
"알았습니다요. 배타고 도망한 자들을 쫓고 있습니까요?"
"그러하네. 반역한 양반집 딸 하나가 도타하였는데 삼개 쪽에서 배를 타고 왔거든."
"그렇습니까. 그렇타문 용산 두뭇께 쪽으로 해서 수소문해보면 금방 이야기가 나오지 않겠습니까. 이 세상에 배를 밤에 몰래 움직이기가 어디 쉽나요. 귀신만이 아니라 사람도 누구 하나쯤은 필히 보고 있을 게 필지 아니겠습니까?"
"맞는 말이네."
독랄한손은 나오는 대로 맞장구를 치고 보니 석쇠 요녀석이 나를 훈수하고 있는게 아닌가, 하는 생각이 나서 피식 웃고 말았다. 하긴 석쇠의 말이 천번 만번 맞는 말이었다.

## 30. 유언비어

　동작나루의 포교는 장비수염에 얼굴이 둥글둥글한 헌헌장부였다. 나이는 서른 초반으로 눈도 때글때글해서 인상이 좋았다.
　함지박귀는 연초에 한 번 본 기억이 나서 반갑게 말을 걸었다.
　"오랜만입니다. 전 성갑니다. 우리 금년 초에 한 번 뵌 적 있지요?"
　"아이쿠, 함지박귀 포교 아니시오. 한 번 뵌 정도가 아니라 잘 알지요. 여긴 웬일이시오?"
　장비수염은 물계 좋은 포교답게 문안서 날리는 포졸을 포교 못지않게 깍듯이 대접해준다.
　"계집 하나를 쫓고 있습니다."
　"겨우 계집 하나를 성 형 같은 분이 쫓고 있다면 그 계집이 보통 애가 아닌 모양일세."
　"좋게 봐주시는구료."
　"좋게 봐주는 게 아니라, 정확하게 봐줄려는 거지."
　장비수염은 싱글벙글 웃었다. 인상만큼 마음씨도 시원한 포교였다.
　"사실은 이번에 적몰 당하는 조광조 일당 중에 박운이라는 참의가 있습니다. 그 박 참의의 딸이 비자가 안 될려고 도타하였는데 웬일인지 조정에서 그 애를 잡아 올리라고 그렇게들 난리를 칩니다. 뭔가가 있는 건지."
　"아, 그 박 참의 말이군. 소문 들어 알고 있소. 하지만 딸애 하나 갖고 뭐가 그리 큰 난리라고 성 형같이 날랜 분을 동원했으까?"
　함지박귀는 씁쓸하게 웃으며 나즈막하게 말하였다.
　"그 애가 어젯밤 자시에 삼개에서 배를 타고 이쪽으로 거슬러왔는가 본데 그 흔적을 찾고 있습니다. 어젯밤에 혹 이곳에 배를 댔거나 지나간 배가 있는지 그걸 정탐하고 있는 중입니다."

그 말에 내동 싱글싱글 웃던 장비수염은 사무적인 얼굴로 정색이 되었다.

"글쎄. 오밤중까지 근무를 하는 건 아니니까 배가 들어왔다 나갔는지 금세 알 수가 있나. 애들시켜 청탐을 해봐야 하니 그걸 쉬이 알 수는 없겠는 걸. 더구나 야밤에 우리 나루 앞을 스쳐 지나간 거야 귀신밖에 알 턱이 없지 않겠소?"

"그야 그렇습니다. 여하튼 아랫사람들에게 좀 알아봐 주십시오."

"그야 여부가 있소. 한 시진쯤 뒤에 오면 내 알아본 걸 알려드리리다."

장비수염은 말하는 게 솔직하고 직선적이었다. 함지박귀는 이런 사내가 맘에 들었다.

"그럼 좀 뒤에 와서 여쭈리다."

함지박귀는 선선히 말하고 나루로 내려왔다. 배에 기대어 앉아 있던 이대치는 함지박귀가 금세 내려오자 눈치가 붙어서 고개를 끄덕였다.

"별로 얻은 게 없군요."

"그렇네. 이곳 포교는 잘 알지? 장비수염을 가진 자 말일세."

"아직도 그자가 여기 근무하는군요."

"음, 그자 말이 밤배 놀리는 걸 쉬이 알 수 있겠느냐. 한 시진쯤 있다가 다시 오면 애들한테 청탐한 뒤에 알려주겠다고 하는데 별 게 없을 것 같아."

"그러겠지요. 그나저나 독랄한손이 뒤따라올 때까지 우리도 여기서 기다려야 하니까 좀 쉽시다."

"그러세. 그 사이에 이곳 사공들을 좀 청탐해보아야겠어. 혹 어떤 눈먼 자가 지나가는 길에 뭘 봤는지 알 수 있나."

한강독사는 파아란 한강물을 바라보며 혼자 군시렁거리고 있었다. 세상은 허무한 게야. 아차 하는 사이 눈을 감으면 아무것도 아닌 것을, 이렇게 아웅다웅하며 살 게 무언가. 인생은 이슬 같은 것. 피었다가 지는 십일홍과 그 무엇이 다를꼬.

한강독사는 자신의 평소 행실을 반성하는지 아니면 무슨 사연이 있는지 일장춘몽 같은 인생론을 주절대고 있었다. 내가 이렇게 사는 것이 옳지 못한 건 잘 알지. 허나 이렇게 살자고 한 내 일그러진 인생, 이 인생이 가여웁구나. 한순간의 잘못이 이런 신세가 될 줄이야.

장작눈썹의 시신을 작은 마차에 실어 서문에 도착한 것은 그끄저께의 일이었다. 천만수 수문장은 부하의 시신을 보자 얼굴이 새하얘지며 분노에 부들부들 떨었다. 함지박귀의 보고서를 읽고 전언을 다 들은 뒤에도 한참 동안 말이 없었다. 입을 한일자로 악물고 뭔가를 깊이 생각하고 있었다.

한강독사는 저가 큰 죄라도 지은 양 가슴을 졸이고 시립해 있었다. 한참 뒤에야,

"양 형, 고맙네."

간결하게 입을 연 천 수문장은 부하들과 몇 마디 의논을 하더니 상부를 다녀오마며 자리를 떴다. 저녁이 다 되어서야 다시 나타난 천 수문장은 일사천리로 일을 처리하였다. 그리고 한강독사에게 내려진 부탁, 아니 임무는 장작눈썹 일가와 함께 장례를 치뤄달라는 것이었다.

천 수문장과의 의리로 친하기는커녕 괜히 사이가 꺼끌꺼끌하던 장작눈썹의 장례까지 참례하게 된 것은 어쩌면 운명일 것이었다. 한데 화장한 유골을 안치한 곳이 한강 건너 봉은사라 일을 끝낸 뒤 문안으로 돌아가는 게 여간 힘든 게 아니었다.

한강독사는 저자도 앞에서 배를 기다리다가 마침 동작나루를 가는 납작배를 얻어탔다. 춘천서 내려오는 온갖 화물을 싣고 다니는 납작배에는 운때 좋게 편승한 사람이 네댓 있었다. 그들은 이물에 앉아 처음엔 인사치레, 다음엔 심심파적, 그 다음엔 신세타령, 그러다가 구경에는 믿을 수 없는 소문 이야기로 꽃을 피웠다.

소문의 끝에는 이익될 게 하나 없는 유언비어까지 흩날리기 마련인데 오늘도 그렇게 사단이 나고 말았다.
한 사내가 말하였다.
"이번 대역죄로 잡혀들어간 자들은 이야기를 들으니까 임금님께서 수라도 못 드시게 성화를 부렸다고 해. 그런 몹쓸 놈들이 어디 있는가. 천벌을 받는 게야."
임금님 편을 들어서 하나도 해될 게 없는 소리를 하자 한 사내는,
"화불십일홍이요 권불십년이라 했는데 이번 조광조네는 겨우 오 년 개혁에 임금의 노여움을 샀으니 무언가 모자란 데가 있는가 보아."
짜장 아쉬운 어투를 내비친다. 그러자 한강독사 바로 옆에 앉아 있는 삼십객이,
"이번에 사약받고 귀양 가는 사람들은 그렇다 해도 그 권속이 정말로 환장할 일이라데."
"그건 무슨 말씀이오?"
앞에 앉은 노인장이 궁금한 듯 흥을 맞추자, 삼십객은 목청을 느리며,
"갑자년에 우리가 보았듯이 대역죄로 몰린 자들의 가족은 죄 노비로 박히지 않습디까. 며칠 전까지 양반입네 하고 큰소리를 치고 살던 사람이 노비가 된다 하면 어찌 살맛이 나겠습니까요. 그게 죽을 맛이지요."
"하긴 그렇네. 허나 누구는 씨가 나빠서 노비하나? 아니 그렇소?"
앞에 앉은 노인네가 양반들에 무슨 억하심정이 있었던지 말을 툭 던지듯이 하자 삼십객은 그래도 노인 대접을 하느라 고개를 끄덕이고는,
"노인장 말씀이 맞지만 세상이란 그렇지 않잖습니까. 문안서 온 동무 이야기를 들으니까, 이번에 영어의 몸이 돼 사약을 받을 게 분명한 어느 참판의 고명딸이 비자가 될 것을 피해 서강 쪽으로 도망하여 금부가 발칵 뒤집혔다 합디다."
삼십객이 말하는 게 대충은 맞지만 박 참의가 참판으로 올라가고 자향

이 고명딸이 된 게 벌써 상당히 와전되고 있었다. 옆에서 조용히 듣고 있던 한강독사는 몸이 근질근질하여 비비 틀다가 으흠, 기침을 한번 내고는 끝내 한마디 거들었다.

"이야기는 대충 들은 것 같소만 사실과는 조금 틀리군."

"뭐가 틀리다는 거요?"

"그 도타한 여자애가 참판 딸이 아니라 박운이라는 참의의 딸이고 고명딸도 아닌 그 집 넷째 딸이라우."

"어떻게 그렇게 소상하시우?"

"다 들은 연줄이 확실히 있으니까."

한강독사는 그런 사연을 정확히 알고 있는 자신이 뭔가 벼슬이나 한 양 기분이 좋아서 자기도 모르게 적잖이 거드름을 피웠다. 삼십객은 그런 한강독사에게 기가 눌린 바가 있어서 나오는 말이 대번 공순하여졌다.

"그렇습니까? 그럼 그 애를 잡을라다가 포교가 다섯이나 죽었다던데 그건 사실이겠지요? 어떻게 그렇게 많은 포교가 죽는다요."

"그것도 잘못 들었소. 시시껄렁한 포졸 둘이 죽었을 뿐이오. 도타하는 도적을 잡다 보면 그 정도의 분란은 어디든 어느 때곤 있는 것 아니겠소. 그리고 그 계집은 기필코 잡힐 거요. 나라의 명을 어기고 어딜 도망가겠소. 부처님 손바닥이지. 한데 한마디 말이 천 리 가고 백 리도 못 가서 둔갑한다더니 오십 리도 안 와서 영판 과장이 심하구료. 세상 소문은 그래서 함부로 믿으면 안 된다니까. 말을 함부로 해서도 아니 되고!"

한강독사는 마지막 말을 하면서도 역시 뻐기는 투를 숨기지 못하였다. 그 말에 삼십객 옆에 있던 시커먼 자가 뿌루퉁하게 한마디 내뱉었다.

"댁은 뭔데 우리 동무를 그렇게 탓하는 거요? 아, 소문을 잘못 들었으면 잘못 이야기할 수도 있는 거지 그걸 그렇게 으스딱딱거리며 나무랄 건 뭐 있소?"

갑작스런 반발에 한강독사는 비위가 확 틀렸다. 이녀석 봐라. 건방지긴.

그 계집을 내 눈으로 똑똑히 보기까지 하였고 그 애를 잡는 데 일조를 한 내 말을 곧이 들었으면 되었지 동무를 통박하였다고 따지는 것은 무슨 행위인가. 무지렁이 백성은 못 말려.

일차 한 대 쳐서 버릇을 고쳐주고 싶은 생각이 힘 좋은 새벽좆처럼 불끈 솟는 것이었다. 말도 더 뻣시게 나왔다.

"여봐, 세상이 얼마나 무서운 줄 모르는 모양인데. 하수상한 시절에 유언비어를 잘못 유포하면 장 일백 대에 오백 리 유형감이야! 아는가?"

"뭐요? 우리 동무가 이야기한 게 그저 소문입니다 하고 이야기한 건데 그게 무슨 유언비어요?"

"그게 유언비어지 뭐야?"

"유언비어 좋아하시네."

"젊은 사람이 세상 모르면 가만 있어. 그런 게 유언비언 게야!"

이제 싸움이 본격적으로 붙게 되었다. 두 삼십객은 시계전에서 이일 저일 막일로 사는 일꾼에 불과하지만 배짱이 있는 시커먼 자는 동무와는 달리 눈치는 훤해서 한강독사가 솜털 패랭이는 안 썼어도 보부상 정도밖에 안 되는 것을 어림잡고 있었다.

"아니, 뭐요? 참의를 참판으로 잘못 말하고 넷째 딸을 고명딸로 잘못 이야기한 게 유언비어요?"

"그런 게 유언비어지 뭐야! 포졸이 둘밖에 안 죽었는데 다섯이나 죽고 멀쩡한 금부가 난리났다고 했잖아? 왜 그 말은 안 하는 게야? 유언비어 유포죄로 한번 혼이 나고 싶나?"

"뭣이요? 당신이 뭔데 말끝마다 반말이고 아무것도 아닌 소문 이야기를 유언비어 유포죄로 혼이 나야 한다고 으름짱 놓는 거요?"

오가는 말이 험악해지자 조용히 듣고만 있던 삼십객이 동무를 말렸다.

"야야, 됐다 됐어. 그만 나서. 내가 이분께 틀린 말 한 걸 사과하면 되지 않겠는가."

그렇게 동무를 말리고 한강독사를 향해,

"여보시오, 어른. 내가 문안서 들은 말이 많이 틀렸는가 봅니다. 다 이해해서 들어주십시오."

그 말을 하는 삼십객은 이미 얼굴이 일그러져 있는데,

한강독사는,

"흥!"

하며 서슬푸른 사또처럼 팔짱을 끼고 흘러가는 한강 너머 목멱산을 바라본다. 영락없이 용서할 수 없다는 투다. 그 태도에 시커먼 자는 분기가 솟구쳐올랐다. 동무처럼 얼굴이 기죽기는커녕 더욱 시푸르둥둥해져서 말리는 동무를 밀치며 큰 소리로 따졌다.

"야, 이자한테 왜 비는 거냐, 넌! 너는 밸도 없냐? 이자가 뭐하는 잔데 유언비어가 어쩌고 용서고 잣이고야. '흥!'은 또 뭐고?"

한강독사도 화가 났다. 그래도 나이가 네댓 살 아래로 보이는 어린것이 이자라니!

"여봐, 젊은이. 어디다 대고 이자야 이자는? 엉, 말조심해! 자네 집안엔 어른도 없나?"

"흥, 어른! 어른 많치! 허지만 당신같이 몇 살 더 먹었다고 어른 행세하고 유언비어 어쩌구 저쩌구 하며 세상에 분란을 일으키는 어른은 없소. 그리고 당신이 이자지 뭐야. 아니면 저자던가! 저자지 하고 말해주까?"

시커먼 자는 기만 센 게 아니라 말빨도 셌다. 한강독사는 갈수록 화가 더 났다. 어디서 감히 이자지 저자지란 말까지 몇 번씩 들먹이며 사람을 놀린단 말인가.

"여봐, 당신네들 정말로 유언비어로 한번 혼이 나야겠구만!"

"뭐야, 당신이 화가 나면 우리가 유언비어로 혼나야 하는 거야? 웃기는 자로군."

"정말 건방지군. 어디다 대고 삿대질이야? 이놈아!"

자향 247

"이놈? 야 임마, 별 게 아닌 게 어디서 관리 행세해! 그러니까 삿대질이다. 어쩔래!"

"이놈이, 어른한테!"

"어른 좋아하네. 어른은 바로 앞에 계시다, 이놈아. 노인장을 앞에 두고 어른 행세 하는 놈이 세상 어디에 있느냐?"

기세 좋은 시커먼 자는 더욱 그악대며 노인장까지 한패로 끌어들이는데 화가 꼭두까지 오른 한강독사는 끝내 참지 못하고 벌떡 일어나 시커먼 자의 멱살을 틀어쥐었다.

"이놈 정말로 혼이 나고 싶으냐?"

"뭐야! 이 짜식이 어디서 남의 멱살을 잡아!"

시커먼 자는 한강독사의 아랫배를 오른 주먹으로 냅다 내질렀다. 일꾼답게 힘은 좋아서 한강독사는 뒤로 허청 넘어질 뻔하였다. 그래도 이런 싸움에 이골난 한강독사다. 틀어쥔 멱살을 놓치지 않고 끌어당기기와 되치기로 시커먼 자를 배 바닥에 동댕이쳤다.

한강독사의 되치기 씨름솜씨가 좋아서 시커먼 자는 콰당하고 바닥에 쓰러졌다. 한강독사는 오른발로 녀석의 턱주가리를 되게 찼다. 시커먼 자는 턱을 세게 얻어맞았으나 벌떡 일어나 한강독사를 꽉 끌어안았다.

마음 약한 삼십객이 말리고 사람들이 소리를 지르는 중에 걸직한 목소리가 들려왔다.

"웬 놈들이 함부로 배 위에서 싸우느냐!"

호통 소리가 하도 진중해서 한강독사와 시커먼 자는 함께 껴안은 채 호통친 자를 바라보았다.

덩치가 좋고 눈고리가 사나운 선주였다. 쓱쓱이돈 몇 푼씩 받고 배를 태워주긴 했어도 선주란 배 위에서는 세상의 전권을 쥐고 있는 존재 아닌가.

"네놈들, 세상 무서운 줄 모르고 배 위에서 싸워. 여기가 네놈들 씨름판인 줄 아느냐? 여봐라, 이놈들을 당장 강물에 던져버려라!"

그 말에,

"네이!"

하고 선원 둘이 어디서 나타났는지 번개같이 대들어 두 사람을 강물 위로 떠다박지를 태세였다. 이에 놀란 삼십객과 노인장이 두 손을 모아 선주에게 빌었다.

"선주 나리. 저 사람들이 잘못하였지만 강물에 던지지는 마십시오. 헤엄을 못치면 그냥 수장돼 죽지 않겠습니까."

"흥, 나의 배에 공으로 탔으면 조심할 게지 어디서 난장질이야. 던져버려라!"

선원은 이 말에 정말로 던질듯이 두 사람을 붙들고 뱃전으로 미는데 한강독사는 역시 산전수전 다 겪은 노련함이 있어서,

"잠깐만 기다리시오. 내 선주께 할 말이 있수다!"

위엄 서린 말과 함께 선원을 힘차게 밀치고 썩 선주 앞에 나섰다.

"선주 양반. 배 위에서 행패 일어난 것은 정말 죄송하오. 하지만 그 사연을 물어보지도 않고 형벌을 내리는 것은 나랏님도 하지 않으시는 일이오. 이자들이 세상 무서운 줄을 모르고 유언비어를 유포하기에 내 그것을 나무라다가 이런 일이 났수이다. 이는 포청에 가서 해결할 일이니 뭍에 내려주시오. 바로 나루에 다 왔잖소이까."

한강독사는 바로 앞에 보이는 나루를 손으로 가리켰다. 그러고 보니 납작배는 이미 동작나루에 다가가고 있었다.

## 31. 장비수염

자향과 항슬은 동작나루에서 초간한 야산의 풀밭 속에 몸을 숨기고 있

었다. 그곳은 산이 깊은 곳도 숲이 우거진 곳도 아니었다. 자향에게 있어 이곳은 앞이 훤히 내다보여 동작나루에 들고 나는 사람들의 동태를 빤히 내다볼 수 있는 장소쯤으로 보였다.

보욱은 헤어지기 전에 항슬에게 이곳에서 하루만 버티고 있으라고 알려주었다. 석수를 안돈시키고 욱자를 찾아서 같이 올 때까지 될 수 있는 한 움직이지 말라는 것이었다.

"이 주먹밥을 좀 드세요. 왜 항슬이는 안 드시는 거여요?"

자향이 어부한테 얻어온 주먹밥에서 한 덩어리를 항슬에게 권하였다. 항슬은 웃으며 고개를 저었다.

"저는 괜찮습니다. 한 덩어리라도 아껴야지요."

"그렇지만 배를 곯아서는 아무 일도 안 되잖아요. 빨리 하나 드세요."

그 말에 항슬은 싱긋 웃었다.

"아씨. 우리는요, 한 사흘 안 먹어도 버틸 수 있습니다. 걱정하지 마세요. 아씨같이 양반집에서 편안히 산 분들은 한 끼라도 안 들면 견디지 못하지요. 허지만 우리같이 못 먹고 살아온 사람은요, 굶는 데 이골이 나 있어 아무렇지 않습니다."

자향은 눈을 살짝 치뜨고 항슬을 보았다. 항슬은 그런 눈동자를 들여다보며 말하였다.

"왜요, 양반 상놈 이야기를 하여서 기분이 좀 상하셨습니까?"

"아니요. 하도 우스워서."

"뭐가요?"

"이상한 이론을 펴는 항슬이가 우스워서요. 중국의 육도삼략이란 병서에 이런 말이 있어요. 유사시일수록 든든히 먹어야 한다."

"손자병법에도 그런 이야기가 있습니다. 지휘자는 잘 먹고 잘 자라. 화살이 나르고 칼이 번뜩이는 전장에서도 쉬어야 할 때는 필히 쉬어라!"

"그런 말은 손자병법에 없는데요."

"왜요, 있지요. 손자병법의 행간을 읽으면 그런 뜻이 도출되지요."

"오마나! 항슬이는 손자병법을 읽었어요?"

둘은 엉뚱한 대화로 서로를 떠보다가 동시에 눈을 크게 뜨고 하하 소리 내어 웃었다.

"저 같은 무지렁이가 무슨 손자병법을 읽었겠어요. 들은 풍월로 한번 해본 소리지요."

"아닌데요. 손자병법을 읽은 사람의 말투인데요."

자향이 진지한 표정으로 이야기하자 항슬은 그 물음은 제키고,

"하긴, 아씨 말씀이 맞습니다. 유사시일수록 잘 먹어야 합니다. 특히 지휘자는. 그 말을 인정했으니까 지휘자인 아씨는 밥을 잘 먹고 확실한 판단을 할 수 있게 하세요. 저는 지금은 보급 담당이니까, 주먹밥을 아끼는 거구요."

자향은 미소지었다. 이 도망길에 항슬이같이 머리 좋은 중노미의 신세를 지는 게 어쩌면 행운인지 몰랐다. 이렇게 골계 넘치는 이야기를 나눌 수 있으니 말이다.

"항슬이는 재밌어요. 하지만 지금의 지휘자는 항슬이지 내가 아닙니다. 얼마 전 우리들 지휘자는 보욱이었지만요."

"그렇지요. 보욱이는 근사한 지휘자가 될 법 하지요?"

"그래요. 만수림에서 그가 우리를 통어하여 빠져나오는 걸 보고 정말 감탄했어요."

"하지만 그에게도 약점이 있습니다."

"뭔데요?"

"그녀석은 우리와 같은 상놈 출신이면서 한 끼라도 굶으면 금방 죽을 듯이 난립니다. 꼭 양반집 망나니 도령처럼 먹는 걸 어찌 밝히는지 몰라요. 하긴 그 앤 언젠가 부자로 양반 못지않게 떵떵거리며 잘 살 테지만 말입니다."

"여기에 숨어 있으란 것도 보욱이 알려준 건가요?"

"그럼요. 만수림서 우리가 숨은 초막을 비궁이라고 한 거 아시지요. 여기는 초막 같은 것도 없는 곳이지만 역시 비궁이라고 불리는 곳입니다. 왜 그런 줄 아세요?"

"왜요?"

"이곳이 숨어 있기에 워낙 좋은 때문이랍니다. 이곳은 오래 전부터 포졸에 쫓기는 왈짜들이 잠시 숨을 때 이용해왔다고 해요. 연산군 그 이전부터라고 하지요."

"나름의 역사가 있군요. 여기가 그렇게 좋은 곳이어요?"

"그러문요. 오른쪽을 보세요. 얕은 계곡이 있지요. 바로 기와동네로 빠질 수 있는 숲으로 된 통로가 있구요. 왼쪽은요, 둔지산으로 가는 억새숲이 연이어져 있습니다. 여기 있다가 수상한 자들이 가까이 오면 이 두 길 중 하나로 도망할 수 있어요. 여차하면 뒷산으로 가도 되고."

"그렇게 좋은 곳이라면 포도청이나 관에서 수상하다 해서 오히려 수색하지 않을까요."

"그게 밖에서 보기에는 그렇게 보이지 않는다는 거지요."

"그 이상하다. 그래도 이런 비궁을 혹 아는 포교도 있지 않을까요?"

항슬은 그 말에는 입맛을 다시었다. 고개도 끄덕이었다.

"그럴 수도 있지요. 하지만 보욱의 이론은 이렇습니다. 만수림 비궁은 이곳보다 더 은밀하다. 우리가 거기서 오래 버티지 못한 것은 그 숲에 우리가 있다는 걸 저들이 알았기 때문이다. 하지만 여기는 우리가 와 있으리라는 걸 알지 못할 것이다. 그런 전제라면 한동안은 안전할 것이다. 어떻습니까."

자향은 그래도 미심쩍어서 한마디 하였다.

"그럼 저들이 우리가 동작나루 바로 앞에서 배를 내린 것만 모른다면 안전한 셈이네요."

"그렇지요. 그러나 누군가 보았다면 위험할 수도 있습니다. 그게 관건이지요. 그래서 보욱이가 빨리 와야 하는데."

둘은 서로를 보며 희미하게 웃었다. 자향은 웃는 항슬의 얼굴에서 뭔가 느낌을 받아,

"항슬이 원래 이름은 뭐여요?"
하고 물었다.

"제 본 이름요?"

"네."

"소선이라고 합니다."

"소선? 한자로 어떻게 쓰는데요?"

"작을 소자 신선 선자요."

"작은 신선, 참 이름 좋다. 아버님이 한학에 조예가 있으셨는가 부다."

"아닌데요."

"그래도 이렇게 이름을 이쁘게 지을 제는 뭔가 깊이가 있으셨을 거예요."

"우리 아버님이 쾌활한 분이라는 말은 들었지만 상민입니다. 건 아니구요. 제 이름이 어째서 이쁘다는 겁니까?"

"큰 신선이 아니고 작은 신선이라고 지은 것 자체가 겸손이 숨어 있잖아요. 이름자는요, 글자 속에 소망을 넣는 것도 좋지만 가장 좋은 건 뜻하는 바가 겸손해야 한대요."

"그래요?"

"그럼요. 예를 들어서 매월당 김시습은 논어의 '학이시습지불역낙호아, 열심히 배우고 그 배운 바를 때때로 익히면 그 역시 기쁘지 아니한가'에서 따온 것 아닙니까. 때때로 익힌다는 시습은, 천재 매월당에게 얼마나 겸손한 겁니까. 그렇게 겸손한 이름으로 대표적인 게 흔히 있는 구라는 이름이지요. 김구 이구의 구자, 즉 구할 구자요. 그 이름은 뭔가를 구한다,

하는 갈구하는 자세가 좋구요. 황희 정승의 이름은 기쁠 희자인데, 이건 남에게 기쁨을 준다 하는 뜻이 있어 좋아 보이지요. 고려의 유명한 시인인 정지상 어른은 평상적인 것을 알라, 하는 뜻이라 겸손하구요. 신라의 최치원 선생은 먼 데까지 이른다, 하는 뜻이 있어 깊이가 있습니다."

항슬은 사람의 이름을 줄줄 해설해내는 자향의 얼굴을 빤히 바라보았다. 술술 나오는 그녀의 말들이 너무나 쉽고 맞는 말들이었다.

"왜요? 이상해요?"

"아니요, 정말 옳은 말만 하네요."

"그래요? 그럼 더 이야기해볼까요. 우리나라 국초 임금 중에 가장 어려움을 겪은 태종 임금은요, 형제들 중에 이름이 젤 좋데요. 그 임금님 이름이 방원이잖아요. 향기가 멀리까지 미친다 하는 뜻이라 얼마나 좋습니까. 강씨 부인의 소생으로 태종 임금한테 죽임을 당한 방석 왕자는 그 석자가 클 석자잖아요. 이름자가 너무 커서 다른 사람의 미움을 살 수 있다는 이야기가 나올 법하지요. 사실 그런 말이 있었구요.

그리고, 제가 이번 도망길에 만난 분 가운데 진 영감 이름이 필중이신데요, 풀이하면 필히 명중한다는 뜻이잖아요. 명궁이 될 사람을 일찍 내다보고 염원처럼 바란 것은 좋으나 남에게 명궁이라는 것을 드러낸 것이 흠이지요. 그래서 크게 출세를 못하셨을까요.

하여간 그건 그렇구요. 저를 살려준 서 진사님은 당신이 말씀하셨는데 이름이 살필 정자래요. 보기 드문 수재로 당세의 석학이신 할아버지 서거정 어른 앞에 불려가서 이름에 왜 그런 한자를 썼을꼬 하고 물음을 받았을 때 자신이 그랬다나요. 저 같은 천붙이는 남의 눈치를 보고 살아야 할 테니 그렇게 이름을 지었나 봅니다 하구요. 하지만 나이 들어 생각해보니까, 그렇게 비뚤어진 응대를 한 것도 잘못이지만 이름자도 나쁜 것 같다고 해요. 천붙이로 태어났으면 조심하며 살 일이지 그렇게 사납게 이름자로 항변하는 것은 아니노라, 하는 생각이 들었다나요."

항슬은 자향의 말이 정말 솔깃하였다. 들을수록 맛이 나는 말들이었다. 그렇게 넋을 잃은 듯한 항슬의 모습에 힘이 솟았던지 자향이 물었다.

"제 얘기 어때요?"

"재밌네요."

"정말로요?"

"네, 정말로요."

그 말에 자향도 신이 났다.

"그러면 결론을 한번 내볼까요. 옛 성현 말씀이 사람 이름은요, 평생을 가는 것이어서 진지하게 지어야 한다고 하셨어요. 특히 겸손이 곁들여 있어야 한다고 강조하셨답니다. 예를 들어서 신라의 학자이신 김인문 선생은 어질 인자 물을 문자니까, 어질음만 묻는다는 고귀하고 늠름한 표현이 드러나지요. 하지만 그 이름은 너무 고상해서 아차 잘못하면 위험할 수가 있어요. 한데 그분의 경우는 학문이 도저하여 그 이름자를 당해냈다는 거지요. 거기에 비하면 고려말의 정몽주 어른의 이름은 어떨까요. 두루 꿈을 꾼다, 즉 세상을 희망을 갖고 산다는 이상적인 뜻이 느껴지지요. 얼마나 좋아요. 하지만 그 어른한테는 결국 소망이 꿈으로 끝난 아쉬움이 남아 있습니다. 그래서 우리 같은 평범한 사람의 이름은 그저 겸손한 게 최고다, 항슬이 이름 같은 게 최고다 이거지요."

"아씨가 내 이름을 추켜줄려고 하는 이야기네, 결국은."

"아니어요. 결론은 또 있어요. 우리나라 사람들 이름자 중에 뭐가 젤 좋냐 하면요, 상민들의 이름이랍니다. 상민들의 이름이 어째서 좋냐구요?"

"네, 그걸 묻고 싶었는데."

"맞아요. 그걸 물어야 하지요."

자향은 항슬의 말을 그렇게 되묻고는 살짝 웃었다. 의미가 내포된 웃음 같았다.

"돌쇠 억보 도치 이런 이름들은 그 자체가 돌 같은 놈, 힘만 좀 있는 놈,

죄 멍청한 녀석, 이런 뜻이어서 얼마나 겸손해요. 개똥(介童)이 말똥(馬童)이는 훤히 알 거구요, 봉손이는 쥔집 손자나 기르는 놈, 개비는 아무것도 아닌 놈, 인무는 어질음이 하나도 없는 놈, 한동이는 사내 같은 놈, 춘이는 봄 같은 년, 녹이는 파아란 계집, 일남이는 한 사내 아니면 남쪽에 하나 있는 녀석, 모두가 겸손이 전부인 이름들이잖아요."

"그렇네요. 한데 아씨는 어쩌면 그렇게 잘도 아세요? 이름자에 대해 연구했나요?"

"이건요, 제 작은 외삼촌한테 들은 거예요. 배워서 안 것뿐이니까 항슬이는 너무 놀라지 마세요. 그리구 항슬이는 앞으로 항즐이라고 하세요."

"항즐이요?"

"네. 항상 슬픈 아이였기 때문에 항슬이라 불리웠다면서요. 허나 지금은 항상 즐거운 얼굴을 하고 있으니까, 항즐이가 돼야지요."

"하하하하!"

항슬은 오랜만에 껄껄대고 웃었다.

"왜 싫으세요?"

"아니요, 좋습니다. 아씨는 정말 머리가 좋으셔! 앞으로 아씨는 절 항즐이라 불러주세요. 너무 좋습니다."

"한데 항슬이는 성은 뭐예요?"

"아참, 성을 말씀드리지 않았던가. 저도 성은 박입니다."

"아!"

자향은 깜짝 놀랐다. 같은 박씨라니. 기쁨과 저어함이 함께 일었다. 어머니가 나중 결혼하여 아이를 가지면 고령 박씨로 대를 이으라고 당부하시던 말씀이 생각났다.

"박씨군요. 나하고 성이 같으네. 본은 어디여요?"

"본이요? 상놈한테 본이 어디 있어요?"

"그래도 본이 있을 거 아니어요?"

"순천 박가라고 했던가, 그래요."

"순천 박씨구나. 우리 박가는 본이 엄청 많지만 다 신라의 박혁거세 임금 핏줄이래요. 족보를 보면 거개가 경명왕의 후손으로 돼 있구."

"그렇습니까. 우리 집은 아마 박씨네 집 머슴 살다가 성을 받았을 거예요. 진짜 박가가 아닐 겁니다."

항슬의 말에 자향은 웃었다. 틀린 말은 아닐 것이었다. 그런 겸손과 가정은 어느 누구에든 해당되는 일이기도 하고.

여하튼 항슬이 같은 박씨인 게 좋았다. 그녀는 두 손으로 턱을 괴고 앉아 책을 읽듯이 차분하게 말하였다.

"항슬이네 순천 박씨는요, 고려 개국 공신 영규 공의 후손이어요. 경명왕 여섯째 아들의 후손이라는 설도 있지만 확실치 않다 해서 고려초부터 시조공을 따로 모셨지요."

"아씨는 어떻게 그런 걸 다 아십니까?"

"양반집 족보를 조금씩 배우지요."

"그래요? 그러면 아씨네는 본이 어떻게 됩니까?"

"우리는 고령 박이래요. 경명왕 둘째 아들인 고양대군의 후손이지요. 나중에 어사공파 부창정공파 주부공파로 나뉘었는데 우리 집은 주부공파지요."

"그야말로 양반집안이네요."

"무슨 말을요. 양반은요, 최근에 임금이 된 전주 이씨네가 젤 양반이니까, 우리 집안보다 늦게 고려 개국공신인 항슬이네가 더 양반이지요."

"우리 집은 박씨네 머슴하다가 성을 받았다니까 그래요!"

그 말에 자향은 손으로 입을 가리고 웃다가,

"우리 집도 그랬는지 모르지요."

하고 맞장구를 쳐주었다.

항슬이 갑자기 진지한 표정이 되어 말하였다.

"아까 아씨가 이름 이야기를 할 때 퍼뜩 생각난 게 있습니다."

"뭔데요?"

"진필중 영감 이야깁니다. 아씨가 포졸들한테 봉욕을 당할 때 활을 쏘아 도와주신 분이 있다고 하였지요?"

"네."

"그분이 진 영감 아닐까요?"

"네. 저도 속으로 그분일 것 같다고 생각하고 있어요."

"아, 그랬어요?"

"네, 어젯밤 배타고 올 때도 생각했어요. 활을 쏘아 나를 구해주신 분이 누굴까, 너무나 고마우신 분, 그분은 누구이실까. 어쩌면 진 영감 아니실까. 하지만, 그분이 어떻게 그 시간에 거기에 오셨을까, 이런 것들 땜에 확신할 수는 없더군요."

"그랬군요. 전 아씨가 그분 이름자 이야기를 할 때 왠지 그 양반이 틀림없다는 생각이 듭니다. 이유가 있는 건 아니고 괜히 그런 생각이 들었어요."

"그래요? 그건 항슬이의 영감이군요. 가을나무 언니가 조금만 알아봐주면 확실히 알 수 있겠지요. 제 생명을 건져준 은인이 어느 분이신지를요."

자향은 그렇게 말하자 가을나무가 보고 싶어졌다. 그 시원하고 의리 있고 씩씩한 방물장수 언니, 그녀는 지금 어디서 무얼 하고 있을까. 어쩌면 내 걱정에 애를 태우고 있을 터인데, 나를 찾으러 이쪽으로 오고 있지는 않을까.

자향은 그런 생각을 하며 앞 하늘을 바라보았다. 하얀 뭉게구름이 둥실둥실 합쳐지더니 가을나무 얼굴처럼 보였다. 오마, 감탄하는데 그 옆 구름은 안방이 얼굴로 바뀌는 것이었다. 그리고 둘은 힘차게 보부상 산길을 달리던 것처럼 이쪽으로 마구 달려오고 있었다.

오마나, 너무 놀란 자향이 허리를 빳빳이 세우며 하늘을 보자,

"뭐 갖고 그래요?"

항슬이 물었다.
"저기 저기. 가을나무와 안방이가 일루 오고 있어요!"
자향이 오른손으로 하늘의 구름을 가리켰다.
"구름보고 이야기하고 있군요."
"그래요. 항슬이도 보이지요?"
"보이죠. 아이의 고사리손처럼 이쁜 뭉게구름이네."
"안방이와 가을나무가 아니구요?"
"환상을 보고 계시군요."
뭐예요? 환상요. 자향은 깜짝 놀랐다. 항슬의 얼굴을 보고 나서 다시 보니 구름은 뭉게뭉게 피워날 뿐 안방이도 가을나무도 아니었다.
허망해진 자향이 물었다.
"내가 환상을 보고 있는 걸 어떻게 알았어요?"
항슬은 씨익 웃었다. 웃음 속에 묘한 표정을 담은 항슬은 계속 구름을 쳐다보며 조용한 목소리로 말하였다.
"저도요, 구름을 보고 누나 얼굴 어머니 얼굴 아버지 얼굴로 착각한 적이 여러 번 있습니다. 제가 뭔가 그리움이 많고 몽상이 많아서 그런가 보다, 슬픔이 많고 그 슬픔에 젖을 때 특히 그러나 보다, 하고 늘 생각했지요, 한데 행복하게 사신 아씨도 저처럼 환영을 보시는군요."
자향은 너무나 자연스럽게 아무렇지도 않은 듯 이야기하는 항슬이가 기이해서, 아니 그의 말이 너무 핍진해와서 그의 얼굴을 한동안 바라보았다.

장비수염은 한강독사를 빼꼼히 바라보며 그의 말을 들었다. 시커먼 자의 해명도 시큰둥히 듣는다. 이야기하는 사이에 가까이서 고동소리가 뚜허니 들려왔다.
그들의 설명을 다 듣고 나자 장비수염은 벌떡 일어나더니 밖으로 휘하니 나가버렸다.

한강독사 시커먼 자 그리고 삼십객, 세 사람은 어이가 없어 서로 얼굴을 마주보며 어안이 벙벙해하였다. 한강독사가 그래도 주선미가 있어서 안쪽에 앉아 있는 포졸에게 물었다.

"포졸 나리, 포교께서는 어디를 가셨습니까. 우리들 말을 듣다가 갑자기 나가시네."

그 말에 아까부터 눈을 떴다 감았다, 조는지 세상을 관조하는지, 흐리멍텅한 얼굴의 나이 든 포졸이 마지못한 듯 입을 열었다.

"포교께 금방 손이 찾아오신 모양이네. 손님을 맞은 뒤에 들어오실 테니 기다리시오. 급한 일 아니잖소."

"아니, 어떻게 손이 온 줄을 아셨소?"

한강독사는 포졸의 말이 하도 이상해서 물을 필요가 없는 말까지 물었다.

"다 아는 수가 있지. 그것까지는 알 것 없고 기다리라니까."

세 사람은 한동안을 기다렸다. 이윽고 장비수염 포교가 한 사람을 데리고 경수초막으로 돌아왔다.

"금방 이야기한 게 바로 이 사람들이오?"

낯선 자가 물었다.

"그렇다네."

"별 게 아닌 걸 일을 크게 만들어 갖고 서로 혼나자고 온 사람들이로군."

"그렇다니까. 서로 죽자고 덤비는 사람들이지."

포교는 그렇게 시큰둥하면서 뭔가 깊이를 숨긴 말을 뱉고는 제 자리로 가서 앉았다. 그리고는 한강독사를 반듯이 노려본다.

"그래서 당신은 어쩌면 좋겠다는 거요?"

한강독사는 포교의 태도가 우호적이지 않을 줄 예측했으나 정작 말이 곱지 않게 나오자 속이 뜨끔하였다. 말을 공순하게 내었다.

"다시 말씀드리지만 이자가 유언비어를 퍼치길래 제가 나무랐지요. 그랬더니 동무인 듯한 이자가 저한테 행패를 하지 않습니까. 그걸 포교님께서 조치해주십사 하는 것뿐입니다."

"그게 유언비언가?"

"그렇지 않습니까?"

"이 사람아, 그럼 사람들은 소문 이야기도 못하고 입 다물고 살라는 건가?"

"누가 입 다물고 살라고 하였습니까요. 틀린 이야기, 특히 유언비어는 아니 된다는, 나라에 해가 된다는 그런 뜻입지요."

"그럼 자네는 말하는 것마다 다 옳은 소리를 하는가?"

"제가 언제 그렇다고 하였습니까."

"그대 생의가 무언가?"

한강독사는 입맛이 썼다. 이 포교는 서문의 천만수와는 다른 부류의 포교였다. 그 전의 김득실과 똑같은 벽창호 포교임에 틀림없었다.

"저는 부상입지요. 보부상의 부상입니다. 경기도 일원에서 일을 하고 있습니다. 저는 이 나루를 자주 드나들어서 포교님을 잘 압네다."

"그래. 그러구 보니 나도 그대 얼굴이 눈에 익네. 그래서 경기 일원을 돌아다니면서 말 확실히 하지 않는 사람들을 죄 적발하여 유언비어로 고변하는 게 일인가?"

"언제 제가 그런 짓 한다고 하였습니까. 포교님도 너무 하십니다요."

"그러면 자네는 이곳저곳 돌아다니며 듣고 말하는 게 많을 텐데 다 정확한 말만 하는가?"

"그건 또 무슨 말씀이십니까."

한강독사는 이제 사기가 완전히 저상되고 있었다. 장비수염은 자기에게 하나도 보탬이 되지 않는 포교임이 확실하였다. 일진이 오늘은 틀려먹은 게 분명하다. 반면에 시키먼 자는 신이 났다. 그렇다고 좋아라 싱글벙글 웃을 수는 없어 근엄한 표정을 지으려 노력하였으나 가끔씩 저도 모르게 웃음이 번져나온다. 마음 여린 삼십객은 여전히 조심스러워서 얼굴을 단정히 하고 있었다.

"아니, 당신 자신이 매번 옳은 소리만 하느냐 묻는 게야."

"제가 무슨 군자겠습니까. 매번 옳은 소리를 하게요."

"그러면, 자신이 틀린 말을 할 때도 자기를 유언비어 유포죄로 고변해야 할 거 아닌가?"

그 말에 한강독사는 섭함을 넘어 이젠 분하기까지 하였다.

"포교님 너무 하십니다. 저는 이자한테 행패당했을 뿐 아무 죄가 없습니다."

"여봐. 자네가 그 전에 이 순박한 사람한테 유언비어를 퍼친다고 으름짱을 놓았다며!"

이제 한강독사는 입만 벌리고 더 이상 버틸 힘이 없어졌다. 그런 한강독사를 보던 장비수염은 갑자기 얼굴을 돌려 싱글벙글하고 있는 시커먼 자에게 냅다 호통쳤다.

"너는 뭐가 좋아서 웃고 있는 게야!"

"아이쿠, 아닙니다요."

"이놈이 사람한테 행패해 놓고 어디 와서 희희덕거리고 있어!"

"아닙니다요. 손찌검은 저 사람이 먼저 제 멱살을 잡았구요. 제가 외려 당했는 걸요."

"이게 그래도 정신을 못차려!"

장비수염은 자리에서 벌떡 일어나 시커먼 자의 가슴팍을 오른발로 냅다 찼다. 시커먼 자는 뒤로 꽈당 쓰러지더니 그래도 여기가 어딘 줄은 알아서 벌떡 일어나 아까처럼 포교 앞에 와 오도마니 주저 앉았다. 저 잡아 잡수시오 하는 자세였다. 세상 사는 철은 없어도 눈치 하나는 빨랐다. 그 옆의 착한 삼십객은 갑작스런 변환에 초죽엄이 된 얼굴로 바들바들 떨고 있었다. 동무 사나워서 뺨 맞는다는 속담대로 착한 사내는 그런 걸 감당할 수 없을 정도의 순한 백성이었다.

　시커먼 자를 한번 혼낸 장비수염은 선 채로 뒷짐을 지고는 옆에서 느물거리고 있는 손에게 자문하는 조로 말하였다.

　"김 사장, 이런 자들을 어떻게 하면 좋겠소. 한 놈은 사람의 말꼬리를 잡아 유언비어라고 생사람 잡으려고 날뛰고 한 놈은 동무 편든답시고 행패를 부리고. 어떻게 하면 될까?"

　김 사장이라 불리운 김득수는 예의 능글능글한 웃음을 얼굴에 그득히 담으면서 컬컬하게 답하였다.

　"둘 다 혼 좀 나야 할 사람들이오. 대명률에 따르면, 무고죄는 죄질에 따라 태형과 유형 도형이 있는 바, 아마도 이번 건은 적어도 태 이십에 처해야 할 거 같고, 폭언으로 남을 매도한 자는 태형 십 대에 처하게 되어 있소. 그러고 보니 유언비어라고 으름장을 놓은 죄가 더 크구려. 만약 그 공갈 협박이 무거운 경우라면 태(笞)가 아니라 장(杖)으로* 들어가서 일백 대에 유형 삼천 리까지 있지요."

　김득수가 으스스하게 대명률을 읊어대니 듣는 사람 모두가 가슴이 졸여 오게 마련이었다. 시커먼 자와 삼십객은 이런 포교 앞이 처음이라 그저 부들부들 떨지만, 고자질을 많이 하고 법의 무서움을 아는 한강독사는 아차 잘못하다가 큰코 다치는 수가 장난만은 아닌 걸 알아 더욱 가슴이 답답하였다. 법이란 둘러붙이면 어디든 어떻게든 통하게 마련이고, 가해자 피해자가 언제 바뀔지 알 수 없으며, 형벌은 내리는 자의 마음 하나에 달린 걸 수없이 보아온 그였다.

　김득수가 주절주절 읊을 때 장비수염은 여전히 뒷짐을 진 채, 입맛을 쩝쩝 다시면서 이들을 어떻게 다루어야 할지 궁리하는 표정을 짓고 있었다. 그런 포교를 훔쳐본 한강독사는 자신이 지금 궁지에 몰려 있음을 직감하였다. 뭔가 궁리해야 할 순간이었다.

---

*태는 회초리, 장은 몽둥이. 회초리는 많이 맞아도 죽지는 않는데 장형은 많이 맞으면 그 즉시 물고돼 죽을 위험이 있고 이십 대 정도 맞아도 장독이 생길 경우 목숨이 위태한 큰 형벌임.

그때 문이 활짝 열리더니 포졸복을 입은 사내 둘이 들어왔다. 함지박귀와 독랄한손이었다. 순간 한강독사는 살판이 났다. 자기를 살려줄 보살이 나타난 것이다.

함지박귀는 한강독사를 보고도 놀라는 표정이 없었다. 아는 체도 하지 않았다. 그는 장비수염에게 다가가 한동안 뭐라 귓속말을 하였다. 장비수염은 약간은 의외라는 표정으로 눈을 떼구르르 굴리며 슬쩍 웃기까지 하였다.

그 사이 마음이 다급한 한강독사는 독랄한손을 향해 아는 체를 하였다. 독랄한손은 알았다고 고개를 끄덕여주었다.

이윽고 장비수염이 두 손을 툭툭 마주치면서 한강독사에게 말하였다.

"이분 포교께서 자네를 잘 아시누만. 자네를 데리고 가서 잘 훈교할 터이고 또 포청의 일을 도와야 할 건이 있다 하니 내 훈방해주겠소. 유언비어는 죄질이 아주 나쁜 것이지만 별 게 아닌 걸 유어비어라고 고변하는 것은 더욱 나쁜 게야. 알았는가?"

"네, 알겠습니다."

궁지에 몰렸던 한강독사는 곱게 고개를 숙일 수밖에 없다.

"그리고 자네들. 둘은 생의가 뭔가?"

"저희들은 시계전에서 막일을 해서 먹고 삽니다."

착한 삼십객이 후딱 대답하였다.

"그럴 줄 알았다. 어렵게 살면 말조심도 해야지. 어디다 행패를 하는 겐가. 이분 포교님을 보아서 훈방하니까, 앞으로는 행팰랑은 할 생각을 말어. 알았나?"

"네, 네. 감사하옵니다."

"그럼 나가 봐!"

장비수염이 먼저 두 사람을 내보내자 함지박귀도 뒤를 대었다.

"그럼 우리도 가 보겠수다. 고생하십시오."

"잘들 살펴 가십시오."

장비수염이 너울너울 대답하자 그때서야 함지박귀는 한강독사에게 아는 체하였다.

"우리도 가 보세."

셋이 나가자 영문을 모르는 채 옆에서 구경만 하던 김득수가 물었다.

"무슨 사연인가?"

장비수염은 그 질문에 재미있다는 표정을 지으며 엉뚱하게 답하였다.

"금방 온 포교가 지금 문안서 난리난 박 참의 딸 도타사건을 맡은 성 포졸이란 잘세. 귀가 크지? 별명이 함지박귀라고 유명한 포졸이네. 의주까지 쫓아가서 이매망량을 잡아온 자야."

"아하, 나도 그 이야긴 들었네. 저자가 바로 함지박귀로구만. 역시 귀가 크더라니."

"함지박귀에 의하면 아까 유언비어로 젊은애들 둘을 잡으려고 덤빈 자 있지. 짜식이 포청과는 줄이 닿는 등짐장사로 박 참의 딸 얼굴을 아는 녀석이라나. 한데 그 딸이 어젯밤에 삼개 새우젓패의 도움을 받아 이쪽으로 배를 타고 한강을 거슬러왔는데 이곳 동작나루서 내렸다고 해."

"그걸 누가 알았나. 자네가 알려주었는가?"

"아니. 한 시진쯤 전에 그것 땜에 왔길래 좀 있다 오라 했더니, 그 사이에 어디서 알아봤는지 이곳서 내린 게 분명하다고 하네."

"그렇담 자네가 도와줘야 할 입장일세."

"글쎄 말이야. 좀 뜨끔하기는 한데 내가 그 사안을 맡아야 할 건 아니니까. 풀어달라는 등짐장사만 내준 걸세. 그녀석이 있어야 계집을 잡는 데 도움이 되겠다는 거지. 마침 그자를 수소문하는 차에 여기 들어오는 걸 보았다구 하구."

"공교롭군. 허지만 잘된 셈도 되지 않는가. 그런 녀석 처리하기가 조만 귀찮은가."

"하긴 그래."

장비수염은 문을 열고 밖을 내다보았다. 함지박귀 일행이 어디로 가는지 잠시 살핀다. 그리고는 김득수에게 자리를 권하며 마주 앉았다.

"무슨 좋은 일이 있다구?"

"쌀 백 섬을 싸구려로 사서 옮기느라구 힘이 들었네. 좀 도와줘야 할 일이 있네."

## 32. 물과 물고기

함지박귀는 나루 위쪽 언덕에 올라 사방을 관찰하였다.

저들이 동작나루에서 내려서 간다면 어디로 갈 것인가. 앞에는 파아란 한강, 오른쪽 즉 동으로는 새골을 지나 둔지산 야산을 지나면 서빙고, 왼쪽 즉 서쪽은 노량나루로 가는 백사장이 즐펀하다.

그렇다면 갈 길은 뻔하였다. 백사장이 뻗어 있는 노량나루로 되돌아가지는 않을 것이다. 허면 이곳 숲 어디에 숨어 있다가 밤배를 타거나 서빙고 쪽으로 가는 길뿐이었다.

함지박귀는 미리 마련해온 지도를 펼치고 궁리하였다. 이대치가 고개를 뽑아 같이 들여다보다가 물었다.

"그들은 서빙고 쪽으로 갔겠지요?"

함지박귀는 큰바보를 흘깃 보고는 시큰둥하게,

"상식으로는."

하고 답하였다.

"그럼 비상식으로는 어디 딴 데루 갈 수도 있다는 말이우?"

"그렇지!"

"어디로요?"

"그건 아직 모르겠네."

"성님도 싱겁기는. 그럼 어떻게 할 생각이슈?"

"그러니까 잠시 생각하자고."

함지박귀는 풀섶에 앉았다. 이대치는 그 옆에 앉고 아까부터 말없이 뒤만 따라오던 독랄한손과 한강독사는 그 앞에 섰다.

한동안 뭔가 골돌히 생각하던 함지박귀가 독랄한손에게 물었다.

"육로로 오는 애들은 진출 경로가 어떻게 되지?"

"지금쯤은 노량나루를 지나 곧 요앞을 지나가겠는데요. 오후 넘어서는 서빙고를 지날 거구. 지나오는 부근을 다 훑기로 했으니까요."

"노량나루서는 우리들 짭새하고 접촉이 됐겠지."

"예, 다 안배했으니 소식을 정확히 가져올 게요."

"윤보가 이끌고 있지. 걔는 괜찮은가?"

"괜찮치 않고 뭐 나쁠 일이 있습니까."

"그렇지 않아. 후배가 뭔가 상심했을 때는 배려를 해주어야 하네."

"그런데요, 그게 그렇지도 않습디다."

"그건 무슨 말인가."

"첨에 놈을 놓쳤다고 어깻죽지를 축 늘어뜨리고 왔을 때는 녀석이 너무 상심해 어쩌나 걱정했는데 나중 가만히 보니까 멀쩡하더라니까요. 뭔가 좋은 게 있는지 싱글벙글 웃기도 하구요."

"그래? 뭔가가 있나?"

"모르겠어요. 그래서 좀 관찰하는 중입니다."

"삼개 쪽 후속 소식은?"

이번엔 이대치에게 물었다.

"거긴 내일쯤 배편으로 마포나루 포청의 소식을 보내온댔지요. 검을 쓰는 자의 하회는 필히 잡힐 겁니다."

"정말 그렇게 생각해?"

함지박귀는 큰바보를 쳐다보며 고개를 흔들었다. 그렇지 않으리라 생각하는데 하는 투였다.

"왜요, 미심쩍은 게 있습니까?"

함지박귀는 그 말에 대답을 하기 전, 아까 보던 지도를 다시 들여다보았다. 삼개 쪽에서 두모포까지의 지형이 얼기설기 그려 있었다.

"이보게 지도를 보면서 이야기하세. 우선 노량나루의 부사공에 의하면 어젯밤 배 한 척이 노량나루 앞을 빠른 속도로 지나갔네. 자정을 한참 넘어서 말이야. 그리고 이곳 사공의 진술에 의하면 배 한 척이 여명이 트기 전에 동작나루 못미쳐서 잠시 떠 있는 걸 보았다고 했고, 다른 사공은 두 사람이 내리는 걸 설핏 보았다고 하였네. 그럼 그 배에서 내린 게 계집과 사내 하나로 보아서 무방하다 이거지?"

"그렇지요, 대충은."

큰바보가 맞장구치자,

"좋아. 그것까지는 나도 맞는다고 보네. 한데 세 녀석은 어디로 갔느냐 이거야."

"세 녀석이라니요?"

"자네가 당한 젊은 검객하고 모사꾼 하나하고 독수와 윤보를 골탕먹인 달음박질쟁이 말이야."

독랄한손은 그 말에 쩝쩝 입맛을 다셨다. 한강독사는 저간의 사정을 모르므로 아까부터 궁금한 이대치의 부상한 몸과 입맛을 다시는 독랄한손을 돌아보며 눈을 껌벅이었다.

"형님 말씀대로 부상한 녀석은 삼개의 어느 의원한테 맡겨졌을 것이고 모사꾼은 그 애를 돌보다가 이쪽으로 오고 있다고 보면 되고 윤보를 약올린 놈은 지금쯤에야 이쪽 방향으로 틀을 잡지 않았겠서요? 합류할 시간이 늦었으니까."

독랄한손의 대답은 함지박귀를 만족시켰다. 함지박귀는 큰 귀를 만지작거리며 독랄한손을 보며 말하였다.

"이 형의 추리가 근사하오. 나도 그렇게 생각하오. 그래서 이 두 남녀가 왜 여기서 내렸을까 하는 생각을 또 해보아야 한다, 하는 이야기지."

"아, 그럼 형님은 이들 둘이 뒤에 쫓아오는 둘을 기다리기 위해 이 부근 어딘가에 잠복해 있을 거란 생각이구료."

"그렇지. 바로 그거네. 어딘가 숨을 장소가 있는 게야. 그리고 검을 잘 쓴다는 애 문제는 지금 생각하니까 한번 더 뒤를 캐야겠어."

함지박귀와 독랄한손이 치고받는 이야기를 이대치는 잘 이해하지 못하고 있었다. 이대치의 눈동자가 조금 헤매는 걸 본 독랄한손은 큰바보에게 설명조로 말하였다.

"형님 생각은 오늘 여명에 이곳 나루에 내린 계집과 사내 하나 즉 아마 우두머리인 키 큰 녀석일 터인데 그들 둘은 뒤따라오는 동무 없이는 잘 움직이지 않으리라는 생각인 게야. 나아가 검 잘 쓰는 놈하고는 연락이 안 되게 차단을 해야 하고. 그렇지요? 모사꾼하고도 접선이 안 되게 해야지요?"

함지박귀는 지도를 접어 품에 넣으며 빙그레 웃었다.

"바로 그 뜻일세. 그리고 우리가 기대하고픈 것은 저들이 우리가 이렇게 빨리 뒤쫓아온 걸 눈치채지 못했으면 하는 거구. 한데……."

"한데 뭐요? 걱정되는 게 있수?"

독랄한손은 통통한 몸을 좌우로 흔들며 물었다.

"걱정되는 게 있지. 저놈들은 삼개 새우젓패 아닌가. 놈들은 온갖 접촉선이 있지 않겠는가. 어젯밤만 해도 나룻배를 동원했고 여기까지 타고온 배는 나룻배가 아닌 어선이었어. 놈들은 동원 능력이 좋고 누군가가 돕고 있는 손이 있다구. 그러니 우리들의 움직임을 귀동냥하지 말란 법도 없지. 아니 지금 우리가 이렇게 회동하고 있는 걸 보고 있는지도 알 수 없고."

자항 269

"맞았어요. 형님 말이 맞소."
독랄한손이 큰 소리로 맞장구쳤다. 이대치가 그를 보고 물었다.
"뭔가 짚이는 거라도 있소?"
"내가 다기원을 덮칠 때 그집 밖에서 삼개방 소속 거지 녀석이 망을 보고 있었습니다. 그들이 돕고 있는지 모릅니다. 만일 그들이 끼어들었다면 어지간한 비밀은 지켜질 수가 없잖수?"
"확실한가?"
이번엔 함지박귀가 물었다.
"틀림없습니다. 그 거지 입에서 보욱이란 자의 이름이 나왔으니까요."
"고놈이 꾀보라는 거지?"
"그러문요."
넷은 한동안 말이 없이 서로를 쳐다보고 있었다. 이윽고 이대치가 입을 열었다.
"성님 그러면 지금부터 어떻게 할까요. 다시 삼개 쪽에 가서 뭔가 캐내야 하지 않겠서요?"
"그렇지? 이렇게 하세. 독수 자네는 앞 동네로 나가 윤보 일행이 오는 걸 맞아 둔지산길 서빙고길 삼개길 차단하게. 대치는 배를 타고 삼개로 다시 가서 나루의 포교와 협조를 하게. 부상한 애는 물론 삼개의 새우젓패를 몽당 잡아들이라고 하고 보욱의 행방, 우두머리 애의 정체와 달음박질쟁이의 정체와 행방을 수소문하게. 특히 나룻배와 어선을 내준 자들은 꼭 잡아내야 하네. 그리고 마지막이 중요한데 검을 쓰는 자 말이야. 이자를 꼭 붙들어야 하네. 오늘 새벽 신신당부했지만 삼개 녀석들이 그렇게까지 신경을 안 쓸 게야. 대치가 가서 좀 다그치게. 그녀석을 잡는 게 관건이라고 말이야. 알았나?"
"알았소."
"한강독사, 자네는 이곳 나루서 더욱 수소문 좀 해서 오늘 여명에 내린 사람들에 대한 추가 정보를 캐어 보게. 여자의 인상착의를 이야기해주며 알아보라구."

"저는 지금 돌아가는 통빡을 잘 모르겠는데요."

한강독사가 뒤통수를 긁으며 우물거리자,

"독수 형님한테 잠깐 자초지종 돌아가는 걸 들으라고."

함지박귀가 귀찮은 듯이 말하자 독랄한손이,

"그건 제가 이야기해주지요. 한데 형님은 여기 동작나루서 당분간 진을 칠 생각이시우."

"그렇네, 내일 아침까지는 이곳을 거점으로 하세. 내가 타고온 어선이 중심점이네. 알았는가들?"

세 사람은 지시받은 방향으로 급히들 내려갔다. 이대치가 배를 타러 갈 때 함지박귀가 소리쳐 말하였다.

"대치, 삼개 가면 새우젓패들이 거래하는 대부를 찾게. 그에겐 치료하러 왔다면서 조사를 하라구. 끈덕지게 물고 늘어져. 자넨 좀 헤픈 맛이 있다구. 알았지?"

"알았수. 오늘 밤 못 오면 내일 아침 일찍 일루 오리다."

함지박귀는 셋이 사라진 뒤에도 계속 풀섶에 앉아 사람들이 나룻배 타는 걸 내려다 보았다.

그들이 여기서 배를 내린 이유로 딴 의도는 없을까. 혹 여기서 내리는 척하고 더 상류로 가버린 건 아닐까. 아니 뒤로 돌아간 건 아닐까. 이곳은 나루가 북적대는 곳이 아닌데 왜 여기서 내렸을까. 숨을 데도 별로 없는데.

함지박귀는 눈을 감고 조는 자세로 언덕받이 풀밭에 계속 앉아 있었다.

문이 덜컹 열리고 밝은 세상이 앞에 있었다. 눈이 부셨다.

석 주사는 멈칫거리며 금부를 걸어나왔다. 정말로 집으로 돌아가도 된

단 말인가. 석 주사는 왠지 믿어지지 않아 뒤를 돌아보았다. 애꾸눈과 오소리 같은 옥리, 둘이서 그가 금부를 나가는 것을 지켜보고 있었다.

둘은 장승처럼 서 있었는데 석 주사가 몇 걸음 떼다가 돌아보자 애꾸눈은 오른손을 흔들어 주었다. 잘 가라는 표시였다. 석 주사는 그가 항슬에게 전언해준 게 고마워 뭐라 감사의 말을 하고 싶었으나 옆에 있는 옥리가 맘에 걸려 꿀꺽 말을 삼켰다.

하긴 그가 정말로 전언을 해주었는지도 알 수 없다. 그가 거짓말을 하지 않았으려니 대충 믿지만 세상은 알 수 없는 일 아닌가.

쉰 발짝쯤 나오자 앞쪽 길 건너에 전옥(典獄)이 보였다. 석 주사는 자기도 모르게 주춤하였다. 솥뚜껑에 덴 놈 자라보고 놀란다고 의금부에서 나오며 전옥을 보니 저절로 놀라는 것이었다. 석 주사는 씁쓸히 웃었.

종로통을 사이에 두고 위아래에 있는 남 전옥, 북 금부. 그곳은 일반 백성에게는 너무나 무서운 곳이었다. 애들까지도 이런 노래를 부르고 있었다.

남전옥 북금부엔 절대로 가지마오
몽둥이 뼈아스고 인두에 살지지네
무서라 남전옥이여 더무서라 북금부

그런 의금부에 잡혀가 염라대왕한테 예술 같은 치도곤을 맞은 석 주사이니 무심코 본 전옥도 소름이 돋았다. 그는 다시 금부 쪽을 돌아보았다. 문앞에 서 있던 애꾸눈과 오소리 같은 옥리는 들어가고 없었다.

그들이 보이지 않자 석 주사는 풀려난 게 실감이 났다. 풀려나가게 되었소, 하는 애꾸눈의 말을 들었을 때, 석 주사는 정말일까 의문에 빠졌다.

저들이 정말로 풀어주는 걸까. 아니면 무슨 복선이 있는 건 아닐까. 혹 자향 아씨가 붙들려 나는 이제 필요 없는 존재가 되었는가. 아니야, 그럴

리 없어. 아씨가 붙들렸다면 내 꿈자리에서라도 나타났을 게야. 아씨는 붙들리지 않았어. 나를 내보내고 뒤를 밟으며 자향 아씨의 향방을 쫓으려는 것일지 몰라.

옥리가 사라지고 없자 그런 의문들이 더욱 현실로 다가왔다. 사방을 둘러보았다. 많은 사람이 스치고 지나간다. 그들 모두가 수상쩍다. 한 사내가 흘깃 쳐다보는데 악의가 눈자위에 그득해 보였다.

이런, 모두가 원수로 보이는군그래. 저 눈자위 시컴한 놈은 나쁜 놈인 게 확실해. 허지만…… 지나가는 사람을 죄 의심할 수는 없잖아. 그리고 내가 뭐 중요하다고 감시나 미행을 하겠어. 석 주사는 머리를 좌우로 흔들어대며 자신을 달랬다.

그나저나 세상은 밝았다. 하늘엔 해가 눈부시고 대지엔 빛이 찬란하였다. 그렇지, 이렇게 환한 세상인 게야. 우리가 사는 세상, 이 세상은 이렇게 환하고 밝은 것을. 이렇게 좋은 것을.

석 주사는 토굴 감방에서 지난 며칠이 꿈만 같았다. 그는 좌우로 분주하게 오가는 사람들을 바라보았다. 볼수록 기분이 좋아지고 살맛이 났다. 밝고 분주한 이 세상, 그것은 싱싱한 우리들 세상이요, 아름다운 한 폭의 그림이었다. 평소 내가 살던 세상이 이렇게 아름다운 줄을 이제야 느끼는 것이었다.

더러운 감방에 갔다 오니 별걸 다 느끼는군. 세상이 좋은 걸 알겠어. 흥, 원수 같은 염라대왕 놈, 쌀쌀맞은 옥리놈들, 그리고 고마웁긴 해도 애꾸눈요 녀석까지, 내 다시는 보지 않겠다. 그런 세상은 다시 가고 싶지 않아! 저, 먹을 수 없는 음식과 퀴퀴한 더러운 냄새들, 죄 사라져 버려라! 다시는 너희들 곁으로 가지 않을 것이야!

석 주사는 갑자기 어디서 용기가 났는지 힘을 내서 걸었다.

자기도 모르게 사직동 집을 향해 걷고 있었다. 광화문이 보이는 네거리에 오자 마음도 가벼워지기 시작하였다.

사실 내가 무슨 죄가 있는가. 자향 아씨를 데리고 시골에 가려고 한 것뿐, 아무 죄가 없다. 나라에서 박 참의 댁에 누구 한 사람 어디로 출타하지 말라 엄명을 내린 적도 없지 않은가.

나는 죄가 없는 사람이야. 공연히 그 무서운 고문을 당한 게 정말 억울하고말고.

석 주사는 그렇게 용기를 내고 있었으나 하는 행동은 생각과는 같지 않았다. 그는 광화문을 지나서도 골목길을 피하여 큰길로만 가고 있었다. 사람 없는 골목길에서 어느 누가 불쑥 나와 잡아갈지 모른다는 압박감 때문이었다.

금부에서 사직동 집까지는 밥 한 끼 먹을 시간이면 충분한 거리였는데 오늘은 두 배의 시간이 걸렸다. 감방에서 제대로 먹지 못한 데다 얻어맞은 장독 때문에 힘이 없었던 것이다.

사직동 집의 대문은 왠지 썰렁하였다. 더구나 대문의 형태가 전하고는 달라 보였다. 어, 가까이 가서 보니 문에 판자를 대고 못질해 잠겨 있는 게 아닌가. 아니, 이럴 수가. 집엔 아무도 없단 말인가. 모두 붙들려 갔구나!

석 주사의 가슴이 천근을 단 저울추에 가라앉듯 덜컹 내려앉았다. 두 다리가 후들후들 떨려 금방 주저앉을 것 같았다.

집안이 모두 적몰이 되었구나! 정말로 이럴 수가! 이럴 수가! 이를 어찌할 거나! 아씨 마님, 아가씨들, 만득이, 그리고 머슴과 비자들. 그들 모두 붙들려 갔단 말인가!

석 주사는 몸만 부들부들 떠는 게 아니라, 눈에서는 닭의 똥 같은 눈물이 뚝뚝 떨어졌다.

참의 나리! 참의 나리! 이 어찌된 세상이옵니까. 진정 이럴 수가 있단 말입니까!

석 주사는 꺼이꺼이 흐느끼다 자기도 모르게 대문을 두 손으로 퉁퉁 쳤다. 큰 널빤지를 좌우로 가로쳐서 못질한 대문은 끄떡이 없다. 하늘이 무너지고 땅이 꺼지는 것만 같다. 석 주사는 주저앉았다. 주저앉아 한동안 눈물을 뚝뚝 흘렸다.

행인 네댓이 발을 멈추고 바라보다가 무슨 연유인지 대충 눈치채고는 두려두려 지나가 버린다.

그렇게 석 주사가 주저앉아 눈물바람을 뿌리고 있을 때, 옆집 문이 살짝 열리고 덥수룩한 사내 얼굴이 살그머니 밖을 내다본다.

"안 서방!"

석 주사는 물에 빠진 사람 지푸라기라도 잡듯 사내를 반기었다. 그러나 안 서방은 고개를 좌우로 저으며 얼굴은 문 안쪽으로 들어가려 한다.

"안 서방!"

석 주사는 다시 한 번 불렀다. 역시 고개를 젓는다. 석 주사는 옆집 대문으로 허청허청 걸어갔다.

"여보게, 박 참의 댁은 어떻게 되었는가?"

"전 모릅니다."

"좀 알려주게. 응? 인정이 그럴 수가 있는가?"

그 말에 안 서방은 문을 닫으려는 태세로 얼굴을 문 안쪽으로 쏘옥 집어넣었다. 그 모습을 보자 석 주사는 후딱 쫓아가서 문고리를 잡고 문을 못 닫게 당겼다.

"안 서방, 이야기 좀 해주시게. 이럴 수가 있는가!"

"이러지 마요. 우린 아무것도 모릅니다."

"그럼 누가 아는가?"

석 주사가 필사적으로 문고리를 당기며 버틸 때, 안쪽에서 신발 끄는 소리가 들리고 여자의 목소리가 났다.

"밖에 누가 왔어요? 오마나, 석 주사님이시잖아요! 여보, 석 주사님을 빨랑 모시지 않고 뭐 하시는 거야요?"

석 주사에게는 이 세상에 그렇게 반가운 말씀이 있을 수 없었다. 평소 그저 무뚝뚝하던 그런 여자였다. 한데 지금은 그게 아니지 않은가. 석 주사는 울음 어린 목소리로 그녀를 불렀다.

"댕기어멈. 그래, 바로 나 석 주살세. 잘 있으셨나. 우리 박 참의 댁은 어찌 저렇게 되었는가?"

"석 주사님, 어디 가 계셨는데 그런 사연도 모르시는가요. 아이구머니, 석 주사님도. 몰골이 이게 뭣이란가요. 어찌 이리 되셨습니까. 이리 들어오세요. 그렇게 밖에 있으면 사람들이 이상하게 보겠어요. 여보, 당신은 뭐하는 거예요. 석 주사님을 안으로 빨리 들이시지 않구!"

세상이 어려워지면 사람을 알아본다고 석 주사는 평소 굽실거리던 안 서방보다 무뚝뚝하던 댕기어멈이 진짜 보살인 걸 알았다. 너무나 고마운 마음에 대문을 들어서며 석 주사는 보살 같은 댕기어멈의 얼굴을 하늘처럼 우러러보면서 손까지 잡을 뻔하였다. 석 주사는 눈물을 뚝뚝 떨어뜨리는 것도 부끄러워하지 않고,

"댕기어멈, 정말 고마웁소!"

두 손을 모아 댕기어멈의 손 가까이 들이밀며 감격하였고, 댕기어멈은,

"무슨 말씀을. 빨리 들어오셔요! 빨리요!"

끌어당기듯이 석 주사를 맞았다.

한강독사는 숨이 턱에 닿게 달렸다. 아까 함지박귀와 헤어진 곳에 와서 사방을 둘러보았다. 배를 매어 놓은 나루를 보고 사람들이 웅기중기 모여 있는 강가 대기소를 살피고 있는데 함지박귀가 기찰포교 초막에서 내려오는 게 보였다.

"아, 성 포교님!"

한강독사의 허둥대는 모습에,

"무슨 일인데 그리 난린가?"

"알아냈습니다. 저들이 숨어 있는 곳을 알아냈어요!"

"어딘데?"

"바로 저 새골 앞 초입의 둔덕 위에 좋은 은신처가 있답니다. 어쩌면 그들이 거기에 있을 겝니다."

"그래? 내가 들은 바하고도 같군. 가세!"

둘은 잰걸음으로 언덕 위로 올라갔다. 함지박귀는 언덕 위에 오르자 앞쪽 멀리에 있는 마을을 바라보았다. 마을 뒷켠에 둔덕이 하나 있고 적당히 우거진 숲이 보였다.

"여보게 한강독사, 손짓은 하지 말고 듣게. 저기 소나무가 우거진 숲을 말하는 거지?"

"그렇습니다. 포교님은 어떻게 아셨습니까?"

"자네야말로 어떻게 알았는가?"

"바로 오른쪽 강가 동네 사는 왈짜한테 대포 한 잔 값을 주고 얻은 정본데요."

"흥, 자네가 낫군그래."

"포교님은 어떻게 아셨습니까?"

"초막에 있는 늙은 포졸이 뭔가 귀띔해주는데 아리송했거든. 자네 말 들으니 바로 거기가 맞는 게야. 짜식, 알려주려거든 제대로 알려줄 것이지. 가세!"

함지박귀는 잰걸음으로 걸어갔다. 한강독사는 달려가자고 했으나 함지박귀는 고개를 저었다. 저들이 지금 보고 있을 수 있다. 오히려 천천히 가야 한다는 것이었다.

그들이 숲 밑에 왔을 때 왼쪽 저켠 길가 정자나무 뒤쪽에서 머리 하나가 쏘옥 나왔다가 쓰윽 사라졌다. 한강독사는 물론 함지박귀도 미처 보지 못하고 있었다.

그것은 보욱에게 다행이었다. 보욱은 포교 둘이 새골 비궁으로 올라가려는 것을 보고 너무 놀라 느티나무에 기대어 가슴을 쓸어내렸다.

이를 어쩐다지! 틀림없는 포교들이다. 키가 큰 포교는 함지박귀이고 패랭이 차림은 한강독사라는 부상 녀석일 테고. 그들이 어떻게 우리들의 비밀 은둔처를 알아내었을까. 항슬은 저들을 보고 있을까? 욱자만 있어도 이럴 때 얼마나 좋아.

욱이가 번개같이 달려가 항슬이와 여자를 데리고 도망갈 수 있는 것만이 아니었다. 소쩍새 우는 소리 한 번만 내면 항슬이 알아들을 것 아닌가. 새 울음소리도 제대로 내지 못 하는 자신이 원망스러웠다.

보욱은 머리를 살그머니 내고 포교들을 살폈다. 그들은 벌써 새골 비궁에 거의 접근하고 있었다. 항슬아 도망가라, 도망가! 도망가라구!

보욱은 마음속으로 외치며 하늘을 보았다. 해는 벌써 정오로 다가가고 있었다.

함지박귀는 갑자기 뛰쳐올라갔다. 한강독사는 그런 성 포교의 행동이 하도 의외여서 같이 쫓아 올라갈 생각도 못 하고 그 순간은 멍하니 바라만 보았다. 뒤늦게 아차, 하는 생각이 들어 그도 급히 뒤를 쫓아갔다.

함지박귀는 소나무 세 그루가 품자 형태로 서 있는 주변을 휘돌아보며 씩씩대고 있었다. 한강독사가 그런 함지박귀의 눈치를 보고 있는데,

"사라졌네, 사라졌어! 흐, 한 발 차이야!"

하고 말하는 품이 약간은 처절하다. 한강독사는 뭐라 말을 내기가 미안한 생각이 나서 한동안 함지박귀만 조용히 살폈다. 한참 뒤에야 조심스럽게 물었다.

"그들이 여기 있었습니까. 확실히?"

"그렇네. 둘이네. 그 처자하고 남자 하나!"

한강독사는 함지박귀가 바라보는 곳을 따라서 보며 살펴보았다. 그러나 함지박귀가 무엇을 보고 어떤 추리를 해내는지는 알 수가 없다.

"금방 전까지 있었네."

"그걸 어떻게 알 수 있습니까?"

"발자국만 보면 알지. 그보다 더 좋은 것도 있고."
"무언데요?"
"여기 작은 나뭇가지 하나가 부러져 있네. 이걸 보게."
함지박귀는 부러진 작은 나뭇가지를 주워 들고 눈 가까이서 들여다보았다.
"이 가지는 얼마 전 누군가가 밟아서 부러졌네. 약간 마른 나뭇가지지. 그러나 부러지면서 안쪽에 남아 있던 물기가 마저 공기에 노출되었네. 이 미미한 나무의 물기는 노출되는 순간 말라버리지. 한데 물기가 아직 다 마르지 않았네. 자, 보게나. 바로 금방 전에 발에 밟혀 부러졌다는 이야기 아니겠어?"
"아, 그렇군요! 그럼 빨리 뒤쫓아야지요."
"그렇지. 저들은 아직 멀리 못 갔고말고. 하지만 방향을 정확히 잡고 쫓아야 하지 않겠는가."
맞는 말이었다. 잘못 뒤쫓다가는 가까이 있는 범인을 멀리 보내주는 셈이 될 터이니까.
함지박귀는 사방을 둘러보았다. 특히 땅바닥을 유심히 보고 있었다.
"놈들이 우리를 보고 도망갈 때, 그냥 마구 도망간 건 아니야."
함지박귀는 혼자 말하듯이 중얼거렸다.
"그러면요?"
한강독사는 함지박귀 옆에 붙어서서 계속 궁금증을 질문으로 바꾸었다.
"놈들은 풀밭을 밟으며 흔적을 남기지 않으려 노력하였어. 미리 발자국을 여러 방향으로 밟아서 어느 쪽으로 갔는지 알지 못하게 해놓았고."
"그럼, 저들이 간 곳을 전혀 알 수 없습니까?"
"아니지. 알 수 있지. 여기 보게. 두 발자국이 나란히 나 있지?"
"그러네요. 이 방향이 수상하군요."
"남자와 여자, 둘이 있었던 게 분명하고."

함지박귀는 고개를 들어 주변을 살폈다.

"여기는 전망이 좋군. 우리가 온 길이 환히 보일 뿐더러, 좌우로 빠질 수 있는 통로가 일목요연하게 보이지 않는가. 아주 좋은 은신처야. 흥, 놈들. 오만 준비가 다 돼 있는 왈짜놈들! 하지만 이럴 때는……."

함지박귀가 한동안 말을 잇지 않았으므로 한강독사가 채근했다.

"이럴 때는 어떻게 하면 됩니까?"

"증거만이 중요하지 않고 주변 정세도 참작해야지. 보게, 그들이 이 산 가운데의 험한 산길로 올라갔을까?"

"아닌데요. 다리힘이 약한 처자가 있으니까 그 길로는 안 갔겠는데요."

"그렇지. 옳은 판단이야. 그럼 왼쪽 기와동네로 가는 계곡은 어떤가. 그 쪽으로 갔을 법한가?"

"반반이겠는데요."

"흐음, 자넨 역시 머리가 좋아. 지난번 손이랑이라는 방물장수가 한 짓을 잘도 추리해낸 게 우연은 아니야. 자넨 추적포교를 하면 싹수가 있겠어."

"에이, 포교님도. 그까짓 것 갖구 어떻게 근사한 추적포교가 되겠습니까?"

"아니야. 재주가 있어 뵈네. 그럼 오른쪽은 어떤가. 둔지산 쪽으로 가는 억새숲이 근사하지. 자네라면 이 길로 가지 않겠는가?"

"가고 싶은 생각이 나겠는데요. 다만……."

"다만, 너무 쉽게 의심받을 도망길이다 이거지? 걱정되는 게."

"네."

"역시 자넨 싹수가 있어. 그럼에도 불구하고 그 길로 가는 것, 그게 또 하나의 방략이기도 하지. 이 발자국이 그쪽을 향하고 있지?"

"그런데요."

"한데 이 발자국은 그쪽으로 간 것인 양 일부러 낸 것일세."

"그렇습니까?"
"안 간 것처럼 하고 갔다는 걸세. 자, 가세!"
함지박귀는 거기까지 이야기하고는 번개같이 억새숲으로 달려내려갔다. 한강독사는 허둥지둥 그 뒤를 따라갔다. 천하의 보부상으로 둘째 가라면 서러웁고 다리힘 또한 자신있는 한강독사였으나 함지박귀의 달리는 속도에는 입이 저절로 벌어졌다.
저건 잘 달리는 정도가 아니고 뭔가 신들린 달음박질 아닌가. 추적에도 뭐가 신들린 게 있어야 하는가 보다!

벌써 아침은 가고 사시를 넘어가고 있었다. 항슬은 자향이 쉴 수 있게 마른 풀잎을 모아주려고 자리에서 일어섰다. 그때 자향이 소리쳤다.
"항슬이, 저기 봐요. 털벙거지 하나가 나타났어요!"
"어디요?"
항슬은 놀라서 자향이 가리키는 동작나루 쪽을 바라보았다. 강가 언덕 위에 포졸복을 입은 자와 평복을 입은 자가 올라서더니 이쪽을 바라보고 있었다. 한동안 서 있는 게 이쪽을 보고 뭔가 이야기를 나누고 있는 모양이었다. 포졸은 키가 커 보였다.
"키가 큰 포졸이네. 함지박귀도 키가 크던데."
자향의 그 말에 항슬은 더 이상 생각할 필요가 없었다. 항슬은 그들이 있던 주변 정리를 후다닥 해치웠다. 그리고 여러 곳에 발자국을 어지럽게 남겼다. 발자국을 아예 없앨 수 없으므로 그렇게 하는 게 낫다고 판단하였다.
두 녀석이 이쪽으로 오고 있었다. 다행이 천천히 온다. 달려오면 우리가 알고 도망할까 봐 일부러 천천히 오는 걸 거야.
항슬은 자향의 소매를 잡아당기며 둔지산 쪽으로 달려내려갔다.

보욱은 조심스레 올라갔다. 새골 비궁은 텅 비어 있었다. 예상대로 포교들은 이미 사라지고 없었다.

귀를 기울여 보았다. 오른쪽 저 멀리를 달려가는 발자국 소리가 들리는 듯도 하다. 어쩌면 항슬이 그쪽으로 도망하였고 포교들도 그쪽으로 쫓아간 듯하였다. 그러나 확인할 수는 없었다.

천하의 모사꾼도 수족이 없이 움직이려니 가슴만 답답할 뿐 어찌할 방도가 없다. 그는 풀 위에 주저앉았다.

잠시 숨을 고른 보욱은 혼자 중얼거렸다. 동무들이 없으면 나는 아무것도 아니야. 잘 달릴 수도 없고, 싸워서 이길 수도 없고, 새 소리 울음을 울 수도 없고! 이런 걸 뭐라고 하나. 고장난명이라고 하는 걸까?

으이그, 갑갑하도다! 그나저나 둔지산 쪽으로 가 봐야지. 항슬이 어딘가에 표시를 해 놓았을 테니까.

그렇게 중얼거리고 일어서는데 뒤쪽에서 부스럭하는 소리가 들렸다. 너무 놀란 보욱은 그 자리에 풀썩 주저앉았다. 앉은 상태에서 옆의 풀숲으로 살살 기어들어갔다.

왼쪽에서 누군가가 다가오는 발자국 소리가 들렸다. 보욱은 뉘여진 풀들을 세우고 숨은 곳을 알아채지 못하게 다듬은 뒤에 풀 속 깊숙이 몸을 숨겼다.

저자가 포교라면 독안에 든 쥐 신세 아닌가. 사나이는 보욱이 있던 풀섶에 와서 한동안 움직이지 않는 듯 아무 동태가 없다. 보욱은 쿵쿵 뛰는 가슴을 안고 애를 태웠다. 심장이 너무 쿵쿵 뛰어서 사나이가 들을까 걱정이 될 지경이었다.

조마조마, 마음을 조리던 보욱은 그런 자기가 부끄러웠다. 내가 머리만 좀 좋았지 동무들처럼 아무 재주가 없는 건 물론이고, 지금 보니 겁도 많군그래.

가만히 생각하니 부끄러웁기만 한 게 아니라 슬픈 생각까지 났다. 외당

숙의 얼굴이 갑자기 눈앞에 어른거린다.

집안의 지주격인 외당숙은 보욱이를 자기 닮았다고 무척 귀여워해주었다. 그러면서 한다는 말이,

"하지만 보욱아, 너는 상놈으로는 아무 쓸데없는 놈일 수도 있다. 네가 양반집 아들로 태어났으면 과거에 장원으로 붙을 좋은 재목이요, 조정에 나가 큰소리 땅땅치면서 세상을 호령하겠지. 허나 상놈인 네 머리는 좋으면 좋을수록 해가 될 수도 있느니라. 알았느냐?"

"네!"

보욱이 억울한 듯 억지로 대답하자,

"보욱아, 분하니? 분할 게다. 그렇다고 네가 이 세상 살아가는 방법이 없는 건 아니다. 이 세상서 가장 쉬운 일이 뭔지 아느냐?"

"제가 그걸 어떻게 알아요."

보욱이 공연히 분한 마음에 퉁명스레 대답하였는데 외당숙은 그런 심정을 죄 꿰뚫어보면서,

"왜, 알 수 있지. 조금만 세상을 살아보면 너 정도는 훤히 알 게다. 이 세상서 가장 쉬운 것은 머리 좋은 자가 조금 열심히 해서 공부를 잘하는 일이다."

"그게 쉬운 거예요?"

"그럼. 그것같이 쉬운 게 세상에 없느니라. 저 논밭에 나가서 삽질을 한번 해 보아라. 얼마나 힘들고 어려운가를 금방 알 것이다. 딴딴한 땅을 하루 종일 파보아라. 땡전 한 푼이 생기는가. 암, 노동이란 그렇게 어려운 것이고말고! 거기에 비하면 쪼깨 공부해서 과거에 급제하는 정도는 힘든 일이 아니지. 상민 출신으로 머리 좋은 사람은 다 그런 포한이 있을 것이다. 그리구, 글공부보다는 조금 어렵고 삽질보다는 조금 쉬운 게 있다. 뭔지 아느냐?"

"모르겠는데요."

역시 퉁명스럽게 말이 나갔다.

"돈 버는 일이지."

"그게 뭐 그렇게 어려워요."

이번엔 좀 큰소리치는 투다.

"호오, 넌 돈 버는 게 쉬워 보이던?"

"별게 아닐 것 같아요. 과거보다는 쉬울 것 같아요."

"허허허, 그런가. 그건 네가 머리만 좋은 게 아니라 그 방면에 자질이 있기 때문이다. 그렇다면 넌 딴 일은 하지 말고 돈 버는 일에만 신경을 쓰거라. 알았지? 네가 요즘 왈패짝들과 어울리는가 본데, 힘없는 네가 왜 그런 놈들한테 섭쓸려 다니느냐? 더군다나 양반들 권력 싸움 같은 데는 절대 끼어들지 말거라!"

갑자기 외당숙 생각이 난 건 무슨 때문일까. 더구나 이 급박한 상황에. 힘없는 내가 이런 도타사안에 공연히 끼어든 게 후회스러워서? 항슬이가 원망스러워서? 그런지도 모르지.

보욱이 이렇게 엉뚱한 생각을 하며 자신을 질책하고 있는데,

"<u>흐흐흐</u>, 보욱이 형. 잘도 숨어 있군그래!"

욱자의 낄낄대는 소리가 들렸다. 어, 욱잔가! 욱이구나! 그렇게 반가울 수가 없다. 보욱은 머리를 쑥 빼고 풀 밖을 보았다. 욱이가 두 팔을 허리에 걸치고 헤헤, 하고 웃고 있었다.

보욱은 너무나 좋아서 풀 밖으로 달려나갔다.

"욱이야, 니가 왔구나! 포졸인 줄 알고 얼마나 놀란 줄 아니? 왜 인제사 왔어! 삼개서 한참 기다렸는데에."

"아니, 보욱이 형! 왜 울먹이우? 눈물 없는 냉혈한인 줄 알았더니."

"응, 니가 오니까 너무 좋아서."

"그렇게 겁이 났었수?"

"겁이 나긴."

"헤헤헤, 겁을 먹었으면서 뭘 그래. 내 형 뒤를 살살 따라오며 계속 살피고 있었징!"

"뭐야? 날 시험한 게냐?"

"헤헤헤."

욱자는 허리를 젖히며 연신 웃어댔다.

보욱은 허리를 펴고 욱자를 노려보았다. 그러나 화난 표정은 아니었다. 목소리가 진중하게 나온다.

"야, 욱이야. 천하의 항우도 해하에서 패하고 자결하기 직전 '우부인아 우부인아' 하며 울지 않았느냐. 우리 같은 소장부가 어찌 눈물이 없고 겁이 없겠느냐?"

생각 밖의 솔직한 말에 욱자는 의외라는 표정을 지었다. 아니, 이 형님이 왜 이렇게 약해졌을까. 그참 이상하다.

"욱이야, 니가 없으니 나 혼자 정탐을 할 수가 있느냐, 석수가 없으니 싸울 능력이 있느냐, 항슬이가 없으니 의논할 사람이 있느냐, 내 능력의 한계를 알겠더구나!"

보욱의 마지막 말은 비장하기까지 하였다. 순진한 욱자는 갑자기 마음이 아팠다. 아이쿠, 이 형님이 갈수록 태산이네. 내 장난이 좀 지나쳤나. 괜히 미안해지잖아. 위로를 해주어야겠군그래.

"보욱이 형, 허지만 형은 꾀를 내고 적을 박살내고 우리의 목표를 세워 돌파하는 데는 최고잖수. 만수림서 얼마나 멋지게 빠져나왔소? 그까짓 사소한 재주 없다고 섭해하지 마우. 제갈량이 창 들고 싸우는 것 보았소?"

"그러냐?"

"그럼요. 내가 공연히 형을 놀렸는가 보우. 미안혀요. 사실 형이 없으면 우리의 사소한 재주도 아무 소용 없잖수. 즉 우리는 물고기고 형님은 우리를 포용하는 바다 같은 물이잖아요? 물과 물고기는 서로가 필요한 것, 함께 있어야 빛을 보는 거지라. 그렇지 않습니까, 보욱이 형?"

"물과 물고기라구?"

"그러믄요."

"그래, 너 말 한번 이쁘게 한다. 욱이야, 니가 이렇게 심기가 깊을 줄은 몰랐다. 고맙다. 고맙고 기쁘구나!"

보욱은 갑자기 욱자를 꽉 끌어안았다. 욱자는 놀라서 동그란 눈을 아래로 뜨며 보욱을 내려다보았다.

보욱이 약간은 감격한 투로 말하였다.

"욱이야, 금방 전은 정말 놀랐다. 그리고 나 자신을 알 수 있었다. 니가 나를 깨우쳐준 거였어."

"형님은 이제 그런 생각 그만 하라니까."

"알았다. 한데 삼개서는 석수를 만나 보았니? 걔가 크게 다쳤잖니."

"만났지요. 새벽에 어부들한테 이야기 듣구 소 대부 집에 들어갔더니 금방 형이 떠났답디다. 석수는 크게 다쳤지만 목숨은 염려 없다고 하대. 그래서 나도 형님 뒤를 쫓아올까 했는데 배가 고프지 않겠소. 내 달음박질이 자신 있으니까, 밥을 먹고 갈까 하고 잠시 눈을 붙였습니다. 한데."

"한데 무슨 일이 있었어?"

"으응, 밥을 먹으라고 깨우기에 열심히 밥을 먹고 있는데 밖이 소란하데요. 번개같이 알았지요. 밥도 먹다 말고 석수를 업고 뒷문으로 냅다 뛰었지요."

"야, 니가 있어서 다행이었구나. 포졸놈들이 덮쳤던?"

"글쎄 말이오. 그놈들도 빠르더라니까. 허참, 어떻게 그렇게 빨리 알았을까. 허나 절 어찌 당하겠습니까. 내 석수를 업고 저놈들이 절대 찾을 수 없는 데다 숨겨놓고 왔지."

"니가 좋아하는 추 봉사 집에?"

"이잉. 형님은 알아버리네."

"호호호, 니가 노는 거야 훤하지. 한데 포교놈들이 그렇게 벼락같이 들이닥쳤다니 의외다. 정말 어찌 알았을까? 남아서 석수를 좀더 돌봐주지 금세 왔냐?"

"항슬이 형이 더 급하잖수. 석수는 막실이한테 맡겼수. 개보고 하루에 한 번 소 대부한테 몰래 가서 약을 받아다 주라고 했으니까. 걱정할 것 없어요."

"그랬냐. 막실이라면 믿을 만하지. 잘 했다. 그러고 보니 이번 포교놈들은 역시 무서운 놈들이네."

"그들이 여긴 아직 못 왔을 것 아니어요?"

"아니야. 놈들이 벌써 왔어. 금방 포교 둘이 여길 지나갔다구."

"그래요?"

보욱은 함지박귀와 패랭이 보부상 녀석이 금방 나타난 걸 이야기해줬다.

"그럼 항슬이 형이 마구 쫓기고 있네. 큰났다."

"그래, 우리가 가서 도와줘야 한단 말야. 니가 와서 다행이다. 너만 있으면 저들을 골탕먹일 방법이 있지. 자, 가자. 가서 다른 물고기 한 마리와 이쁜 처자도 구해줘야 해!"

"형님 말이 맞소. 갑시다!"

갑자기 물과 물고기가 된 보욱과 욱자는 억새풀이 우거진 동쪽을 향해 달려갔다. 물고기인 욱자가 앞을 서고 물인 보욱이는 뒤를 따랐다.

새골에서 둔지산 쪽으로 가면 큰길이 하나 나오고, 강가 작은길로 빠지면 서빙고 나루터가 나온다. 함지박귀가 빠르게 달려간 길은 억새밭이 연이어 이어진 큰길 쪽이었다. 숨으며 도망하기 좋은 길일 뿐더러 한동안 그 길 사이사이에는 두 녀석의 발자국이 눈에 들어왔으므로 함지박귀는 자신 있게 달렸다. 틀림없이 이 길로 간 것이다.

그렇지. 이렇게 발자국만 남겨준다면야 냄새도사 노린내가 없어도 추적은 자신있구말구. 억새숲이 깊으면 얼마나 깊겠느냐. 좋다 노비추적은 이제 시간 문제로다!

함지박귀는 멀리 앞도 내다보고 귀도 기울이고 발자국도 살피면서 달려갔다. 가끔 한강독사가 뒤따라오는 것을 기다려주는 여유까지 부렸다. 한데 한참 달리는 중에 녀석들의 발자국이 보이지 않는 것이었다. 작은 개울이 있는 데서 함지박귀는 발걸음을 멈추었다.

뒤를 돌아보았다. 어딘가 옆으로 샐 만한 곳이 없는가 살폈다. 한 군데가 눈에 들어왔다. 백여 보 뒤쪽에 움푹 들어간 웅덩이 길이 강가를 향해 비스듬히 흐르고 있었다. 언뜻 보아서는 사람이 갈 만한 곳이 아니었다. 저 길 아닌 길로 갔을까? 조금은 의심이 간다.

"왜 서 계십니까. 녀석들의 흔적이 사라졌습니까?"

금방 따라온 한강독사가 걸음을 멈추며 물었다.

"사라졌네. 이 길로 온 것 같지가 않아."

"되돌아가 볼까요?"

"아니, 잠깐만."

함지박귀는 귀를 기울였다. 무슨 소리가 들리는 것이었다. 그는 길가 풀숲에 몸을 사리며 한강독사에게 신호하였다.

한강독사도 후딱 풀숲에 몸을 숨기며 앞을 내다보았다. 조금 있자 발걸음 소리가 가까이 들려왔다.

"아니, 독랄한손께서 오시네!"

한강독사가 낮은 소리로 외치며 턱으로 앞쪽을 가리켰다. 독랄한손이 포졸 하나와 함께 개울 저켠에서 통나무다리를 건너오고 있었다.

"아, 자넨가?"

함지박귀가 몸을 일으키며 묻자,

"아니 왜 이쪽으로 오셨소?"

"계집과 사내 하나가 이쪽으로 도망왔네."

"그래요? 우리가 계속 이쪽을 지키고 있었는데."
"저쪽 웅덩이 밑 쪽에도 사람을 배치했는가?"
"아니요. 거기는 길도 없고 도망하기에 적합한 곳이 아닌데요."
"그래? 그렇다고 맘놓을 곳은 아니잖은가."
"말씀 들으니 그렇네. 그쪽으로 가 볼까요?"

그 말이 끝나기도 전에 함지박귀는 먼저 되돌아 달리기 시작했다. 그는 왼쪽 강가로 휘돌아 달리면서 뒤따라오는 독랄한손에게 물었다.

"윤보는 만났는가?"
"만났습죠. 그와 포졸 하나에게 서빙고 옆으로 해서 보강리까지 가서 그곳 포졸과 접선하고 다시 이쪽으로 넓은 간격을 유지하면서 오고 저녁때 쯤엔 우리와 다시 만나자고 해 놓았습니다."
"그거 잘하였네. 다른 애들은?"
"세 명을 그 사이 요소요소에 박아놓았습니다. 둔지산 산턱까지 훑으라고 했지요. 밤이 되기 전에 서빙고 내려가는 산 위 언덕에서 연락하기로 했습니다."
"그것참 잘하였군. 자, 이쪽을 추적해보세!"


물과 물고기, 보욱과 욱자는 억새숲이 가지런히 난 길을 잽싸게 달려갔다. 차 한잔 마실 시간을 갔을 때 욱자는 길가 나무 뒤에 숨었다. 뒤늦게 뒤뚱거리고 온 보욱이 물었다.

"뭐가 있니?"
"응, 포교들이 저쪽에서 멈추어 서 있다구. 내가 가까이 가서 살피고 올 테니 형은 말이야, 이 풀숲에 들어가 숨어 있어요. 내가 혹시 들켜서 이쪽으로 도망올 수도 있겠는데 그때는 움직이지 말고 꼭꼭 숨어 있어요. 알았지요?"
"알았다."

보욱은 풀숲으로 숨고 욱자는 앞으로 살살 나아갔다. 거의 기다시피하며 풀 사이로 전진하였다.

금방 전까지 두 명이던 포교들이 지금은 네 명으로 늘어나 있었다. 그들은 잠깐 이야기를 나누더니 욱자가 숨어 있는 곳을 가리키고는 번개같이 달려오는 것이었다.

이크, 들켰나! 욱자는 너무나 놀라 어쩔 줄을 모르며 숨을 만한 은폐된 곳을 찾고 있는데 포교들은 갑자기 오른쪽으로 휘더니 강가 쪽을 달려가 버리는 것이었다.

휴우, 살았다. 날 보고 온 게 아니었군. 하지만 놈들은 우리 항슬이 형과 아씨의 종적을 눈치챈 건 아닐까! 그렇구나! 으메 클났다. 항슬이 형이 사람이 갈 수 없어 뵈는 저 모랫톱으로 간 걸 저들이 알아버린 모양이다. 이를 어쩐다지!

더구나 우리가 뒤를 쫓아가자니 너무 노출이 돼서 바투 쫓아가 살필 수도 없잖아. 어떻게 하면 좋누!

맞았어. 이렇게 어려울 땐 나 물고기가 물을 먹어야 살지.

물고기인 욱자는 물인 보욱을 찾아 뒤쪽으로 조심조심 되돌아갔다.

〈3권 계속〉